Das Buch

Alia und Leander gelten als Traumpaar. Sogar als Traumfamilie, denn da gibt es noch Töchterchen Katie. Wie alle Freunde um sie herum glaubt die liebenswert-chaotische Alia, das mit ihr und Leander sei etwas Besonderes. Umso schlimmer ist der Absturz, als Leander auf einmal den Satz raushaut, den Alia nur aus den Groschenromanen kennt, über die sie an der Uni forscht: »Alia, ich muss dir was sagen, es gibt da eine andere.« Für Alia bricht eine Welt zusammen. Dass Liebe so verdammt wehtun kann, hatte sie nicht für möglich gehalten. Mühsam rappelt sie sich mithilfe ihrer Freundinnen und des neuen grummeligen Nachbarn halbwegs auf, da steht Leander wieder vor der Tür …

Wenn die Liebe hinfällt ist ein Roman, der uns, voller Witz und Wärme, an die Stellen führt, wo wir am empfindlichsten, am lebendigsten sind. Wer jemals Liebeskummer hatte, weiß, dass fast kein Gefühl so intensiv ist wie dieses. Wer nicht mit Alia mitfiebert und dabei selbst wohlig schauernd alle Höhen und Tiefen miterlebt, ist scheintot. So viel ist sicher.

Die Autorin

Luisa Buresch, geboren 1969, ist Publizistin und Literaturwissenschaftlerin. Unter anderem arbeitete sie als freie Autorin für Zeitungen und Drehbuchprojekte. »Wenn die Liebe hinfällt« ist ihr erster Roman. Sie lebt mit ihrer Familie in Berlin.

KiWi

1373

Luisa Buresch

Wenn die Liebe hinfällt

Roman

Kiepenheuer
& Witsch

FSC
www.fsc.org
MIX
Papier aus verantwortungsvollen Quellen
FSC® C083411

1. Auflage 2014

Umschlaggestaltung: Barbara Thoben, Köln
Umschlagmotiv: © plainpicture/Johner
Gesetzt aus der Sabon
Satz: Wilhelm Vornehm, München
Druck und Bindung: CPI books GmbH, Leck
ISBN 978-3-462-04639-7

Für Thomas und Simone

»Wenn jemand zu uns kommt und uns erzählt, auf dem Mond wachsen Erdbeeren, beginnen wir sofort, ihn davon zu überzeugen, daß dies doch nicht möglich sei, anstatt uns zu fragen, warum ihm solch absonderliches einfiele, unsere Aufmerksamkeit zu erlangen.«

Sigmund Freud

1
Ende

Ein Glas flog an die Wand. Dann war es vorbei.

2
Bettgeschichte

»Sie öffnete die Augen und spürte die Wärme seines Körpers neben sich. Wie war er hereingekommen? Die Tür war versperrt. Ein Lufthauch durchwehte das Zimmer. Das Fenster stand sperrangelweit offen. Sie fröstelte. Was für ein Blödsinn.«

»Aber sie machte das Beste draus. Rasch glitt sie unter die Decke und näherte sich mit ihren vollen Lippen Magic John«, sagte Leander und lachte. Ich schlug ihm den Heftroman, aus dem ich gerade laut vorgelesen hatte, auf den Kopf.

»Typisch!«, schimpfte ich. »Genau das würde da eben nicht stehen. In Heftromanen geht es um Romantik. Nicht um deinen behämmerten Magic John.«

»Hämmern ...«, murmelte Leander und rutschte noch dichter an mich heran. Seine Hände waren schon unter meinem Shirt. Genug. Wenn ich mich schon tagtäglich mit den Mühen schöner, aber armer Mägde auseinandersetzen musste, die den reichen, aber garstigen Fürsten auf den richtigen, wenn auch horizontalen Weg brachten, brauchte ich ähnliche Prosa nicht noch im eigenen Bett. Nicht dass ich die Heftchen freiwillig las, ich studierte Literaturwissenschaften, Anglistik und Romanistik und schrieb gerade meine Magisterarbeit über Groschenromane. *Kompensation oder Eskapismus?*

Der Heftroman und seine Leserinnen im europäischen Vergleich. Vor gefühlten hundert Jahren hatte ich das Thema irre spannend gefunden. Haufenweise Material, eine gelungene Verknüpfung meiner Studienfächer, viel Liebe, viel Leid und vor allem: immer ein Happy End.

»Was machst du überhaupt hier?«, fragte ich Leander. Seit einiger Zeit pflegte er die Nächte in seinem Zimmer zu verbringen.

»Ich hatte Sehnsucht …«

Seine Hände wurden fordernder. Ich verspannte mich.

»Entspann dich doch.«

»Nein.«

Als ich mich gerade mit knapper Not seinen Händen entwunden hatte, hörte ich Katie. Die nackten Füße unserer bezaubernden kleinen Tochter tapsten eilig über den Flur.

»Ali …«

Leander hörte mal wieder nichts tapsen. Erst als sich Katie begeistert zwischen uns warf, stöhnte er auf. Ich war erleichtert. Gab es wirklich Frauen, die sich völlig entspannt einem Liebesspiel hingeben konnten, wenn doch immer die Gefahr bestand, dass das eigene Kind hereinspazierte? Für mich hatte das alles andere als eine erotisierende Wirkung. Mein Mausebärchen als Keuschheitsgürtel.

»Mausebärchen, guten Morgen«, flüsterte ich ins Ohr meines geliebten Töchterchens. Das Mausebärchen schmiegte sich an mich. Wie gut es roch. Ich liebte sie so sehr. Leander liebte uns beide. Er drückte Katie einen Kuss ins Haar, während seine Hände weiter runter in meine Hüftgegend rutschten. Ich versuchte, ihn mit den Füßen wegzuschieben. Er blieb unbeeindruckt. Er zog an mir, ich drückte ihn weg und Katie lag zwischen uns.

»Leander, bitte.«

Endlich gab er auf und seufzte.

»Ich bring die Kleine in den Kindergarten und dann machen wir es uns gemütlich.«

»Ich kann nicht, ich muss arbeiten. In einer Woche hab ich Abgabe. Ich schaff das sowieso alles nicht. Bitte, bitte dräng mich jetzt nicht.«

3
Berufung

Mit Mitte dreißig war ich vielleicht zu alt für eine Magisterarbeit. An der Uni gehörte ich zu den Methusalems. Manche Kommilitonen siezten mich sogar ehrfürchtig, bis sie erkannten, dass ich gar keine Professorin war, sondern nur mein Leben nicht so akkurat geplant hatte wie sie. Nach dem Abitur war ich in London gewesen. Ich hatte als Au-pair, Anstreicherin und Chauffeurin gearbeitet. Zurück in Deutschland wusste ich immer noch nicht, was ich machen sollte. Ich ging nach Paris, arbeitete erneut als Au-pair, kam nach einem Jahr wieder und war mir immerhin sicher, dass ich bloß nichts mit Kindern machen wollte. Und nichts mit Eltern. Am liebsten gar nichts mit Menschen. Meine Freundinnen verstanden mich nicht.

»Ich will was mit Menschen machen, mit Menschen!«, riefen sie enthusiastisch und studierten Sozialpädagogik, Medizin oder gingen in den Einzelhandel. Und dann gab es noch die mit dem Öko-Fimmel. Die träumten von Delfinen oder Bäumen und machten erst einmal eine handfeste Ausbildung zur PTA. Oder MTA. Oder ein Praktikum bei Greenpeace.

Ich schlug nach meinen Auslandswirrungen aus der Art. Zahlen schienen mir damals schön zu sein, klar und unmissverständlich. Zahlen kannten keine Widerworte, kotzten nicht auf mein Essen und diskutierten nicht viel herum. Genau genommen gar nicht. Großartig. Ich machte eine Ausbildung zur Finanzbuchhalterin. Leider hatte ich bei meiner Entscheidung nicht berücksichtigt, dass ich in dem Bereich unweigerlich mit den ganzen Wirtschaftsfuzzis konfrontiert war. Mit Frauen also, die auf Geld und Männer im Anzug standen, und Männer, die auf Geld und sich selber standen. Des schnöden Mammons wegen arbeitete ich einige Jahre in der Lohnbuchhaltung eines Füllerfabrikanten. Der Reiz der Zahlen allerdings schwand, je länger ich dort tätig war.

Und dann lernte ich Leander kennen.

4
Liebenslauf

Es war nicht Liebe auf den ersten Blick. Leander hatte eine Kneipe in der Altstadt. Eine Kulturkneipe. Das Punto. Meine Freundin Majken und ich gingen gern dorthin. Leander war der Mann hinter den Kulissen, er sorgte dafür, dass der Betrieb lief. Leanders Kumpel Tom war die Rampensau. Tom war ein begnadeter Barkeeper, charmant und berückend, ein witziger Quizmaster und ein phantastischer Sänger. Leander und Tom machten zusammen Musik. Tom sang und spielte Gitarre, Leander spielte Gitarre oder Schlagzeug, je nachdem, aber meistens Schlagzeug, und Jan, der Dritte, war am Bass. Die Gruppe hieß *Brotlos* und trat regelmäßig im Punto auf. Majken hatte sich vor vielen Jahren Hals über Kopf in Jan, den Bassisten, verliebt und war einige Monate mit ihm zusammen gewesen, bis sie sich in jemand anderen verliebte. Damals begannen wir, regelmäßig ins Punto zu gehen. Leander machte nicht nur Musik, er organisierte auch Lesungen und andere Kleinkunst-Veranstaltungen. Es war eine winzige Bar mit guter Atmosphäre, und Leander war ein netter Kerl, der allerdings immer eine gewisse Distanz zu seinen Gästen wahrte. Selbst Majken, die viel mehr im Punto war als ich, kannte Leander kaum. Er war angeblich schon seit dem Sandkasten mit Suse zusammen, die manchmal im Punto aushalf. Leander grüßte, wenn ich hereinkam; ich grüßte, wenn ich ihn sah. Das war alles zwischen uns. Und ich dachte nicht im Traum an mehr.

Die Männer in meinem Leben ließen sich an einer Hand abzählen. Der letzte Mann, den ich hatte, bevor Leander kam, war Peter. Peter war damals fast schon Ende dreißig, ich erst Mitte zwanzig. Peter hatte diesen Blick. Diesen Blick, den Männer aussenden, wenn ihnen eine Frau gefällt. Ich gefiel ihm, so viel stand fest, und das gefiel mir wiederum. Ich mochte seine Blicke und gab nach. Außerdem war es mal wieder an der Zeit für einen Freund.

Genau das war das Problem bei mir. Ich war so rational. Während bei meiner Freundin Majken die Liebe einschlug wie ein Blitz – Majken stand stets lichterloh in Flammen, sie war nicht mehr zurechnungsfähig und beteuerte jedes Mal, dass sie so wie gerade jetzt noch niemals in ihrem Leben gefühlt hatte –, gab es in meinen Gefühlsbilanzen keine Blitze. Liebestechnisch war ich eher eine gemäßigte Klimazone. Ein kleiner Nadelwald neben Majken, dem tropischen Regenwald mit zigtausend Lianen. Und mittendrin immer wieder die markerschütternden Schreie eines Tarzans. Da ich mich aber auch nicht in Richtung des ewigen Frostes bewegen wollte, versuchte ich es ab und zu mit einem Mann. Die Versuche endeten stets so, wie sie begonnen hatten: sachlich. Und immer war ich es, die den Schlussstrich zog. Ich war nicht glücklich dabei, im Gegenteil, ich raufte mir die Haare, nannte mich beziehungsunfähig und träumte von der großen Liebe. Von einem Mann, der mich erkannte, der die Einzigartigkeit meiner Existenz ebenso zu würdigen wusste wie ich seine – und das einfach so.

Freundinnen sagten mir, die Liebe käme nicht einfach so angeflogen, dafür müsste ich etwas tun. Also genau das, was ich nicht wollte. Ich hoffte doch, dass bei meiner Liebe sich alles von allein ergäbe. Weil man sich doch eben lieben würde. Dafür müsste man doch nichts tun. Trotzig stampfte ich mit dem Fuß auf. Die Freundinnen lachten und mahnten: »Von nichts kommt nichts.« Deshalb versuchte ich, mich einsichtig zu zeigen und etwas zu tun. Wie bei Peter. Aber es ging nicht. Es tat mir aufrichtig leid. Peter war wirklich nett. Aber wir konnten nicht reden. In seiner Gegenwart fühlte ich mich sogar eingeschüchtert. Ich wusste nicht, warum das so war, vielleicht war es der Altersunterschied, aber ich wollte dem auch gar nicht weiter nachgehen. Ich wollte die Sache nur hinter mich bringen.

Schon meine erste Beziehung im zarten Alter von sechzehn Jahren hatte ich so rational begonnen. Alle meine Freundinnen hatten einen Freund. Es reicht, jetzt muss ich auch endlich einen haben, hatte ich beschlossen. Es traf Ralf. Der mochte mich. Sehr. Warum nicht, dachte ich, es gab Schlimmere. Meine Freundinnen fanden ihn schrecklich süß. Ich dagegen vermochte die Süße nicht zu entdecken, aber als er mich fragte, ob ich mit ihm gehen wolle – diese Frage formulierte er zu meinem großen Entsetzen tatsächlich genauso –, nickte ich widerwillig, woraufhin er beglückt seine Zunge in meinem Hals versenkte und im Kreis drehte, immer rechtsherum. Ralfi schenkte mir sogar einen Ring. Spätestens da dachte ich, das war's. Natürlich mochte ich ihn, so ein netter Ralfi war er, und ich wünschte ihm aus vollem Herzen alles Gute. Aber nicht mit mir. Mochte eine andere in den Genuss seiner rechts drehenden Zunge kommen.

Jungfrau war ich nach der für Ralf sehr schmerzlichen Trennung immer noch. Das war auch so eine rationale Sache. Ich war schon Anfang zwanzig. Und immer noch Jungfrau. Die letzte auf der Welt, glaubte ich und wollte dem ein Ende bereiten. Ich fuhr nach Paris, in die Stadt der Liebe, in die Stadt, in der ich ein wunderbares Au-pair-Jahr verbracht und in der ich noch die eine oder andere Adresse von Bekannten hatte. Ich fragte Yaya, ob ich bei ihm ein Wochenende schlafen konnte. Yaya war ein französischer Kellner mit algerischen Wurzeln und der weltbeste Küsser. Wir hatten uns oft geküsst in meiner Au-pair-Zeit, aber weiter war ich damals nicht gegangen. Jetzt sollte sich das ändern. Yaya war begeistert und wir schlenderten über den Montmartre, ließen uns am Place Du Tertre malen und küssten uns wie zwei Jahre zuvor leidenschaftlich und vermutlich verbotenerweise im Sacré-Cœur. In Yayas dunkler Kellerwohnung kam es dann zum Äußersten. Anschließend bekochte er mich und verführte mich noch einmal nach allen Regeln der Kunst. Am Tag meiner Abreise schworen wir uns ewige Freundschaft und ich fuhr entjungfert und glücklich nach Deutschland zurück. Alle paar Jahre schrieben wir uns. Zuletzt wurden wir Facebook-Freunde. Ich erfuhr, dass er vier Kinder von drei verschiedenen Frauen hatte, immer noch im selben Restaurant arbeitete und in diverse Liebschaften verwickelt war. Der Schuft.

Dann gab es da noch Stefan. Ein Mitauszubildender in der Füllerfirma, in der ich Zahlenkolonnen den richtigen Weg wies. Stefan war ein blonder Hüne, der ins Marketing strebte. Eigentlich ein grässlicher Mensch, aber unsere Körper verstanden sich, wenn auch nur für sehr kurze Zeit. Er war menschlich wirklich unerträglich. Es würde mich nicht wundern, wenn er heute in irgendeiner Chefetage hockte und falsche Parteien wählte, weil er sich, von der Steuerlast erdrückt, nicht länger willens fühlte, die Flachbildschirme der Unterschicht zu finanzieren.

Mit Peter, dem Dritten und Letzten auf meiner Liste, wenn man Yaya nicht mitzählte, klappte eigentlich gar nichts. Umso erleichterter war ich nach dem Schlussstrich. Allerdings war ich auch mehr denn je der Überzeugung, dass ich für diese albernen Beziehungsgeschichten nicht geschaffen war. Vielleicht brauchte ich einfach keine Beziehung. Schon das Wort stieß mich ab. Und allein ging es mir doch wunderbar.

5
Tom

Majken rief mich an. Vor genau zehn Jahren. Als alles begann.

»Alia, du musst mir helfen.«

Ich hörte es gleich. Wenn es um Liebesdinge ging, sprach Majken in diesem ernsten, gesetzten Tonfall. Ihr Herd konnte in Flammen stehen und sie würde trotzdem lachen, wie immer. Zwar auch »Scheiße-Nein« rufen, aber dann lachen. Alles bekam Majken in den Griff, Probleme waren für sie nur dazu da, um gelöst zu werden. Niemals erlebte ich sie hysterisch oder verzweifelt. Nur in der Liebe. Da war sie eine andere.

»Was ist los?«

»Ich war gestern im Punto«, sagte sie mit ihrer grabestiefen, ultraernsten Ich-bin-in-der-Krise-Stimme.

»Oh nein!« Ich schrie entsetzt auf. »Wie konntest du nur?! Im Punto? Gestern?«

»Hör auf.«

»Okay.«

Meine Freundin Majken. Hellblonde kurze Haare, gekonnt zerstrubbelt, drei Meter große blaue Augen, schlank und von hochgewachsener Statur mit echten Rundungen an den richtigen Stellen. Sehr attraktiv und eigentlich überaus intelligent, wenn ihr nicht irgendein Kerl das Hirn vernebelte, wie offenbar gerade jetzt. Die große Liebe. Jedes Mal aufs Neue.

»Was kann ich für dich tun?«

»Du kannst heute Abend mit mir ins Punto kommen.«

»Gern.«

»Kannst du ihm meine Telefonnummer geben?«

»Wem?«

»Wem?!« Verachtung tropfte aus ihrer Stimme, weil ich so eine minderbemittelte Frage zu stellen wagte. Aber ich hatte wirklich keinen blassen Schimmer.

»Majken, bitte.«

»Tom.«

»TOM? DER Tom?«

»Tom.«

Nicht Tom. Ich seufzte. Wir kannten Tom doch. Tom hatte uns im Punto schon die tollsten Cocktails gemixt und uns mit Klatsch und Tratsch auf dem Laufenden gehalten. Wir lachten uns regelmäßig kaputt, wenn wir beobachteten, wie er die Frauen, die ihn anflirteten, abblitzen ließ. Er war der charmanteste, aber professionellste Abblitzenlasser der Welt. Nie war irgendjemand näher an ihn herangekommen. Schon gar nicht wir.

Am selben Abend saß ich mit Majken im Punto. Sie sah wunderschön aus, hatte ein verspieltes körperbetontes Hemdchen mit klitzekleinen Blümchen und weißen Ziernähten an und sah so frisch wie eine Frühlingswiese aus. Ich war überzeugt, dass die Männer reihenweise in Ohnmacht fallen mussten, wenn sie ihrer ansichtig wurden. Und tatsächlich. Tom war irgendwie anders als sonst. Wie immer reizend, aber doch auffällig oft an unserem Tisch. Anstandshalber plauderte er auch mit mir, brachte uns Salzstangen und mixte für Majken einen Cocktail, den er extra für sie und so weiter. Da war etwas zwischen den beiden. Da ging noch was. Majken riss ein Papier aus ihrem Kalender, schrieb ihre Telefonnummer drauf und gab mir den Zettel.

»Gib ihm den.«

Ich lachte. »Wie sieht das denn aus, wenn ich ihm den Zettel gebe? Er denkt, das ist meine Nummer.«

Ich kam aus dem Lachen gar nicht mehr raus.

Majken schüttelte ungeduldig den Kopf. Sie hatte nach dem Abitur ein Volontariat bei einer kleinen Zeitung gemacht. Eigentlich ein Traumstart in einen Traumberuf, doch Majken konnte ihre Kollegen nicht ertragen. »Die alten Säcke« hatte sie sie immer nur genannt. Kaum hatte sie das Volontariat beendet, machte sie eine Ausbildung zur Hebamme. Sie liebte Babys und der Job gefiel ihr besser, abgesehen vom Schichtdienst. Also arbeitete sie in Teilzeit, schrieb nebenher für die Hebammenzeitung und träumte davon, sich mit einer eigenen Praxis selbstständig zu machen. Jetzt sprach sie zu mir wie zu einer dieser gebärenden Mütter, die nicht einsehen wollten, dass sie atmen mussten. Langsam und überdeutlich sagte sie mir:

»Du gibst ihm den Zettel und sagst dazu irgendwas Witziges.«

Ich lachte laut auf. »Was Witziges? Über einen Zettel mit einer Telefonnummer?«

»Lass deiner Phantasie freien Lauf. Los jetzt, wir wollen vorankommen.«

Das meinte ich. Wenn Majken von der Liebe getroffen war, verwandelte sie sich urplötzlich in eine Geisteskranke. Sie war bitterernst und ohne es zu wollen, machte ich mir fast in die Hose vor Lachen. Tom kam an den Tisch. Er zog die Augenbrauen hoch, als er mich sah.

»Noch was zu trinken oder besser nicht?«

Ich wischte mir die Lachtränen aus dem Gesicht und fächerte mir mit dem Zettel, auf dem Majkens Nummer stand, Luft zu.

»Tom«, sagte ich mit der tiefen Hebammenstimme, die ich von Majken gelernt hatte, »ich habe hier eine wichtige Nachricht für dich. Eine Geheimbotschaft.«

Armer Tom. Hilflos sah er aus, wie er völlig verstört zu Majken blickte. Ich rutschte fast vom Sessel vor Lachen.

»Sie ist umnachtet, beachte sie gar nicht«, meinte meine beste Freundin. Sie schlug ihren Kalender auf, schrieb ihre Nummer auf ein Blatt, riss es heraus und gab es Tom.

»Ruf mich doch mal an, wenn du magst«, sagte sie, schlug lässig ihren Kalender zu und verstaute ihn in ihrer Tasche. Meine Freundin Majken. Ich war stolz auf sie. So viel Wagemut in einer einzigen Person. Eine Heldin.

»Danke!«, sagte Tom. Er lächelte Majken zu, sehr intensiv, wie ich fand, warf mir noch einen skeptischen Blick zu und verschwand.

»Blöde Kuh«, zischte Majken.

»Du warst großartig!«, sagte ich. »Das war so was von cool, unglaublich!«

»Findest du wirklich? Mein Herz schlägt mir immer noch bis zum Hals.« Majken beugte sich über den Tisch zu mir rüber.

»Meinst du, er ruft an?«

6
Chaos

Ich saß am Schreibtisch, als Leander in mein Zimmer kam. Tausend Fotokopien stapelten sich auf dem Boden. Auf dem Tisch türmten sich unzählige Fachbücher. Zwischendrin überall gelbe Karteikarten. Meine Magisterarbeit lag in den letzten Zügen. Ich auch. Leander bahnte sich vorsichtig einen Weg durch das Chaos, stellte sich hinter mich und massierte mir den Nacken. Ich verspannte mich noch mehr.

»Warum so verspannt, Ali?«

Er beugte sich runter und küsste mir den Nacken. Ich schüttelte ihn ab.

»Ich muss fertig werden. Um drei muss ich Katie schon wieder abholen, das weißt du.«

»Es ist kurz nach neun.«

Ich reagierte nicht.

»Wir haben genug Zeit. Ali …« Seine Stimme klang bittend und er versuchte, mich hochzuziehen.

»Bitte, ich will das hier fertig kriegen, in einer Woche gebe ich diesen Scheiß ab und dann beginnt ein neues Leben.«

Leander kniete sich neben mich. Seine Hände streichelten meine Brüste. »Ich liebe dich und ich begehre dich, ist das was Schlimmes? Kannst du nicht eine kurze Pause machen?«

Ich überlegte. Aber es würde alles doch wieder länger dauern und anschließend hätte ich kaum noch Zeit, etwas zu schreiben, bevor ich Katie abholen musste. Leander konnte sie nicht abholen, er musste dann schon im Punto sein. Und wenn Katie hier war, konnte ich nicht arbeiten. Keine Chance. Ganz zu schweigen davon, dass ich die Zeit mit meiner Tochter auch sinnvoll verbringen wollte. Ich musste das begrenzte Zeitfenster, das ich hatte, nutzen. Aber es war nicht nur die Zeit. Seine Hände an meinem Körper störten mich. Ich hatte nicht die geringste Lust auf Sex. Sollte ich mich zwingen?

»Soll ich mich zwingen?«

Abrupt stand Leander auf. Dabei stieß er einen meiner auf dem Boden verteilten Papierstapel um. Den, aus dem ich noch wichtige Zitate in meine Arbeit einarbeiten musste und den ich nach Ländern und Jahreszahlen geordnet hatte. Die Kopien ergossen sich über den Boden und vermengten sich mit Kopien aus anderen Stapeln.

»Verdammt, Leander!«

»Kann ich helfen?«, fragte er betroffen.

»Lass mich einfach in Ruhe!«, brüllte ich. Ich hielt mir die Schläfen, dann vergrub ich mein Gesicht in den Händen. Kurze Zeit später hörte ich die Tür ins Schloss fallen. Hektisch kniete ich mich auf den Boden und begann, die Unterlagen zu sortieren. Dabei stieß ich einen weiteren Stapel um. Das Chaos war perfekt. Mir traten Tränen in die Augen. Ich legte mich auf den Boden, zwischen die Zettel, und begann zu heulen.

7
Krümel

Zehn Jahre zuvor gab es noch keine Magisterarbeit. Ich war Buchhalterin und musste nach meiner Arbeit zu Majken eilen, um sie zu trösten. Obwohl sie Tom ihre Telefonnummer gegeben hatte, rief er nicht an. Es dauerte zwei Wochen, bis sie ihn wiedersehen sollte. In dieser Zeit nahm sie fünf Kilo zu. Das mochte ich schon immer an ihr. In dem Punkt waren wir genau gleich. Wenn wir Sorgen oder Stress hatten, aßen wir. Ich aß bevorzugt Chips, sie Schokolade, gemeinsam bestellten wir uns riesige Pizzen mit Mozzarella im Rand und Eis zum Nachtisch. Anschließend wünschten wir uns, wir wären wie diese dürren Skelettfrauen, die in Stresszeiten gar nichts essen und trinken können, und schworen uns, dass nie, nie wieder in unserem diesseitigen Leben ein Lebensmittel unsere Lippen überschreiten sollte. Solidarisch, wie es sich für eine gute Freundin gehört, nahm ich ebenfalls zu, als Tom sich nicht meldete. Als wir gerade eines Abends vollgefressen und mit Chips bekrümelt auf Majkens rotem fleckigen Sofa rumlungerten, klingelte das Telefon. Wie immer musste ich drangehen. Es hätte schließlich Tom sein können. Und mit Tom konnte Majken beim besten Willen nicht sprechen, dafür musste sie sich erst sammeln. Sie war ein Wrack, ein nervliches Wrack.

»Hallo?«

»Hallo? Majken? Hier ist Leander.«

Leander? Ein leises Gefühl der Enttäuschung beschlich mich, das ich nicht recht zu deuten wusste. Schließlich war ich nicht an Leander interessiert und er nicht an mir. Aber wieso war er an Majken interessiert? Was wollte Leander von Majken? Warum rief er an?

»Nein, hier ist Alia. Ich geb dir Majken.« Ich reichte Majken den Hörer und flüsterte: »Leander.« Fragend nahm Majken den Hörer entgegen.

»Ja?«

»...«

»Äh – nein ...«

»...«

»Der war für Tom.«

»...«

Leander redete offenbar länger.

»Ich weiß nicht.« Ich sah, wie Majken an sich herabschaute und ein paar Krümel von ihrer ausgeleierten Schlumpfhose fegte. »Nein, ich glaube nicht, es ist jetzt auch schon zu spät, oder?«

Sie sah mich fragend an. Ich verstand nichts. Sie hielt sich weiter den Hörer ans Ohr und ich fragte mich, was Leander ihr alles erzählte, als plötzlich ihre Augen aufleuchteten.

»Okay, ich überleg's mir. Alia kann doch mitkommen, oder?«

Wohin konnte ich mitkommen? Hatte Leander Majken eingeladen? Ich hob abwehrend die Hände. Auf drittes Rad am Fahrrad hatte ich keine Lust. Vermutlich wusste Leander nicht einmal, wer ich war. So war es doch immer. Die Männer verliebten sich in Majken und ich war die störende Freundin, deren Namen sie sich nicht merken konnten. Oder der gute Kumpel. Ich musste an Sascha denken. Sascha und ich hatten Deutsch Leistungskurs zusammen gehabt. Wir verstanden uns gut, lachten viel und gingen manchmal ins Kino. Bis er sich in Majken verliebte. Ich sollte seine Komplizin werden. Sollte Majken Liebesbotschaften überbringen und ihm helfen, mit ihr zusammenzukommen. Majken war zu der Zeit unglücklich verliebt und hatte keinerlei Interesse an Sascha. Weil er mir leidtat, überredete ich Majken zu einem gemeinsamen Ausflug zu dritt. Sascha war überglücklich. Im Auto saß Majken griesgrämig neben Sascha auf dem Beifahrersitz und sprach kein einziges Wort, während ich von der Rückbank aus beherzt ein Gespräch in Gang zu bringen versuchte. Ich erzählte eine Anekdote nach der anderen und brachte so zumindest Sascha zum Lachen. Beim Picknick am See legte Sascha Majken die Hand aufs Knie. Schreiend lief sie weg. Auf dem Rückweg sprachen wir alle nicht und kurz danach gestand Sascha mir, dass er sich in mich verliebt hatte. Mit mir könnte man sich so gut unterhalten und ich wäre so lustig, das wäre ihm klar geworden, und die Sache mit Majken wäre ein bedauerlicher Irrtum gewesen, eine dumme Schwärmerei, und ob wir es jetzt nicht miteinander versuchen könnten. Ich rannte nicht schreiend weg, aber ich hatte einen guten Freund verloren. Schade.

Jetzt rannte Majken gerade schreiend ins Bad. Das Telefonat mit Leander war beendet. Da er wegen ihrer Nennung meines Namens nicht nachgehakt hatte, wusste er wohl, wer ich war. Wenigstens etwas. Ich war immer noch schlecht gelaunt und schlenderte ihr langsam hinterher. Sie stand vor dem Spiegel und malte sich an. Majken war größer als ich, eine imposante Erscheinung. Ihre Zähne und ihre Augen leuchteten und ihr helles Haar glänzte. Neben ihr sah ich aus wie ein kleiner missmutiger Gnom. Mein langes dunkelbraunes Haar war zu einem Zopf zusammengebunden, eine Strähne hatte sich gelöst und fiel mir ins ungeschminkte Gesicht. Ich schob sie genervt hinters Ohr.

»Nicht dass ich sonderlich neugierig wäre, aber was wollte Leander von dir?«

»Sex.«

»Wie bitte?«

Majken lachte. »Das wollen sie doch alle.«

Ich schluckte. Ich hatte es geahnt. Aber aus irgendeinem Grund störte es mich. Majken wollte doch Tom und Tom, dachte ich, wollte Majken und außerdem hatte Leander doch Suse. Ich war völlig verwirrt. Und ein wenig enttäuscht. Von den Menschen. Majken malte sich einen Lidstrich und sah mich im Spiegel an. Sie verdrehte die Augen.

»Leander hat in seinem Wohnzimmer den Zettel gefunden. Mit meiner Telefonnummer. Tom hat ihn wohl dort vergessen.«

»Und da ruft er dich sofort an? Warum ruft er nicht Tom an?«, fragte ich und hätte am liebsten gefragt: Warum ruft er nicht mich an? Was natürlich eine unsinnige Frage gewesen wäre, schließlich lagen nirgendwo Zettel mit meiner Nummer herum. Ganz zu schweigen davon, dass Leander auch nicht das geringste Interesse an mir hatte. Woher rührte überhaupt *mein* Interesse? Eigentlich war es kein Interesse, es störte mich nur, dass er womöglich an Majken interessiert war. Bei Tom hingegen störte mich das nicht im Geringsten. Im Gegenteil. Was sollte also dieser Unsinn jetzt? Warum hingen meine Mundwinkel herunter wie bei einer alt gewordenen Politikerin? Vermutlich wegen Suse, sagte ich mir. Vermutlich war ich ein konservativer Moralapostel und wollte nicht, dass ein gebundener Mann sich an meine schöne Single-Freundin ranwarf und sie und alle Welt unglücklich machte.

»Mach dich fertig, Alia.«

Ich war schon fertig. Fix und fertig. »Ich geh«, sagte ich mürrisch. »Viel Spaß.«

Es war sowieso viel zu spät, noch irgendwohin zu gehen. Morgen musste ich früh zur Arbeit.

»Bist du verrückt? Du kannst mich doch jetzt nicht im Stich lassen. Ohne dich kann ich da nicht hingehen.«

»Wohin?«

»Zu Leander.«

»Ins Punto?«

»Nein, in seine Wohnung. Er wohnt über dem Punto. Ganz oben unterm Dach.«

»Aha. Na dann. Gute Nacht.«

Ich war wirklich extrem schlecht gelaunt.

»Alia, hör auf mit dem Quatsch, du musst mitkommen. Tom kommt auch. Du kannst mich doch nicht allein in einer Wohnung mit zwei Männern lassen.«

Kaum hatte ich gehört, dass Tom auch dort sein würde, wurde ich merklich gelöster.

»Aber warum ruft Leander dich an?«, hakte ich trotzdem noch einmal nach. »Ich versteh das nicht.«

»Ich weiß es nicht. Vielleicht war er betrunken. Oder er hat den Zettel gesehen und dachte sich, Majken, ist das nicht diese dumme Blondine, die ich schnell mal vernaschen könnte? Vielleicht dachte er aber auch, ich hätte eine Nachricht für ihn. Das fragte er nämlich als Erstes. Ob ich eine Nachricht für ihn hätte.«

»Was denn für eine Nachricht?«

»Ja, was weiß ich denn.« Majken klang ungeduldig. »Frag ihn doch selbst. Und jetzt mach dich fertig, du bist total vollgekrümelt.«

8
Ali

Es war furchtbar spät, als wir aufbrachen, ich durfte gar nicht an die Arbeit am nächsten Tag und an das frühe Aufstehen denken. Majken sah phantastisch aus. Ich war nach wie vor eher mittelmäßig gelaunt und hatte auch keine Lust gehabt, mich anzumalen. In meiner ältesten, gammligsten Jeans war ich zu Majken gekommen, um DVDs zu gucken und Pizza, Chips und Eis zu essen, und ich sah nicht ein, dass ich mich für irgendwelche Musiker- und Kneipenvögel, die sowieso nur auf Majken standen, noch großartig stylen sollte. Wir hatten eine Flasche Sekt bei uns, die wir als Gastgeschenk überreichen wollten. Dummerweise bekamen wir auf dem Weg zu Leander schon so einen Durst, dass wir sie unbedingt öffnen mussten. Weil es noch blöder ausgesehen hätte, jemandem eine halb volle Flasche Sekt großzügig zu überreichen – bei der Vorstellung bepinkelten wir uns fast vor Lachen –, tranken wir noch mehr. Ich schlug vor, den letzten Rest einfach wegzuschütten, aber das wollte Majken auf gar keinen Fall und drückte sich die Flasche an die Brust. Sie spielte kurz mit dem Gedanken, sie einem Bedürftigen zu überreichen, aber wie hätte das denn ausgesehen? »Das würden höchstens die Scheißwirtschaftsfuzzies wagen«, rief ich, ohne zu bedenken, dass ich im Grunde selber einer dieser Fuzzies war. Von Bauchkrämpfen geschüttelt malten wir uns aus, wie die Scheißwirtschaftsfuzzies ihre Sektrestepfützen großherzig unters Volk brachten und sich dabei selbstgefällig die Schultern klopften. Die Sektflasche war ratzeputz leer, als wir bei Leander ankamen, und Majken und ich jeweils halb voll.

Aufgeregt wie ein Teenager klingelte Majken und dank des Sektes war ich kaum noch missmutig. Kurz darauf saßen wir in Leanders Wohnzimmer, wenn man ein Zimmer mit allerlei Sperrmüll so bezeichnen wollte. Leander war betrunken, nicht sehr, aber er war redseliger als sonst und nicht so ernst und distanziert. Er umarmte uns sehr herzlich, was mich überraschte, und lachte viel, was mich noch mehr überraschte. So kannte ich ihn nicht. Aber ich war nicht besser. Mit dem Sektglas in der Hand lachte auch ich unverhältnismäßig oft und redete wie ein Wasserfall. Majken war aufgeregt, weil Tom nicht da war, aber gleich kommen sollte. Als er endlich hereinspazierte, strahlte sie ihn an und sah so bezaubernd dabei aus, dass ich sie an seiner Stelle sofort auf mein Pferd gezerrt und mich auf den Weg Richtung Horizont gemacht hätte. Tom sah aber auch gut aus, das konnte man nicht anders sagen. Ein großer Typ mit blonden kurzen Locken und charmanten Grübchen. Leander war auch sehr groß, aber dunkelhaarig. Er wirkte nicht so gewinnend wie Tom, wenngleich er heute ein verschmitztes Lächeln aufgelegt hatte. Sein Gesicht wirkte sehr männlich, mit Billionen von Bartstoppeln. Ich betrachtete ihn gedankenverloren und fragte mich, ob die wohl sehr pikten. Ob ich kurz mal über seine Wange streichen durfte?

Leander legte Musik auf. Irgendeine Platte von irgendeiner neuen Band. Wir redeten. Auch über den Zettel. Tom erzählte eine wirre Geschichte, behauptete, unendlich froh zu sein, den Zettel wiedergefunden zu haben, und steckte sich Majkens Telefonnummer demonstrativ in die Hosentasche. Majken leuchtete. Ich wartete die ganze Zeit darauf, dass die beiden sich vor unseren Augen die Kleider vom Leib rissen. Aber nichts dergleichen geschah. Leander und ich machten sogar Witze darüber. Die Spannung zwischen Majken und Tom lag spürbar in der Luft. Und doch kamen sie sich nicht näher. Sie saßen sogar weit voneinander entfernt. Während ich im Verlauf des Abends neben Leander auf das Sofa geriet. Wir amüsierten uns prächtig. Und als ich tatsächlich kurz die Hand auf seine Wange legte, um die Sache mit seinen Bartstoppeln zu überprüfen, küsste er mich.

Und ich? Ich ließ es zu. Der Kuss war nicht überwältigend. Auf der von Majken und mir in frühen Jahren erstellten Kussskala von eins (Kussnulpe) bis zehn (Superküsser) hätte ich ihm eine vier gegeben. Leander schmeckte nach Bier und wir saßen unbequem. Und irgendetwas störte. Bis mir einfiel, was es war: Majken und Tom.

Majken und Tom waren verstummt und starrten uns entgeistert an. Beschämt wischten wir uns die Münder ab.

»Was war das denn jetzt?«, fragte Majken.

»Stören wir?«, fragte Tom.

Ich hatte keine Ahnung, wie das passiert war. Tom und Majken gingen.

»Bleib noch«, bat mich Leander.

»Nur kurz«, antwortete ich.

Majken drückte mich zum Abschied.

Wir gingen zurück zum Sofa. Leander und ich. Ich und Leander. Es war verrückt. Ich ging wie auf Wolken und hatte Herzrasen. Den nächsten Kuss wehrte ich halbherzig ab. »Suse.«

»Wir sind nicht mehr zusammen.«

Den Rest der Nacht redeten wir. Wir lagen nebeneinander auf dem Sofa, angezogen, er spielte zärtlich mit meinen Haaren und wir erzählten uns unsere Leben. Zwischendurch küssten wir uns – die Küsse hatten sich auf der Kussskala benotungstechnisch nach oben verbessert –, aber mehr passierte nicht. Weil wir wieder reden mussten. Er erzählte von Suse. Suse war seine erste richtige Freundin gewesen. Sie waren zusammen, seit sie denken konnten. Suse habe immer schon heiraten und Kinder haben wollen. Leander sei noch nicht so weit gewesen. Und dann habe Suse jemanden kennengelernt. Kürzlich. Und sei sofort schwanger geworden. Jetzt sei sie weg. Ob er trauere, fragte ich. Er wickelte sich eine meiner Haarsträhnen um den Finger und dachte nach. Sie sei mehr eine Schwester gewesen. Oder über all die Jahre geworden. Viel Streit habe es gegeben. Er habe sich mehr und mehr zurückgezogen. Sie hätten ja auch nicht zusammengewohnt. Nie. Wir küssten uns. Er fragte nach Peter, den er kannte. Ich erzählte von Peter. Und davon, dass ich wohl nicht beziehungsfähig sei. Wir redeten über Beziehungsfähigkeit und über die Liebe und überlegten, ob nur die unerfüllte Liebe echte Liebe sei.

»Vielleicht gibt es drei Arten von Ich-nenn-es-mal-Liebe«, philosophierte Leander, »Verliebtheit, Liebe und Beziehung.«

»Am Anfang sind die Schmetterlinge.«

»Flugzeuge.«

Wir küssten uns.

»Alles ist rosig«, ergänzte ich. »Obwohl ich das nicht so kenne. Leider.«

»Ich auch nicht.«

Ein langer Kuss.

»Dann käme deiner Theorie zufolge die Liebe«, fuhr ich fort, »die aber unerfüllt bleiben muss. Wenn sie sich erfüllt, ist es keine Liebe mehr, sondern eine Beziehung?«

»Richtig.« Er küsste mich.

»Aber das hieße ja, dass es in Beziehungen keine Liebe gäbe.«

»Doch, doch«, beruhigte er mich, »aber eine andere Liebe. Nicht die sehnsuchtsvolle, tragische. Sondern eine satte, zufriedene.«

»Eine Liebe dick und rund wie eine träge Katze in der sizilianischen Sonne.«

»Genau. Auch schön, oder?«

»Aber dann gibt es doch nicht nur die Kategorien Verliebtheit, Liebe und Beziehung. Dann gibt es nur die tragischen, unerfüllten Lieben und die satten, zufriedenen Lieben.«

Leander überlegte. »Und die Besser-als-gar-nichts-Lieben.«

»Und natürlich die Gar-Keine-Lieben«, fiel mir noch ein.

Wir küssten uns lange. Er unterbrach den Kuss.

»Aber die satten, zufriedenen Lieben werden irgendwann tragisch und unerfüllt. Oder sie werden Besser-als-gar-nichts-Lieben. Oder sogar Gar-keine-Lieben.«

Ich dachte nach. In meinem Freundeskreis war es genauso. Die Scheidungsraten sprachen ebenfalls dafür.

»Warum ist das so?«, fragte ich.

»Sogar träge Katzen in sizilianischer Sonne kriegen irgendwann wieder Hunger.«

Das gefiel mir nicht. Ganz und gar nicht.

»Man sollte die Liebe nicht denken.«

»Sondern machen.«

Beim anschließenden Kuss verloren wir weitestgehend unsere Oberteile. Ich musste jedoch schon wieder unterbrechen.

»Apropos machen – machst du eigentlich schon immer Musik?«

»Ja. Früher habe ich gesagt, ich lebe für die Musik.« Wir

schwiegen. Und küssten. »Leider konnte ich nicht von ihr leben.«

»Ich wünschte, du könntest.«

Er drückte mich. »Warum sagst du das?«

»Weil es schön ist, wenn man seine Träume lebt.«

»Die meisten Frauen wollen, dass man Geld verdient.«

»Frauenfeindlicher Männerblödsinn.«

Also wirklich. Ich hasste es, wenn man Frauen in einen Topf warf, mit Plattheiten würzte und umrührte. Das sagte ich ihm. Er lachte. Wir küssten uns. Mein Mund war schon ganz wund. Aber wir konnten nicht genug kriegen. Dann sprachen wir über unsere Kindheit. Ich hatte in meinem ganzen Leben noch nie so viel geredet. Alles sprudelte aus mir heraus. Ich sprach sogar über die Zeit vor meiner Kindheit, über meine Eltern und Großeltern. Und dass ich dachte, ich sei verrückt. Und Leander sagte, das habe er als Kind auch geglaubt. Er sei anders als die anderen und es habe ihn immer gewundert, dass die anderen ihn trotzdem so behandelten, als sei er normal. Ich erzählte, dass ich früher sogar gedacht hatte, dass meine Eltern den Lehrerinnen und Kindern Geld und Süßigkeiten gegeben hätten, damit sich vor mir niemand anmerken ließ, dass ich verrückt war. Und dass ich sie aber alle durchschaut hatte. Leander lachte und ich verschwieg ihm, dass ich noch heute oft von dem schauspielerischen Talent meiner Mitmenschen beeindruckt war. Leander erzählte, wenn er manchmal mit dem Rad unterwegs sei und einen kleinen Stein vor sich sehe, dann würde er sein Lenkrad herumreißen, denn in diesen Momenten sei er der festen Überzeugung, dass der kleine Stein gar kein kleiner Stein sei, sondern eine als Stein getarnte Bombe, die irgendein Verrückter mit langen spitzen Fingern dort deponiert hätte, nur aus Spaß; und wie erleichtert er, Leander, dann immer sei, der Explosion und dem Tod so knapp entronnen zu sein. Das hatte zur Folge, dass wir über den Tod reden mussten. Wir redeten und küssten uns und hörten auf mit Küssen, weil wir reden mussten.

Als es draußen hell wurde, wurden unsere Worte weniger und unsere Küsse intensiver. Wir verloren endlich auch den Rest unserer Kleidung. Leander war mir so nah. Und ich wünschte mir, er wäre mir noch näher. Näher, näher, näher.

Als wir kurz davor waren, uns am allernächsten zu sein, stand Suse plötzlich ganz nah vor uns.

Sie sah uns an. Blickte von mir zu Leander und zurück. Verachtung in den Mundwinkeln. Ich versuchte, mich notdürftig mit einem Sofakissen zu bedecken.

»Du hast dich ja schnell getröstet.«

»Suse.«

Sie sah mich an. »Gestern hab ich es ihm erzählt. Von den anderen Umständen.« Sie strich sich über den nicht vorhandenen Bauch. »Er hat gesagt, er wäre ein guter Stiefvater.« Höhnisch lachte sie auf.

In mir tobte es. Die Situation war schrecklich. Ich hatte angenommen, sie wären schon länger auseinander. Und was sollte der Stiefvatermist? Das klang doch nach mehr.

»Sei vorsichtig mit ihm. Er lügt dir das Blaue vom Himmel runter.«

Sie betrachtete Leander, der zusammengesackt auf dem Sofa hockte. »Ich wollte dir deinen verfickten Schlüssel zurückgeben. Kannst ihn ja gleich weiterreichen.«

Sie warf mit voller Wucht den Schlüsselbund auf ihn. Er wich nicht aus. Der Schlüssel traf ihn an der Schulter. Suse drehte sich um und verschwand ebenso lautlos, wie sie gekommen war. Leander rieb sich die Schulter.

»Aber sie hat sich doch getrennt, oder?«, fragte ich.

Er nickte und verzog den Mund. »Bitter, oder? Sie lässt sich von einem anderen schwängern und biegt es sich jetzt so zurecht, dass ich mich schuldig fühle.«

»Es ist vorbei«, sagte ich und wusste nicht, was ich damit genau meinte.

Leander rieb sich immer noch die Schulter. Ich sagte, dass ich zu meiner scheißbeschissenen Arbeit müsse. Leander sah mich an. Seine schönen Augen waren traurig.

»Ich wünschte, ich könnte dir helfen, das zu machen, was du wirklich willst.«

»Ich wünschte, du könntest mir helfen, herauszufinden, wo meine Klamotten sind.«

Er lachte. Ich fuhr sanft über seine Wange. Er hielt meine Hand fest.

»Alia ist ein schöner Name.«

»Danke. Leander auch.«

»Ali gefällt mir. Als Frauenname. Als Abkürzung.«

Mir blieb die Spucke weg. Als junges Mädchen hatte ich ein Buch gelesen. Die Heldin hieß Ali, ein sanftmütiges, mildes Wesen. Die Leute standen im Bus auf, um ihr einen Platz anzubieten, so eine tolle Ausstrahlung hatte diese Frau. Ich wusste nicht mehr, wie das Buch hieß oder wer es geschrieben hatte, aber seit der Lektüre wollte ich auch eine Ali sein. Aber niemand nannte mich so.

Ich starrte Leander immer noch an. »Ali …«

»Gefällt dir das nicht?«, fragte er besorgt.

Ich musste ihn einfach küssen. »Doch, sehr. Sehr, sehrer, sehrstens!«

»Dann bist du meine Ali«, beschloss er und zerdrückte mich fast. Und ich hatte dieses Gefühl. Ein neues Gefühl. Ein Gefühl, wie ich es noch nie gehabt hatte. Kein leidenschaftliches Gefühl, kein Blitz, der meinen Unterleib durchzuckte, sondern eher ein Gefühl wie ein prasselndes Kaminfeuer und ich glücklich davor. Ein warmes Gefühl. Ein Gefühl von Geborgenheit. Ein so schönes Gefühl, dass es mich überwältigte. Ich musste auf der Stelle gehen. An der Tür nahmen wir uns in die Arme. Und wieder war es da. Das Gefühl. So warm. So hatte ich noch nie gefühlt. Mein Kopf lag an seiner Schulter, meine Nase steckte an seiner Halsbeuge, ich sog seinen Geruch ein.

Später, als ich geduscht hatte und todmüde, aber beschwingt vom Glück auf dem Weg zur Arbeit war, klingelte mein Handy.

»Ich vermisse dich«, sagte Leander.

Und ich stand mitten auf der Straße, inmitten vorbeieilender Passanten, und küsste mein Telefon.

Das war der Anfang.

9
Glücksmoment

Ich wachte auf, als Leander nach Hause kam. Katie lag neben mir. Als er das kleine Licht neben seinem Bett einschaltete, zog ich mir die Decke über die Ohren und kuschelte mich an meine Tochter, das Zauberwesen. In der Hand hielt ich einen ihrer kleinen Füße. Warm und weich lag sie dort, selig schlummernd, die Pausbäckchen luden zum Abknutschen ein. Ich musste mich zurückhalten, dass ich sie nicht auffraß vor lauter Liebe.

»Die haben wir wirklich gut hingekriegt«, flüsterte Leander voller Stolz und schlüpfte neben sie. »Die armen anderen Eltern, die sich mit irgendwelchen Fratzen zufriedengeben müssen. Während wir die beste Tochter der Welt haben.«

Ich lächelte. Ich liebte seine Sätze. In der letzten Zeit hörte ich sie viel zu selten. Er schaltete das Licht aus und ich spürte, wie er Katies freien Fuß in seine Hände nahm. So lagen wir da. Unsere Tochter in der Mitte, warm und geborgen, jeder von uns einen ihrer klitzekleinen runden Füße in der Hand haltend. Ich war glücklich. Es war einer dieser Momente, die so schön sind, dass man die Zeit anhalten möchte. Die friedliche Stille und all die Liebe sollten nie vergehen, niemals, das wünschte ich mir.

»Hast du sie als Schutzschild ins Bett geholt?«

10
Verliebt

Einen Schutzschild hatte ich damals im Büro gehabt. Keinen aus Fleisch und Blut und so wundervoll wie meine Katie, sondern eine Trennwand, die mich vor neugierigen Blicken anderer Mitarbeiter schützen sollte. Vor zehn Jahren hatte ich dort noch gesessen, in der großen Firma, die Füllhalter und andere Schreibgeräte herstellte und vertrieb, ich war nicht glücklich, aber auch nicht unglücklich. Wir Buchhalter saßen ganz hinten im Großraumbüro, etwas versetzt, abgeschottet, ein schmales Reich. Am Ende des Endes stand ganz in der Ecke mein Schreibtisch. Hinter der Trennwand, meinem Schutzschild, wie ich es nannte, verbarrikadiert, wenigstens ein bisschen Privatsphäre. Einen alleinigen Büroraum hätte ich bevorzugt, aber den leisteten sich nur die Herren Oberwichtig in ihren schnieken Anzügen mit den albernen Krawatten. Was ich für schreiend ungerecht hielt. Während die werten Herren doch den ganzen Tag die Füße auf den Schreibtisch legten und an ihr nächstes Golfturnier dachten, was sie auch wunderbar im Großraumbüro hinter einer Trennwand hätten tun können, benötigte ich Ruhe und Konzentration für meine Zahlen. Unerträglich, wenn am Ende meiner Bilanzen etwas anderes herauskam, als herauskommen sollte. Das wünschte man niemandem. Man stelle sich vor, eine Frau gebiert und plötzlich flutscht eine Holzlokomotive aus ihr raus. Die Überraschung wäre sicher keine angenehme. Und ebenso konnte ich es ganz und gar nicht leiden, wenn die Zahlen ein Eigenleben führten und mich zum Narren hielten. Manchmal gab es solche Tage. Ewig lange Datenkolonnen musste ich dann mühevoll am Rechner durchgehen und wie ein Luchs nach dem winzigen Fehler oder Zahlendreher suchen. Ich hasste den Job wie die Pest. Aber, sagte ich mir, ich hatte meine Ruhe. Ich arbeitete mit drei Kollegen zusammen, einer älter als der andere, mit dicken Brillen und ordentlichen Bügelfalten. Sie waren nett, auch zu mir, und wenn ihnen nach Lachen zumute war, gingen sie in den Keller. Trotzdem mochte ich sie, irgendwie, und wir behandelten uns gegenseitig freundlich und mit Respekt.

In der Marketingabteilung hätte ich es keinen Tag ausgehalten. Dort wimmelte es nur so von Wichtigtuern. Männer und Frauen gleichermaßen. Entweder hasteten sie mit betont gestressten Gesichtern durch die Gänge oder aber sie lachten so laut, dass man es bis nach Neuguinea hören konnte. Sie putzten unentwegt ihr Gefieder und eilten immerzu zu Präsentationen, arbeiteten an Projekten und gönnten sich Kreativpausen. Schon das Wort brachte mich zum Würgen. Schlimmer war es nur in der Presse- und Informationsabteilung. Wenn dort mal jemand war. Meistens standen alle draußen und rauchten. Diese schlanken, schönen Frauen, wortgewandt mit scharfen Zungen. Zu arrogant, um zu grüßen, und immer erlesene Kostümchen. Sie mussten die Firma repräsentieren, da konnten sie nicht mit Jeans und Moonboots zur Arbeit schlurfen wie ich.

Leander hatte mich gleich wiedersehen wollen nach unserer durchredeten Nacht. Ich konnte nicht. Ich hatte bis vier gearbeitet und war um fünf traumlos ins Bett gesunken. Am nächsten Tag hatte ich eine Verabredung mit meiner Freundin Stef. Ich spielte mit dem Gedanken, ihr abzusagen, dachte dann aber, dass das ja wohl nicht sein könnte. Immer schon hatte ich mich über Frauen aufgeregt, die, kaum dass ein Kerl in ihren Kosmos spazierte, sofort alles stehen und liegen ließen und sogar die eigenen Freundinnen vernachlässigten. Leander würde warten müssen.

Mit Stef war es ausgesprochen nett. Natürlich kannte sie Leander, vom Sehen und von *Brotlos*-Auftritten auf kleinen Alternativbühnen.

»Ein Hübscher«, meinte sie und mir schwoll die Brust vor Stolz. Sie beugte sich zu mir rüber:

»Mir gefiel er immer schon besser als Tom.«

Tucker, tucker, tucker, tuckerte mein Herz.

Stef war wegen ihres zeit- und nervenraubenden Medizinstudiums nicht mehr viel unterwegs. Wenn wir uns trafen, was selten genug vorkam, lechzte sie nach den Liebesgeschichten ihrer Freundinnen. Als Majken uns einmal erzählte, sie habe hinter dem Rücken ihres damaligen Freundes mit dessen bestem Freund Sex gehabt, stand Stef der Mund so weit offen, dass sich ein Speichelfaden löste und in ihren erkalteten Milchkaffee tropfte, was Maijken und mich sehr erheiterte. Wobei ich der Gerechtigkeit halber zugeben muss, dass mich Majkens Geschichte ebenso faszinierte, ich hatte meine Körperflüssigkeiten nur etwas besser im Griff.

Als ich von dem Treffen nach Hause kam, hatte ich zwei Nachrichten von Leander auf meinem Anrufbeantworter. Ich lächelte. Und rief ihn zurück. Er arbeitete gerade im Punto. Ob ich später noch vorbeikommen wollte? Oder ob er kommen dürfte? Wollen, dürfen, ja, aber … Morgen musste ich doch früh raus.

»Wann denn?« Er konnte die folgenden Tage nicht wegen der Band, ich nicht wegen der Freundinnen. Wir verabredeten uns für das Wochenende.

»Lass uns zum Italiener gehen, ich lad dich ein.«

»Du brauchst mich nicht einzuladen«, sprach die Feministin aus mir, »aber ich komme gern mit.«

Die nächsten Tage sahen mich die Kollegen anders an als sonst. Zuerst prüfend, dann mit mildem Gesichtsausdruck. Bei Herrn Meier glaubte ich sogar, den Anflug eines Lächelns zu entdecken, seine Oberlippe war so komisch zur Seite gezogen. Oft starrte ich auf meinen Computer, lächelnd, während warme Wellen durch meinen Körper wogten und Halt suchten, aufschlagen wollten, eine leichte Brandung, die mich entzückte und verzauberte, sodass ich mir die Hand vor den Mund halten musste, um nicht lustvoll aufzuseufzen. Als Herr Meier, der mit der Oberlippe, mir dann tatsächlich einen Stapel Arbeit abnahm, dabei aber beruhigend meine Schulter tätschelte und etwas davon brummelte, dass ich mein Leben genießen solle, wusste ich, dass etwas anders war an mir.

Ich war verliebt.

Zum ersten Mal.

11
Gianni

Ich erinnere mich an unser erstes offizielles Date, als wäre es gestern gewesen. Natürlich hatte ich mich zurechtgemacht. Eine enge schwarze Jeans. Ein enges schwarzes Oberteil. Schwarze Stiefel mit hohem Absatz. Dramatisch schwarzer Lidstrich. Das glatte Haar fiel mir damals bis zur Taille. Kein Kuss bei der Begrüßung. Beide waren wir pünktlich. Fast scheu standen wir uns gegenüber, griffen gleichzeitig zum Türknauf, wollten dem anderen den Vortritt gewähren, bitte nach dir, nein, nach dir, ach, Alice Schwarzer ist doch nicht da, nun geh schon, Alice Schwarzer hat damit nichts zu tun, wenn ich dir die Tür aufhalte, nun geh du schon selber, nein, du … – bis wir am Ende zusammen reingingen, Schulter an Schulter. Gianni, der unser Lieblingskellner werden sollte, brachte uns Bruschetta, ich bestellte ein Glas Weißwein, Leander Cola.

»Alkohol vertrag ich nicht so gut«, meinte er entschuldigend.

»Ja, nachher passiert dir wieder so etwas wie neulich.«

Er guckte fragend. »Als du eine fremde Frau auf deinem Sofa auf den Mund geküsst hast«, half ich ihm auf die Sprünge.

»Genau, fürchterlich, das will ich auf gar keinen Fall.«

»Im Leben nicht«, bekräftigte ich.

Im nächsten Augenblick küssten wir uns. Jedwede Scheu fiel von uns ab, meine Hand war an seinem Nacken, er umfasste meinen Rücken, ich spürte sein dichtes kräftiges Haar zwischen meinen Fingern, während ich wie Wachs in seinen riesigen Händen zu sein schien.

»Holla die Waldfee«, murmelte ich. Und schon wieder wischten wir uns verstohlen über die Münder und bemerkten, dass uns die Leute am Nebentisch anstarrten.

»Und? Sind die Aktien gestiegen?«, fragte ich laut, um eine möglichst wichtigtuerische Börsenmaklerunterhaltung vorzutäuschen. Leander lachte auf.

»Und wie. Zumindest die von den Midlands.«

Er griff meine Hand. »Wo waren wir stehen geblieben?«, fragte er mit seiner wunderschönen Stimme.

»Du sagtest, dass du keinen Alkohol trinkst, damit auf gar keinen Fall so was wie neulich passiert.«

»Das wäre fatal.« Er nickte. Und streichelte mit dem Daumen über meinen Handrücken. Ich nickte. Und dachte, gleich schwimm ich davon.

»Warum singt eigentlich Tom, warum nicht du?«, fragte ich. Themawechsel, bevor uns Gianni wegen unsittlichen Verhaltens des Restaurants verweisen könnte.

»Warum fragst du?«

»Du hast so eine schöne Stimme.«

Er lächelte. »Früher habe ich gesungen. Aber Tom macht es besser.«

Irgendwann bestellten wir die Nudelplatte für zwei Personen. Wir aßen. Das heißt, ich aß, Leander starrte mich an.

»Alles okay?«, fragte ich irritiert.

»Du bist wunderschön.«

Diese guten Gefühle, die uns das Hirn vernebelten und uns fliegen ließen. Ich legte die Gabel beiseite und drückte seine Hand und seinen Arm. Seine Schulter. Bis meine Hand wieder an seiner Wange war. Ich liebte seine Wange. Ich biss mir auf die Lippen und aß weiter. Und Leander aß jetzt auch. Als nur noch ein kleiner Rest Nudeln auf der Platte vorhanden war, sagte ich, ich wäre pappsatt. Leander lud sich die Nudelreste auf seinen Teller.

»Na ja, eine könnte ich schon noch vertragen«, wandte ich ein.

»Natürlich«, entschuldigte er sich, »ich dachte nur, weil du sagtest …«

»In meinem Magen ist immer noch ein Plätzchen übrig.« Ich wickelte die Spaghetti um die Gabel und führte sie zum Mund. Er sah mich schon wieder so an. Ich legte die Gabel samt Nudel zurück auf den Teller und fragte, was denn jetzt sei.

»Es gefällt mir. Wie du isst. Dass du isst.«

Ich hielt mir die Stoffserviette vor den Mund. »Hat Suse nicht gegessen?« Ich konnte es mir nicht verkneifen.

»Sie hatte immer Angst, zu dick zu werden. Was praktisch war, weil ich dann ihre Reste aufessen konnte.«

»Darauf kannst du bei mir lange warten.« Ich nahm die Gabel mit der Spaghetti, öffnete den Mund und schloss die Augen. Köstlich. Als ich die Augen wieder öffnete, sah Leander mich immer noch an.

Er war ganz heiser. »Du bist so sinnlich.«

Aber auch da ging ich nicht mit zu ihm oder er zu mir. Es war nicht so, dass ich ihn hinhalten wollte oder mich an irgendwelcher Frauenratgeberliteratur orientierte, die vorschrieb, man müsste drei Vollmonde abwarten und eine tote Ziege essen, bevor man den rechten Fuß über das linke Bein des Mannes legte. Ich wünschte mir nichts sehnlicher, als in Leanders Armen zu liegen. Und gern sollten wir dabei auch so viel wie möglich ausgezogen haben. Und doch zögerte ich.

Ich verabschiedete mich vor meiner Haustür. Es war keine rationale Entscheidung. Rational war ich längst nicht mehr. Vielleicht wollte ich nur den Moment bewahren.

Das Gefühl, die Sehnsucht.

Vielleicht auch meine Unabhängigkeit.

»Ruf mich an«, sagte ich und schloss die Tür.

12
Kopfschmuck

Majken und Tom waren auch noch nicht richtig zusammengekommen. Als die beiden an jenem Abend Leanders Wohnung verlassen hatten, hatte sie ihn mit zu sich genommen. Sie hatten sich bis auf die Unterwäsche ausgezogen und geküsst – und waren eingeschlafen. Ich glaubte es nicht.

»Aber du wolltest ihn doch so sehr, warum hast du ihn dir nicht einfach ganz geschnappt?«, fragte ich entgeistert.

Majken fuhr sich durch ihr blondes Haar. Sie guckte streng.

»Ich wollte nicht.«

»Majken, bitte, ich wollte nicht, ich wollte nicht«, äffte ich sie nach. »Du willst ihn wie ...« Ich suchte nach einem passenden Vergleich, »... wie Hulle.«

»Alia, bitte.« Fehlte nur noch, dass sie mich mit der Hand wegscheuchte und »Husch-husch-ins-Körbchen« sagte.

»Majken.« Ich konnte das auch mit der Hebammenstimme. »Nur damit ich in Liebesdingen Unbeleckte es verstehe: Warum wolltest du etwas nicht, was du doch eigentlich mehr als alles andere willst?«

»Du hast wirklich keine Ahnung!« Endlich sprach sie wieder mit ihrer normalen Stimme. »Natürlich wollte ich. Aber ich wollte, dass ER den Anfang macht, du Trottel.«

Wir Frauen. Trugen den Feminismus auf dem Kopf wie

eine Krone. Viel Prunk und Zier. Die Männer sollten sich im Staube wälzen, wenn sie uns und unseres Kopfschmucks ansichtig wurden. Kaum aber stellten wir fest, dass der sich im Staube wälzende Untertan ganz attraktiv war, rissen wir uns die Krone vom Kopf, versteckten sie hinter dem Rücken und ließen sie im passenden Moment unauffällig in einer Schublade verschwinden. Aber mir würde das nicht passieren.

Niemals.

Dachte ich.

13
Schieflage

Ich hatte es geschafft. Die Magisterarbeit war abgegeben. Müdigkeit lähmte meine Glieder. Ich saß auf dem Bett, auf unserem großen Bett, kam nicht hoch und dachte nach. Irgendetwas lief gerade schief. Aber ich kam nicht darauf, was es war.

Die Magisterarbeit war die Hölle gewesen. Und gut war sie auch nicht geworden. Zusammengeschustert, hingepfuscht und nicht so, wie ich sie hatte haben wollen. Die, die das kannten, trösteten mich. Das wäre doch immer so. Gut, dass sie weg wäre, weil man sonst ewig noch etwas ändern würde und nie zum Ende käme. Aber das Gefühl der Erleichterung wollte sich nicht einstellen. Weil Katie in meinem Endspurt auch noch Windpocken bekommen hatte und mopsfidel zu Hause rumgesprungen war anstatt im Kindergarten zu sein, hatte Leander mir geholfen, so gut er konnte. Er hatte mir Bücher aus Bibliotheken geholt, hatte in Archiven gewühlt und könnte jetzt mühelos zum Bibliothekar umschulen. Ich war ihm unendlich dankbar und wollte ihm das auch zeigen, aber es kamen immer nur Gemeinheiten und Vorwürfe über meine Lippen.

Eine Träne lief mir über die Wange. Ich merkte es kaum. Katie war im Kindergarten. Ich strich mit der rechten Hand das Kissen glatt. Leanders Kissen. Es war bereits glatt, weil er die letzten Nächte gar nicht hier geschlafen hatte. Ich hatte sein Schnarchen nicht ertragen können und seine Unordnung und seine Anwesenheit. Daher hatte ich ihn gebeten, in seiner kleinen Büro-Wohnung zu übernachten, die er immer noch hatte. Er fand das offenbar prima, denn er fragte gar nicht nach, ob er wieder hier schlafen könnte, obwohl doch die Magisterarbeit vom Tisch war. Morgens kam er, frühstückte mit Katie, spielte ein wenig mit ihr und brachte sie in den Kindergarten. Anschließend verschwand er zur Arbeit.

Was lief schief? Warum stritten wir jeden Tag? Wir sahen uns sowieso so wenig. Meistens war ich es, die genervt war, die laut wurde. Er ging. Ich war mit Katie allein. Er musste Geld verdienen, sagte er. Ich musste Katie aus dem Kindergarten holen, mit ihr spielen, rausgehen, Sandkuchen backen, Kastanien, Hölzer und Steine sammeln, malen, waschen, putzen, saugen. Kinderkleidung kaufen. Essen kaufen. Essen kochen. Allein mit ihr essen. Nie zu dritt, immer nur Katie und ich. Abends vorlesen. Zähne putzen. Ins Bett bringen. Der ganze alltägliche Wahnsinn. Sie stets erneut geduldig ins Bett tragen, wenn sie mit ihrem Stoffhund vor meinem Schreibtisch stand und kuscheln wollte. Und ganz nebenbei musste ich meine Magisterarbeit schreiben. Eine zweite Träne folgte der ersten auf ihrer salzigen Spur. Die Arbeit war abgegeben, ich konnte durchatmen. Vielleicht mit Leander zu Gianni gehen. Einen Babysitter für Katie besorgen. Wir brauchten Zeit für uns. Zeit für uns als Paar. Dringend. Ich wollte gleich aufstehen. Gleich. Nur noch kurz ausruhen. Ganz kurz.

Ich war noch lange nicht am Ende. Prüfungen würden kommen, Klausuren, mündliche Hinrichtungen. Wie sollte ich das alles schaffen? Und gleich wieder Katie holen und einkaufen und aufräumen und – wieso war ich eigentlich allein? Ich legte mich hin, zog mir die Decke über die Ohren und hielt mir den Mund zu. Ich war eine alberne Kuh. Ich wollte nicht weinen. Wollte kein Selbstmitleid. Aber es brach aus mir heraus. Die Tränen stürzten aus meinen Augen wie die Niagarafälle, ohne zu versiegen und ohne dass ich meinen Gefühlsausbruch ergründen konnte.

Stunden später, als das Bett durchtränkt war von meinen Tränen, stand ich auf, putzte mir die Nase, bezog das Bett neu und ging in den Kindergarten. Es war an der Zeit, die beste Tochter der Welt abzuholen.

14
Banjo

Vor drei Jahren wurde ich schwanger. Ungeplant. Leander freute sich sofort, bei mir dauerte es länger. Wir suchten uns eine Wohnung. Ich kündigte mein winziges Einzimmerverlies und zog mit Leander in unser gemeinsames Dreizimmerparadies. Beide hielten wir nichts von der klassischen Wohnraumaufteilung in Schlaf-, Wohn- und Kinderzimmer. Wir waren uns einig, dass jeder seinen eigenen Rückzugsraum braucht, hielten uns an den Händen und teilten die Wohnung in ein Leanderzimmer, ein Alizimmer und ein Zimmer für den noch im Bauch befindlichen Banjo Malone, von dem wir noch nicht wussten, dass er kein Banjo Malone werden würde.

Leander behielt seine alte Zweizimmerwohnung über dem Punto. Einen Raum nutzte er als Büro, der andere fungierte als Gästezimmer, für den Fall, dass wir Besuch bekamen. Er konnte es sich leisten, die Wohnung zu behalten, und die Miete war nicht hoch. »Gerümpelkammer«, nannte ich diese Behausung. Sein Bürozimmer quoll von Aktenordnern und Papieren über. Uralte Schränke standen herum, die er vom Sperrmüll oder von Kumpels hatte, nichts passte zueinander. Das Gästezimmer platzte aus allen Nähten. Ein kaputter Bettrahmen, den er auf gar keinen Fall wegschmeißen konnte – schließlich konnte man ihn immer noch mal reparieren –, die alte Matratze, auf der wir unsere erste Liebesnacht verbracht hatten. Ein riesiger runder Esstisch mit angeknackstem Bein und abplatzendem Lack. Und Kartons. Mit Zeug drin. Aber es störte niemanden, ich ging sowieso nicht dorthin und Leander nur, um zu arbeiten.

So glücklich waren wir.

Bevor wir zusammenzogen und ich schwanger wurde, war ich alles andere als glücklich. Mit Leander war es prima, er war der Beste, aber im Büro wurde es von Tag zu Tag unerträglicher. Zwei meiner netten alten Männerkollegen waren in Rente gegangen, unter ihnen auch der Abteilungsleiter der Buchhaltung, und ich hatte einen neuen Vorgesetzten. Der war jünger als ich und machte mir und dem verbliebenen Herrn Meier das Leben zur Hölle. Er kontrollierte unsere Arbeit, die wir ohne ihn über all die Jahre perfekt erledigt hatten, und schlug Änderungen im Arbeitsablauf vor. Das heißt, wenn er sie mal vorgeschlagen hätte. Er schlug aber nichts vor, sondern schrieb vor. Herr Meier ging gelassener damit um, er hatte nur noch ein oder zwei Jahre abzuleisten. Ich dagegen kochte. Tag für Tag. Das musste man sich einmal vorstellen, er schrieb uns vor, dass wir für Notizen keine normalen Blätter oder Schmierpapier nehmen sollten, sondern bitte schön nur die alten abgerissenen Kalenderblätter. Diese sollten wir falzen und reißen und zu ordentlichen winzigen Stapeln sortieren, auf denen wir mühelos kurze handschriftliche Vermerke oder Telefonnotizen unterbringen und mit denen wir den Papierverbrauch seiner Abteilung niedrig halten konnten. Er führte es uns vor und faltete und riss an den albernen Kalenderblättern herum, sodass ich mich nicht beherrschen konnte und fragte, ob er das nicht mittels einer Powerpoint-Präsentation bildlich untermalen könnte, ich würde es sonst nicht begreifen. Daraufhin lachte Herr Meier zwar das erste Mal in seinem Leben laut, was mich aufrichtig freute, aber das Verhältnis zwischen mir und dem Neuen war endgültig zerrüttet. Er war gegelt und gescheitelt und hatte, kurz gesagt, ein komplettes Rad ab. Als er mich eines Tages spitz fragte, ob ich nicht genug verdienen würde, um mir mal angemessene Kleidung zuzulegen, flippte ich aus. Ich ging auf der Stelle und zu Hause die Wände hoch. Ich fluchte und zeterte und Leander ertrug das alles. Er sagte, der Job wäre doch noch nie mein Ding gewesen und dass wir uns doch schon seit Beginn unserer Beziehung überlegt hätten, dass ich dringend etwas anderes machen musste, und wann, wenn nicht jetzt und, ach, er war einfach reizend. Leander. Mein Held. Mein Retter in der Not.

Wir verbrachten Abende und Nächte bei Gianni und zu Hause und Tage beim Arbeitsamt. Ich müsste etwas mit Sprachen machen, fanden wir heraus, ich spräche doch schließlich fließend Englisch und Französisch und würde so gern reisen. In dem letzten Punkt unterschieden wir uns übrigens, sehr zu meinem Bedauern: Während ich am liebsten sechs Wochen am Stück irgendwo weit weg von zu Hause verbringen wollte und jedes Mal Rotz und Wasser heulte, wenn die Rückfahrt nahte, schloss Leander kategorisch alles aus, was länger als zwei Wochen dauerte, trauerte bei der Abfahrt und freute sich wie ein Schneekönig, wenn die Heimreise kurz bevorstand.

Ich überlegte also hin und her und Leander machte mir Mut, berufsmäßig einen neuen Weg einzuschlagen. Er gab mir das nötige Selbstvertrauen. Er liebte mich so sehr und traute mir alles zu, sodass ich geneigt war zu glauben, dass ich tatsächlich etwas anderes machen könnte.

Ich schrieb mich an der Universität für Literaturwissenschaften, Romanistik und Anglistik ein und kündigte bei den Herren Füllerfabrikanten. Der Abschied war kurz und schmerzlos. Der gute alte Herr Meier nahm meine Hand in beide Hände und drückte sie so fest zusammen, dass mir doch fast die Tränen kamen.

»Richtige Entscheidung, Mädchen«, sagte er. »Alles Gute.«

Parallel zum Studium fand ich Arbeit in einem Übersetzungsbüro. Ich verdiente nicht viel, aber ich arbeitete freiberuflich von zu Hause aus und nur wenige Stunden in der Woche. Zusammen mit dem BAföG kam ich gut über die Runden, konnte meine Miete und meine Krankenversicherung zahlen und hatte vor allem eins: Spaß am Studium und Spaß an der Arbeit. Es war eine gute Zeit.

Als ich schwanger wurde und wir zusammenzogen, meinte Leander, er könnte die Miete für unsere Wohnung allein tragen. Wenn ich wollte, könnte ich den Übersetzerjob hinschmeißen und mich ganz auf das Studium konzentrieren und natürlich auf Banjo Malone. Wenn ich fertig wäre mit dem Studium, dann würde ich mich sowieso dumm und dämlich verdienen und er könnte sich zurücklehnen. Ich zögerte. Aber die Verlockung war zu groß. Mit dem Studium war ich tatsächlich genug beschäftigt. Und das BAföG hatten wir auch noch, es war also keineswegs so, dass ich nichts beisteuern würde. Ich besuchte fortan nur noch ordnungsgemäß die Vorlesungen und Seminare und konzentrierte mich ansonsten voll und ganz auf meinen immer größer werdenden Bauch, in dem ein kleines Wesen zu meiner eigenen Verwunderung prächtig heranzureifen schien.

Majken fragte mich zwar von Zeit zu Zeit, ob ich nicht Angst hätte, den Anschluss an die Arbeitswelt zu verlieren und ob ich nicht wieder richtiges Geld verdienen wollte mit eigener Arbeit, um tolle Stiefel zu kaufen oder häufiger mit ihr essen zu gehen, aber ich sagte: »Papperlapapp, Stiefel hab ich noch und mehr brauch ich nicht.« Luft und Liebe eben, ein bisschen stimmte es doch.

Hätte ich meinen Kopf berührt, hätte ich festgestellt, dass meine Krone drauf und dran war, mir vom Kopf zu fallen.

15
Offenbarung

Nach unserem ersten Essen bei Gianni vor zehn Jahren telefonierten Leander und ich noch in derselben Nacht. Genau genommen hörte ich schon mein Telefon klingeln, noch bevor ich die Wohnung betreten hatte. Unser Telefonat war zärtlich, unendlich zärtlich, und ich schmolz dahin, sodass wir fast … Aber nur fast. Ich wollte nicht weiter gehen. Später. Vielleicht.

Wir telefonierten auch am nächsten Morgen. Und bei der Arbeit. Wir waren völlig verrückt. Jeder mit den Gedanken beim anderen. Unentwegt. Abends war ich allerdings wieder verabredet, meine Freundin Stef feierte ihren Geburtstag. Ich konnte unmöglich absagen, bot Leander aber an, mitzukommen. Er sagte, er hätte Bandprobe und wüsste nicht so genau. Wir verabredeten uns für das Wochenende und ich ging mit Majken zu Stef. Sie hatte ein tolles Buffet aufgebaut und sogar einen DJ engagiert. Majken und ich tanzten schon so früh, dass es extrem uncool gewesen wäre, hätten wir uns nicht so cool gefühlt. Tom musste im Punto arbeiten, berichtete sie auf meine Nachfrage und tanzte so wild, als wollte sie ihn vergessen.

»Weißt du, was ich glaube?«, brüllte sie mir durch die laute Musik zu.

»Erzähl.«

»Tom ist ein BP.«

»Ein was?«

»Ein BP!«

»Ist das nicht eine Tankstelle?«, witzelte ich brüllend zurück.

»Esel. BP steht für Bindungsphobiker.«

Das fand ich nun interessant. Dazu musste ich mehr wissen. Wir verließen die Tanzfläche und machten es uns auf einem kleinen Sofa bequem.

»Ich hatte ja keine Ahnung«, begann sie. »Aber seit gestern lese ich die Bibel.«

Meine Augenbrauen fuhren hoch bis zum Haaransatz und darüber hinaus.

»Aha, ich sehe schon, du kennst die Bibel noch nicht.«

»Das kann man so nun auch wieder nicht sagen«, wandte ich ein. Schließlich war ich konfirmiert.

»Die Bibel …« Majken legte den Kopf zurück und schloss die Augen. Mein Gott, die Bibel musste eine echte Offenbarung für sie sein. Ich war beeindruckt.

»Die Bibel ist eine echte Offenbarung für mich«, sagte Majken. »Wo soll ich anfangen?«

»Beim Alten Testament«, schlug ich vor.

Sie öffnete die Augen und war wieder im Hier und Jetzt.

»Du bist doch blöd.«

»Ich bin konfirmiert.«

»Die Bibel ist ein Frauenratgeberbuch.« Strenger Hebammenton. Atme, Frau, atme.

Ein Frauenratgeberbuch. Jetzt musste ich herzlich lachen. »Na, der Titel ist schon mal großartig«, fand ich.

»Alia, du bist wirklich extrem dämlich. Das Buch heißt natürlich nicht wirklich ›die Bibel‹, es heißt *Warum der Mann nicht lieben kann*, und es hat mir die Augen geöffnet. Weißt du noch? Die ganze Zeit, in der wir Tom im Punto beobachtet haben, all die Frauen, mit denen er geflirtet hat, die ihm aber trotzdem nicht nahegekommen sind, das ist typisch für einen BP.«

»Aha?«

»Seine Arbeit, sein Telefonverhalten, dass er sich nicht gemeldet hat und auch jetzt nie meldet, sein widersprüchliches Verhalten ganz allgemein, seine überschwänglichen Komplimente, wenn wir uns mal sehen, alles spricht dafür.«

»Und jetzt, wo du weißt, dass er ein BP ist … brichst du den Kontakt ab?«

Majken nickte traurig. »Ich müsste. Wenn ich vernünftig wäre, müsste ich das tun. Ich bin doch nicht bescheuert. Hocke in meiner Wohnung und warte auf seinen Anruf. Gehe nicht raus, wasche mich kaum noch aus Angst, das Klingeln nicht zu hören, das ist doch Wahnsinn.«

Ich nickte.

»Es ist mir nun auch völlig klar, warum er den ersten Schritt nicht unternimmt. Und warum er sich nach unserer Nacht – egal ob mit Sex oder ohne – neulich nicht meldet.«

»Nee, klar. Obwohl … warum meldet sich ein BP denn nicht?«

»Das ist doch klar, Alia. Für den BP riecht solch eine Nacht doch nur so nach ›Beziehung‹, nach ›für immer‹ und nach ›Ehekäfig‹! Ich würde mich nicht wundern, wenn ich nie wieder von ihm hören würde. Oder erst in zwei bis drei Monaten. Es wäre laut Bibel eine völlig typische Reaktion für einen BP.«

Sie seufzte schwer.

»Scheißkerle«, kommentierte ich. »Er sollte doch verdammt froh sein und Gott auf Knien danken, dass eine so wunderbare Frau wie du auf ihn zukommt und ihm sogar ihre Telefonnummer gibt.«

»Die er dann bei der erstbesten Gelegenheit gleich seinem besten Kumpel auf den Tisch legt, dieser Idiot.«

»Vielleicht meldet er sich ja doch noch.«

»Vielleicht kann er mich mal.«

Majken klärte mich dann noch darüber auf, dass alle Männer Gummibänder sind. Sie dehnen sich von einer weg bis zum Gehtnichtmehr und erst, wenn es wirklich nicht mehr geht, kommen sie mit einem Knall zurückgeflutscht. Um sich dann erneut auf Dehnungstour zu begeben. Das sollte eine verstehen. Ich ging die Männer meiner Vergangenheit im Geiste durch und stellte fest, dass ich nicht so richtig mitreden konnte in Sachen Gummi. Während ich noch überlegte, legte Majken mir plötzlich die Hand auf den Arm.

»Ich Schaf. Ich war so gefangen in meinen bindungsphobischen Erkenntnissen, dass ich ganz vergessen habe zu fragen, wie es dir mit Leander jetzt geht.«

Was sollte ich sagen. Schon als sie den Namen nannte, durchliefen mich gleich wieder Wellen, wohlige Wärme stieg auf und das Herz pumpte Blut durch meinen Körper. Ich versuchte, möglichst lässig zu antworten und das Ganze herunterzuspielen. Majken schrie auf.

»Scheiße, du bist verliebt.«

»Blödsinn, hör auf, ich kenn ihn doch gar nicht. Ich und verliebt.« Am liebsten hätte ich ihr den Mund zugehalten.

»Du bist verliebt. Guck mal, du bist ganz rot. Ach, ist das schön!« Sie umarmte mich. »Ich freu mich so für dich.«

»He, lass mal, es ist wirklich noch nichts gewesen, das heißt alles gar nichts.«

»Du glühst. Ich freue mich so für dich.«

Sie hörte mir gar nicht zu. Ich aber merkte, dass es mich ganz nervös machte. Ich dachte die ganze Zeit an Leander.

Ich wollte ihn sehen. Wir tanzten noch ein bisschen, aßen, tranken, dann hielt ich es nicht mehr aus. Ich verabschiedete mich von Majken und von Stef und wünschte allen noch ein schönes Weiterfeiern. Majken brachte mich zur Tür. Sie ahnte, was hinter meinem frühen Abgang steckte.

»Gehst du noch ins Punto?«

Ich zuckte die Schultern. »Mal schauen«, meinte ich zögernd. »Willst du hin? Tom ist doch da.«

»Pah!« Sie schüttelte den Kopf. »Ein bisschen Stolz hab ich noch.«

Wir umarmten uns, und ich ging.

»Alia!« Ich drehte mich um. Dunkel und leer war es auf den Straßen. Majken rief meinen Namen und kam angerannt.

»Scheiß doch drauf. Ich komm mit. Ich guck nur kurz, ob der BP-Arsch da ist, und wenn ja, geh ich sofort nach Hause.«

»Und wenn er nicht da ist?«

»Dann auch.«

»Großartig!«

Ich hakte sie unter und wir marschierten Arm in Arm Richtung Punto.

An der Tür sollte ich vorgehen. Ich spähte in den Laden. Ich sah nur ein paar Gäste an der Theke, ein Pärchen an einem Tisch, keine Spur von Tom oder Leander.

»Die Luft ist rein …«, flüsterte ich zu Majken und musste kichern. »Er scheint nicht da zu sein, du kannst jetzt getrost nach Hause gehen.«

»Wirklich nicht? Typisch BP. Immer einen auf geheimnisvoll machen.«

Sie schob mich zur Seite und stiefelte mit ihren langen Beinen hinein.

»Ein kleiner Cocktail kann nicht schaden. Vermutlich ist

Tom bei Frau und Kind, von denen die Welt aber nichts wissen darf.«

In dem Moment kam Tom aus der Küche.

»Hey, hallo …«

Offenbar freute er sich, Majken zu sehen. Majken spielte die Unnahbare. Er gab ihr einen Kuss auf die Wange. Immerhin. Dann sah er mich an.

»Leander ist oben«, meinte er vielsagend. Womöglich würde er mir gleich noch bedeutungsschwanger zuzwinkern. Ich sah zu Majken.

»Geh«, meinte sie.

»Kann ich dich denn allein lassen?«, fragte ich besorgt.

»Ich kümmere mich um sie«, sagte Tom und zwinkerte jetzt tatsächlich. Wieder umarmte ich meine liebe Freundin. »Viel Glück.«

»Dir auch«, flüsterte sie mir ins Ohr.

Und schon war ich im Treppenhaus. Eilte die Stufen nach oben. Klingelte an der Tür. Niemand öffnete. Ich klingelte noch mal, länger. Dann öffnete sich die Tür. Und Leander stand da. Nur mit einer Unterhose bekleidet. Zerzaust, unrasiert, verschlafen.

»Ich bin's«, sagte ich. Etwas Klügeres fiel mir nicht ein. »Entschuldige, ich wollte nicht stören, es ist ja auch schon spät. Ich dachte, also ich war auf der Party, und da, da hab ich dann gedacht, also wenn ich nicht störe …«

Ich stammelte immer noch, während Leander mich schon längst an der Hand genommen und in die Wohnung gezogen hatte.

»Ich dachte halt, dass ich unverhältnismäßig oft an dich denken muss, und da dachte ich, dachte ich, warum nicht mal gucken gehen.«

Er zog mir die Jacke aus und das Shirt. Die Schuhe. Bei der Jeans half ich ihm. Höschen und BH schaffte er allein. Dann nahm er mich auf den Arm und trug mich über die Schwelle ins Schlafzimmer.

16
Heckenpenner

Es war schwierig, einen Termin mit Leander zu finden. Einen Termin mit meinem eigenen Freund, mit dem Vater meiner Tochter, mit dem Mann, den ich seit zehn Jahren liebte.

Ich träumte von einem Essen bei Gianni. Von nicht enden wollenden Gesprächen. Wie früher. Ich wollte mit ihm lachen, lachen, bis mir die Tränen kamen. Wollte zärtlich über seine Wange streicheln. Wollte, dass wir Zeit hatten füreinander, ohne Eile, ohne Druck. Wie früher.

Leander musste arbeiten. Immer. Und wenn er nicht arbeiten musste, musste er mit der Band proben. Es gab einen neuen Sänger und Gitarristen, da Tom schon länger nicht mehr dabei war. Viktor hieß er, und er war wohl sehr gut. Leander musste sich Zeit nehmen für Viktor.

»Den will ich nicht verlieren«, meinte er.

Ich war schon wieder auf hundertachtzig. »Den willst du nicht verlieren«, keifte ich wie eine alte Marktfrau, »aber dass du mich verlieren könntest, nimmst du in Kauf.« Als ich ruhiger wurde, versuchte er sich zu erklären und ich versuchte mich zu erklären.

»Einen Abend, Leander, einen einzigen Abend. Bitte.«

Er seufzte. »Natürlich. Wenn du willst.«

Ich biss mir auf die Lippe. Wenn ich will. Wollte er denn gar nicht? Wir vereinbarten geschäftsmäßig einen Termin und er ging proben. Mit seinem Viktor, den er nicht verlieren wollte.

Katie würde bei meiner Freundin Bianca schlafen. Die erste Nacht ohne mein Baby. Ich sorgte mich fast zu Tode. Bianca, dreifache Mutter und somit erfahren, beruhigte mich. Wenn es gar nicht ging, würde sie die Kleine auf der Stelle ins Auto setzen und zu mir fahren.

»Versprochen?«

»Versprochen!«

Katie drehte fast durch vor Freude, bei Bianca schlafen zu dürfen. Keine Spur von Abschiedsschmerz. Vermutlich war sie auch ein Bindungsphobiker. So früh schon. Biancas achtjährige Tochter Mia nahm Katie gleich an die Hand und verschwand mit ihr im Kinderzimmer. Als ich nur wenig später anklopfte, um mich endgültig zu verabschieden, stand meine Maus bekleidet mit einem viel zu großen Prinzessinnenkleid in der Mitte des Raums, schwenkte einen glänzenden Zauberstab und balancierte eine riesige Sonnenbrille auf ihrer winzigen Stupsnase. Ich nahm ihr die Brille ab, um ihr den finalen Abschiedskuss zu geben, was sie sehr erboste, und erst als sie die Brille wieder auf der Nasenspitze hatte, winkte sie mir huldvoll zu. Mein Mausebär.

Zu Hause nahm ich ein Bad. Ich verwendete viel Zeit darauf, meine Beine zu enthaaren. Ich rieb mich mit duftenden Körperölen ein und wickelte mein Haar auf dicke Wickler. Zur Feier des Tages hatte ich eine Flasche Sekt kaltgestellt und trank schon mal prophylaktisch ein Glas. Ich hörte wunderbare Musik, freute mich seit Langem einmal wieder über das Leben und noch mehr auf den bevorstehenden Abend. Und auf Leander.

Er wollte direkt vom Punto zu Gianni kommen. Er musste noch etwas mit den beiden Studentinnen klären, die aushilfsweise dort arbeiteten. Mein Handy fiepte. Eine SMS.

»Ich liebe dich, Ali. Bis gleich, L.«

Mein Herz. Es war doch alles gut zwischen uns. Es war so wichtig, sich Zeit füreinander zu nehmen. Warum hatten wir das nicht schon längst getan? Der Alltag konnte einem manchmal wie eine Riesenwelle über dem Kopf zusammenbrechen. Ich küsste mein Handy, wie früher, und machte mich weiter schön. Unterwäsche, ich trug sogar Strümpfe, alles war vom Feinsten: Spitze hier, Spitze da und ich mittendrin. Dann der Rock. Ich trug nie Rock. Seit Katie auf der Welt war, schon gar nicht. Der Rock war ziemlich kurz. Dazu Stiefel bis zum Knie auf hohen Absätzen. Ich drehte mich vor dem Spiegel, als es klingelte. Oh Leander. So süß. Deshalb die SMS. Er wollte mich abholen, der edle Ritter von guter Gestalt. Vielleicht hatte er sogar eine Limousine angemietet. Ich musste kichern ob dieses absurden Gedankens. Mit dem Sektglas in der Hand eilte ich zur Tür. Dort hielt ich inne und schob den Rock ein wenig, na ja, ein ganz schönes Stück nach oben, damit Leander gleich einen Blick auf die Naht meines halterlosen Strumpfes erhaschen konnte. Ein kleiner Appetizer. Ich stellte meine Stimme tief und fragte so männlich, wie ich konnte:

»Ist da mein kleiner wilder Cowboy?«

So hatte ich ihn anfangs aufgezogen, als ich zu meinem Entsetzen Cowboystiefel in seinem Schrank gefunden hatte. Er trug die Stiefel längst nicht mehr, aber der kleine wilde Cowboy als Running Gag war geblieben. Leander antwortete mir nicht. Ich öffnete die Tür. Und hätte sie fast wieder geschlossen. Vor der Tür stand ein Typ mit Vollbart, den ich noch nie gesehen hatte. Ich schämte mich in Grund und Boden, während sich der träge Blick des Fremden an meiner Strumpfnaht verfing. Hochroten Kopfes zerrte ich den Rock an die richtige Stelle.

»Gott, wie peinlich«, murmelte ich, »eine Verwechslung.«

»Kein Problem.« Er hatte jetzt ein unglaublich spöttisches Grinsen im Gesicht. »Im Gegenteil.«

Er stellte sich vor.

»Ich bin Kolja. Meine Freundin und ich sind letzte Woche nebenan eingezogen.«

»Ah, richtig, neue Mieter, ich hab den Umzugswagen gesehen.«

»Ich wollte nur fragen, ob du vielleicht ein Ei hast. Wir machen gerade Pizza und Kim, meine Freundin, bildet sich ein, ein Spiegelei darauf haben zu müssen.«

»Ist sie schwanger?«

Kolja lächelte wieder spöttisch. »Nein, sie ist kapriziös.«

»Komm rein.«

Ich ging in die Küche, er folgte mir. In Nullkommanichts hatte ich aus dem Kühlschrank zwei Eier genommen und sie ihm in die Hand gedrückt.

»Falls du auch noch Appetit darauf bekommst.«

Während er die Eier nahm, berührte er meine Hand und ich bekam einen leichten elektrischen Schlag. Vielleicht bildete ich es mir aber auch nur ein.

»Wie heißt du?«, fragte er.

»Alia.«

»Ein schöner Name.«

»Danke.« Ich wollte, dass er ging. Ich wollte nicht zu spät kommen.

»Ich bin jetzt etwas in Eile«, deutete ich an.

»Verstehe. Eine Verabredung mit dem kleinen wilden Cowboy.«

Ich schickte ein Stoßgebet zum Himmel, dass dieser Kolja mit seinem spöttischen Grinsen und den unqualifizierten Bemerkungen bald wieder auszog. In eine andere Wohnung in einem möglichst fernen Land.

Pünktlich um acht Uhr war ich bei Gianni.

Kein Leander.

Gianni küsste mir die Hand. Ciao Bella.

Um viertel nach acht kochte ich. Wie ich das hasste. Verspätungen. Was für ein asoziales Arschloch, mit Verlaub, mich hier warten zu lassen, fluchte ich. Zumal er genau wusste, dass ich Verspätungen hasste. Dass ich selbst immer pünktlich war. Ich wollte ihm die Augen auskratzen, wollte gehen. Ich tippte eine wütende SMS in mein Handy. Es klingelte kurz darauf. Leander. Der hatte Mut.

»Ich bin auf dem Weg.«

Gianni brachte mir ein zweites Glas Prosecco. Er war reizend. Er plauderte mit mir über Italien und lenkte mich ab. Endlich kam Leander. Es war nach halb neun. Wäre ich nicht ein immerhungriger Mensch, wäre mir der Appetit längst schon vergangen. So aber hatte ich bereits von Giannis köstlicher Bruschetta genascht, die ich meinem sogenannten Lebensabschnittsgefährten, als ich seiner ansichtig wurde, prompt über die Füße hätte kotzen können. Wie sah der denn aus? Sein langes Haar war fettig, er trug eine schmutzige Jeans und ein olles T-Shirt mit Löchern. Dreitagebart wäre ein zu euphemistischer Begriff für diesen braungrauen Weihnachtsmannbart gewesen, der ihm überall im Gesicht rumwucherte.

Er versuchte es gar nicht erst mit einem Begrüßungskuss, ja, er begrüßte mich nicht einmal oder entschuldigte sich auf Knien, sondern ignorierte mich und gab Gianni erst einmal stundenlang die Hand. Dazu haute er ihm freundschaftlich auf den Rücken, als freute er sich wie irre, ihn zu sehen. Fassungslos beobachtete ich das Schauspiel. Ich hatte den ganzen Nachmittag damit zugebracht, in einer warmen Brühe rumzuliegen, um mich zu pflegen. In Wahrheit gehörte ich gar nicht zu den Badefrauen, die zwecks Entspannung und purer Lust am liebsten jeden Tag in eine warme Wanne stiegen. Ich dachte immer, ich müsste das auch toll finden, es wäre wie im Himmel, und ich ließ heißes Wasser einlaufen und zündete Kerzen an, aber nach spätestens drei Minuten war mir jedes Mal todsterbenslangweilig und ich sehnte mich nach meinem Sofa.

Aber ich hatte mich schön gemacht. Hatte mir Mühe gegeben. Hatte seine Tochter weggebracht. Zu einer Fremdbetreuung. Seine Wohnung aufgeräumt. Hatte mich auf den Abend vorbereitet. Gefreut. Wie früher, wie früher.

Und er sah aus, als hätte er gerade Bierkisten vom Lkw entladen und jetzt tüchtig Hunger.

»Nudeln?«, fragte er.

War ›Nudeln‹ eine gängige Begrüßungsfloskel? Ein neues Wort für Hallo? Eine Entschuldigung für das Zuspätkommen gar? Nudeln!

»Ich musste noch mit Viktor in den Proberaum«, bemühte er sich, »tut mir leid.«

Nudeln, Viktor, ich hörte wohl nicht recht. Unser erster Abend seit zwanzigtausend Jahren. Allein. Es sollte sein wie früher. Und er ließ mich mehr als eine halbe Stunde warten.

Und kam fettig und stinkend und abgerissen wie der letzte Heckenpenner an, ignorierte mich völlig, faselte etwas von seinem Viktorliebling und fragte scheinheilig: Nudeln?

Nudeln!

»Fick deine Nudeln«, zischte ich, stand auf, schnappte meine Jacke und ging raus. Es war mir egal, was Gianni von mir dachte. Auf der Straße rannte ich, als würde ich verfolgt, dabei folgte mir kein Mensch. Auch das ärgerte mich wiederum und ich weinte. Ich weinte verdammt oft in letzter Zeit, das ärgerte mich so sehr, dass ich noch mehr weinte. Mit dem Bus fuhr ich zu Bianca an den Stadtrand. Zu Katie, meiner geliebten Tochter.

Bianca starrte mich an. Die Wimperntusche hatte sich mit Rotz und Wasser vermengt, schwarze Bäche waren zu einem salzigen Morast in meinem Gesicht geworden. Sie zog mich rein und richtete mir ein Bett in ihrem Arbeitszimmer her. Sie war so gütig und lieb.

»Dass es solche Menschen wie dich überhaupt gibt«, schluchzte ich fassungslos und ließ die Tränen einfach weiterlaufen.

Sie lieh mir eine Zahnbürste und einen Schlafi mit Gummibärchen drauf und fragte, ob ich noch irgendetwas brauchte. Ich putzte mir die Nase und überlegte.

»Hast du vielleicht eine Tüte Chips?«

So war es bei mir immer. Kein Leid konnte groß genug sein, dass es mir den Appetit verschlug. Und ich hatte nichts gegessen bis auf diese winzigen Bruschetta-Happen. Mein Magen knurrte. Bianca lachte.

»Klar, und Schokolade auch.«

»Nein, tausend Dank, die brauch ich nicht. Nur Chips. Und Katie.«

Sie schlich in den Keller, um mir Chips zu holen. Katie schlief im Babybettchen bei Berti und Bianca im Schlafzimmer. Ich wollte Berti keinesfalls nackig sehen und wartete ab. Bianca kam kurze Zeit später wieder, in ihrer Hand die Tüte Chips, an ihre Schulter geschmiegt wie ein Klammeräffchen meine Katie. Meine geliebte Katie. Ich dankte Bianca von ganzem Herzen und bettete mein schlafendes Goldkind neben mich. Dann griff ich zu einem Groschenroman, den Bianca mir nach der Abgabe meiner Magisterarbeit, als ich alle hatte verbrennen wollen, dankbar abgenommen und vor dem Flammentod bewahrt hatte, und öffnete die Tüte Chips. Als die Chips alle waren und der Graf das erste Mal die arme Heldin geküsst hatte, putzte ich mir nicht mehr die Zähne, ausnahmsweise, sondern kuschelte mich an mein Baby. Ihr friedliches Gesicht und ihr regelmäßiger Atem waren eine Wohltat. Nichts war wie früher, gar nichts, alles war besser, flüsterte ich und hatte nicht einmal mehr Tränen übrig, die meine Worte hätten Lügen strafen können.

17
Liebe

Damals, ganz am Anfang, hatte ich immer und überall, sogar in meinen Schuhen, kleine Zettel gefunden, auf die Leander »ICH LIEBE DICH« geschrieben hatte. In Großbuchstaben. Er sagte es mir so oft und ich sagte es ihm oft. Im Punto standen wir und küssten uns und die Menschen fragten, ob wir kein Zuhause hätten. So ging es lange. Jahrelang. Natürlich schliff der Alltag die Verliebtheit, stutzte die Gefühle zurecht, natürlich gab es Streit, Streit über Ferien zum Beispiel. Leander wollte das Punto und *Brotlos* ungern allein lassen, sodass wir fast nie in den Urlaub fuhren, was mich wütend machte. Es gab Streit über gemeinsame Hobbys – ich hätte so gern einen Tanzkurs mit Leander besucht, er dagegen meinte, dann könnte er gleich den ganzen Tag in Strumpfhosen herumlaufen. Wir stritten über das Wetter – ich liebte die heiße Sonne, er bevorzugte den Herbst, wenn es regnete und man hübsch drinbleiben konnte, ohne sich zu entschuldigen. Wir stritten und diskutierten und lachten. Nur in der Politik waren wir einer Meinung und wählten sogar die gleiche Partei.

Die Zeit, die war vielleicht schon immer unser einziger richtiger Streitpunkt. Ich wollte mehr Zeit, mehr sinnvoll miteinander verbrachte Zeit. Nicht nur, dass Leander im Punto stand oder am Computer saß und ich ihn von der Seite anhimmeln durfte. Ich wollte gemeinsame Kinobesuche, Städtereisen, Theater, Kultur oder einfach nur sonntags gemeinsam Tatort gucken. Er hatte so selten Zeit. War immer beschäftigt. Ich fühlte mich vernachlässigt. Zuweilen.

Aber meistens war es schön. Besonders das Essen und Essengehen liebten wir beide sehr und zelebrierten es lang und ausschweifend. Manchmal lagen wir im Bett, entweder bei ihm in seiner Gerümpelkammer oder in meiner winzigen Wohnung, er hielt mich im Arm, guckte an die Decke, und ich streichelte seine Wange. Er sagte, wie gut wir es hätten, dass wir uns lieben würden. Und was für ein Glück es sei, dass wir uns überhaupt gefunden hätten.

»Guck dir Majken an«, sagte er, die damals mit Tom ein einziges Hin und Her erlebte. »Vielleicht ist der für sie bestimmte Mann gar nicht Tom. Vielleicht lebt ihre andere Hälfte in China und sie weiß das nicht, woher auch, und sie wird ihm nie begegnen.« Mir wurde ganz weh ums Herz, so leid tat mir Majken bei diesen Worten. Leander drückte mich und flüsterte mir meinen Kosenamen ins Ohr.

»Meine Ali …«

Ich war so froh, dass wir uns hatten. Ich fühlte mich geborgen. Und stark. Wie es geliebte Wesen eben tun.

Majken hatte wenig Zeit, da sie sich getraut hatte, zusammen mit einem Kollegen eine gemeinsame Praxis zu eröffnen. Er bot seine Dienste als Physiotherapeut an, sie als selbstständige Hebamme und zudem machte sie eine Weiterbildung in Osteopathie. Sie musste dafür viel lernen, vorbei waren die Zeiten, als wir bis in die Puppen tanzen gingen. Aber wir trafen uns trotzdem regelmäßig. Sie war mit Tom immer noch nur halbwegs zusammen und es war schwierig. Ich verstand es nicht. Die beiden waren so ein schönes Paar, beide groß, beide blond, beide strahlend. Wie Leander und ich, so wohnten auch Majken und Tom nicht zusammen. Majken wollte gern, aber Tom nicht. Majken wollte vieles gern, was Tom nicht wollte. Sie wollte vor allem Verbindlichkeit, Tom jedoch zog sich regelmäßig zurück.

»Wir müssen uns treffen, dringend«, sagte sie eines Abends am Telefon.

Wir trafen uns in einer neu eröffneten kleinen Tapasbar. Auf gar keinen Fall wollte sie ins Punto, wo sie Tom hätte treffen können. Sie bestellte sich einen Wein, trank ihn zur Hälfte aus und regte sich furchtbar auf.

»Dieser Idiot!«, fauchte sie. »Jetzt hab ich endgültig die Nase voll.«

Ich wunderte mich. Sie waren nicht erst seit gestern ein Paar, das ganze Hin und Her mit ihnen ging nun auch schon einige Jahre.

»Genau das ist es«, rief sie wütend. »Sein dummes Gequatsche. Von der Liebe. Und wie er sich darauf freut, endlich mit mir zusammenzuziehen. Und mit mir in den Urlaub zu fahren.«

Sie trank den restlichen Wein und knallte das Glas auf den Tisch.

»Alia, wir sind fünf Jahre zusammen oder noch länger, rechnet man das anfängliche Hin und Her nicht mit. Und wir waren noch nie im Urlaub! Erinnerst du dich noch, dass ich am Anfang dachte, er hat bestimmt Frau und Kind und führt ein Doppelleben?«

Ich nickte.

»Stell dir vor, ich zweifle immer noch, ob da nicht was dran ist. Ob mein eigener Freund ein Doppelleben führt. Das ist doch nicht normal.«

Ich stimmte ihr zu. »Aber ihr liebt euch doch, oder?«

»Ach Liebe!« Sie lachte höhnisch auf. »Hör mir auf mit

Liebe. Was soll das denn sein? Ich will keine verdammte Liebe, ich will Taten.«

Das konnte ich nachvollziehen.

»Er ist so ein ignoranter, aufgeblasener Idiot«, echauffierte Majken sich weiter und wurde immer wütender und lauter dabei. »Er kann sich sein dummes Vollmond- und Romantikgequatsche sonst wohin stecken. So einen Trottel brauche ich so nötig wie ein Loch im Kopf. Da lasse ich mir doch lieber einen Vibrator liefern.«

Die hübschen Spanier hinter der Theke johlten.

»Ist doch wahr!«, rief Majken.

»Und das Beste kommt noch.« Sie senkte ihre Stimme wieder. »Gestern sehe ich ihn zufällig in der Stadt mit einem Freund im Café. Obwohl er mir gesagt hatte, er hätte keine Zeit, er müsste arbeiten.«

Ich war platt. »Hast du ihn zur Rede gestellt?«

»Was denkst du denn?« Strafend blickte sie mich an. Natürlich. Ich hätte Leander auch eine Szene gemacht, Öffentlichkeit hin oder her.

»Natürlich nicht«, sagte Majken indes. »Taktik, meine Liebe. Sonst kommt man nicht weiter. Was er kann, kann ich auch.«

Sie beschloss, gleich am nächsten Tag den Hengst zu verführen. Der Hengst war ihr Kollege, der Physiotherapeut, der gern mit seiner Männlichkeit prahlte. Er war Majken verfallen, aber sie erhörte ihn nicht, da sie wiederum Tom verfallen war. Der Hengst versuchte es dennoch immer wieder. Kürzlich hatte er ihr sogar anvertraut, dass er direkt vom Sport käme. Verständnislos hatte Majken ihn angestarrt.

»Ich hab noch nicht geduscht«, hatte er augenzwinkernd gesagt.

»Dann wird es aber Zeit«, hatte Majken streng geantwortet, woraufhin ihm sein aufforderndes Grinsen aus dem Gesicht gerutscht war. Er hätte ja keine Ahnung gehabt, entschuldigte er sich bei ihr, aber all die anderen Frauen, das wüsste er genau, die würden es normalerweise lieben, wenn Männer ein klein wenig nach Schweiß röchen.

Leander war meine andere Hälfte, so viel war sicher. Und der Hengst war sicher nicht Majkens andere Hälfte, so viel war auch sicher. Aber er betete Majken an und Majken war fest entschlossen, sich ihre Hälfte vom Kuchen persönlich abzuholen. Auch wenn der Kuchen nicht ihr Lieblingskuchen war.

Mir blieb nichts anderes übrig, als ihr einen geduschten Kuchen zu wünschen, wenigstens das.

18
Auszeit

Zwei Wochen war es jetzt her, dass ich die Magisterarbeit abgegeben hatte. Zwei Wochen und ich war immer noch kein bisschen erleichtert. Und Leander schlief immer noch drüben.

Als ich ihn gebeten hatte rüberzugehen, hatte ich die Schnarcherei als Grund vorgeschoben. Leanders Schnarchen war so laut, dass sich selbst die Menschen in China nachts nicht entspannen konnten, es hätte also auch nichts genutzt, wenn er zum Schlafen nach nebenan in sein Leanderzimmer gegangen wäre. Einerseits. Andererseits hätte ich natürlich Ohrstöpsel aus Wachs benutzen können, wie immer. Trotzdem bat ich fast auf Knien, ob er nicht in seiner Gerümpelkammer nächtigen könnte. Übergangsweise, nur kurz, bitte. Eine kleine Auszeit, ich wäre so im Stress.

Wie erleichtert war ich, als er einwilligte. Keine sexuellen Übergriffe mehr. Es war so anstrengend, ihn abzuwimmeln, es tat mir obendrein auch leid, aber ich hatte keine Zeit für den verdammten Sex, immer nur Sex, keine Zeit und keine Lust.

»Warum machen wir nicht mal was Schönes?«, fragte ich.

Wie ein verwundetes Reh sah er mich an: »Sex ist doch schön.«

»Ja, ja. Aber warum nicht einfach mal Kino? Oder kuscheln?«

»Das können wir ja danach machen. Eins nach dem anderen.«

Wir drehten uns im Kreis.

Und wir stritten. Ich war so dünnhäutig. Jedes Detail ging mir fürchterlich auf den Keks. Ich fand es völlig in Ordnung, wenn er zu Hause mit der alten Jogginghose herumlief, ich mochte es schließlich selbst gern bequem und hasste es, in Straßenklamotten, mit denen ich zuvor in Bussen oder auf Parkbänken gesessen hatte, auf meinem Sofa rumzufläzen. Leanders Jogginghosen waren allerdings alle löchrig und ausgeleiert. Was mich nicht störte. Zu Hause. Als er in diesen Hosen jedoch meine Tochter in den Kindergarten bringen wollte, war ich dagegen. Das wäre mir peinlich, sagte ich, das ginge ja wohl gar nicht.

»Du bist ein Spießer geworden, Ali«, war sein leiser Kommentar.

»Bitte, dann bin ich eben ein Spießer«, tobte ich. »Wenn dir dein spießiges Schubladendenken so viel Spaß macht. Schöner wäre es allerdings, wenn du auch mal daran dächtest, dass es deiner Tochter und mir vielleicht peinlich ist, wenn ihr Vater rumläuft wie ein Voll-Asi. Aber das interessiert dich auch nicht, nichts interessiert dich, du isst nicht einmal mit uns zu Abend, nie.«

»Ich habe keine Zeit.«

»Für *Brotlos* hast du immer Zeit.«

»Was soll das?«

»Früher haben wir doch auch gemeinsam zu Abend gegessen, wie eine normale Familie.«

»Warum ist dir das mit der ›normalen Familie‹ plötzlich so wichtig? Früher wolltest du nie eine klassische Familie mit Vorgarten.«

»Was hat denn ein verdammter Vorgarten mit einem gemeinsamen Abendessen zu tun, bei dem man sich über die Dinge des Tages austauscht? Interessiert dich denn überhaupt nicht, was Katie zu erzählen hat? Willst du ihr nie abends vielleicht auch einmal etwas vorlesen?«

»Ich spiele morgens mit ihr.«

»Großartig! Du Held!«

»Ich hab nicht mehr so viel Zeit wie früher. Schließlich muss ich Geld verdienen. Du arbeitest ja nicht mehr.«

Da war es. Das Totschlagargument. Ich würde nicht mehr arbeiten. Ich schluckte. Ich, die ich schon früh für mich selbst gesorgt hatte. Die ich schon nach der Schule in einem Mode-Discounter an der Kasse gestanden hatte, um mir etwas dazuzuverdienen und meiner Mutter nicht auf der Tasche zu liegen. Was vor fünf Jahren so schön begonnen hatte, mein wunderbares Studium, wurde nun als Waffe in der Hand geführt. Ich musste dankbar sein. Hatte nicht er mich dahin gebracht? Hatte er dann nicht sogar vor drei Jahren, als ich schwanger wurde, gesagt, ich solle mich auf unser Kind konzentrieren? Und dann, als es da war, sollte ich nicht erst mal ein bisschen erziehen? Und ich erzog und gab Katie im zarten Alter von einem Jahr sogar wehen Herzens in die Kinderkrippe, weil ich weiterstudieren wollte, es machte mir Spaß und ich wollte fertig werden. Studium und Kind ging nicht mit zusätzlichem Job. Wann hätte ich den denn machen sollen? Nachts? Und Schlaf? Ach, wer braucht schon Schlaf, sei emanzipiert, sei unabhängig, scheiß auf Schlaf.

Ich war in der Falle.

Umso wichtiger war es, dass ich das Studium hinter mich brachte. Weg damit. Und weg mit Leander, jedenfalls vorübergehend, er ging mir auf den Keks. Alles würde gut werden, wenn alles wieder gut war. Ich wollte mich auf die Prüfungen vorbereiten, ich wollte es wirklich, aber immer, wenn ich am Computer saß in meinen freien Stunden, war ich wie gelähmt. Es war absolute Ruhe in der Wohnung, Katie war im Kindergarten, ich hatte Zeit, um zu lesen, zu lernen, um Zitate rauszuschreiben, Thesen aufzustellen, Zusammenhänge herzustellen und mir alles einzuprägen. Aber ich saß nur stundenlang herum und tat gar nichts. Meine Freundinnen wimmelte ich ab, ich müsste lernen, behauptete ich, was schließlich stimmte. Manchmal stand ich auf, um zum Supermarkt zu schlurfen und die nötigsten Dinge einzukaufen. Immer waren Chips und Tiefkühlpizza dabei. Ich redete mir ein, dass Chips und Pizza Nervennahrung wären und dass nach dem Genuss von Chips und Pizza die tollsten Ideen wie von allein angeflattert kämen. Mit hungrigem Bauch kann niemand gut denken, dachte ich, da denkt man doch ganz klar immerzu nur an Chips und Pizza. Aber wenn ich Chips und Pizza vertilgt hatte, musste ich mich kurz ausruhen, ich war völlig ermattet, und dann war es schon wieder an der Zeit, Katie abzuholen.

Zum Glück hatte ich wenigstens mit Leander die Auszeit vereinbart. Es war sehr gut, dass er nicht da war. Phantastisch geradezu. So phantastisch, dass ich mich nachts in seine Betthälfte kuschelte und wie jede Nacht meine gute alte Freundin, die Wasserflut, einlud, aus den Augen zu treten und mit mir Spaß zu haben.

19
Nachbarschaftshilfe

Die Prüfungstermine kamen und zwei Klausuren brachte ich hinter mich. Dann aber drohten die mündlichen Prüfungen. Und ich drohte zu versagen.

Am Tag vor der ersten mündlichen Prüfung klingelte es vormittags an der Tür. Nachts schlief ich nicht mehr. Ich nahm Koffeintabletten, damit ich mehr Zeit hatte, um zu lernen, aber wie üblich lernte ich nicht. Ich hatte schwarze Ringe unter den Augen, brach bei jeder Kleinigkeit in Tränen aus und schrie sogar mein geliebtes Zaubertöchterchen an. So wie vor wenigen Stunden, am frühen Morgen, als sie bunten Glitzerkleber auf meiner Tastatur verteilt hatte. Es sah wunderschön aus, rot und gelb und grün glitzerte es, und es war unendlich lieb gemeint von ihr. Ich tickte völlig aus und keine zwei Minuten später riss ich sie in meine Arme, entschuldigte mich unter Tränen, und als Leander kam, um sie für den Kindergarten abzuholen, fragte er, ob er mir helfen könnte, aber ich fuhr ihn nur an, dass er zu seinem Viktor gehen sollte, besser wär's, und sie gingen und ich schrubbte den Glitzerkleber weg, aber die Tasten klemmten und ich dachte, jetzt ist alles aus. Und dann klingelte es. Kolja, der neue Nachbar, stand vor der Tür.

»Wie siehst du denn aus?«

Vor einigen Wochen auf dem Sprung zu Gianni, als ich ihm

Eier für seine Freundin geliehen hatte, sah ich vermutlich verführerischer aus als jetzt mit meinen Schlumpfhosen und einem alten Kapuzenshirt von Leander, das mir fast bis zu den Knien ging. Ich hielt seine Frage für eine rhetorische und antwortete nicht. Außerdem war ich viel zu müde zum Sprechen.

»Alles okay?«

Noch so eine Frage und ich würde im Stehen einschlafen. Mir fielen bereits die Augen zu. Und dann merkte ich nur noch, wie der Boden näherkam und dass mir das egal war.

Ich wachte auf in meinem Flur. Kolja rüttelte und schüttelte mich.

»Eeh …«

»Gott sei Dank, du lebst.«

»Leben ist was anderes.«

»Das stimmt. Oh guck mal, es lächelt. Ein lächelnder Zombie!«

Er half mir auf und brachte mich zum Sofa. Ich drückte mich in die Ecke, erschöpft, so erschöpft.

»Kann ich dir helfen?«

Ich sah ihn an, den neuen Nachbarn, und sah, dass seine Augen eng zusammenstanden. Mit dem schwarzen Haar und dem Bart wirkte er düster. Ich hatte ihn neulich im Supermarkt getroffen und gar nicht erkannt, er hatte mich gegrüßt, nicht gerade freundlich, aber vielleicht konnte er gar nichts dafür, gab ja so Leute.

Ich deutete zum Schreibtisch.

»Bist du ein Computerspezialist? Kannst du meine Tastatur heile machen?«

Er besah sich meinen Laptop. Misstrauisch schnupperte und fühlte er an den Tasten.

»Blöde Frage«, sagte er blöd, »aber warum hast du Glitzerkleber auf die Tasten gemacht?«

Kolja rettete mir das Leben. Er brachte meinen Computer wieder in Ordnung. Wie es das Schicksal wollte, war er tatsächlich Computerspezialist. Ich sagte ihm, wie sehr seine Freundin zu beneiden wäre, das wünschte sich doch jede Frau, einen Computerspezialisten.

»Oder Handwerker, die sind auch praktisch«, überlegte ich weiter.

Leander war so was von überhaupt gar kein Handwerker, er konnte nicht einmal einen Nagel in die Wand hauen, das hatte ich schon oft bedauert.

»Was noch?«, fragte Kolja, während er vorsichtig die Tasten auseinanderbaute und reinigte.

Ich überlegte. Mir fielen keine weiteren praktischen Männer ein. Kolja lachte. »Dann hab ich ja Glück.«

Ich nickte. Dann fiel mir aber doch noch ein praktischer Mann ein.

»Ein Mann, der Literaturwissenschaftler ist und über die Gabe verfügt, sich chamäleongleich in mich zu verwandeln – das wär der allerpraktischste Mann der Welt, noch viel mehr als jeder Handwerker oder Computerspezialist.«

Kolja sah mich an. Wieso ließ er die Lider immer nur so halb geöffnet, fragte ich mich. Jetzt schloss er seine Augen fast ganz, nur ein klitzekleiner Spalt blieb offen. »Das dürfte schwierig werden.«

Ich seufzte. »Mist.«

»Warum?«, fragte er, und ich sah, dass seine Augen zwar immer noch halb versteckt, aber hellwach waren. Und grün.

»Warum?«, wiederholte ich. Das wäre jetzt ein guter Moment gewesen, wieder loszuflennen. Aber ich war von einer eigenartigen Gleichgültigkeit erfasst. Und Tränen waren offenbar aus.

»Ich habe morgen mündliche Prüfung, aber ich habe noch nichts dafür gelernt, und deshalb wäre es ausgesprochen praktisch, wenn dieser Typ, den es nicht gibt, für mich da morgen zur Prüfung geht.«

Kolja lachte leise. »Ich verstehe. Prüfungsangst. Soll ich dich irgendwas abfragen?«

»Nö. Ich kann noch nichts. Da kannst du mich auch nichts abfragen.«

Ich kicherte.

Kolja blickte mich lange an. Erst verdutzt, dann zweifelnd. Seine Augen waren sehr interessant.

»Du meinst, du hast morgen Prüfung und wirklich noch nichts gelernt? Noch gar nichts?«

Ich nickte. »Nicht die Bohne!«

»Du bist verrückt. Das ist nicht wahr, oder? Weißt du denn wenigstens schon Sachen und musst es nur noch wiederholen?«

»Schön wär's«, kicherte ich schon wieder. »Ich weiß gar nichts. Niente. Ich hab nichts gelernt. Da ist nichts drin.«

Ich klopfte gegen meinen Kopf.

Kolja starrte mich an. Er hatte wirklich irre Augen.

»Und jetzt?«, fragte er.

Ich zuckte die Achseln und lächelte freundlich.

»Du hast ein Problem, wenn das stimmt, das weißt du, oder?«

Ich lachte mich kaputt. »*Ein* Problem ist gut …«

Ich klopfte mir auf die Schenkel. Köstlich. *Ein* Problem …

Die echten Tränen waren aus, aber die Lachtränen liefen mir jetzt über die Wangen, ich wischte sie weg und es kamen neue, ich konnte gar nicht mehr aufhören, bis ich mir die Hände vors Gesicht schlug, weil Kolja mich nicht so sehen sollte. Aber Kolja kam zu mir herüber, er nahm meine Hände von meinem Gesicht weg und schaute mich an, prüfend, ernst und düster. Und dann griff er zu seinem Handy.

Kolja rettete mich. Er rief beim Studentenwerk an, erzählte von einem Notfall und sagte mir:

»Wir haben einen Termin, gleich, zieh dich an.«

Ich gehorchte, zog mir Jeans an, bekam sie aber nicht richtig hoch, ich war so fett geworden, also ließ ich doch die Jogginghose an und zog nur eine Jacke über Leanders Kapuzensweatshirt. Wir setzten uns in Koljas Auto, ein schickes Auto, stellte ich fest. Er fuhr los und als wir da waren, fragte er für mich nach dem Weg und führte mich durch Gänge. Vor einer Tür mit dem Schild »Psychologische Beratung« blieben wir stehen. Er klopfte und sagte: »Sie ist da.« Damit meinte er wohl mich, und dann fragte er noch, ob er mit reingehen solle. Ich schüttelte den Kopf. Das schaffte ich allein.

»Danke«, flüsterte ich.

»Ich warte hier«, sagte er.

Die Psychologin bat mich Platz zu nehmen. Und fragte mich, ob ich ein Glas Wasser wollte. Ich nickte, trank, schluckte, hatte Probleme beim Schlucken, die verdammten Tränen kamen schon wieder hoch, trafen sich mit dem Wasser, das nach unten wollte. Ich rannte aus dem Zimmer, weil ich eine Toilette suchte, um mich zu übergeben, und zum Glück fand ich gleich eine.

Nur wenige Minuten später saß ich wieder in dem Sessel. Und erzählte. Erzählte von meinem Nichtstun und meinen Tränen und zum Schluss erzählte ich, dass ich morgen mündliche Prüfung hätte.

»Morgen?«

Ich nickte.

»Dann besteht Handlungsbedarf.«

Ich nickte wieder. Da hatte sie wohl recht. Sie war nicht umsonst Psychologin, das merkte ich gleich, ein Verstand so messerscharf wie ein frisch gewetzter Säbel. Sie meinte, ich müsse sofort zu einem Arzt gehen. Der würde mich, wenn er meine Geschichte hörte, krankschreiben. Diese Krankschreibung müsste ich dann sofort ans Prüfungsamt faxen.

»Sofort. Sonst haben Sie ein Problem.«

Ein Problem … Schon wieder. Kichern stieg in mir hoch, wie zuvor, aber ich konnte es gerade noch unterdrücken.

»Und morgen kommen Sie wieder zu mir.«

Sie blätterte in ihrem Kalender. »Am besten gleich früh, da kann ich Sie reinschieben. Passt Ihnen 8.30 Uhr?«

»Ja.«

Wir verabschiedeten uns, ich bedankte mich, drückte ihre Hand. Bis morgen, dachte ich.

Kolja fuhr mich zu seinem Arzt. Ich hatte gar keinen. Der einzige Arzt, den ich kannte, war Katies wunderbarer Kinderarzt. Und natürlich mein Zahnarzt, aber beide wären wohl nicht die richtige Wahl gewesen. Koljas Arzt war alt, sehr alt, und sehr jovial. Und voller Empathie.

»Mensch, Mädchen«, brummelte er. »Das müssen Sie aber in den Griff kriegen.«

»Morgen um 8.30 Uhr bin ich wieder bei der Psychologin«, erzählte ich brav.

»Rückwirkend kann ich Sie nicht krankschreiben, auch wenn ich das gern täte, so wie Sie aussehen, aber Sie sitzen ja erst heute vor mir.«

Er schrieb in das Attest, dass es mir schon seit geraumer Zeit schlecht ginge und dass mein Krankenbild diffizil wäre, und er schrieb überhaupt sehr viel und ich fand das so nett von ihm. Die Menschen waren doch alle großartig. Das merkte man oft gar nicht, aber sie waren es. War es nicht auch ein Wunder, dass sie gehen konnten und dass Blut durch sie floss und dass sie Häuser bauten mit Heizungen innendrin, sodass man nicht frieren musste, und Toiletten, und dass sie sprechen konnten und sehen und fühlen und dass sie einander halfen. Kein Wunder, dass alle Leute immer etwas mit Menschen machen wollten, dass die Menschen sich zusammenrotteten, um in großen Herden in den Städten zu leben, anstatt einsam und allein für sich in kargen Felshöhlen.

»Danke«, flüsterte ich mit feuchten Augen. »Vielen Dank dafür, dass Sie mir dieses Attest schreiben und dass Sie überhaupt Zeit hatten und mir helfen und dass Sie ein Mensch sind, das ist so toll!«

Voller Dankbarkeit und überglücklich schaute ich ihn an. Er musterte mich mit zusammengezogenen Brauen.

»Nehmen Sie morgen bloß den Termin bei Frau Dr. Koberstein wahr«, gab er mir zusammen mit dem Attest auf den Weg.

»Natürlich!«

Kolja fuhr mich nach Hause. »Musst du gar nicht arbeiten?«, fragte ich.

»Hab frei. Überstunden.«

»Wie kann ich dir danken?« Ich musste mich doch irgendwie erkenntlich zeigen.

»Hast du Zucker? Deswegen hatte ich heute Morgen eigentlich geklingelt.«

Ich gab ihm eine funkelnagelneue, prall gefüllte Tüte Zucker.

»Ich würde mich gern richtig bedanken.«

»Ach was.« Er wehrte ab. »Verbuch es unter Nachbarschaftshilfe. Und eine Tasse hiervon würde mir völlig reichen.«

»Nein, du hast mir das Leben gerettet.« Es war mein voller Ernst.

»Behalt den Zucker und vielleicht kann ich dich zum Essen einladen, als Dankeschön«, schlug ich vor. »Dich und deine Freundin.«

»Nein, nein, wirklich …«

»Oder ich bekoche euch«, unterbrach ich ihn. »Wenn ich Zeit habe, koche ich wirklich gern. Das wird nett. Wann passt es dir?«

»Kümmer du dich erst mal um die Prüfung. Vorher komme ich nicht.«

Er lächelte. Das stand ihm gut. Ich lächelte auch.

»Danke«, sagte ich dann zum hundertsten Mal, aber es war wirklich so gemeint, hundert Male reichten da noch lange nicht aus.

20
Hengst

Lange war es her. Fünf Jahre. Katie war noch nicht auf der Welt. Majken und ich saßen im Punto, sie musste mir noch vom Hengst erzählen. Zunächst kam sie jedoch nicht zum Erzählen, weil Leander neben ihr auf der Couch saß. Und ich saß auf Leanders Schoß. Wir plauderten zu dritt über Gott und die Welt und das taten wir tatsächlich, denn wie so oft stritten sich Majken und Leander über Gott. Leander war katholisch und früher einmal Messdiener gewesen. Nach seinem Austritt aus der Kirche in jungen wilden Punkzeiten hatte er sich jahrelang als Agnostiker bezeichnet. Dann aber wandelte er sich immer mehr zum überzeugten Atheisten.

»Unter dem Schottenrock ist gar nichts, da ist nichts und da war nichts«, sang er gern und übertrug den Schlager wortgewandt auf den Glauben: »Hinter dem Todestag ist gar nichts, da ist nichts und da kommt nichts«, trällerte er nun erneut und ärgerte damit Majken, die, wenngleich sehr kirchenkritisch, so doch auch sehr gläubig war. Ich hielt es eher wie eine Frau im Feinkostladen: Hiervon ein bisschen und davon etwas, ach, und geben Sie mir doch noch ein paar Gramm vom Gott, nein, nicht von dem linken, sondern diesem hier vorne, den man kaum erkennt, der so vage ist, aber doch irgendwie da zu sein scheint, ja, genau, von dem, achso, das ist der gleiche, na, lustig, das trifft sich gut, bitte davon, genau, ach, und wo ich schon mal hier bin, nehm ich auch noch ein bisschen von diesem göttlichen Buddhismus, der war ganz vorzüglich letztens auf meinem Retreat in der Nähe von Bangkok, aber sagen Sie, ist der frisch? Wie? Hinduismus, ach, nein, danke, heute nicht, morgen wieder. So oder so ähnlich.

Damit konnten Leander und Majken natürlich überhaupt gar nichts anfangen, und so schwieg ich und kraulte stattdessen in Leanders Haar herum, bis ich an meinem Bein etwas spürte und lächelte, weil ich merkte, es gefiel ihm, und ich kraulte weiter und unmerklich strich er mit der Hand über meinen Rücken, unter dem Shirt. Er lächelte und nickte.

»Sag mal, hast du überhaupt zugehört?«, fragte Majken plötzlich empört.

Schuldbewusst verzog Leander das Gesicht.

»Ich habe gerade gesagt, dass der Papst recht hat mit allem, was er sagt, und was machst du? Du grinst debil und nickst. Das hab ich aufgenommen und schick es allen deinen Freunden.«

Wir lachten.

»Im Ernst, könnt ihr das nicht zu Hause machen?«

Sie hatte völlig recht. Ich rutschte von Leanders Schoß.

»Tut mir leid.«

Was hatten wir früher über die Mädchen gelästert, die in aller Öffentlichkeit rumknutschten und am besten noch vor den Eltern, aus Protest, die Zunge möglichst so, dass alle es sehen konnte, tief im Rachen des Gegenübers. »Ich hab aber nicht geknutscht.«

»Das fehlte noch.«

Leander griff sein Glas. »Ich lass euch allein. Muss sowieso nach dem Rechten sehen.«

Beim Aufstehen gab er mir noch einen Kuss auf die Wange und hauchte ein »Ich liebe dich, Ali« in mein Ohr. Ich liebte ihn auch.

»Wie lange seid ihr jetzt zusammen?«, fragte Majken.

»Fünf Jahre.«

»Habt ihr schon mal über Heiraten und Kinder kriegen nachgedacht?«

»Jetzt übertreib mal nicht. Wir wollen uns doch nicht ins Unglück stürzen.«

»Alia, im Ernst. Ihr wärt bestimmt tolle Eltern.«

»Ja, aber im Augenblick brauch ich das nicht. Und ich habe gerade mit dem Studium angefangen. Bin voll ausgelastet, besten Dank. Und selbst, meine Liebe?«

Sie seufzte. »Ich möchte schon irgendwann Kinder haben. Eine ganze Fußballmannschaft am liebsten. Damit kann ich Tom natürlich nicht kommen. Der würde auf der Stelle nach Timbuktu verschwinden.«

»Der Trottel.«

»Er ist so ein Idiot. Wirklich. Guck ihn dir an!«

Wir guckten beide zu Tom, der an der Theke Gläser spülte. Wir musterten ihn ernst und er hob irritiert die Schultern. Wir guckten wieder weg.

»Wie läuft es denn?«

»Gestern waren wir essen und danach spazieren. Eigentlich war es ganz nett, aber mehr auch nicht.«

»Mehr nicht?«

Sie zuckte die Schultern.

»Flaute eben.«

»Was ist mit dem Hengst? Wart ihr essen?«

Majken nickte.

»War er geduscht?«

Sie lachte.

»Komm, Majken, erzähl endlich, deswegen sind wir hier. Ich sterbe vor Neugier.«

Der Hengst hatte für Majken gekocht. Selbst gemachte Cannelloni und danach Tiramisu. Aber bis zum Nachtisch waren sie nicht gekommen. Nach den Cannelloni hatte er Musik aufgelegt und gefragt, ob Majken mit ihm tanzen wollte. Ich fiel vom Sofa vor Lachen.

»Ist nicht dein Ernst. Tanzen? Was denn, Stehblues oder was?«

»Ja klar, Stehblues, genau. Und jetzt komm wieder hoch.«

Nein, wie romantisch.

»Es lief sogar dieses Lied aus LaBoum, wo Pierre Cosso singt, ich weiß nicht, wie es heißt.«

Ich rutschte wieder vom Sofa. »Ich lach mich kaputt. Hilfe.«

»Alia, bitte.« Sie half mir wieder hoch.

»Und? Hast du, Achtung – STEHBLUES – getanzt mit dem Hengst?«

»Pssssst.«

Tom kam gerade zu uns, um uns neue Getränke zu bringen. Sehr aufmerksam. Wir dankten und schwiegen.

»Stör ich?«, fragte er.

Wir nickten.

Als er weg war, erzählte sie weiter. Sie hatte sich geziert, zu Recht, aber der Hengst war schließlich der Hengst und mit seinen muskelbepackten Armen hatte er sie einfach hochgezogen.

»Und dann hast du getanzt? Stehblues?« Ich war drauf und dran, schon wieder unter den Tisch zu rutschen.

»Jetzt hör doch mal auf, immer dieses schreckliche Wort zu sagen. Ja, wir haben getanzt, eng getanzt, und es war auch irgendwie romantisch.«

»Roch er nach Schweiß?«

»Alia!«

Ich lachte laut.

»Nein, ich glaube, er hatte sich sogar extra parfümiert.«

Jetzt lachten wir immerhin beide.

»Ich weiß nicht, wieso, aber der Hengst kehrt irgendwie eine dominante Seite bei mir heraus. Ich bin sonst gar nicht so, ehrlich nicht.«

»Aber bei ihm hattest du plötzlich Lack und Leder an, ja?«

Sie warf mir ihren strengen Blick zu.

»Es war schon ganz nett, auch der Kuss.«

Ich kreischte auf. Tom sah rüber. Ich hielt mir die Hand vor den Mund.

»Majken, darf ich dich daran erinnern, dass du mir gesagt hast, eher würdest du sterben, als dass du mit dem Hengst rumknutschen würdest?«

»Es hat sich halt so ergeben. Und es war ganz angenehm.«

Ganz angenehm. Das klang vielversprechend.

»Und dann?«

»Dann hat er mich zum Sofa geführt, tanzend, und wir haben weitergeknutscht und ein bisschen rumgefummelt.«

»Nackig?«

»Alia!«

»Ja, sag doch mal, das ist doch wichtig.«

Sie warf einen Blick zu Tom, aber der war beschäftigt.

»Beim Rumfummeln verloren wir natürlich einiges an Kleidung.«

»Natürlich«, nickte ich gekonnt seriös.

»Eigentlich sogar alles.«

»Was?! Ja und dann?« Ich hielt es kaum aus vor Spannung.

»Nichts dann.« Sie zuckte mit den Achseln.

»Wie nichts dann? Ihr liegt nackig auf dem Sofa, knutscht rum und nichts dann?«

»Tja.«

»Tja?«

»Mann, Alia, wie genau willst du es denn noch wissen? Er hat keinen hochgekriegt, zufrieden?«

Ich musste lachen, hielt mir aber sofort die Hand vor den Mund. »Der arme Hengst. Wie gemein.«

»Er sagte, er wäre zu aufgeregt und er fände mich einfach zu toll.«

Verständnisvoll nickte ich erneut.

»Und dann?«

»Dann haben wir doch noch den Nachtisch gegessen und er hat mich nach Hause gefahren.«

»Und jetzt?«

»Jetzt versuchen wir in der Praxis so zu tun, als hätte der Abend nicht stattgefunden.«

»Ach du Scheiße.«

»Aber er hat heute wieder einen Vorstoß gemacht. Nächste Woche will er mit mir auf ein Konzert gehen.«

»Zu *Brotlos*?«

»Dumme Nuss.«

»Die kenn ich gar nicht.«

»Alia, sei mal ernst.«

Ich riss mich zusammen. »Wie macht ihr das bei der Arbeit? Du siehst ihn doch ständig.«

»Er schaut mich immer mit Dackelblick an, sagt aber nichts.«

»Und ein schlechtes Gewissen wegen Tom hast du nicht?«

»Schlechtes Gewissen?« Sie lachte bitter auf. »Wieso das denn? Tom behandelt mich schlecht, ich weiß nicht mal, ob das zwischen uns etwas ist. Ich weiß nicht mal, ob er Frau und Kind hat.«

»Wer hat Frau und Kind?«, fragte Tom, der unbemerkt an unseren Tisch getreten war.

»Du, Schatz«, sagte Majken. Tom lachte auf. Und ging.

»Siehst du«, sagte Majken düster. »Er streitet es nicht einmal ab.«

»Weil es absurd ist«, tröstete ich sie. »Er liebt dich, dich allein, nur eben auf seine eigene Art.«

Aber es nützte nichts, sie sah aus wie ein Häufchen Elend. Ich sah Leander weiter hinten, an der Theke, er sah mich an, lächelte und formte mit den Lippen die Worte ›Ich liebe dich‹. Ich liebte ihn auch und ich hätte damals im Leben nicht geglaubt, dass das Blatt sich eines Tages wenden könnte. Dass ich das Häufchen Elend war und Majken mich trösten musste; dass ich sie und ihren Tom heiß um ihr Glück beneiden würde.

21
Elefant

Um 8.30 Uhr saß ich bei Frau Dr. Koberstein. Wie vereinbart. Ich wusste allerdings nicht so recht, was ich dort erzählen sollte, ich kannte doch mein Problem. Mein Problem war, dass ich die Sache mit dem Lernen rausgeschoben hatte, bis es zu spät war. Deshalb wäre es doch jetzt eigentlich sinnvoller, dass ich das mit dem Lernen schnell aufholte, anstatt hier auf dem Sessel faul rumzulungern. Sie stimmte mir zu, bot sich aber an, mit mir geeignete Lernstrategien zu entwerfen. Die kannte ich doch schon alle. Zeitplan, kleine Schritte, eins nach dem anderen, realistische Lernziele usw.

Kurz erwähnte ich meine Tochter und die Auszeit von Leander, aber das wollte sie gar nicht hören. Und es war mir auch recht. Ich dagegen wollte nicht über die mündlichen Prüfungen reden. Missmutig erzählte ich von der grässlichen Magisterarbeit, für die ich mich immer noch in Grund und Boden schämte. Sie sprach von einem strengen Über-Ich. Und fragte mich, wie ich nun weiter vorgehen wollte. Ich starrte auf ihren Elefanten. Sie hatte auf ihrer Fensterbank einen rötlich schimmernden Elefanten stehen, aus Glas. Er war sehr, sehr hässlich und ich wunderte mich darüber, wie eine so kluge, attraktive Frau zu einem so hässlichen, gläsernen Elefanten gekommen war. Aber ich traute mich nicht zu fragen, sondern überlegte, ob er vielleicht eine Art Psychologensymbol darstellte. Der dickhäutige Elefant, der gar nicht so dickhäutig war, sondern ungeheuer zerbrechlich. Als ich gerade überlegte, dass es eigentlich sehr lustig wäre, wenn er nicht aus Glas, sondern aus Gummi wäre, also nur ein vorgetäuschter gläserner Elefant, guckte sie auf ihre Uhr.

»Die Zeit ist um.« Sie sprang auf. »Wir waren allerdings gerade an einem so spannenden Punkt.«

Tatsächlich? Ich war irritiert. Hatte ich meine Gedanken über den Gummiglasdickhäuter etwa laut mitgeteilt? Das todsterbenslangweilige Gespräch über Lernstrategien mit den langen Schweigepausen konnte sie nicht ernsthaft als spannend bezeichnen. Sie sagte, ich sollte mir einen weiteren Termin geben lassen, vorne im Sekretariat. Ich nickte, bedankte mich artig und verließ das Gebäude, ohne vorher bei dem Sekretariat vorbeizugehen.

22
Scherben

Das Gespräch bei der Psychologin war nicht so furchtbar erhellend gewesen, aber dank des Attestes würde ich jetzt Aufschub für meine mündlichen Prüfungen bekommen und daher fühlte ich mich seit Langem mal wieder gut. Geradezu entspannt. Ich beschloss, bei Leander vorbeizuschauen. Er war sicher nicht in unserer Wohnung, wozu auch, wenn ich ihn dort doch eh immerzu nur anschnauzte. Er würde wohl in seiner Gerümpelkammer sein. Irgendwie sehnte ich mich nach ihm. Er öffnete sofort die Tür, nickte mir als Begrüßung kurz zu und verschwand in seinem Arbeitszimmer. Ich stand da wie bestellt und nicht abgeholt und brauchte eine Weile, bis ich eintrat. In der Küche nahm ich mir ein Glas Wasser. Vorsichtig ging ich damit in sein Arbeitszimmer. Es sah aus wie immer: Kisten, Kleidung und Spielzeug für Katie, alles wild verstreut. Leander saß am Computer, tippte irgendetwas ein und würdigte mich keines Blickes. Ich räusperte mich.

»Alles okay?«, frage ich.

Er zuckte die Schultern. »Klar.«

Was war mit meinem Leander los? Warum war er so distanziert?

»Hast du finanzielle Sorgen?«

»Nö.«

»Mein BAföG ist gekommen. Ich überweise es dir gleich.«

Wo war sein Leander-Lächeln? Und wieso war er rasiert? Er sah gut aus.

Ich ging um seinen Schreibtisch herum und setzte mich auf seinen Schoß. Er lächelte gequält, beugte sich an mir vorbei und tippte weiter. Ich warf einen Blick auf den Bildschirm. Er arbeitete an einem Text.

»Ein neues Lied?«, fragte ich.

»Alia, sei mir nicht böse ...«

Ich fuhr hoch wie von der Tarantel gestochen.

»Alia? Warum nennst du mich Alia?«

»So heißt du doch?«

»Was ist mit dir los, verdammte Hacke?«

»Ich will einfach hier weitermachen!«

»Warum bist du so komisch? Warum bist du rasiert? Hast du etwa eine andere?«

»Quatsch!«

»Wie auch? Hier würde doch keine einen Fuß reinsetzen, so bekloppt kann nur ich sein.«

Ich trank einen Schluck aus dem Wasserglas. Leander sah mich an. Ernst, traurig.

»Alia, ich muss dir was sagen.«

Und plötzlich raste mein Herz. Es klopfte bis zum Hals. Ich erstarrte. Und wartete.

»Ich habe gelogen.«

Ich schwieg.

»Eben gerade. Du hast gefragt, ob es eine andere gibt.«

Nein, Leander, lieber Gott, bitte, bitte, bitte, bitte, bitte, bitte ...

»Ja, es gibt eine andere Frau.«

Ich starrte ihn an. Und er – er sah mich an. Liebe glaubte ich in dem Blick zu erkennen, aber vor allem Mitleid. Die Beine drohten mir wegzusacken. Und das Wasserglas drohte unter dem Druck meiner Hand zu zerbersten.

Ja, es gibt eine andere Frau.

Ich holte aus und warf das Glas an die Wand. Es zerbarst in tausend und mehr Scherben.

Es war vorbei. Ich schloss die Augen und starb.

»Das ist das Göttliche an dieser Vorsehung: dass der Schmerz so unwahrscheinlich ist, aber trotzdem eintritt. So etwas kann nur Bestimmung sein. Zufall oder schlichtes Pech oder Irrtum bekommen das gar nicht hin.«

Philip Meinhold

23
Endlosschleife

Leider starb man nicht so einfach. Es war wie ein Wunder. Der Boden wurde mir unter den Füßen weggerissen und Schwärze breitete sich um mich herum aus. Und doch lebte ich weiter. Wenn ich wenigstens auf der anderen Seite der Welt zu mir gekommen wäre. In Australien oder so. Aber nichts dergleichen geschah. Ich fand mich in meiner Wohnung wieder. In unserer Wohnung. In Leanders, Katies und meiner Wohnung. Was würde passieren? Mit der Wohnung? Mit Katie? Mit mir? Mit uns? Wie mich Leander von seinem Schoß geschoben hatte. Alia. Er nannte mich nie Alia. Ich war doch Ali. Seine Ali. Warum wollte er nicht, dass ich auf seinem Schoß saß? Wenn er es doch sonst immer gewollt hatte? Das war doch mein Platz. Dort gehörte ich hin. Wie eine lästige Fliege hatte er mich verscheucht. Alia. Warum? Wie er an mir vorbeigeschaut hatte. An mir. Seiner Ali. Als ginge ich ihm auf die Nerven. Ich. Seine Ali. Und dann das Mitleid. Die Wahrheit.

»Ich habe gelogen. JA! ES GIBT EINE ANDERE FRAU.«

JA! ES GIBT EINE ANDERE FRAU. JA! ES GIBT EINE ANDERE FRAU. JA! Endlosschleife.

24
Müll

Ich lag in meinem Bett, in unserem Bett. Katie lag neben mir. Ein Pfand. Ein duftender weicher Engel. Ich konnte nicht schlafen. Es war eins, halb zwei, zwei, halb drei, drei, halb vier, vier, halb fünf, fünf. Ich konnte nicht einmal weinen. Ich vergoss keine Träne. Es war, als lastete ein untragbares Gewicht auf mir. Um sechs stand ich auf, Katie wollte ihre Milch. Alles war dumpf, wie in Watte gepackt. Ich stand am Herd, rührte in der Milch, der Kochlöffel wog zehn Tonnen. Er war so schwer. Mit der Milchflasche ging ich wieder zu Katie, kuschelte mich an ihren warmen Körper. Dann brach es auf. Ihre Haare wurden nass vor Tränen. Wie sollte ich ohne Leander leben? Ich konnte nicht leben ohne ihn. Leander war mein Leben. Leander war weg. Mein Leben war vorbei.

Ich musste mich zusammenreißen. Ich zog Katie an, brachte sie in den Kindergarten. Auf dem Fahrrad. Auf dem Rückweg fuhr ich am Punto vorbei. An Leanders Punto. Und oben war seine Wohnung. Seine Wohnung, mein Leander, zehn Jahre aufgelöst in nichts. Ich war ein Nichts, wertloser als Müll, in die Tonne getreten, aus, vorbei. Ja, es gibt eine andere Frau.

Blind vor Tränen radelte ich nach Hause. Ich rief Majken an. Sie würde mich nicht verstehen, niemals. Sie hatte zig Trennungen durchlebt und war auch verzweifelt gewesen, aber keiner ihrer Männer war wie Leander gewesen. Nur Tom, Majkens große Liebe Tom, aber selbst als er gegangen war, hatte sie etwas getan, was ich niemals tun könnte, und wenn ich hundert Jahre alt werden würde, sie hatte eine Beziehung zu einem anderen Mann angefangen. Es war lächerlich, wie konnte sie Tom ihre große Liebe nennen und dann einen anderen Mann berühren? Ich würde niemals einen anderen Mann berühren wollen, nur Leander, meinen Leander, und ich ließ das Telefon bei Majken klingeln und klingeln, aber sie ging nicht ran. Ich legte auf, sie rief zurück. Sie war bei der Arbeit. Danach würde sie sofort kommen, versprach sie.

Alles tat weh. Das Leben tat weh. Das Weiterleben. Das Weiterleben ohne Leander. Ich konnte nicht weiterleben ohne ihn. Ging nicht. Was tat ich überhaupt hier? Ganz allein? Warum war ich nicht bei ihm? Dort, wo ich hingehörte.

25
Leandorolo

Wie in Trance fuhr ich zu ihm. Er öffnete mir die Tür. Ich warf mich in seine Arme. Leander, Leandorolo, ich liebe dich, ich begehre dich. Ich suchte seine Lippen. Seine vollen warmen Lippen. Ich zitterte. Er hielt mich, aber er drehte den Kopf zur Seite. Leandorolo. Er schob mich weg. Meine Beine knickten ein, ich sank auf den Boden. Ich schrie. WARUM? WARUM? WARUM?

Alles wollte ich wissen.

»Warum quälst du dich?«, fragte er.

Er sollte sich keine Sorgen machen, ich wüsste, was mir guttäte, ich wüsste es genau und alles, alles wollte ich wissen. Das wäre er mir schuldig. Wenigstens das. Wenigstens die Wahrheit. Er schüttelte den Kopf. Ich schlug auf ihn ein, schlug gegen seine Brust.

»Alia.«

»Nenn mich nicht Alia«, schrie ich, »ich kenne keine verdammte Alia. Erzähl mir von der Dreckschlampe, was hat sie mit dir gemacht?«

»Ali, bitte.«

»Nenn mich nicht Ali, ich bin nicht deine verdammte Ali, du hast mich in die Tonne getreten wie ein Stück Dreck. Wie stellst du dir das vor, zehn Jahre und jetzt nichts, weggespült wie ein Stück Scheiße, du glaubst doch nicht, dass du damit durchkommst. Und Katie. Was ist mit Katie? Glaub nicht, dass ich es zulasse, dass diese Schlampe mein Kind anfassen darf. Erzähl mir von ihr, wer ist sie, woher kennst du sie, warum sagst du nichts, ich will alles wissen, rede mit mir, rede, ich habe ein Recht es zu erfahren, hör auf zu schweigen, ich schreie, ich kann schreien, du ahnst gar nicht, wie gut ich bin im Schreien.«

Und ich schrie.

Und er erzählte. Neunundzwanzig war sie. Sechs Jahre jünger als ich, elf Jahre jünger als Leander.

»KINDERFICKER!«

»ALIA!«

Ich schrie. Er schwieg. Ich schrie lauter. Er erzählte weiter. Aus Brasilien. Meine Arme hämmerten wie ein Trommelwirbel auf seine Brust ein. Er hielt meine Hände fest. Ich stieß ihn weg, ich war die stärkste Frau der Welt. Dunkle Haut, oja, wie geil ist das denn, natürlich, ich war im falschen Film, dicke Lippen, dicke Titten und ein Arsch, der ekstatisch zur Sambamusik zuckt. Alia, das ist rassistisch. Ich ohrfeigte ihn. Er hielt mich fest und dann weinte er.

Leander. Mein Leander. Meiner. Ich nahm ihn in den Arm und drückte ihn. Ich wollte ihn trösten. Es tat mir so leid. Er drückte mich. Ali, meine kleine Ali. Leander, mein Leander. Wir weinten beide.

26
Presslufthammer

Zu Hause. Allein. Und dieses Puckern in der Brust. Puckern, nein, Hammerschläge, Presslufthammerschläge, die mich zu zersprengen drohten. Jeden Augenblick. Wenn ich nicht etwas tat. Also schrie ich.

In meinem Kopf rannte ich auf die Straße, schreiend. Ich zerrte an mir. Und schrie. So laut, so gellend, so hilflos. Den Menschen um mich herum wurde es plötzlich zu viel. Vier Menschen packten mich. Einer am linken Arm, einer am linken Bein, einer am rechten Bein, einer am rechten Arm. Sie zogen mich auseinander. In alle vier Himmelsrichtungen. Waagerecht lag ich in der Luft und schrie weiter. Ich schrie mir die Seele aus dem Leib. Die Menschen waren stark. Ich kam nicht los. Ich schrie. Sie wollten mir nicht wehtun, sie wollten nur, dass dieses Schreien aufhörte. Jetzt schafften sie es. Das Schreien verstummte. Es zerriss mich.

27
Bananen

Ich kauerte auf dem Boden. Ich hörte, dass es klingelte. Aber ich konnte mich nicht bewegen. Alles tat weh und ich wusste auch gar nicht mehr, wie das ging. Das Aufstehen. Das Zurtürgehen. Das Öffnen der Tür.

Es klingelte weiter. Und es klopfte.

Es half nichts, ich stand auf. Auf wackligen Beinen ging ich vorsichtig zur Tür, gerade so, als befänden sich unter meinen Füßen keine Dielen, sondern rohe Eier. Vielleicht war es Leander. Alles war nur ein Missverständnis. Natürlich. Dass ich nicht früher darauf gekommen war. Versteckte Kamera Xtreme. Oder die Schlampe war tot. Vom Auto überfahren.

Ich öffnete die Tür. Kolja, der Nachbar. Er schloss die Tür hinter sich und ging zur Küche, die er schon kannte.

»Eier müssten im Kühlschrank sein«, sagte ich.

Er sah mich an. Grüne Augen. Mit Punkten drin. Er war so groß wie ich. Komisch. Bei Leander musste ich immer den Kopf in den Nacken legen, um ihn zu sehen. Ich legte den Kopf in den Nacken. Kein Leander. Nichts.

»Die Wände sind zwar dick, aber nicht so dick, dass ich deine Schreie nicht hören kann. Was ist passiert?«

Ich sah ihn an. Er war so nett. Meine Mundwinkel begannen zu zittern. Ich schloss die Augen und biss mir auf die

Lippe. Nicht heulen. Ein Fremder. Ging ihn alles nichts an. Reiß dich zusammen.

»Ist etwas mit deiner Tochter?«

Ich spürte Blut im Mund. Zerbissene Lippe. Katie.

»Nein, nein«, brachte ich hinter zusammengepressten Lippen hervor, »alles in Ordnung, alles bestens.«

»Gott sei Dank.«

Es war schwierig zu lächeln, wenn die Lippen zum Strichmund verzogen im Innern des Mundes ausbluteten.

»Kleiner wilder Cowboy?«, fragte er knapp.

Ich schloss die Augen. Natürlich. Für ihn war es nur ein Witz. Ein Spiel. Eine Beziehung war vorbei, was war das schon, ein bisschen Schmerz, ein bisschen Leid, aber rasch würde wieder Alltag einkehren und andere Mütter, schöne Söhne, neue Türen und so weiter. Niemand konnte wissen, dass das mit Leander und mir etwas Besonderes war, etwas so Besonderes, dass es ohne ihn nicht ging, dass alles sich wieder zum Guten wenden musste, es musste einfach, es ging nicht anders, und niemand würde das verstehen, weil alle dieses Gefühl nicht kannten, weil alle immerzu die Partner austauschten, weil die Partner austauschbar waren, weil sie ohne mit der Wimper zu zucken verlassen werden konnten. Was bei Leander und mir ein Ding der Unmöglichkeit war.

»Hat er dich verlassen?«

Meine Mundwinkel zitterten stärker, ich bekam sie nicht mehr unter Kontrolle, mein Herz schwappte über und trieb eine Welle voran, hoch, in meinen Kopf, eine Monsterwelle, die sich wie eine Wand hinter meinen Augen zu drei Metern anhob, noch eine Sekunde und die Wohnung, die Stadt würden überflutet sein.

»Komm mal her.« Kolja, der fremde Nachbar, nahm mich

in den Arm, und ich flutete ihn, seinen Hals, sein Hemd, seine Arme, seine Schuhe.

»Scheiße.«

»Entschuldigung.«

»Es tut sehr weh, hm?«

Ich nickte. Auch wenn er keine Ahnung hatte, wie weh es tatsächlich tat. Kolja führte mich zum Küchenstuhl, ich nahm Platz.

»Ich koch dir einen Tee.«

»Danke.«

Hinter dem Tränenschleier sah ich ihm dabei zu, wie er in den Schränken und Regalen wühlte. Nach einer Weile schaute er mich fragend an. »Wo ist hier Tee?«

»Oh, ich hab gar keinen Tee«, fiel mir ein. »Wir trinken eigentlich nie Tee.«

Wir. Schon wieder. Das Partner-Wir. Kein Wir mehr. Nie wieder.

Kolja ging in seine Wohnung, um Tee zu holen. Ich blieb sitzen. Was hätte ich auch sonst tun sollen? Es gab nichts zu tun.

Nach einer Weile kam er wieder. In der einen Hand eine Schachtel mit Tee. »Ingwer-Chili, das belebt«, rief er. In der anderen Hand hatte er Bananen, die er mir vor die Nase legte. Ich starrte die Bananen misstrauisch an. Er bemerkte meinen Blick.

»Das sind Bananen«, erklärte er.

»Wozu?«, fragte ich. »Soll ich die zur Ersatzbefriedigung nehmen?«

Kolja lachte laut auf.

»Ich weiß ja nicht, was kleiner wilder Cowboy für Spielchen mit dir getrieben hat, aber für gewöhnlich benutzt man Bananen zum Essen.«

Ich sah ihn ratlos an.

»Mit dem Mund.«

Seine Lider waren halb geschlossen, der Mund spöttisch verzogen, wie immer, aber ich sah seine grünen Augen funkeln.

Es klingelte. Ich sprang auf. Leander. Endlich. Alles würde gut werden. Kolja drückte mich wieder auf den Stuhl. Er ging, um die Tür zu öffnen.

An der Tür hörte ich Majkens Stimme. Wenig später stand sie vor mir in der Küche, etwa fünf Kilo Bananen tragend.

»Warum bringt ihr mir alle Bananen?« Ich verstand es wirklich nicht.

»Herzchen«, sagte Majken, »die sind gut fürs Gemüt. Und guck mal, was ich noch hab.« Sie hielt eine Plastiktüte hoch. Darin konnte unmöglich Leander versteckt sein. Sie zog eine Tüte Chips heraus. Desinteressiert versuchte ich zu lächeln.

»Scheiße, es ist ernst.« Majken kniete sich auf den Boden und umarmte mich, und ich schluchzte auf und dann tat es wieder so weh, dass ich schreien musste. Ich schrie vor Schmerzen. Es war nicht zum Aushalten. Niemals würde ich das überleben. Niemals. Im Leben nicht. Dann lieber tot. Bitte, bitte, Gnade, sanfter Tod, dunkler Gefährte mit süßer Verlockung, hier hast du meine Hand, nimm sie, nimm, aber er nahm sie nicht, er war nicht einmal in der Nähe, nur Majken und Kolja waren da, hilflos, es tat mir leid um sie, ich musste mich zusammenreißen.

»Schrei ruhig, lass es raus, es reinigt …«, flüsterte Majken und strich mir übers Haar. Und ich weinte und sie weinte mit mir und Kolja zog sich zurück. Ich bekam es gar nicht mit. Ich weinte und es schüttelte mich, und Majken war einfach da und hielt mich.

28
Milchshake

»Du musst was essen«, meinte Majken später besorgt.

Sie hatte einen Bananen-Milchshake gemacht. Die weißgelbe Brühe mit Stückchen konnte ich jedoch beim besten Willen nicht trinken. Ich versuchte es, musste aber sofort würgen.

»Hättest du gedacht, dass eine von uns diesen Satz mal zu der anderen sagen müsste?«

»Liebste Freundin, du hast mir diesen Satz auch schon sagen müssen. Vergessen?«

Ich erinnerte mich.

29
Erinnerungen

Majken war es endgültig satt gewesen. Das ewige Hin und Her mit Tom. Seine Unverbindlichkeit. Sie konnte nicht einmal mit ihm in den Urlaub fahren. Das war der Auslöser gewesen. Sie hatte sich von Tom getrennt. Aber anstatt dass er auf Knien hinter ihr herrutschte, schien er guter Dinge zu sein. Machte Musik mit Leander, flirtete wie gewohnt mit den Frauen im Punto und trieb seine Karriere als Mediendesigner voran. Das war vor etwa drei Jahren, als ich gerade schwanger mit Katie war und von Hormonen geschüttelt wie der glücklichste Mensch auf Erden durch die Weltgeschichte stiefelte. Ich weinte mit Majken und bekochte sie, aber sie nahm stetig ab.

»Du musst was essen«, hatte ich damals ein ums andere Mal besorgt gesagt.

Und dann hatten wir erfahren, dass Tom nach Stockholm gehen würde. Ein neuer Job. Für immer.

Majken war stark. So stark. Ich wollte es so, sagte sie und dass sie sich getrennt hätte, bewusst getrennt, und dass es für irgendetwas gut sein müsste.

»Er ist nicht der Richtige gewesen.«

Sie nahm sich den Hengst, der immer noch hoffnungsvoll in der Warteschleife stand. Sie zog zu ihm, sie wollte alles,

alles oder nichts, und sie versuchten, ein Paar zu sein. Es klappte sogar. Der Hengst bemühte sich sehr um Majken und sie war ihm dankbar. Sie arbeiteten zusammen, verbrachten viel Zeit miteinander. Dass er lieber Actionthriller sah und sie skurrile skandinavische Filme bevorzugte, in denen Leute filetiert wurden oder nur etwa alle halbe Stunde einmal ein Wort knurrten, störte beide nicht. Sie richteten sich ein. Einmal fragte ich sie nach Leidenschaft, nach Liebe. Sie lachte mich aus.

»Liebe, Liebe, du bist eine hoffnungslose Romantikerin.«

»Und du?«

»Ich halte es mit Woody Allen: Nur die unerfüllte Liebe kann romantisch sein.«

»Also deine Liebe zu Tom?«

Ihr Blick wurde dunkel. Wenn das keine Liebe war. Sobald ich seinen Namen erwähnte, veränderte sich ihr Gesicht, ihr Wesen, sie wurde sanft und weich.

»Tom werde ich immer lieben. Aber wir können nicht zusammenleben. Und ich brauche jemanden zum Zusammenleben.«

»Und der Hengst ist der Richtige?«

»Zum Zusammenleben – ja, auf jeden Fall. Wir verstehen uns super.«

»Aber du liebst ihn nicht?«

»Jetzt hör doch mal auf mit deiner blöden Liebe!« Sie wurde unwirsch. »Was ist das denn? Ein paar Gefühle. Gefühle verändern sich. Auch die schönste Liebe wird irgendwann schal und langweilig.«

»Und du und der Hengst – ihr seid lieber gleich am Anfang schon im schalen und langweiligen Stadium? Ganz ohne Liebe und Schnickschnack?«

»Er liebt mich schon«, sagte sie nachdenklich. »Er liebt mich und das tut mir gut.«

»Aber tut es ihm gut, wenn du ihn nicht zurückliebst?«

»Ich glaube schon, dass ich ihm guttue.«

Ich dachte nach.

»Weißt du«, sagte ich dann, »früher war das anders. Du warst immer so Hals über Kopf und ich war doch immer die Rationale. Die Sachliche. Jetzt scheint sich das Blatt gewendet zu haben.«

Majken zog ihre Nase kraus. »Da ist was dran. Und ich konnte dich früher nie verstehen.«

»Und ich kann dich jetzt nicht verstehen.«

Nach einem halben Jahr stand Tom plötzlich wieder vor ihr. Schweden war es wohl nicht gewesen. Er erzählte kaum etwas von der Zeit, wir erfuhren nie, was dort genau passiert war. Aber irgendetwas war passiert. Der Bindungsphobiker Tom ging vor Majken auf die Knie. Er hielt um ihre Hand an. Und sie zögerte nicht eine Sekunde, seinen Antrag anzunehmen.

Der Hengst war traurig. Er verließ die Praxis, weil er nicht ertragen konnte, Majken jeden Tag zu sehen. Sie blieben dennoch in Kontakt, und er berichtete ihr stets detailliert von seinen aktuellen Liebschaften. Bis heute ist er noch auf der Suche nach der Richtigen. Der gute alte Hengst.

Majken und Tom zogen nicht zusammen, aber sie mieteten sich zwei Wohnungen auf derselben Etage. So hatte jeder seine eigene Wohnung und sie waren sich dennoch nah.

Tom war anhänglich, liebevoll und sie feierten eine Traumhochzeit. Ich freute mich so sehr für Majken. An ihrem Hochzeitstag, als gute Katholikin musste sie natürlich kirchlich und in Weiß heiraten, hatte ich Tränen in den Augen, als wir beide allein in ihrem Zimmer standen. Sie war so schön, eine echte Prinzessin.

»Heul nicht, sonst heul ich auch«, schimpfte sie. »Meine Wimperntusche.« Hektisch blinzelte sie mit den Augen. Ich ebenso.

»Erinnerst du dich noch an unser Gespräch über Liebe?«, fragte ich.

Sie lachte. »Welches?«

»Du liebst Tom, oder?«

»Du mit deiner blöden Liebe. Und um deine Frage zu beantworten: ja, ja, ja, ja, ja! Ja! Ich liebe ihn, ich liebe ihn über alles und wie verrückt und ich werde ihn heute heiraten und wir werden Kinder haben und eine kleine Familie sein und genau das habe ich mir gewünscht, er ist mein Traummann und ich bin die glücklichste Frau der Welt. Scheiße.« Jetzt geriet die Wimperntusche ernsthaft in Gefahr. Hektisches Blinzeln.

»Und meinst du, die Liebe wird bleiben?«

»Wir lieben uns seit mehr als sieben Jahren. Wir haben alle Höhen und Tiefen bereits hinter uns. Ich weiß, dass es keine Garantie gibt. Auch die Heirat bedeutet keine Sicherheit. Das weiß ich. Aber das ist mir egal. Ich liebe ihn. Ich habe ihn in der Vergangenheit geliebt, ich liebe ihn jetzt und was die Zukunft bringt, das weiß ich doch nicht, du Huhn.«

Sie war so weise. Und ich war unendlich gerührt und fand es wunderbar und trostreich, dass eine Beziehung, die schwierig begonnen hatte, sich doch zum Guten wenden konnte.

Und es schien gut mit ihnen zu funktionieren. Bis heute. Das Einzige, was ihr Glück trübte, war, dass die Handvoll Kinder auf sich warten ließ. Majken wurde einfach nicht schwanger. Sie hatten zig Untersuchungen hinter sich, ich erfuhr, dass Toms Sperma von erstklassiger Qualität war – Wissen, das ich gar nicht brauchte, das nun aber für immer in meinem Kopf war –, ich konnte Tom kaum sehen, ohne sofort zu denken, hallo Mr. Supersperma, und mit Majken war eigentlich auch alles in Ordnung. So die Ärzte. Es war wie ein Schatten, der über ihrem Leben lag. Ein dunkler Schatten.

»Wo Licht ist, ist auch Schatten«, versuchte ich sie zu trösten.

Vergeblich.

30
Schlampe

»Du musst was essen«, wiederholte Majken. Ich nahm eine Banane. Ein Bissen, dann war ich pappsatt. Majken nahm den Rest. Nachdenklich betrachtete sie die Banane.

»Weißt du noch, wie wir versucht haben, eine Banane zu blasen?«

Sie versuchte, mich zum Lachen zu bringen. Es gelang ihr. Ich erinnerte mich an uns – wir waren keine zwanzig, hatten uns Bananen gekauft und saßen bei ihr in der Küche. Ihre Eltern waren nicht da, wir schälten die Banane zur Hälfte und Majken zeigte mir, wie ich sie in den Mund führen musste, sie war diejenige mit Erfahrung. Schon bei der ersten Banane bekam ich schrecklichen Hunger und aß sie versehentlich auf. Noch schwieriger wurde es, als wir versuchten, der Banane ein Kondom überzustülpen.

»Wir müssen es mit dem Mund machen«, behauptete Majken steif und fest, es müsste gehen, ein Typ hätte ihr erzählt, dass alle Frauen das so machten. Wir gaben uns wirklich Mühe, aber die Bananen brachen alle ausnahmslos ab und waren gefangen in ihren Gummihüllen. Das sah vielleicht aus.

»Ich weiß noch, wie wir Muskelkater im Bauch hatten vor Lachen. Ich glaub bis heute nicht, dass das funktioniert.«

Majken kicherte. »Und ich glaub bis heute nicht, dass es Frauen gibt, denen das Spaß macht.« Sie biss herzhaft in eine Banane und kaute genüsslich.

Wir schwiegen.

»Tom hat sie schon kennengelernt.«

Ich erstarrte.

»Alles okay, Alia?«

Tom hat sie kennengelernt.

»Du auch?«

»Quatsch!«

»Wann? Seit wann weißt du davon?«

Es tat so weh. Es drohte meine Brust zu zersprengen. Mein Herz war nicht geschaffen dafür. Auch Majken schien es wehzutun, sie guckte gequält.

»Ich weiß es seit letzter Woche.«

»Warum hast du mir nichts gesagt?«

»Alia, ich habe das nicht ernst genommen. Ich konnte es nicht glauben, als Tom das erzählte. Ich hab ihn sogar ausgelacht. Nicht Leander, hab ich gesagt, nicht Alias Leander! Alia und Leander lieben sich für immer.«

»Was hat Tom erzählt?«

»Willst du das wirklich wissen?«

»…«

»Tom meint, er versteht Leander nicht.«

Ich heulte auf.

»Diese Frau …«

»Schlampe!«

»Diese Schlampe hat wohl ein komplettes Rad ab.«

»Warum?«

»Pass auf.«

Ich tat nichts anderes.

»Sie waren im Punto und Leander wollte sie ihm vorstellen. Aber sie lief weg und versteckte sich in der Küche.«

Meine Augenbrauen schossen in die Höhe. Wenn es nicht mein eigenes Leben betroffen hätte, hätte ich jetzt laut gelacht.

»Tom und Leander gingen dann beide in die Küche und da hat Leander sie an der Hand aus der Ecke gezogen und konnte sie Tom vorstellen. Sie hat die ganze Zeit hysterisch gekichert, meinte Tom.«

»Wie heißt sie?«

»Schlampe.«

Meine Lieblingsfreundin Majken.

»Wie sieht sie aus?«

Majken zögerte.

»Sag es mir. Was hat Tom erzählt?«

»Sie sieht wohl schon ganz gut aus. Bis auf ihre Zähne.«

»Und Leander? Was haben sie gemacht?«

»Sie ist dann gegangen. Allein.«

»Hat Leander sie geküsst?«

»Alia.«

»Sag es mir.«

»Ich weiß es nicht.«

Sie wusste es. Alle wussten es. Leander war verliebt. Leander hatte sich in eine andere Frau verliebt. Mein Leander. Mein geliebter Leander. Er hatte im Punto vor den Augen aller eine andere Frau geküsst. Der Schmerz rammte mir ein Messer in die Brust. Ich wollte das nicht mehr ertragen müssen. Wollte ohnmächtig werden. Wollte sterben.

31
Schlammschlacht

Und auch in der nächsten Nacht konnte ich nicht schlafen. Ich hatte Katie vom Kindergarten abgeholt. Hatte mit ihr gespielt. Ihr Milchreis gekocht. Sie geküsst. Sie durfte wieder in meinem Bett schlafen. Sie fragte gar nicht nach Papa, die Zaubermaus, es war für sie schon Normalität, dass wir keinen festen Rhythmus hatten in der letzten Zeit. Mein armes Baby. Mein armes vaterloses Baby. Dieses Schwein. Wie konnte er mich verlassen? Aber noch viel schlimmer, wie konnte er Katie verlassen? Wie konnte er sie zu einem Trennungskind machen? Das war es doch, was wir nie gewollt hatten. Und wir waren so sicher, so glücklich gewesen. Als ich schwanger war, sagte er, dass ich, egal wie sehr er unseren Banjo Malone lieben würde, immer seine Nummer eins bliebe. Und ich sagte, dass ich so froh sei, mit ihm ein Kind zu bekommen, weil es liebevolle Eltern hätte, die füreinander alles sind und die kein Kind als Kitt für ihre langweilige Beziehung brauchten. Und dass wir es bestimmt nicht überbewerten würden, das Kind, sondern alles mit Humor machten, auch wenn dazugehörte, dass wir vor Lachen umfielen, wenn das Kind sich bei banalen Sachen wie Essen oder Laufen anstellte wie ein dreibeiniger Esel. Lachen wollten wir, es hochwerfen, auffangen und immer für es da sein. Gemeinsam.

Und jetzt? Wo war er? Wo zum Teufel war er?

Ich liebte Katie so sehr, ich hätte keine Sekunde von ihr getrennt sein können. Und ich dachte, Leander ginge es genauso. Wieso konnte er jetzt seine Tochter, ohne mit der Wimper zu zucken, allein lassen?

Ich rief ihn an. Nachts um zwei. Anrufbeantworter.

»Wo bist du, wie kannst du deine Tochter so hassen? Dass du mich wegschmeißt wie ein verfaultes Stück Fleisch, ist okay, aber nicht Katie. Bist du bei der Schlampe? Geh doch ran, du Feigling, du erbärmlicher Lügner, Majken hat mir alles erzählt, letzte Woche hat Tom die Schlampe schon kennengelernt, wie lange geht das schon mit euch? Zwei Wochen? Monate? Jahre? Du bist so armselig. Fickst du sie gerade? Du verdammtes Schwein. Du hast mich belogen und betrogen.«

Ich legte auf. Wählte seine Handynummer. Mailbox. »Du erbärmlicher Feigling. Dazu hast du kein Recht.« Ich drückte das Handy aus, schmiss es gegen die Wand. Weinte, weinte, weinte.

Kuschelte mich an Katie, fand keinen Schlaf. Schon wieder nicht. Wie lange hielt ein Mensch das aus?

Ich war nicht mehr bei mir. Wie ein Roboter bewältigte ich den Morgenwahnsinn, machte Katie ausgehfertig, wollte sie in den Kindergarten bringen. Ich hob sie auf den Kindersitz des Fahrrades und dann konnte ich das Fahrrad nicht mehr halten. Ich rief um Hilfe, Katie schrie, das Fahrrad glitt mir aus der Hand zu Boden, mein Goldkind stürzte auf das harte Pflaster, brüllte, ich war bei ihr, nahm sie in den Arm, streichelte ihr das tränenüberströmte puterrote Gesichtchen, pustete. Meine Tränen mischten sich mit ihren, wir saßen dort auf dem Boden, das umgekippte Fahrrad neben uns und wieder war es Kolja, der mich rettete, langsam wurde es peinlich.

Er hob das Fahrrad auf und lehnte es an die Hauswand. Dann stellte er Katie hin. Sie war schon getröstet und starrte ihn neugierig an. Zum Schluss half er mir hoch. Ich hatte wacklige Beine, konnte kaum stehen, zitterte.

»Hast du was gegessen?«, fragte er.

Ich schüttelte den Kopf. »Die Bananen hatten einen eigenartigen Gummigeschmack.«

Er guckte irritiert. »Gummigeschmack?«

Ich seufzte. »Die Geschichte zweier Backfische.«

Er sah mich an, dunkel, düster, unfreundlich fast.

»Du spinnst«, sagte er, und ich stellte fest, dass er gar nicht unfreundlich war, sondern nur so wirkte.

»Danke«, sagte ich. »Fürs Helfen. Schon wieder. Den Tee habe ich übrigens getrunken.«

Er sah mich immer noch an. Seine Augenbrauen zogen sich besorgt zusammen. »Du siehst komisch aus.«

»Danke.«

»Im Ernst. Hast du geschlafen?«

Ich schüttelte wieder den Kopf. »Ich versuche es. Jede Nacht. Ehrlich. Aber ich habe es verlernt.«

»Wolltest du die Kleine in den Kindergarten bringen?«

Ich nickte.

»Wo ist er? Wir bringen sie zusammen hin.«

Ich schloss das Fahrrad an, wir gingen zu Fuß, Kolja trug das Mausebärchen auf seinen Schultern. Sie gluckste vor Vergnügen.

Nachdem sie abgegeben war, gingen wir zurück, er öffnete die Beifahrertür seines Autos.

»Steig ein.«

Ich stieg ein.

»Ich fahr dich zu Dr. Joskowiak.«

Sein alter Arzt. Schon wieder.

»Fährst du mich jetzt jede Woche dahin?«, versuchte ich zu scherzen.

Er warf mir von der Seite einen Blick zu. Einen unfreundlichen Blick.

»Wenn's sein muss.«

Vor der Praxis hielt er an.

»Ich muss zur Arbeit, lass dir irgendwas verschreiben. Du hast ein Kind.« Das klang sehr ernst.

»Ich weiß. Ich habe es stundenlang mühevoll zur Welt gepresst.«

Als ich die Autotür öffnete, hielt Kolja meinen Arm fest.

»Wenn ich etwas für dich tun kann …«

Ich war erstaunt, dass jemand so grimmig und unfreundlich aussehen, aber so ein gutes Herz haben konnte. Mir kamen schon wieder die Tränen.

»Du hast mir schon so viel geholfen.«

»Hast du schon mal überlegt, um ihn zu kämpfen?«

Vor meinem inneren Auge stieg ein Bild auf. Schlammcatchen. Ich mit einer Schwarzen. Wir beide im Bikini. Am Rand Leander und Kolja. Anfeuerungsrufe.

»So was kann nur von einem Mann kommen«, sagte ich und zeigte ihm einen Vogel.

Kolja reagierte bestürzt. »Ich dachte nur … Wenn dir der Cowboy wirklich so viel bedeutet. Vielleicht solltest du ihn nicht einfach gehen lassen. Aber anscheinend willst du die Trennung doch akzeptieren, was natürlich der richtige Weg ist. Der Bessere. Und gesünder ist es auch …«

Ich unterbrach ihn. »Wie meinst du das? Um ihn kämpfen?«

Kolja sah mich an. Er sah irgendwie komisch aus. Das

kurze rabenschwarze Haar unterstrich seine Düsterkeit. Dünn war er auch und schief. Sein Gesicht war irgendwie schief. Und seine Augenbrauen. Und sein Kinn. Unwillkürlich verglich ich ihn, wie alle Männer, mit Leander. Mit meinem wunderbaren Leander. Leander, groß und stark wie ein Bär, braune Augen voller Wärme und Liebe, sein männliches Gesicht, umrahmt von den längeren dunklen Haaren, er war der schönste Mann der Welt. Keiner konnte mit ihm mithalten. Das dachte ich, als ich Kolja betrachtete, während dieser nach einer Antwort suchte.

»Na ja, keine Ahnung«, sagte er endlich, nachdem wir uns gegenseitig ewig gemustert hatten. »Du könntest ihm sagen, dass du auf ihn wartest oder so was. Vielleicht muss er sich nur mal austoben.«

»Ach so meinst du das!« Ich seufzte erleichtert auf. »Ich dachte schon, du meinst das wörtlich. Im Ring oder so.«

Jetzt hoben sich seine Lider. Er riss die Augen auf und lachte laut. Vermutlich sah er es gerade vor sich, Schlampe und ich, gefletschte Zähne, kampfbereite Fäuste.

»Irgendwie hast du einen Knall, weißt du das?« Er lachte immer noch.

»Ja. Sonst wäre ich nicht in die Tonne getreten worden.«

Bitterkeit, süße Bitterkeit auf salzig schmeckendem Grund.

32
Psychopharmakon

Erschöpft saß ich vor Dr. Joskowiak. Er war immer noch jovial und brummig zugleich. Ich erzählte mit stockender Stimme, dass ich dieses Mal nicht wegen der Prüfungen bei ihm sei. Sondern weil mein Freund mich verlassen hat. Weil er eine andere hat. Herr Joskowiak sagte, ich solle es aufschreiben. Das täte gut. Ich sagte ihm, diesen Schmerz könne man doch nicht in Worte fassen, jedes Wort wäre ein Hohn auf das Unfassbare.

Mir spukten immer noch Koljas Worte im Kopf herum. Um Leander kämpfen. War es das, was ich wollte? Was ich tun sollte? Es war doch nur folgerichtig, dass ich mich nicht kampflos geschlagen geben durfte. Nicht nach zehn Jahren und einer gemeinsamen Tochter. Ich fragte den Arzt, ob ich Leander zurückgewinnen sollte. Er wiegte seinen Kopf hin und her, die Mundwinkel nach unten. Sehr begeistert schien er von der Idee nicht zu sein.

»Bedenken Sie, dass Ihr Expartner vermutlich zu blockiert ist, um sich auf Sie oder ein Gespräch mit Ihnen einzulassen. Ihr Expartner orientiert sich zurzeit emotional um.«

Expartner? Leander war doch nicht mein Expartner. Ich orientierte mich auch mal eben ruck, zuck emotional um. Meine Augen zogen sich zu Schlitzen zusammen und jede

Faser meines Körpers war zum Sprung bereit. Ich zischte, dass er vermutlich recht hatte. Dass ich auch gar nicht wüsste, ob ich meinem verdammten EXPARTNER nicht wehtun würde. Meinen EXPARTNER verletzen würde. Meinen EXPARTNER körperlich ein bisschen aufschlitzen würde, um meinem EXPARTNER etwas von dem Schmerz zuzufügen, den mein EXPARTNER mir zugefügt hatte.

»Obwohl ich weiß, dass jedweder physische Schmerz nichts ist verglichen mit meinem Schmerz«, schloss ich böse.

Dr. Joskowiak sah jetzt besorgt aus. Er fragte dieses, fragte jenes. Ich beruhigte mich wieder etwas, erzählte von dem umgekippten Fahrrad, von unserer Katie. Von Leander, der sich gar nicht um Katie kümmerte.

»Geben Sie ihm Zeit. Sie wissen es doch erst seit zwei Tagen.«

»Er weiß es schon länger.«

Am Ende verschrieb er mir ein leichtes Antidepressivum. Er meinte, in meinem Zustand würde er mir das gern geben und mich in einer Woche wiedersehen wollen. Natürlich könnte ich jederzeit vorher auch wiederkommen.

»Hilft es mir beim Schlafen?«

»Es hilft Ihnen, die nächsten Tage zu überstehen, und dann sehen wir weiter.«

Jetzt war es so weit. Ich nahm Psychopharmaka. Aber sie halfen nicht. Der Schmerz war da, wie zuvor. Nur in der Nacht konnte ich wenigstens für ein paar Stunden schlafen. Eine weitere Nacht ohne Schlaf hätte ich auch nicht überlebt.

33
Lasagne

Leander schlich um den Kindergarten. Ich sah ihn.

»Schleichst du um den Kindergarten?«

»Ich vermisse Katie.«

Ich lachte höhnisch auf.

Er sagte, wir müssten eine Regelung finden. Ja, das müssten wir wohl. Sagte ich.

»Komm heute Abend bei uns vorbei. Um sieben. Wir bringen Katie ins Bett, dann reden wir.«

Er nickte. Ich freute mich. Leander würde kommen. Zu mir. Wir würden reden. Über Katie. Und über uns. Letzteres war er mir schuldig.

Ich kaufte ein. Kochte eine Lasagne. Katie bekam Nudeln. Die Lasagne war nur für Leander und mich. Um kurz vor sieben war Katie satt, wir hatten Zähne geputzt und ich half ihr dabei, den Schlafanzug anzuziehen. Sie sah ganz entzückend aus. Ein rosa Wölkchen mit Pausbäckchen. Ein Engel. Ich zog sie in meine Arme. Die Lasagne schmurgelte im Ofen und es klingelte.

Kolja.

»Es passt gerade ganz schlecht«, entschuldigte ich mich, mein großes Baby auf dem Arm haltend. Er lächelte Katie zu, die ihn anstrahlte, dann blickte er mich an und zog die Augenbraue hoch.

»Der Cowboy?«

»Kolja.«

»Cowboy, Cowboy«, lachte sich Katie kaputt.

Kolja kniff sie leicht in die rosige Wange. »Pass auf dich auf«, sagte er zu mir und wandte sich zum Gehen, hielt inne. »Nur falls du es nicht weißt: Du kannst wirklich immer bei mir klingeln. Zu jeder Tages- und Nachtzeit.«

»Danke, das ist nett.«

Er war zu nett. Ich wollte noch nach Kim, seiner Freundin, fragen, aber in dem Augenblick kam Leander die Treppen hochgejagt. Die beiden Männer sahen sich kurz an, nickten sich zu.

»Papa!« Katie streckte freudestrahlend ihre kleinen Ärmchen nach Leander aus. Er nahm sie auf den Arm. Sie hatte es gut. Sie gingen rein. Kolja beobachtete die Szene von seiner Tür aus. Ich lächelte ihm zu, ballte eine Faust mit dem Daumen nach oben und schloss die Tür.

»Was ist denn hier los?«, fragte Leander, als er die Küche betrat. Ich hatte Kerzen angezündet und Teller hingestellt für uns.

»Nichts, nur eine kleine Lasagne. Aber erst bringen wir Katie ins Bett.«

»Ich will aber nicht ins Bett.«

»Soll Papa dir was vorlesen?«, fragte Leander. Quietschend vor Freude rannte Katie auf ihren kleinen Beinchen in ihr Zimmer, Leander im Schlepptau.

Ich lehnte am Türrahmen. Leander saß in Katies Bett, sie saß auf seinem Schoß, eng aneinandergekuschelt und mit seiner schönen tiefen Stimme las er unserer Tochter etwas vor. Das Bild war so überwältigend schön, dass mir schon wieder die

Tränen in die Augen stiegen. So wollte ich leben, das war meine Familie, mein kleiner Traum vom Glück.

Ich ging ins Bad, richtete mich her. Tuschte mir die Wimpern zum fünften Mal, prüfte mein Make-up. Ich sah gut aus. Drei Tage Nulldiät ließen mich bereits hohlwangig werden, wer hätte das gedacht. Leander schien ewig zu lesen. Ich stellte den Backofen runter und wartete. Ich dachte nichts. Nicht an das, was ich wollte, was wollte ich schon, nicht an das, was war. Was war denn schon? Die Tabletten halfen mir über die Nacht und den Morgen hinweg. Das glaubte ich zumindest. Morgens war es besonders schlimm. Ich wachte viel zu früh auf und lag dann da, in unserem Bett, lautlos weinend, voller Schmerz.

»Sie schläft schon fast.« Auf Zehenspitzen war Leander in die Küche gekommen. Ich huschte zu Katie, drückte sie.

»Schlaf gut, mein Engel.«

»Schlaf gut, meine Mami.«

Als ich mein rotwangiges Kind küsste, wusste ich plötzlich, dass ich nicht sterben würde. Ich würde es schaffen. Ich würde weiterleben. Egal, wie es aussehen würde. Ich wusste, dass Katie mehr wert war als alles andere auf dieser Welt. Von diesem Wissen gestärkt, war es für mich ein Leichtes, lächelnd zu Leander in die Küche zu gehen.

Er hatte sich keine Mühe bei der Kleiderwahl gegeben. Eine alte Jogginghose. Ein kaputter Ringelpulli. Unrasiert. Aber es störte mich nicht. Ich war froh, dass er bei mir war. Es fühlte sich so warm an. Am liebsten wäre ich wie Katie sofort auf seinen Schoß gekrabbelt.

»Ich habe eine Lasagne für uns gemacht.«

»Alia, ich weiß nicht, ob das gut ist.«

»Probier, dann findest du es heraus.«

Er lachte. Sein Blick wurde warm und zärtlich.

»Deinen Humor habe ich immer an dir geliebt.«

Zitternde Mundwinkel. Ich durfte nicht weinen. Nicht jetzt. Es ging mir doch so gut. Ich holte die Lasagne aus dem Ofen, schenkte uns beiden ein Glas Rotwein ein.

»Ich trinke doch keinen Wein.«

»Ich weiß.« Ich schenkte sein Glas randvoll. »Trink!«

Er trank. Sehr gut.

Ich gab ihm ein großes Stück Lasagne. Es duftete köstlich. Leander nahm einen Bissen.

»Lecker, wie immer.«

Ich freute mich.

Er fragte: »Was machen wir mit Katie?«

Ich freute mich nicht mehr.

»Leander, Leandorolo, willst du nicht zu uns zurückkommen? Wir brauchen dich doch so sehr.«

Sein Blick war gequält.

»Nein, Alia, es ist vorbei. Bitte mach dir keine Hoffnungen. Es gibt keinen Weg zurück. Ich will mit dieser Frau zusammen sein.«

Presslufthammerschläge. Ich schnappte nach Luft. Ich würde kämpfen. Ich ließ mich doch nicht von einem Presslufthammer umhauen.

»Erzähl mir von ihr. Wie habt ihr euch kennengelernt?«

»Das hatten wir doch schon mal.«

»Dieses Mal bin ich gefasster. Weißt du, ich nehme ein Antidepressivum. Das hält mich im Zaum.« Ich lächelte. »Keine Angst, mein Leanderchen.«

Er griff spontan nach meiner Hand.

»Das wollte ich nicht. Es tut mir so leid.«

Seine Berührung war wie ein Blitzschlag. Ich zog die Hand

zurück. Spontan. Eine Sekunde später wollte ich seine Hand wieder anfassen. Jetzt zog er sie zurück.

»Erzähl mir von ihr«, wiederholte ich.

Leander nahm einen großen Schluck Wein. Gedankenverloren sah er danach ins Glas.

»Als ich sie kennengelernt habe …«

»Wo?«, unterbrach ich. Er sah mich nicht an, starrte weiter ins Glas und ließ den Wein dort Kreise ziehen.

»Punto«, antwortete er kurz. »Sie kam ins Punto.«

Ich schwieg. Und wartete. Leander sah mich nicht an, er starrte weiter auf die rote Oberfläche des Weines.

»Weißt du, sie singt.«

Ich versuchte, den Presslufthammer beiseitezuschieben. Ging nicht.

»Was singt sie?«

»Soul, Funk, die Richtung.«

Er starrte immer noch in sein Glas.

»Weiter, Leander, weiter.«

»Singen ist ihr Leben. Sie träumt von einer Karriere als Musikerin. Sie möchte mit Musik Geld verdienen. Das ist ihr Traum. So wie meiner früher. Als ich sie kennengelernt habe, dachte ich, lach mich bitte nicht aus, ich dachte, dass ich mich in ihr spiegele.«

»Du mit deiner Käsehaut spiegelst dich in einer Schwarzen?« Ich lachte ihn aus.

Traurig sah er mich an. »Du bist so bitter geworden, Ali.«

Das Herz zog sich mir zusammen. Ich war bitter. Ja. Ich war verlassen worden von dem Mann, den ich über alles liebte, von dem Vater meiner Tochter, von meinem Leander, der mir gegenübersaß und sagte, er würde sich in einer anderen Frau spiegeln.

»Nur weil sie singt?«

»Was?«

»Du spiegelst dich in ihr, nur weil sie singt?«

Er verzog den Mund. »Nicht nur. Sie verkörpert all die Träume, die ich vor zehn Jahren hatte. Sie ist wie ich vor zehn Jahren.«

Und ich war diejenige, die vor zehn Jahren seine Träume zerstört hatte? Ich schluckte.

»Alia, bitte versteh mich nicht falsch.«

Ich hatte doch gar nichts gesagt. Ich hielt mich nur an der Tischkante fest. So fest, dass die Haut unter meinen Fingernägeln weiß wurde.

»Ich versteh es nicht falsch«, brachte ich schließlich hervor. »Ich versteh es gar nicht. Wir haben uns doch geliebt, Leander. Ist das alles weg?«

Er schüttelte den Kopf.

»Nein, aber … Es ist passiert. Ich will mit ihr zusammen sein. Sie ist so fröhlich, sie findet mich toll, sie tut mir einfach gut.«

Gleich würden meine Fingernägel abplatzen. Blut käme hervorgeschossen, ich spürte es. Sein fröhlicher brasilianischer Spiegel. Und ich die Bitterkeit. Der wandelnde Vorwurf. Schwer gegen leicht. Sexverweigerin gegen Tollheit.

Leander hatte das Weinglas hingestellt und sah mich besorgt an.

»Iss«, sagte ich knapp.

Und er aß.

»Isst du nicht?«, fragte er mich.

»Doch, doch.«

Ich schnitt mir einen Bissen ab, kaute ihn. Kaute und kaute. Es schmeckte gut, aber ich bekam es nicht hinunter. Als hätte ich das Schlucken verlernt. Der Bissen Lasagne schwoll in meinem Mund an, wurde groß und breiig, ich kaute und kaute.

Leander entspannte sich. Wein und Essen bekamen ihm.

»Weißt du, ich hätte nie gedacht, dass ich bei so einer Frau Chancen habe.«

Ich sprang auf, rannte ins Bad und kotzte ins Klo. Ich rannte zurück in die Küche und nahm die brutzelheiße Lasagneform in die Hand. Schrie vor Schmerz. Leander schrie auch. Lass los. Ich ließ die Schüssel los, sie fiel auf den Boden, zerbrach, überall Scherben, überall Lasagne. Ich hielt mir die Hand vor den Mund, Katie, Katie, ich musste an Katie denken, Rücksicht nehmen, ich rannte in mein Zimmer, in mein Bett, zog die Decke über den Kopf.

Ich hätte nie gedacht, dass ich bei so einer Frau Chancen habe.

Und ich? Was war ich? Dreck, nur Dreck. Ich biss in meine Decke, Leander kam mir nicht nach. Vielleicht machte er die Küche sauber. Musste er nicht. Er sollte gehen. Er sollte bleiben. Weggehen. Bei mir bleiben.

»Leander«, rief ich, »Leander …«

Nach einer Weile kam er. Stand in der Tür. Ich hob die Decke hoch. Er sollte zu mir kommen. Ins Bett. Er schüttelte gequält den Kopf.

»Es tut mir so leid, Alia«, sagte er. »Ich will dir nicht wehtun.«

Alia. Schluss mit Ali. Ich hielt mir die Schläfen. Ruhig, Alia, ruhig. Ich stand auf. Ging zur Tür, zu ihm. Er wich zurück. Ich blieb dicht vor ihm stehen.

»Warum?«

Er zuckte die Achseln. »Ich weiß es nicht.«

»Leander.«

»Es ist einfach so passiert.«

Ich schüttelte den Kopf. Nichts passierte einfach so. Gar nichts.

Ich verschränkte die Arme. »Wie geht es mit Katie weiter?«

»Ich richte mich nach dir.« Wir standen einander direkt gegenüber, kein halber Meter zwischen uns. Ich roch ihn.

»Dann probieren wir den üblichen Weg. Jedes zweite Wochenende ist sie bei dir und einen Tag in der Woche. Such dir einen aus.«

»Dienstags.«

»In Ordnung. Ist es auch in Ordnung für dich?«, fragte ich, selbst erstaunt über meine Sachlichkeit.

Er nickte. Natürlich.

»Aber die Schlampe kriegt sie nicht zu sehen. Wenn ich von Katie etwas davon höre, ist es vorbei mit den Besuchen.«

Vermutlich hatte ich kein Recht dazu, aber er nickte. Dann nahm er seinen ganzen Mut zusammen: »Später möchte ich schon, dass sie Katie kennenlernt.«

Worte so scharf wie Säbelzähne. Sie zerfleischten mich. Und doch nickte ich. »Später«, sagte ich.

»Vielleicht hast du dann ja auch einen anderen Mann.«

Er sollte aufhören zu reden. Er redete wirres Zeug. Ich wollte so einen Unfug nicht hören. Schweig, Leander, schweig. Oder ich garantiere für nichts.

»Mein größter Wunsch ist, dass du mit einem anderen Mann glücklich wirst.«

Ich holte aus und verpasste ihm eine Backpfeife. Seine Wange war knallrot, weiß leuchteten meine Fingerabdrücke darauf. Meine Hand schmerzte.

Ich drehte mich um und ging zurück ins Bett. Nicht nachdenken, nur nicht nachdenken. Ein k. o.-Schlag nach dem anderen. Warum tat er das? Was hatte ich ihm getan? War es eine Strafe?

Er stand immer noch an der Tür. Hielt sich die Wange. Ich hob die Decke. »Komm jetzt!« Leander starrte mich an. »Ich puste.« Er bewegte sich keinen Zentimeter. Ich verdrehte die Augen zum Himmel.

»Nur kuscheln, Leander, bitte, wir sind doch erwachsene Menschen. Und ich brauche das. Ein letztes Mal noch. Bitte!«

Er kam. Legte sich angezogen zu mir. Ich umarmte ihn. Und schließlich umarmte er mich zurück. Und wir drückten uns, hielten uns, ich atmete ihn ein, inhalierte ihn, ich weinte und er weinte und als wir uns küssten, war es wie ein Feuer, so heiß, er liebkoste die Brandblasen an meinen Händen, ich drückte mich ihm entgegen und dann waren wir nackt und er sagte, er liebte meine Haut, und ich weinte wieder und ich wollte ihn spüren und als ich ihn spürte, weinte ich weiter, weinte vor Glück und hielt mich an ihm fest, weinte die ganze Zeit, bis wir fertig waren.

Danach hielt er mich immer noch, streichelte mein Haar. Ich spürte seine Brust an meiner Wange. Ich sah ihn an. Mit dem Finger fuhr ich sein Profil nach. »Du bist so schön«, staunte ich.

»Nein, du. Meine Ali.«

Meine Ali. Ich weinte. Er hielt mich.

»Das hätten wir nicht tun dürfen«, flüsterte er.

»Das mussten wir tun, weil es richtig war«, flüsterte ich unter Tränen. »War es für dich nicht richtig, Leander?«

Er schüttelte den Kopf, nur leicht.

»Was war es für dich, Leander?«

Er überlegte. »Du warst so schön und so vertraut und so weich und warm. Und doch …« Er zögerte. »Ich möchte nicht, dass du dir jetzt womöglich Hoffnungen machst, Ali. Es wird sich nichts ändern.«

Die Liebe hatte so viele Facetten. Ich hätte nie gedacht, dass ich so handeln würde. Nie. Wenn mir das früher jemand gesagt hätte, ich hätte mich kaputtgelacht, drei Tage lang.

So aber brachte ich Leander zur Tür. Ich küsste ihn zum Abschied. Er wollte sich entziehen, aber ich ließ das nicht zu. Ich küsste ihn so lange, bis er mich zurückküsste. Ich sagte: »Ich warte auf dich, Leander.«

Sein Gesicht war schmerzerfüllt, zu Recht. Aber als er antworten wollte, legte ich ihm die Hand auf den Mund. »Ich liebe dich und ich warte auf dich, mein Geliebter.«

34
Geliebter

Küsst Du sie gerade? Lachst Du mit ihr? Streichst du ihr zärtlich übers Gesicht? Nimmst Du sie in den Arm und drückst sie so fest, wie Du das bei mir gemacht hast, als die Welt noch in Ordnung war?
Ich halte das nicht aus. Es ist, als würde sich eine eiserne Faust um mein Herz legen und unerbittlich zudrücken.
Und dann die Details, die auftauchen. Unser Bett. In dem wir beieinanderlagen. Sicher und geborgen. Nein, es ist keine eiserne Faust, die sich um mein Herz schließt. Es ist Blei… geschmolzenes Blei, das in kurzen regelmäßigen Abständen auf mein Herz niedertropft.
WARUM
Nie mehr werde ich Deine zärtlichen Worte hören, »meine Ali«. Ich dachte, das mit uns sei etwas Besonderes. Ich habe mich Deiner Liebe so sicher gefühlt. Zu sicher.
VORBEI
Jetzt, wo alles vorbei ist, kommt mir die Dimension meiner Liebe zu Dir so unendlich vor. Ich dachte, Deine Liebe zu mir sei immerwährend. Aber ich hab es kaputtgemacht. Meine Vorwürfe, meine Forde-

rungen, meine schwachsinnige Bitte um eine Auszeit, meine Abwehrhaltung, wenn Du Liebe wolltest. Aber ich habe das doch nicht gewollt. Ich wollte doch nicht, dass Du ZU EINER ANDEREN FRAU flüchtest. Jemand anderen liebst. Sie Streichelst. Liebkost. Ich liebe Dich doch. Ich! Dich!
Und Du nimmst eine andere in den Arm
Du bist die Liebe meines Lebens! Mein Herz ist so voll von Dir. Und Du gibst mir keine Möglichkeit, Dir meine Liebe zu zeigen. Ich will Dich in den Arm nehmen, Dein wunderschönes Gesicht streicheln, in Deinen Armen versinken und Dir meine Liebe geben. Ich will mit Dir lachen. Deine Musik hören. Dich verliebt und stolz ansehen. Dich umarmen. Deine Nähe, Deine Zärtlichkeit spüren. Deine Liebe. Ich brauche Dich so sehr. Ich liebe Dich so sehr.
Ali

35
Schwein

»Schick den bloß nicht ab!«

Majken legte den Brief auf den Tisch. Wenn sie wüsste. Das war nicht der erste Brief, den ich ihm geschrieben hatte. Ich schrieb Leander eigentlich ununterbrochen. Sogar kunstvolle Collagen fertigte ich am Computer an, Fotos von Katie, von mir und Katie, von ihm und Katie, Fotos von uns beiden früher. Leander und Alia, lachend nach Konzerten, Alia und Leander, lachend bei Majkens Hochzeit. Leander und Alia, glücklich, glücklich, glücklich. Die Bilder fügte ich den zärtlichen Zeilen bei, die aus meinem Herz quollen und die ich ihm im Stundentakt per E-Mail schickte. Ich wusste, dass ich überleben würde, dass der Schmerz mich nicht umbringen würde, das war ich Katie schuldig, aber ich wusste noch viel mehr: Leben ohne Leander ging nicht. Ich musste ihn zurückbekommen. Klare Sache.

Majken war stinksauer auf Leander. Er hätte nicht mit mir schlafen dürfen, fand sie. Fand ich nicht. Ich lächelte glücklich bei der Erinnerung an den gestrigen Abend.

»Wie ist eigentlich der Sex mit ihm?«, fragte sie.

Was sollte das denn jetzt?

»Sei ehrlich.«

»Gestern war er überwältigend.«

»Aber vorher. Wie war er vorher?«

»Na ja, mal so, mal so.«

»Also nicht so toll.«

»Das hab ich nicht gesagt. Am Anfang war er schon toller. Über zehn Jahre die Leidenschaft zu erhalten, ist schwer, das weißt du selber.«

»Stimmt.« Sie seufzte. »Oder überhaupt Sex zu haben …«

Ich fragte: »Warum fragst du?«

»Weil ich schon mal mit ihm geschlafen habe und den Sex ziemlich mies fand.«

Ich fiel aus allen Wolken. Wenn ich nicht gesessen hätte, wäre ich umgekippt.

»Wann? Warum?«, presste ich mit Mühe hervor.

»Du musst nicht gleich kreidebleich werden. Es war vor deiner Zeit.«

Das beruhigte mich nur geringfügig. Vor meiner Zeit war doch Suse da gewesen.

»Warum? Wie oft?«

»Ein Mal. Das hat mir gereicht. Ich fand, er war ein furchtbar schlechter Liebhaber. Weißt du, danach hab ich zu ihm gesagt, ich glaube, du musst noch viel lernen. Und er war total beleidigt.« Sie kicherte. Das konnte ich mir vorstellen. Ich sah Leanders waidwunde Rehaugen vor mir.

»Warum?«

»Warum, warum. Ich war betrunken. Ich war damals mit Jan zusammen, Leander mit Suse. Es war etwas total Verbotenes. Vermutlich war das der Reiz.«

Sie überlegte. »Eigentlich ganz schön erbärmlich von ihm, mit der Freundin seines Freundes zu schlafen.«

»Von dir ist es nicht weniger erbärmlich. Mit dem Freund deines Freundes.«

Es passte. Ich wusste, dass Leander in der Suse-Zeit Affären gehabt hat. Er hatte es mir gestanden, in unserer Anfangszeit, als wir ununterbrochen redeten, als wir uns die kleinsten Details unserer Leben erzählten. Als wir Arm in Arm im Bett lagen und betrunken waren vor Glück und zutraulich und vertrauensselig.

»Er hat sogar mit Suses Schwester geschlafen«, fiel mir ein.

Majken riss ihre großen Augen auf. »Was? Das ist doch echt das Allerletzte! So ein Schwein!«

»Er wollte das damals gar nicht. Suses Schwester hat ihn verführt.«

»Ach je, der Arme, mir kommen die Tränen.«

»Er meinte, es wäre ihm unangenehm gewesen. Sie hätten ein paarmal miteinander geschlafen und sie habe danach immer seine Nähe gesucht. Einmal habe sie sogar versucht, am Tisch mit ihm Händchen zu halten, obwohl ihre eigene Schwester direkt neben ihnen saß.«

Majken schüttelte angewidert den Kopf.

»Und erinnerst du dich noch an diese Frau, die immer betrunken im Punto an der Theke saß früher?«

»Ja, na klar, wie hieß sie doch gleich?«

»Wir haben sie immer Weizenerna genannt.«

»Weizenerna, stimmt. Nein, die hat er etwa auch? Nee, oder?«

Ich nickte. »Doch, das war ihm auch peinlich. Die haben es in Suses Wohnung gemacht, als Suse im Urlaub war und er Blumen gießen sollte, und es war ihm dann noch furchtbar unangenehm, weil Weizenerna plötzlich anfing zu rauchen. Und Suse und Leander doch Nichtraucher sind. Und außerdem hat sie ihm den Rücken total zerkratzt. Er hatte danach immer Angst, dass Suse das entdeckt.«

Unglaublich, was mir alles einfiel.

»Hat Suse es entdeckt?«

»Sie hat da schon nicht mehr mit ihm geschlafen.«

»Kluges Mädchen.«

»Und du also auch. Das hat er mir nicht erzählt«, sagte ich bitter. »All die Jahre, zehn Jahre nichts als Lug und Trug.«

Ich überlegte. »Weißt du noch? Unser erster Abend bei Leander? Als du so verrückt nach Tom warst und Leander und ich uns aus Versehen geküsst haben?«

»Ich dachte, ich guck nicht richtig.«

»Er hatte dich angerufen. Vorher. Ich weiß es noch genau. Vermutlich wollte er dich tatsächlich zum Beischlaf einladen.«

»Kann schon sein«, sagte sie achselzuckend. »Leanders Lack blättert ab. Und zum Vorschein kommt ein ziemlich unsympathischer Typ.«

»Majken.«

»Ist doch wahr. Schreib ihn ab, Alia. Ihr hattet eine gute Zeit, ihr habt eine tolle Tochter, aber jetzt ist Zeit für etwas Neues.«

Ich schüttelte den Kopf. Tränen stiegen in mir hoch.

»Ich werde um ihn kämpfen«, flüsterte ich.

»Das lasse ich nicht zu.« Majken stand auf und stemmte die Hände in die Hüften. »Alia, hör mir zu! Du bist meine beste Freundin. Und ich lasse dich nicht in dein Unglück rennen. Der Mann, der mit dir zusammen alt werden wollte, will plötzlich lieber eine andere. Willst du wirklich mit einem Typen zusammen sein, der von heute auf morgen zehn Jahre Beziehung einfach hinschmeißt und den Weg geht, den sein Schwanz ihm weist?«

Tränen liefen mir über die Wange.

»Er hat sich für die Schlampe entschieden, Alia.«

Ich fing die Tränen mit der Zungenspitze auf, rechts und links, immer abwechselnd.

»Reisende soll man ziehen lassen.«

»Ich werde um ihn kämpfen.«

»Dir ist nicht zu helfen.«

36
Papa-Wochenende

Hervorragend klappte es mit Katie. An ihrem ersten Papa-Wochenende drehte ich fast durch. Ich rannte durch die ruhige Wohnung. Hier war sie, die Stille, nach der ich mich die letzten Wochen so gesehnt hatte. Die Stille und die Ruhe und die Ordnung. Keine Handtücher, die nach der Benutzung zusammengeknüllt auf Badewannenrand oder Fußboden liegen blieben, keine Legosteine, auf die ich trat, keine alten Socken, die herumlagen. Es war herrlich. So viel Ruhe. Das Herz schlug mir bis zum Hals und ich konnte keine zwei Minuten an einem Platz sitzen bleiben.

Ich versuchte zu lernen. Die Prüfungstermine rückten näher. Seit Leanders Flucht hatte ich nichts getan. Ich schaltete den Computer ein, aber anstatt zu lernen, suchte ich im Internet nach Seiten, die sich mit Trennung beschäftigten. Mir kamen sofort die Tränen und ich schaltete den Computer wieder aus. Ich legte alte Platten von Leander auf, tanzte mit geschlossenen Augen in seinem Zimmer. Ich holte Kassetten von *Brotlos* hervor, seiner Band, uralte Aufnahmen, auf denen er gesungen hatte, ich sah Fotos an, bis ich glaubte, mich aufzulösen im Schmerz, nicht mehr existent zu sein. Ich ließ ein heißes Bad ein, um mich wieder zu fühlen, aber es war wie immer, kaum lag ich in der Badewanne, hielt ich es nicht aus, musste raus.

Ich ging auf die Straße, ging zu Fuß zu Leanders Haus, sah ins Punto, kannte niemanden, ging die Treppen hoch zu seiner Wohnung, legte das Ohr an die Tür, lauschte. Lauschte und erhaschte ein Lachen. Katie und Leander lachten. Wunderbar. Ich weinte.

Ich lief durch die Straßen und stand am Fluss. Manche Menschen sahen mich besorgt an, dachten wohl, ich wollte mich hineinstürzen. Ich riss mich zusammen. War ich denn blöde? Was nützte es, hier am Fluss herumzustehen und ins trübe Wasser zu glotzen? Davon kam Leander bestimmt nicht wieder zurück. Mein Handy fiepte. Leander? Es war Majken. Sie erkundigte sich nach meinem Befinden.

»Es ist Papa-Wochenende«, schluchzte ich in den Hörer.

»Heute kann ich nicht vorbeikommen«, sagte sie, »ich hab gerade wieder eine Hormontortur hinter mir. Aber komm doch zu mir. Tom kann für uns kochen. Anschließend geht er zu sich rüber und wir haben Zeit für uns.«

Ich lehnte ab. Blöde Idee. Davon würde ich Leander nicht wiederkriegen.

»Geh nicht zu ihm«, bat sie mich.

»Warum denn nicht?« Ich wusste es wirklich nicht.

Majken seufzte. »Er tut dir nicht gut.«

»Tut er doch!«

»Lass ihn nicht auf deinen Gefühlen herumtrampeln.«

»Das würde er niemals tun.«

»Alia, bitte, komm her.«

Nein. Ich ging zu ihm. Zu meiner kleinen Familie. Zu Katie und Leander. Die würden sich freuen. Wir gehörten doch zusammen.

Katie freute sich tatsächlich, als sie mich sah. Leander aber schüttelte den Kopf. »So geht das nicht.«

»Was denn?«, fragte ich fröhlich und gab Katie einen Kuss, die mir bereitwillig ihre Schnute hinhielt. Dann war Leander dran, aber der drehte den Kopf weg. Ich erwischte nur seine Wange.

Wir aßen zusammen. Leander hatte Bratkartoffeln gemacht. Köstlich. Ich konnte zwei oder drei sogar hinunterschlucken. Später spielten wir, Katie jauchzte, und mein Herz war fröhlich und offen. Als Katie schlief – auf der alten Matratze, auf der wir unsere erste Nacht verbracht hatten –, saßen wir auf dem Sofa, auf dem wir uns das erste Mal geküsst hatten.

Er hatte den Arm um mich gelegt, ich streichelte seine Brust. Wir sprachen nicht. Ich war so glücklich und öffnete seine Hose. Er ließ es geschehen. Als er ein Kondom benutzen wollte, sagte ich Nein.

»Ali, doch.«

»Nein, bitte, Leander, ich möchte doch noch ein Kind.«

Unglaublich, welche Wirkung dieser Satz auf seine Libido hatte. Eben noch himmelhoch, jetzt geschrumpft wie ein Regenwurm im Sonnenschein.

»Leander, wir wollten doch nie nur ein Kind. Wir waren uns doch einig, dass Katie auf gar keinen Fall ein verwöhntes Einzelkind werden sollte. Wir wollten doch immer zwei Kinder. Oder drei oder vier.«

»Die Situation hat sich geändert.«

»Leander, ich werde 36. Ich kann warten, aber nicht mehr so lange.«

»Alia …«

»Du hast recht, der Zeitpunkt ist schlecht.« Ich blickte auf sein Kinderherstellungswerkzeug und lachte. »Sehr schlecht sogar. Guck dir das mal an. Da geht ja gar nichts. Was machen wir denn da?«

Ich überlegte und mir fiel etwas ein und wenig später hielt ich Leander nicht zurück, als er das Kondom überstreifte, und noch ein wenig später war er fertig. Gerade rechtzeitig, denn das Telefon klingelte.

Leander sprang auf wie ein Verbrecher, der auf frischer Tat ertappt wurde. Er suchte das Telefon. Fand es. Stürmte aus dem Zimmer, schloss die Tür. Ich raste zur Tür, drückte mein Ohr dagegen.

»Hallo Schatz.«

Ein Messer, das mir in den wunden Bauch fuhr. Schatz. Das Messer bahnte sich seinen Weg vom Bauch zum Herzen. Ich hörte, wie er die Küchentür schloss. Ich zog mich an. Wie konnte er mich so behandeln. Hätte er das Telefon nicht klingeln lassen können. Hätte, könnte, wäre. Es war meine Entscheidung. Ich war erwachsen. Im anderen Zimmer kniete ich mich zu Katie. Unsere Tochter, die Frucht meines Leibes, friedlich schlafend, ich hätte sie gern genommen und wäre mit ihr in unsere Wohnung geflüchtet. Ich küsste ihre Wange, wollte mich wieder erheben, da bemerkte ich etwas. Am Kopfende lugte unter der Matratze ein Papier hervor. Es war ein Foto. Meine Hand zitterte, als ich das Bild hervorholte.

37
Porno

Irgendwie war ich nach Hause gekommen. Ohne Katie. Er würde es nicht wagen, die Schlampe zu sich einzuladen, wenn Katie da war. Und Katie hatte ein Recht auf ihren Vater.

Jetzt klingelte mein Telefon. Majkens Nummer. Ich hob ab.

»Scheiße, Alia, wo bist du den Abend über gewesen? Ich hab tausendmal versucht, dich anzurufen.«

»…«

»Hallo?«

»Ja.«

»Du warst bei ihm?«

Ich nickte.

»Warst du bei ihm?«

Ich nickte kräftiger.

»Du bist so ein Volltrottel, Alia. Hat er wieder mit dir geschlafen?«

»Ja«, flüsterte ich erstickt.

»So ein Schwein!«

»Nein, nein, nein, sag das nicht, ich bin erwachsen.«

»Du bist verrückt und verrückt nach ihm und er nutzt das aus. Er benutzt dich, Alia, er benutzt dich. Vermutlich findet er es geil, zwei Frauen jederzeit zur Verfügung zu haben.«

»Ich liebe ihn.«

Majken seufzte. »Ich bring ihn um.«

»Danke.«

»Verdammte Scheiße, Alia, du darfst dich nicht kaputtmachen lassen. Nicht wegen so einem Typen, der sich in die erstbeste Schlampe verliebt, die ihm über den Weg läuft.«

»Sie hat eine gepiercte Möse.«

»WIE BITTE?«

»Irgendein Piercing ist da an ihren Schamlippen.« Ich hielt mir das Foto dicht vor die Augen. »Ich glaub, es sind drei Ringe oder so was.«

»Alia, verdammt, wovon sprichst du? War sie auch da? Habt ihr einen Dreier gemacht oder was?«

»Sie ist schokoladenbraun und kräftig. Ihre Zähne sind schneeweiß.«

»Ihre Zähne sind ein Gebiss, meine Liebe. Das hat sogar Tom gesehen. Extrem künstlich. Ganz schlechter Zahnarzt, meinte er. Er hätte sie gern gefragt, ob sie das Gebiss nachts rausnimmt, hat er mir erzählt, aber er hatte Angst, dass sie sich dann wieder versteckt.« Majken lachte böse. »Hast du sie etwa kennengelernt?«

»Ich hab ein Foto, Majken.«

»Woher?«

»Es lag unter seiner Matratze.« Ich heulte. »Es ist furchtbar. Ein Nacktbild. Voll Porno. Sie hockt da drauf, Beine gespreizt, man sieht alles. Und sie fummelt an sich rum. Und sie hat furchtbar dicke Brüste. Genau das, worauf Leander steht.« Ich heulte lauter. »Es tut so weh, Majken. Ich weiß, was er mit ihr macht, und jetzt habe ich noch mehr Bilder im Kopf. Ich will das nicht.«

Ich schlug mir mit der freien Faust gegen den Kopf, immer und immer wieder.

»Alia!« Majken heulte nun auch fast. »Komm her, bitte,

und bring das Foto mit. Es ist nicht gut, wenn du jetzt allein bist.«

»Versprich mir, dass wir es machen«, weinte ich in den Hörer.

»Ja, wir machen es«, versprach Majken.

38
Kim

Ich fuhr nicht zu Majken. Es musste warten. Ich musste lernen, alleine zu Hause zu sein. Was für ein Hohn. Immer hatte ich mich danach gesehnt, wenn Katie und Leander hier herumwirbelten. Ich hatte die Unordnung verflucht und gedroht, dass ich mir eine eigene Wohnung suchen würde, wenn ich nur erst reich und berühmt war. Leander hatte gelacht und Katie hatte solidarisch mitgelacht. Und ich war wütend in mein Zimmer gestapft.

Es war zehn Uhr abends. Ich zog meinen weichen Flanell-Schlafi an und schlüpfte ins Bett. Ich schloss die Augen und sah gepiercte Geschlechtsteile. Sofort öffnete ich die Augen wieder. Mir war kotzübel. Ich ging in das Zimmer von Leander, auf die Gästecouch, machte den Fernseher an. Nachrichten. Was für ein Elend auf der Welt. Wie gut ging es mir doch. Ich dankte Gott und versuchte, das Programm zu wechseln, aber die Fernbedienung war kaputt. Ich warf sie gegen die Wand. Die Wand klopfte zurück.

»Tschuldigung«, brüllte ich rüber.

Kolja brüllte irgendetwas zurück, aber ich konnte es nicht verstehen. Ich musste lächeln. Hatte er nicht gesagt, ich könnte zu jeder Tages- und Nachtzeit klingeln? Ich zog mir den alten blauen Seemannspulli von Leander über den Schlafi und meine Puschen mit den großen Hasenohren an die Füße, schnappte den Schlüssel und klingelte nebenan. Die Tür öffnete sich, und ich wurde von einem gleißenden Licht geblendet. Ich schloss spontan die Augen und als ich sie wieder öffnete, war es immer noch da. Hell und strahlend und ungefähr drei Meter groß.

»Du musst Alia sein«, sagte das Licht. »Du hast gerade dieses Krach gemacht und Kolja hat von dich erzählt.« Das Licht hatte einen eindeutig amerikanischen Akzent. »I'm Kim, hello and come in.«

Blinzelnd folgte ich der Lichtgestalt ins Innere der Wohnung. Kolja kam aus einem Zimmer. Seine dunkle schiefe Erscheinung war eine Wohltat für meine Augen.

»Hey. Habt ihr euch schon bekannt gemacht?«, fragt er. »Kim, das ist unsere Nachbarin Alia; Alia, das ist Kim. – Meine Freundin.«

Die Pause zwischen »Kim« und »meine Freundin« war etwas lang. Aber vermutlich musste Kolja jeden Tag aufs Neue verarbeiten, dass er ein Wesen aus einer anderen Welt zur Freundin hatte.

Sie strahlte mich an. Das Weiß ihrer Zähne funkelte, als wären dort kleine Diamanten eingearbeitet. Mir wurde schwindlig von dem ganzen Licht. Sie hatte hellblonde Haare, die ihr bis zu ihren hervorstehenden Hüftknochen reichten, spaghettiglatt und, wie sollte es anders sein, glänzend, als würde sie ihnen ununterbrochen hundert Bürstenstriche angedeihen lassen und dazu liebliche Weisen summen. Sie war einfach zu schön. Ein ebenmäßiges Gesicht, herzförmig, mit Proportionen wie gemalt. Durchsichtige Porzellanhaut. Sie war viel größer als Kolja und sie wog höchstens dreißig Kilo. Gut, dass Leander sich nicht in sie verliebt hatte. Wenn sie meine Gegnerin gewesen wäre, ich hätte kampflos meine Sachen gepackt und wäre schnurstracks ins Jenseits spaziert.

Sie führten mich ins Wohnzimmer. Auch hier war alles so hell. Während bei mir dunkle Regale standen mit Abertausenden von überwiegend unsortierten Büchern und ich ansonsten, abgesehen von meinem hellgrünen Sofa, eher dunkle, alte Möbel hatte, war bei Kim die vorherrschende Farbe, wie konnte es anders sein: weiß. Kleine Regale in Weiß, ein Glastisch ohne Fingerabdrücke, ein weißer Teppich, eine weiße Couch auf blitzblanken Stahlfüßen, ich traute mich kaum, mich zu setzen. Hoffentlich waren keine Ölspuren an Leanders altem Pulli, dachte ich noch, als ich mich vorsichtig niederlassen wollte. Aber da lachte Kim auf, es klingelte in meinen Ohren wie beim Feueralarm, und sie rief, oh, eines Moment bitte. Mit geübter Hand breitete sie eine elegante burgunderfarbene Decke auf der Couch aus und endlich konnten wir Platz nehmen. Ich saß in der Mitte, links Kolja, rechts Kim. Wir lächelten alle blöde.

»So«, sagte Kim mit amerikanischem Akzent. »Magst du etwas trinken?«

»Habt ihr Bier?«

Ich trank nie Bier, es schmeckte mir nicht. Aber in dieser Umgebung, ich wusste nicht, warum, musste ich einfach Bier trinken, sonst würde ich in Nullkommanichts zum Snob werden und mich mit hoher Stimme über die neuesten Börsenkurse unterhalten. Oder über die aktuelle Hutmode auf der Pferderennbahn.

»Uuh«, lachte Kim und versuchte vergeblich, ihre hohe Stimme zu senken. »Beer …«

»Ich nehm auch eins«, sagte Kolja wie aus der Pistole geschossen.

»You know, ich mag keines Bier. Aber für Kolja muss immer Beer im Kühlschrank sein. Obwohl er mag eher Wein. Weißwein. Aber vielleicht es ist deutsche Sitte mit dieses komische Beer.«

Warum wackelte sie so komisch mit dem Kopf und versuchte so tief zu sprechen, immer wenn sie Bier sagte? Ich starrte sie fasziniert an. Sie lachte. Kolja versuchte auch zu lächeln, aber es sah aus, als hielte ihn dabei jemand im Schwitzkasten.

»Anyway«, trällerte Kim. »Ich hole euch euer german beer.« Wieder sprach sie german beer mit einer Stimme aus, als wollte sie den Bauarbeiterimitationspreis gewinnen, und wackelte dazu mit dem Kopf. Verrückt. Fragend sah ich Kolja an. Er lächelte sein Schwitzkastenlächeln.

»Oh, she is – wonderful«, flüsterte ich. Er nickte. »Really HELL!« Ich versuchte mit den Händen, Helligkeit gestisch zu untermalen, scheiterte jedoch und blieb mit ausgebreiteten Armen sitzen. Wir schwiegen freundlich. Kim kam wieder, brachte für uns zwei Flaschen Bier und zwei Gläser, verschwand und kehrte mit einem Martini in der Hand zurück. Gleich würde sie ihren weißen Hut aufsetzen und Raffaello servieren.

Kolja teilte eine Flasche Bier auf unsere beiden Gläser auf. Wir stießen an.

»Auf frohe Nachbarschaft«, rief ich fröhlich und wünschte mir, ich wäre doch zu Majken gefahren. Oder hätte wenigstens nicht die Fernbedienung gegen die Wand geworfen.

»Oh, yes, absolutely.«

»Prost.«

»So!« Amerikanisch. Was kam jetzt? Kim legte ihre Hand auf meine. Sie hatte lange schmale Finger, hell, durchscheinend, keine Pigmentflecken, zwanzig Zentimeter lange Fingernägel, perfekt lackiert. Unter ihren zartgliedrigen Fingern ballte ich meine Hand unwillkürlich zur Faust.

»Kolja hat mir gerade erzählt, dass deine Mann dich verlassen hat.«

»Mein Freund.«

»Oh, I am so sorry. Das wusste ich nicht. Ihr seid nicht verheiratet?«

Ich schüttelte den Kopf.

»Aber ihr habt eine kleine Baby?«

»Ja. Nein. Ja. Also ja, nein, wir sind nicht verheiratet und ja, wir haben eine Tochter.«

»Es ist nicht gut, wenn der Mann keine Verantwortung übernimmt. Er hätte dich heiraten müssen, als du warst schwanger.«

Was war das denn für ein Bullshit?

»Ach was, heutzutage muss man das nicht mehr.« Ich war sehr freundlich. Aber eigentlich wollte ich nur weg.

»Du hättest mehr Sicherheit gehabt, you know.«

»Sicherheit ist eine Illusion.« Meine Stimme war finstrer als die finstre Nacht. »Nichts ist sicher, nur der Tod.«

»Oh, Kolja, darling, hör sie an. Don't you say that. Warum hat er dich verlassen, Liebes?«

»Er hat eine andere.«

Kim nahm ihre Hand von meiner, um sie sich erschrocken vor den Mund zu halten. Endlich, meine Faust entspannte sich sofort. Ihre hübschen Augen waren entsetzt aufgerissen. Dann füllten sie sich mit Mitgefühl. Vielleicht war sie doch nicht so verkehrt.

»Warum? Ihr habt eine Kind miteinander. Und du bist so eines wunderschöne Frau.«

Ich lachte auf. Ich saß in einem uralten ausgewaschenen Flanellschlafanzug auf ihrem Sofa, darüber trug ich einen Fleecepulli, der mir viel zu groß war, und an den Füßen alberne Hausschuhe mit Ohren. Ich war ungeschminkt. Und ich war rotfleckig und aufgedunsen von meinem Bad im Meer der Tränen, in dem ich hilflos kämpfend seit Tagen ruderte. Ohne dass Land in Sicht war. Kim nahm eine Strähne meines Haares.

»Du hast wunderschönes Haar. So dunkel.«

Das Bier schmeckte scheußlich, ich wusste wieder, warum ich es nicht mochte, aber ich trank das Glas in einem Zug leer. Ich wollte gehen, aber Kolja hatte schon die nächste Flasche geöffnet.

»Eins noch.«

Wir unterhielten uns. Kim trank noch einen Martini und noch einen und ihre Wangen röteten sich und sie wurde etwas menschlicher. Sie war Stewardess, natürlich, ein Himmelswesen, und musste deswegen *ihres armes Koljachen* oft allein lassen. Sie hatte auch eine Wohnung in Fort Lauderdale in Florida, wo sie herkam. Ein kleines Appartement im Hause ihrer Eltern.

»Und wo kommst du her?«, fragte sie mich.

»Ich wohn schon immer hier. Hier geboren, aufgewachsen, Schule, Arbeit, Kind, Tod.«

»Oh darling. Don't be so depressed.«

Aus dem Augenwinkel sah ich, wie Kolja die linke Augenbraue hob. Dann ließ er sie wieder sinken und öffnete sich noch eine Flasche Bier. Dieses Mal trank er direkt aus der Flasche und bot mir nichts an.

Er sagte die ganze Zeit gar nichts. Später, als ich mich von beiden verabschiedet hatte und in meinem Bett lag, waren meine Gedanken nicht mehr bei gepiercten Geschlechtsteilen. Sie waren bei Kim und Kolja. Ich fragte mich, was die beiden verband. Sie passten schon rein äußerlich nicht zusammen. Er so klein, sie so groß. Aber selbst wenn das egal war, was machten die beiden zusammen? Diskutierten sie leidenschaftlich über Politik und Zeitgeschehen? Stritten sie über gute Filme und Musik? Lasen sie sich gegenseitig interessante Berichte aus der Zeitung vor? Lachten sie zusammen bis zum Umfallen über Versprecher und Missverständnisse? Malten sie sich Dialoge aus und sprachen mit verstellten

Stimmen? Hatten sie Geheimwörter, die nur sie verstanden? Konnten sie die Sätze des anderen beenden, noch bevor dieser sie überhaupt angefangen hatte? Hatten die beiden überhaupt irgendetwas, was Leander und ich gehabt hatten?

Ich konnte es mir nicht vorstellen. Bei den beiden konnte ich mir gar nichts vorstellen. Höchstens Sex, aber den wollte ich mir nicht vorstellen. Kolja war doch eigentlich ein netter Kerl. Was band ihn an Kim? Warum waren Pärchen zusammen? War es die Angst vorm Alleinsein? Das Gefühl, jemanden an seiner Seite zu brauchen? War Liebe einfach nur die Bezeichnung für eine Art Kitt, der Menschen zusammenhielt? Und manchmal bröckelte der Kitt. Das war doch klar. Wurde hart, löste sich, fiel heraus. Aber das musste nicht sein. Dagegen konnte man etwas unternehmen. Zum Glück.

39
Voodoo

Majken drückte mich zur Begrüßung.

»Igitt«, meinte sie, »du bist nicht mehr meine Freundin, du bist ja nur noch Haut und Knochen.«

Majken dafür wurde immer rundlicher, immer fraulicher. Es stand ihr phantastisch, eine schöne Frau entstellt nichts, aber ihre ohnehin schon großen Brüste waren geradezu gewaltig. War sie schwanger? Durfte man das eine gute Freundin fragen? Wenn sie »nein« antwortete, wäre die Freundschaft damit auf ewig zerstört. Also besser andersherum.

»Was macht die Hormontherapie?«

Sie schluchzte auf. »Ich bin vollgepumpt mit Spritzen, wiege dreihundert Tonnen, aber ich hab immer noch kein Baby. Nicht einmal eine verstärkte Follikelproduktion.«

Ich nahm sie in den Arm.

»So eine Scheiße, es ist so ungerecht«, fluchte sie an meiner Schulter. »Alle kriegen Babys, die blödesten Deppen. Und bei mir klappt es nicht. Ich könnte schreien.«

»Schrei, Majken, schrei, es reinigt die Seele.«

Sie lächelte mich an. »Den Satz kenn ich.«

Sie tat mir so leid. Ich bewunderte sie für ihre Ausdauer. Aber was blieb ihr anderes übrig? Mir blieb jedenfalls nichts, als sie zu halten und ihr Mut zuzusprechen. Auf einer Wolke würde er sitzen, ihr kleiner Babygnom, sich ins Fäustchen lachen und nur auf den richtigen Zeitpunkt warten.

»Der soll sich mal beeilen.« Sie schnäuzte sich. »Aber wir sind nicht wegen mir hier. Komm mit, ich hab schon alles vorbereitet.«

Ich folgte ihr in ihr Arbeitszimmer. Was für eine Unordnung. Ärzteblättchen lagen herum, Fotokopien, Aktenordner, es sah aus wie bei mir, wenn ich gerade für Prüfungen lernte. Zeit hatten wir genug. Es war nachmittags, Majken hatte ihren Arbeitstag für heute hinter sich, Katie war noch im Kindergarten und würde später von Leander abgeholt werden und bei ihm schlafen. Es war Papa-Tag. Auf einem runden Tisch hatte Majken bereits Eimer hingestellt, einen mit Kleister, einen mit Wasser, Zeitungen stapelten sich und ein paar große Kartoffeln warteten ebenfalls auf ihren Einsatz.

»Hast du das Bild mit?«

Ich reichte es ihr wortlos.

»Heilige Scheiße, ist das abartig.« Angewidert legte sie es auf den Tisch. »Und das hatte Leander unterm Kopfkissen?«

»Unter der Matratze.«

»Du solltest diesen Flachwichser abschreiben.«

»Majken.«

»Schon gut.«

Wir rissen die Zeitungen in Fetzen, tauchten sie in Kleister und waren mit Hingabe beschäftigt, zwei wunderschöne Voodoo-Puppen herzustellen. Das hatten wir schon zu Schulzeiten getan. Wenn uns ein Lehrer geärgert hatte. Voodoo war immer ein Riesenspaß gewesen. Dieses Mal allerdings war es mir ernst. Leander brauchte eine Strafe und Schlampe musste weg.

Zwischendurch kam Tom vorbei.

»Ihr spinnt«, meinte er. Offenbar war er eingeweiht. Er umarmte mich zur Begrüßung. Ich wusste nicht recht, was ich sagen sollte.

»Sag nichts«, sagte er, »Leander ist ein Idiot. Er wird schon wieder zur Besinnung kommen.«

»Mh.«

»Vielleicht braucht er das einfach jetzt. So eine Art Midlife-Crisis.«

»Großartig.«

»Weißt du, er war seit dem Sandkasten mit Suse zusammen. Du warst erst seine zweite Freundin. Vielleicht muss er Erfahrungen sammeln.«

Ich lachte bitter auf. »Erfahrungen, ich lach mich tot. Leander hat ständig mit anderen Frauen geschlafen.«

Toms Augen wurden kugelrund. Majken warf mir einen warnenden Blick zu. Ja, sogar mit deiner, wollte ich rufen, wollte dem guten Tom die Augen öffnen, das Bild, das er von seinem Freund hatte, geraderücken. Majken sah mich böse an, sie sah, wie ich mit mir rang.

»Stell dir vor …« Ich musste es einfach sagen. Majkens Mund öffnete sich entsetzt.

»Er hat sogar mit Weizenerna geschlafen.«

Majken atmete erleichtert aus. Tom musste eine Weile nachdenken. Dann ging ihm ein Licht auf.

»Nee, ach Quatsch, hör auf. Das ist ja pervers. Das glaub ich nicht.«

Als Tom sich immer noch lachend getrollt hatte, holte Majken uns einen Sekt.

»Darfst du überhaupt?«, fragte sie. »Wegen der Psycho-Tabletten?«

»Ich weiß es gar nicht genau. Vermutlich nicht. Stef will die nächsten Tage mal vorbeikommen. Als sie hörte, dass ich ein Antidepressivum schlucke, wollte sie unbedingt mit mir reden.«

»Das ist gut. Grüß sie von mir.«

Wir stießen an auf Voodoo, chakka, und setzten mit Hingabe unsere Arbeit fort. Die Schlampe war zuerst fertig. Majken schnitt noch ein paar schwarze Wollfäden ab und klebte sie als Haare an den Pappmaschee-Kopf.

»Drei reichen, oder?«

Drei Haare auf dem Puppenkopf sahen schrecklich aus, ich musste mich setzen vor Lachen.

»Nein, mach mehr, dann kann ich sie ihr einzeln ausreißen.«

Währenddessen installierte ich mit Tesafilm Zehennägel.

Wir betrachteten stolz unser Werk.

»Moment, das Wichtigste fehlt.«

Majken beugte sich zu mir vor und löste vorsichtig meine Ohrringe aus den Ohren. Liebevoll befestigte sie die riesigen Kreolen im Schambereich der Puppe.

»Hervorragend.«

Ich lachte.

Leander wurde nicht so perfekt.

»Da hat der liebe Gott wohl geschlampt, wie im richtigen Leben«, kicherte Majken. Aber wir schrieben groß »Leander« auf seinen Bauch und damit war er eindeutig markiert. Majken wickelte noch eine kleine Kartoffel in Pappmaschee und pappte sie ihm als Schwanz zwischen die Beine. Die Ähnlichkeit war frappierend.

Zuletzt klebten wir noch das Foto auf den Bauch der weiblichen Puppe. Dann ging es los. Mit spitzen Nadeln bohrte ich ihr zunächst vorsichtig in die Brüste. Sowohl in die Pappmaschee-Brüste als auch in die von dem Foto. Majken reichte mir eine Stricknadel. Damit ging es besser. Aber schließlich, es nützte nichts, musste die Nagelschere her. Damit konnte ich richtig zerstören, ich lachte teuflisch.

»Pass auf deine Kreolen auf«, bat mich Majken zwischendurch.

Es war reine Katharsis. Das, was ich in der Wirklichkeit niemals tun würde, praktizierte ich jetzt in der Phantasie. Ich wollte den beiden wehtun. Und ich tat ihnen weh und ich tat es mit Genuss. Angefangen von den Zehennägeln bis hin zu den Augen und den vier Haaren. Und bei der Leander-Puppe ebenso. Als ich mich dem Geschlechtsteil zuwandte, musste sich Majken abwenden.

»Igitt, du Ferkel!«

Und als sie danach wieder guckte, sagte sie, diese Kartoffel könnte sie nun wirklich nicht mehr verwenden.

Die weibliche Puppe war zuerst fertig. Aufgelöst in Fetzen lag sie zum Teil auf dem Tisch, zum Teil auf dem Boden, von dem Foto war gar nichts mehr übrig. Würdevoll trugen wir die Überreste zum Klo und spülten sie nacheinander weg. Herrlich.

Zurück im Arbeitszimmer legte ich mich auf den Boden.

»Kannst du mich an Leander kleben?«, fragte ich Majken.

Sie tippte sich an die Stirn. »Was soll das denn?«

»Ich habe herausgefunden, dass es Liebe gar nicht gibt. Das, was zwei Menschen zusammenhält, ist Klebstoff. Nicht mehr und nicht weniger. Der muss jetzt bei Leander und mir erneuert werden.«

»Nee, is klar«, meinte Majken kopfschüttelnd.

Aber sie tat es. Sie strich mir Kleister auf den Arm, nicht ohne zu erwähnen, dass ich verrückt war, dann pappte sie den zerfetzten Pappmaschee-Leander an meinen Arm. Genau genommen pappte sie nur einzelne Zeitungsfetzen an meinen Arm, wie Leander sah die Puppe, mit der ich übel gespielt hatte, längst nicht mehr aus. Zum Schluss hielt Majken die halbierte, total zerstochene und fast zermatschte Kartoffel in der Hand.

»Und was machen wir hiermit?«, fragte sie ratlos. »Soll ich dir die auch an den Arm kleben?«

Sie sah mich an, ich sah sie an, wie sie zwischen Daumen und Zeigefinger den Kartoffelrest hielt, und dann mussten wir lachen, bis uns die Tränen kamen. Wir lachten über die Vorstellung einer am Arm klebenden Kartoffel, die einen Penis darstellen sollte, aber wer hat schon einen Penis am Arm, wir lachten über die ganze Situation, wir lachten, bis ich dachte, ich platze.

Ich wischte mir mit meinem freien Arm die Tränen weg und meinte großzügig: »Ach was, weg damit. Mit seiner Kartoffel konnte ich nie viel anfangen.«

Was wieder Lachanfälle auslöste.

40
Leere

Als ich wieder zu Hause war, bemerkte ich als Erstes Hund. Katies Hund. Ihr geliebtes Kuscheltier. Wir hatten es vergessen für den Papa-Tag. Es war nicht so, dass ich mich aufdrängen wollte, wirklich nicht, aber Katie brauchte Hund, sie konnte ohne ihn nicht schlafen. Mir kamen die Tränen, als ich mir vorstellte, wie mein armes Baby vor sich hin schluchzte in der Nacht und ihre Hand ausstreckte, um Hund zu suchen, und nichts und niemand war da. Höchstens Leander. Ich rief ihn an.

»Katie hat Hund vergessen.«

»Das haben wir schon bemerkt.«

»Und jetzt?«

»Sie ist gerade in der Badewanne. Sie muss ohne ihn klarkommen.«

Was für ein harter Mensch. Ein Herz aus Stahl.

»Mag ja sein, dass du immer schnell ohne jemanden klarkommst«, bemerkte ich spitz, »aber normalen Menschen bereitet das Herzschmerz.«

Er seufzte.

»Ich bring Hund vorbei.«

»Alia.«

Ich legte auf.

In seiner Wohnung traf mich fast der Schlag. Sie war aufgeräumt. Nein, nicht aufgeräumt, sie war leer. Völlig leer. Der Flur: leer. Die Küche: leer. Der alte Tisch weg, die Stühle, nichts mehr drin außer Herd und Kühlschrank und Spüle. Ich ging an Leander vorbei ins Arbeitszimmer. Wenigstens dort noch das alte Chaos. Ich ging in das andere Zimmer. Leer. Zwei Luftmatratzen lagen einsam auf dem Boden mit Kissen und Decke.

»Katie findet es toll«, sagte Leander entschuldigend.

»Warum?«, fragte ich ihn.

Er sah mich mit seinem schwermütigen Leanderdackelblick an.

»Ich habe aufgeräumt.«

»Das sehe ich. Aber: warum? Warum ist alles weg?«

»Ich muss Platz schaffen.«

»Warum?«

Er gab mir keine Antwort, sondern guckte nur traurig. Und legte sich die Hände auf den Bauch.

»Entschuldige«, sagte er. »Ich habe furchtbare Bauchschmerzen.«

Er ging ins Bad. Voodoo, dachte ich. Voodoo wirkt. Wenigstens etwas. Zufrieden lächelte ich. Als er wiederkam, fragte ich ihn, was mit seinen Sachen passieren soll, die noch in unserer Wohnung waren. »Willst du dein Leanderzimmer auch aufräumen?«

»Das sind doch sowieso deine Sachen. Die aus deiner alten Wohnung. Ich will davon nichts. Du kannst damit machen, was du magst.«

Ich sagte ihm, ich würde alles so lassen, wie es war, damit er jederzeit zurückkehren konnte. Leander verzog gequält das Gesicht. Ich ging einen Schritt auf ihn zu und bot ihm an, ihn gesund zu pflegen. Aber anstatt mein Angebot dankbar anzunehmen, wurde sein Gesicht nur noch leidender und er wich vor mir zurück. Ich beschloss, dass heute kein guter Tag für eine Rückgewinnung war. Geschweige denn für einen Quickie. Ich ging zu Katie und setzte ihr ihren Hund auf den Badewannenrand. Sie strahlte und schlug vor, dass ich bliebe. Ich lächelte tapfer und meinte, es wäre doch gar keine Luftmatratze für mich da. Das verstand sie. Als Leander mich mit fast schon grünem Gesicht darum bat, das Badezimmer zu verlassen, da er sich erleichtern müsste, gab ich meinem Töchterchen einen nassen Abschiedskuss und verließ gemächlich die aufgeräumte Wohnung.

41
Freundfreundschaft

Einige Abende später saß ich mit Kolja in der Küche. Er war immer noch besorgt um mich.

»Du kannst wirklich immer klingeln«, sagte er.

»Kim wird begeistert sein.«

»Kim mochte dich sehr.«

Das glaubte ich gern. Vermutlich weil von mir keine Gefahr ausging. Für schöne Frauen war ich noch nie eine Konkurrenz gewesen.

»Gibt es Neuigkeiten vom Cowboy?«, fragte er.

Ich zuckte die Schultern. »Im Augenblick tut er mir ein bisschen leid.«

Kolja konnte perfekt die linke Augenbraue hochziehen. Als Jugendliche hatte ich das jahrelang vor dem Spiegel geübt, aber nie geschafft.

»Jetzt guck nicht so, er schläft zurzeit auf einer Luftmatratze.«

»Oder in den Armen der anderen.«

»Autsch.« Ich starrte ihn wütend an. Er hob wieder nur seine Augenbraue. Er hatte recht, aber er musste mir doch deswegen nicht so wehtun. Er wich meinem Blick nicht aus. Sein kantiges Gesicht war regungslos. Ich gab auf.

»Du hast gewonnen.«

»Gewonnen?«

»Das Wer-zuerst-wegguckt-hat-verloren-Spiel.«

Er schmunzelte. So schlecht sah er gar nicht aus.

»Teechen?«

»Gern.«

»Den hab ich von einem guten Freund bekommen«, meinte ich augenzwinkernd, als ich den Tee aufgoss. Sofort biss ich mir auf die Zunge. Kolja war natürlich gar kein guter Freund. Wir kannten uns kaum, er war ein Nachbar, mehr nicht. Vermutlich fand er meinen Spruch sehr aufdringlich und würde jetzt aufstehen und gehen.

»Warum wirst du rot?«, fragte er nun tatsächlich auch noch und lächelte spöttisch. Ich wünschte mir ein Loch im Boden.

»Bist kein guter Freund«, murmelte ich, hätte mich aber im selben Moment dafür erwürgen könnten. »Doch, biste doch«, fügte ich rasch hinzu, aber es war alles verloren. Tomatenrot rührte ich im Tee, dass es nur so schwappte, und fragte zu allem Überfluss noch: »Oder doch nicht?«

Kolja lachte. »Ich wäre gerne dein Freund.« Jetzt verzog er den Mund, als hätte er etwas Falsches gesagt. »Also, ich mein …« Er suchte nach Worten, das gefiel mir, zumal ich merkte, wie das Blut wieder aus meinem Gesicht runter in den Körper floss.

»Ich mein, dein guter Freund. Im Sinne von Freundfreund, mein ich.«

»Was denn sonst?«, lachte ich hektisch. »Prima. Lass uns Freundfreunde sein.«

Wir hoben die Tassen, und ich hätte schwören können, dass wir beide leicht gerötete Wangen hatten.

»Brüderschaft?«, fragt er.

»Freundfreundschaft!«, sagte ich. Nicht dass ich ihn am Ende noch küssen musste.

42
Stef

Kolja ließ uns allein, als meine alte Freundin Stef kam. Stef war Ärztin. Als sie von der Trennung und dem Antidepressivum gehört hatte, hatte sie darauf bestanden, einen Blick auf das Mittelchen zu werfen. Und auf mich. Kolja verabschiedete sich, und ich erzählte Stef alles. Ohne Tränen. Ich schluckte zwischendurch, das schon, aber ich weinte nicht. Alles würde gut werden, es musste ja.

»Und jetzt?«, fragte sie am Ende.

»Jetzt hol ich ihn mir zurück.«

Stef hieß Stefanie. Ich hatte sie in London kennengelernt. Ich war Au-pair, sie studierte Medizin, ein Auslandssemester, und wir hatten uns an der Sprachschule getroffen. Wir freuten uns, aus der gleichen Stadt zu kommen, und waren von da an unzertrennlich. Mittlerweile war sie verheiratet. Mit Stefan, kaum zu glauben, Stefanie und Stefan, Stef und Stef. Noch unglaublicher war, dass Stefan auch Arzt war. Stef, meine Freundin, war Frauenärztin, Gatte Stefan war Kardiologe und arbeitete als Oberarzt Tag und Nacht in der Klinik. Sie hatten zwei Jungs im Abstand von drei Jahren, eine Dachgeschosswohnung in der Innenstadt mit einer Dachterrasse so groß wie ein Fußballfeld. »Sollte eure Familie mit allen Erben mal ausgelöscht werden, würde ich die Wohnung gern übernehmen«, hatte ich bei meinem ersten Besuch dort angemerkt. Und das Schlimme war, ich meinte es auch so. Bei der Terrasse vergaß man völlig, dass man im vierten Stock war. Man glaubte, die Grillen zirpen zu hören aus dreißig Meter tiefen Teichen. Es gab eine Kletterwand, eine Torwand, ein Trampolin, eine Schaukel, Wippen, Palmen, Liegestühle, gepflasterte Wege und exotische Blumen.

Natürlich hatte ich Stef immer heiß um ihre Wohnung beneidet. Aber ich sah auch den Preis, den sie dafür zahlte. Sie arbeitete furchtbar viel und Stefan noch mehr. Wann die beiden Zeit gehabt hatten, die Jungs zu zeugen, war ihr selbst ein Rätsel, hatte sie mir einmal gestanden. Sie hatten kaum Zeit füreinander, kaum Zeit für ihre Kinder. Natürlich hatten sie Hilfe. Die Eltern, die Schwiegereltern, eine Putzfrau, eine Gärtnerin, einen Fensterputzer, einen Schuhputzer und noch vieles mehr.

Später wechselten wir von der Küche in mein Zimmer und vom Tee zum Rotwein.

»Weißt du, was gut ist?«, fragte sie nachdenklich.

»Ich höre?«

»Dass Leander dich nicht betrogen hat.«

Ich lachte auf. »Stef! Du redest wirr! Er hat mich betrogen! Ich weiß bis heute nicht, wie lange das zwischen ihm und Schlampe geht.«

»Ich glaube nicht, dass es lange ging. Er hat sie kennengelernt und dich gleich verlassen.«

»Ja, Stef, danke, das ist echt voll super von ihm, dass ich da noch nicht drauf gekommen bin, wie reizend das von ihm ist.«

»Es ist wenigstens klar. Klare Verhältnisse.«

Ich sah sie an. Finster sah sie aus. Sehr finster.

»Wer weiß, ob Stefan mich nicht auch betrügt. Jetzt gerade zum Beispiel«, sagte sie düster.

Ich lachte. Glockenhell. Wie Kim.

»Stefan doch nicht!«

»Hast du eine Ahnung. Außerdem dachte ich das bei euch auch. Alia und Leander – das Traumpärchen schlechthin. Weißt du, dass ich euch beneidet habe?«

Ich starrte sie an. »Du? Uns?« Ich glaubte es nicht.

»Ihr wirktet immer so innig. Alia und Leander. Leander und Alia. Alles stimmte zwischen euch. So, als wenn euch etwas Tiefes verbindet. Ich kann es nicht beschreiben. Natürlich streitet ihr euch und macht Witze übereinander, aber ich dachte immer, ihr habt euch gesucht und gefunden.«

»Ich auch.«

Ich starrte in mein Rotweinglas. Das Selbstmitleid schwappte hoch. Ich schluckte es mit Rotwein wieder runter.

»Wieso glaubst du, dass Stefan dich betrügt?«

Sie seufzte. Dann erzählte sie. Nach den Kindern hätte es eine lange sexuelle Flaute gegeben. Immer nur Stress.

»Kenn ich«, murmelte ich.

Sie sah mich entgeistert an. »Meine Liebe, du hast keine Ahnung. Ein Kind ist kein Kind. Mit zweien aber ist es doppelt so schlimm. Ich mein, ich liebe meine beiden Jungs, ich würde sie für nichts auf der Welt hergeben. Aber manchmal glaub ich, sie treiben uns auseinander. Ich bin immer so müde. Die Arbeit, die Kinder, ich muss ja doch viel mehr machen als Stefan. Und er mit seinem Schichtdienst, da ist wenig Zeit für uns. Für uns als Paar.«

»Eben. Da hat er doch bestimmt gar keine Zeit, noch mit einer anderen …«

»Er hat mit einer anderen …«

»WAS?!«

»Ich hab das noch nie jemandem erzählt. Das bleibt unter uns, ja?«

»Natürlich!« Ich streichelte ihren Arm.

»Er kam eine Zeit lang noch später als sonst nach Hause. Und eines Tages sagte er dann: Ich muss dir etwas sagen.«

Ein kalter Schauer lief mir den Rücken herunter. »Und dann?«

»Dann hab ich gemerkt, dass ich das nicht wissen will. Nicht hören will. Und ich habe ihm gesagt: Stopp! Willst du mir sagen, dass unsere Beziehung beendet ist? ›Nein, nein‹, hat er völlig entsetzt gerufen. ›Ist sie in Gefahr?‹, hab ich gefragt. ›Nein, nein‹, hat er wieder gerufen. Und ich habe ihm geglaubt.«

»Und dann?«

»Dann habe ich ihm gesagt, wenn unsere Beziehung nicht in Gefahr ist, dann möchte ich nichts hören, dann wäre alles in Ordnung.«

»Wow.« Mir fehlten die Worte. »Du bist so … so erwachsen.«

»Ach, scheiß doch aufs Erwachsenensein.«

Ich sah, dass in ihren Augen Tränen schwammen. So eine großartige Frau und so ein Scheißkerl. Ich war wütend, sehr wütend.

»Ich liebe Stefan.« Sie stockte. »Glaube ich jedenfalls. Ich möchte mit ihm zusammenbleiben. Die Jungs vergöttern ihren Vater. Ich möchte ihnen eine Familie bieten. Bald sind sie eh außer Haus.«

»Na ja, bald …« Franz und Karl waren vier und sieben.

»Wenn er glaubt, er muss sich woanders etwas holen, was er bei mir nicht kriegt, dann ist das okay.«

»Stef!«

»Ich muss mich zu nichts zwingen und wir sind beide zufrieden.«

»Das ist nicht dein Ernst!«

»Das ist mein Ernst. Ich glaube nicht, dass die Menschen ein Leben lang nur einer einzigen Person treu sind. Gerade in der heutigen Zeit braucht man Anerkennung mehr denn je, braucht den Kick. Eine Partnerin allein kann das doch gar nicht bieten.«

»Redest du von Männern und Frauen oder nur von Männern?«

»Von beiden. Aber Männer sind vielleicht noch mehr getrieben.«

Ich dachte an mich. An die letzten zehn Jahre. Andere Männer waren für mich uninteressant gewesen. Immer. Keiner hatte mich interessiert. Keiner.

»Frag mal Leander.« Stef lächelte. »Ich wette um hundert Euro, dass er andere Frauen attraktiv gefunden hat. Dass er mit anderen Frauen schlafen wollte.«

»Das glaub ich nicht. Er hat mir immer gesagt, ich sei die Liebe seines Lebens. Zum Schluss, okay, zum Schluss gab es Probleme.«

»Fünfzig Euro.«

»Du spinnst.«

»Zehn.«

»Nein!«

Ich war traurig. Vermutlich hatte Stef recht. Wenn Leander Suse nicht treu gewesen war, war er mir auch nicht treu gewesen. Es war blauäugig, das anzunehmen. Und wir sprachen nicht einmal von Treue, wir sprachen nur davon, dass andere Frauen ihn womöglich gereizt hatten.

»Aber vielleicht ja doch«, flüsterte ich. »Vielleicht waren ihm andere Frauen ebenso schnuppe wie mir andere Männer.«

Stef nickte. »Vielleicht. Immerhin hat er ja auch sofort den Schlussstrich gezogen, als er jemanden kennengelernt hat.«

»Aber genau das nehme ich ihm doch so übel!«, rief ich.

»Warum hat er nicht wie jeder normale Mann erst einmal eine Affäre begonnen?«

»Liebes.« Stefs Stimme war voller Mitgefühl. Sie legte mir die Hand auf den Arm. »Das zeigt doch nur, wie ernst es ihm mit Schlampe ist.«

43
Urlaubssemester

Dr. Joskowiak, Koljas Arzt – und jetzt auch meiner –, fragte mich nach meinem Studium. Ich reagierte entgeistert. Also wirklich, um die Prüfungstermine konnte ich mich nicht auch noch kümmern.

»Stürzen Sie sich doch in die Arbeit, in das Lernen, es wird Sie ablenken.«

Ich lachte mich kaputt. In seine Arbeit würde ich mich gern stürzen. Das bisschen Menschenheilerei bekäme ich locker hin. Mich aber mit französischer Lyrik des 19. Jahrhunderts im Hinblick auf eine mündliche Prüfung zu beschäftigen, war eine absurde Idee. Genauso gut hätte er vorschlagen können, dass ich Leander nicht mehr für den Mann meines Lebens hielt. Lächerlich. Schlechter Arzt.

Immerhin überredete er mich, noch einmal zu der Psychologin des Studentenwerks zu gehen. Um mit ihr das weitere Vorgehen meine Prüfung betreffend abzustimmen.

Also saß ich irgendwann wieder bei Frau Dr. Koberstein. Sie erkannte mich netterweise. Ich erkannte sie auch, sie hatte immer noch denselben gläsernen Elefanten auf dem Fensterbrett. Ich fragte mich, warum der so eine Anziehungskraft auf mich ausübte. Und warum noch kein Patient den zertrümmert hatte. Ich war wieder so mit meinen Elefantenfragen beschäftigt, dass ich einen Großteil ihrer Sätze verpasste.

»Hallo?«

»Oh, entschuldigen Sie, ich war in Gedanken.«

»Das habe ich gemerkt. Woran haben Sie denn gedacht?«

Ich hab mich gefragt, was dieser verdammte Elefant da soll. Das sagte ich natürlich nicht. Ich stotterte mir etwas zusammen. Mündliche Prüfungen, Angst, Trennung, alles schwierig.

»Trennung?«

Ich erzählte. Und wenn ich die letzten Tage gedacht hatte, die Tränen wären alle, so hatte ich mich getäuscht. Ihrem Elefanten würde ich das Schwimmen beibringen.

»Es tut so weh.« Mein Herz raste. »Es tut so weh. So weh.«

Sie schlug mir vor, ein Urlaubssemester einzulegen. Und danach neue Prüfungstermine zu beantragen. Sie klärte mich über meine Rechte und Pflichten auf und ich war ungeheuer erleichtert. Natürlich hatte die Prüfung auf mir gelastet, aber als Meisterin der Verdrängung hatte ich das beiseitegeschoben.

»Nutzen Sie das halbe Jahr, um wieder auf die Beine zu kommen.«

Ich nickte.

»Und passen Sie auf, dass Sie nicht noch mehr abnehmen.«

Sie hatte recht. Meine Hosen waren wie durch ein Wunder alle zu groß geworden und schlackerten mir um die Hüften.

Ich folgte ihrem Rat und beantragte das Urlaubssemester. Das bedeutete aber auch, dass ich kein BAföG bekam. Ich rief in der Übersetzungsfirma an. Vielleicht konnte ich zwischenzeitlich ein paar Aufträge übernehmen, die Arbeit würde mich tatsächlich ablenken. Die Kollegin dort versprach nachzusehen. Wenig später rief sie mich zurück und sagte, ein Auftrag wäre in meinem Mailpostfach. Es waren technische Übersetzungen, ich musste nicht viel denken, und es gab gutes Geld dafür. Meine Abschlussprüfungen würde ich in einem halben Jahr machen. Das Studium würde ich zu Ende bringen. So viel stand fest. Nur musste ich erst einmal die Sache mit Leander ins Reine bringen.

44
Gutes

Die Arbeit in der Übersetzungsfirma lenkte mich ab. Das Antidepressivum nahm ich auch nicht mehr. Stef hatte mir abgeraten, und ich merkte, dass ich es auch ohne die Tabletten schaffte. Morgens war es immer noch sehr schlimm. Im Tagesverlauf wurde es besser. Ich sagte mir, besser morgens schlimm, als morgens aufzuwachen und zu wissen, dass es abends schlimm würde. Meine Freundinnen standen mir bei: Majken, Stef und Bianca riefen regelmäßig an oder wir trafen uns. Auch mit meiner Kollegin Nina traf ich mich in ihrer Mittagspause, wenn Katie noch im Kindergarten war, und wir aßen irgendwo eine Kleinigkeit. Nina war Single und geradezu entzückt darüber, dass ich jetzt auch einer war.

»Du ahnst gar nicht«, stöhnte sie, »wie nervig das ist, als alleinstehende Frau unter lauter Pärchen zu leben. Alle meine Freundinnen haben Partner. Allen sind die verfickten Wochenenden heilig. Sie können sich auf gar keinen Fall am Wochenende verabreden, das Wochenende gehört der Familie.« Sie verdrehte die Augen. »Höchstens in der Woche haben sie Zeit, aber auch nur für ein paar Stunden, da sie ja morgens früh rausmüssen. Ich muss natürlich auch früh raus. Zum Kotzen, ich sag's dir.«

Ich versprach, an meinen freien Wochenenden mit ihr auszugehen. Wir würden uns die Füße in den Bauch tanzen.

Eines Abends hatte ich eine brillante Idee. Voodoo war zwar eine Strafe gewesen, aber gebracht hatte es nicht viel, wenn ich ehrlich war. Schließlich war Leander noch nicht wieder bei mir. Ich dachte, wie so oft, an die Luftmatratze, auf der Leander herumliegen musste, wenn er nicht gerade bei Schlampe war, und ich dachte an seine leere Wohnung. Nicht einmal seine geliebte Musik hatte er, die war noch hier, bei uns, in seinem Leanderzimmer. Ich würde ihm die Plattensammlung bringen. Wenn alles wieder gut war zwischen uns, würde er sie jederzeit wieder in sein Zimmer zurückschleppen können, das sollte nicht das Problem sein, aber zunächst einmal wollte ich ihm meine Liebe beweisen, wollte ihm zeigen, wie wichtig es mir war, dass es ihm gut ging. Eine fabelhafte Idee.

Begeistert machte ich mich ans Werk. Es dauerte ewig. Ich packte die Platten in Wäschekörbe und Stoffbeutel. Es war weit nach Mitternacht, als ich mit der Packerei fertig war und alles im Flur gestapelt hatte. Anschließend buk ich noch einen Kuchen. Für Kolja. Ich hoffte, er würde mir beim Transport helfen.

Am nächsten Morgen sah Kolja zuerst mich, dann die Platten verwundert an.

»Warum holt er die nicht selber ab?«

»Es ist so«, druckste ich herum. »Eigentlich will er die gar nicht haben. Aber bei ihm in der Wohnung sieht es so kahl aus. Er hat alles weggetan, du kannst es dir nicht vorstellen.«

»Doch, du hast es mir schon erzählt.«

»Ich muss irgendetwas tun«, versuchte ich zu erklären. »Was führe ich denn für einen Kampf? Die Platten sollen ein Zeichen sein, ein kleiner Liebesgruß, ein Farbtupfer in seiner leeren Wohnung.«

»Wäre dann nicht ein Eimer Farbe besser?«

»Schon gut, du musst mir nicht helfen, ich krieg die Platten auch allein dahin.«

»Auf dem Fahrrad?«

Ich nickte.

Kolja lachte und begann, die ersten Taschen runterzutragen.

Zwischendurch sah er sich die Platten an.

»Was ist das denn für komische Musik?«

Stiff Little Fingers, Crass, Ruts, The Damned.

»Punk.«

»Und ich dachte, Cowboys hören Country.«

»Was hörst du denn so?« Ich war neugierig.

»Klassik gern. Und anderes.«

»Klassik? Du?«

Er lächelte. »Ich habe viele Jahre Klavier gespielt. Ich wollte sogar klassische Musik studieren.«

»Warum hast du nicht?«

Er zuckte die Schultern. »Hat sich anders ergeben. Und du?«

»Ach, ich mag alles. Es muss nur eine Melodie haben und Gesang und schon find ich es klasse. Bin da total unkritisch.«

»Sag doch mal, was du hörst.«

»Wirklich, ich hör alles durcheinander. Französische Chansons liebe ich, aber auch diese steinalten Britpop-Lieder, und dann gibt es noch so ein paar deutsche Bands, die ich gut finde.«

»Ja, da hör ich auch ein paar Sachen gern.«

»Was denn?«

»Ach.« Er winkte ab. »Kennst du nicht. Funny van Dannen und so was.«

Ich ließ die Stoffbeutel fallen. Mit einem Rumms landeten sie auf dem Boden. Funny van Dannen.

»Kennen? Ob ich die kenne? Ich bin der weltgrößte Funny-Fan!«, rief ich. »Was meinst du, wie oft ich in letzter Zeit *Mohnkuchen* gehört habe. Oder *Menschenverachtende Untergrundmusik*. Kennst du zufällig auch die Lassie Singers, meine Lieblingsband?«

»*Mein Freund hat mit mir Schluss gemacht*«, sang er und mir schien, er hatte einen phantastischen Musikgeschmack.

»Lassie Singers waren nie so meins«, schränkte er allerdings ein. »Aber Christiane Rösinger, die macht jetzt solo tolle Lieder.«

»Ich weiß!« Ich hätte ihn auf der Stelle knutschen können. »*Ich muss immer an dich denken*, das schönste Lied der Welt«, schluchzte ich.

Ich war todmüde von der Nacht, in der ich nur gepackt und gebacken und kaum geschlafen hatte. Aber die Müdigkeit wich, als wir uns mitten auf dem Parkplatz die Musiktitel nur so um die Ohren hauten. Katie stand begeistert zwischen uns und tanzte.

»*Saufen, saufen, saufen, saufen, fressen und ficken*«, grölten wir und als die Leute uns strafend ansahen, setzten wir die Hymne fort: »*Und die Kinder Bierholen schicken.*« Ich lachte laut. Lachen tat so gut.

»Funny heilt, wusstest du das?«, fragte ich.

»Ich hab es immer geahnt. Aber jetzt lass uns *Gutes tun.*«

»*Gutes tun, Gutes tun, Gutes tun ist gar nicht schwer …*«

Wir sangen und luden ein und stiegen ins Auto. Katie saß hinten in ihrem Kindersitz, den ich für Notfälle immer im Keller hatte, und ich saß neben dem besten Freundfreund der Welt. Er startete das Auto, und ich lächelte ihn an. Er war jetzt wieder ganz ernst und warf mir einen seiner komischen Blicke zu, die ich nie verstand.

»Dieser Cowboy ist ein Trottel«, sagte er so leise, dass ich mir nicht sicher war, ob nicht einfach nur sein Motor gebrummt hat.

Leander war nicht zu Hause. Er war auch nicht im Punto. Aber ich hatte einen Schlüssel.

»Lass uns die Platten hochtragen«, sagte ich.

Kolja zweifelte. »Was, wenn wir ihn und Schlampe im Bett erwischen?«

Ich liebte es, wie meine Freunde den Namen für Leanders neue Liebe kommentarlos in ihren Wortschatz übernommen hatten.

»Wir haben geklingelt. Er würde aufmachen, wenn er da wäre.«

Trotzdem hatte ich Herzklopfen, als ich den Schlüssel im Schloss umdrehte. Leander hatte mir damals sofort einen Schlüssel für seine Wohnung gegeben. Ihm gefiel es, wenn er nach der Arbeit nach Hause kam und das Bett von mir vorgewärmt war. Zärtlich kam er dann angekuschelt und hauchte mir Liebkosungen in mein Ohr. Zufrieden wie ein Kätzchen schnurrte ich und schlief in seinen Armen ein. Geborgen, geliebt und nach zehn Jahren ausrangiert. Zehn Jahre lang hatte ich den Schlüssel umgedreht und jetzt war es, als würde ich etwas Verbotenes tun. Das Herz schlug mir bis zum Hals.

Aber was ich sah, als ich in der Wohnung stand, verschlug mir auch noch den Atem.

45
Bianca

Das letzte Wochenende hatten Katie und ich bei Bianca und Berti verbracht. Bianca hatte ich an der Uni kennengelernt. Als ich gerade anfing zu studieren, war sie mitten in ihrem ersten Staatsexamen. Sie studierte Grundschullehramt und half mir, mich zurechtzufinden. Ich stand damals in der Mensa und wusste nicht, was zu tun war. Es gab verschiedene Menüs, verschiedene Kassen, verschiedene Theken, eine Salatbar, eine Suppenbar, eine Menü-Bar. Ich war völlig überfordert und überlegte gerade, das Studium hinzuschmeißen, da mich schon die Mensa intellektuell überforderte, als sie mir zuraunte:

»Vergiss den Salat, die Hausmannskost ist besser.«

Ich liebte sie sofort. Sie war klein, blond und füllig und lachte ebenso gern wie ich. Als wir bei unserem ersten Wiener Saftgulasch mit Semmelknödeln saßen – viele weitere sollten in den nächsten Jahren folgen –, erzählten wir uns sofort fast alles voneinander. Sie hatte ein Kind, war gerade mit dem zweiten schwanger und wusste gar nicht mehr, wie sie das mit dem Studium schaffen sollte. Ihr Mann Berti war Chemiker bei irgendeiner großen Firma. Er verdiente genug. Bianca hatte beim ersten Kind ihr Studium unterbrochen, es aber wieder aufgenommen. Sie wollte den Abschluss schaffen. Dass sie nun schon wieder schwanger war, war nicht geplant gewesen. Eifrig redete ich ihr zu, wie immens wichtig der Abschluss wäre. Unabhängigkeit, Emanzipation und dann noch mit Kindern.

»Mach bloß weiter«, sagte ich damals, selbst noch kinderlos. »Ich nehme auch gern mal deine Süßen, ich hab Erfahrung mit Kindern.«

Ich erzählte ihr von meinen Au-pair-Erlebnissen, die dazu geführt hatten, dass ich bloß nie etwas mit Kindern machen und selber auch keine haben wollte. Und von meiner Ausbildung zur Buchhalterin.

»Du? Buchhalterin?«, staunte sie.

»Warum nicht?«, fragte ich und warf mein langes Haar nach hinten. Sie meinte, Romanistik und dieser ganze sinnlose geisteswissenschaftliche Quatsch würden besser zu mir passen. Rein optisch. Wir lachten. Sie selbst sah tatsächlich aus wie eine Grundschullehrerin aus dem Bilderbuch. Warm, weich und eine Menge Geborgenheit ausströmend.

Ich lernte Berti kennen. Berti war einer von diesen Männern, die auf dünnen Beinen standen, aber einen gewaltigen Bauch hatten. Er hatte feuerrote Haare und kleine dicke Locken. Und er war, abgesehen von einem gewissen Mangel an Humor, sehr nett.

Die roten Haare hatte er an die älteste Tochter Mia weitergegeben. Ein kleines ätherisches Wesen. Bianca und Berti waren beide wahrlich nicht dürr, ganz im Gegenteil, aber Mia war so dünn, dass einen sofort das Bedürfnis überkam, ihr heimlich Süßigkeiten zuzustecken. Sie hatte eine durchscheinende Haut und langes rotes Haar, dicht und gelockt. Sie war unendlich schüchtern und ich hatte sie noch nie ein Wort reden hören. Ein ganz und gar faszinierendes Mädchen, die wunderschöne Mia.

Das Baby, das in Biancas Bauch war, als ich sie in der Mensa kennenlernte, entpuppte sich bei der Geburt als Junge. Sie nannten ihn Joshua, später aber nur noch Joschi. Joschi war alles andere als schüchtern und ein frecher, süßer Kerl.

Und mittlerweile gab es noch ein drittes Kind, die kleine Ella. Ebenfalls nicht geplant. Kurz vor Ellas Geburt hatte Berti seinen Job verloren. Bianca erzählte mir vage etwas von Einsparungen und Krise und wie verzweifelt Berti war und wie verzweifelt sie selbst war. Und sie fragte sich, wie sie ihr Studium wieder aufnehmen und zu Ende bringen sollte mit nunmehr drei Kindern, die immer irgendwie dazwischenkamen, gänzlich ungeplant. An ein Referendariat wäre ja gar nicht zu denken. Aber Berti fand wieder Arbeit. Als Pharmavertreter. Ich konnte mir nur schwer vorstellen, wie er bei Ärzten auf der Matte stand und ihnen Medikamente andrehte. Er war kein großer Redner, der Berti. Über seinen Reagenzgläsern konnte ich ihn mir weitaus besser vorstellen. Aber die Arbeit brachte gutes Geld.

Bianca war die perfekte Mama und die Geduld in Person. Später, als Katie auf der Welt war und mich manchmal in den Wahnsinn trieb, stellte ich mir zuweilen Bianca vor, wie sie mit der Situation umgehen würde. Und wie durch Zauberei wurde ich ruhiger und sanftmütiger.

Als Leander mich in die Tonne getreten hatte, erkundigte sie sich am Telefon fürsorglich nach meinem Befinden. Wegen ihrer Kinder war sie ans Haus gebunden, zumal Berti so viel arbeitete, aber sie bot mir an, dass ich mit Katie jederzeit vorbeikommen könnte. Gern auch für ein Wochenende. An einem Mama-Wochenende packten Katie und ich deshalb unsere Siebensachen und fuhren raus ins Grüne. Für mich hatte Biancas Leben immer etwas von Bilderbuch. Mann, Haus, Garten, drei Kinder, zwei Autos. Trotz der Idylle hätte ich mit ihr nicht tauschen wollen, auch nicht oder schon gar nicht, als meine Welt noch in Ordnung war. Sie wohnte außerhalb der Stadt, abends etwas zu unternehmen war mit unendlicher Mühsal verbunden. Und bei ihr in der Nähe gab es nichts. Nur ein paar Teiche und Bäume. Aber die hatte sie auch im eigenen Garten. Deshalb ging Bianca niemals aus und immer war ich es, die sie besuchen musste. Ein Zustand, der mich schon oft geärgert hatte. Zumal es nicht besonders spannend war, sie zu besuchen; meist konnten wir uns gar nicht richtig unterhalten, weil Berti immer an ihrer Seite klebte. Und wenn nicht Berti, dann eines der Kinder.

Aber jetzt war alles anders. Ich freute mich, bei ihr in der Natur zu sein. Abends saßen wir alle an dem riesigen Tisch in der Wohnküche. Es gab Graubrot und Aufschnitt.

Katie sagte: »Ich will Gekochtes.«

Ich versank in Grund und Boden und beteuerte, dass ich auch nicht jeden Abend kochen würde.

»Doch«, sagte Katie.

»Nein.«

»Doch.«

Gern hätte ich meiner Tochter unter dem Tisch gegen das Schienbein getreten. Bianca bemerkte gekränkt:

»Wir essen nur mittags warm, das reicht uns.«

Mia, die zartgliedrige Älteste, verzichtete ganz aufs Graubrot und nahm Katie mit zum Spielen. Joschi folgte ihnen. Ella saß noch bei Mama auf dem Schoß. Später bewältigten wir zu dritt den Abendwahnsinn. Ich war ganz gerührt, wie liebevoll Berti mit seinen Kindern umging und überhaupt, wie toll das mit diesen beiden Supereltern klappte. Dieser respektvolle Ton und nie ein Witz. Wie anders hatte der Abendwahnsinn bei Leander und mir ausgesehen. Meistens so, dass ich ihn alleine bewältigen musste, weil Leander im

Punto oder bei *Brotlos* war. Wenn er zu Hause war, musste ich ihn stets zu seinem Glück zwingen. »Jetzt lies ihr doch etwas vor, Katie freut sich so sehr darüber.« Ich versuchte ihm zu vermitteln, dass es dazugehörte, dem eigenen Nachwuchs auch einmal die Zähne zu putzen, nicht immer nur wilde Jagdspiele zu spielen, bei denen das Kinderzimmer anschließend in Schutt und Asche lag. Berti war ganz anders. Er schien Spaß daran zu haben, den Kindern die Zähne zu putzen, und er wäre nie auf die Idee gekommen, wilde Jagdspiele zu spielen und die Kinder endlos aufzudrehen. Beneidenswert.

Irgendwann waren alle Kinder in ihren Betten verstaut – Katie hatte darauf bestanden, bei der schönen Mia zu schlafen, und Mia hatte schüchtern gefragt, ob Katie das dürfe, woraufhin Joschi auch bei Mia schlafen wollte, sodass am Ende drei Kinder wie die Ölsardinen im selben Bett lagen – und wir Eltern saßen erschöpft auf dem Sofa. Ich saß, wie schon neulich bei Kolja und Kim, in der Mitte. Links Berti, rechts Bianca. In dieser Konstellation fühlte ich mich generell unwohl.

»Bierchen?«, fragte Berti.

Aber so schlimm war es dieses Mal nicht. Ich lehnte dankend ab, genauso wie die Reihe anderer alkoholischer Getränke, die Berti mir nicht müde werdend offerierte.

»Wasser wär fein«, meinte ich.

»Dann trink ich auch kein Bier«, sagte Berti. Er holte drei Wasser. Bianca wechselte jetzt den Platz und kuschelte sich neben Berti. Sie streichelte seine Schulter und gab ihm einen langen Kuss. Ich fragte mich, ob sie vergessen hatte, dass ich da war. Etwas verlegen sah ich in die andere Richtung und suchte verzweifelt ein Gesprächsthema, während die beiden neben mir mit sich selbst beschäftigt waren.

»Ich liebe dich, mein Löwe«, flüsterte Bianca jetzt zu allem Überfluss. Nicht dass ich ihr das Glück nicht gönnte, aber es war wirklich reichlich unsensibel. Ich stand auf.

»Alia, entschuldige, ich musste mit Berti noch etwas besprechen. Komm, setz dich wieder«, sagte Bianca sofort.

Besprechen.

»Wir können doch fernsehen«, schlug Berti vor.

»Au ja«, rief ich ein wenig zu laut.

Berti, der Spottkunst nicht mächtig, schaltete den Fernseher ein. Ich sehnte mich danach, mit einer Freundin über Leander zu sprechen, über das Warum und Was-nun. Stattdessen sah ich mit Bianca und Berti eine Quizshow. Als die beiden schon wieder zu fummeln begannen, ich sah es doch aus dem Augenwinkel, hatte ich die Nase endgültig voll und erhob mich erneut.

»Ihr gehört jetzt ins Bett«, sagte ich wie eine strenge Mutter.

Berti sah mich begriffsstutzig an. Ich seufzte. Was fand Bianca an ihm? Ich würde sterben mit so einem Mann. Dann lieber keinen. Vielleicht hatte Leander recht und Berti war wirklich ein Trottel. Leander hatte ihn nie richtig leiden können.

»Tut mir echt leid, die Sache mit Leander«, presste Berti nun mühsam raus. Ich sah ihn an.

»Ja, danke.« Was sollte ich sonst sagen.

»Aber, wenn ich das sagen darf …«, begann er.

Sätze, die so beginnen, sollten generell nicht fortgesetzt werden. Ich überlegte, ob ich mir die Ohren zuhalten oder zur Tür hechten sollte.

»Du hast was Besseres verdient.«

So einen wie dich oder was?, verkniff ich mir zu sagen. Ich biss mir dabei fast die Zunge ab. Das konnte ich gut haben. Dass jemand schlecht über meinen Leander redete.

»Im Grunde war es klar, dass der dich irgendwann betrügt. Bei dem Leben, das er führt.« Bertis Stimme klang abfällig. Ich betete, dass er aufhören möge, mit seiner verdammten Hackfresse törichte Kommentare abzugeben. Bianca nickte und streichelte ihren rot gelockten Wurzelsepp. Ich hasste beide. Abgrundtief. Ich schloss die Augen und dachte an meinen Leander. Leander hatte sich zuletzt geweigert, zu den beiden zu fahren. Ich würde mit Bianca Frauenkram besprechen, meinte er, und er stünde mit Berti rum und könnte sich nicht unterhalten. Über gar nichts. Außerdem meinte er, dass Berti ein Alkoholproblem hätte. Aber das dachte Leander von jedem, der gern mal ein Bierchen trank. Genauso wie er jeden, der eine Zigarette rauchte, für einen Drogensüchtigen hielt.

»Magst du noch reden?«, fragte Bianca müde und gähnte.

»Nein, ich geh schlafen. Gute Nacht.«

Auf dem Gästebett fand ich eine Tüte Chips. Ich war gerührt. Bianca war doch meine liebe Freundin.

Am nächsten Tag hatte Katie ihren Spaß. Sie tobte mit Mia, Joschi und Ella im Garten umher und wir Erwachsenen sahen zu. Berti klebte an uns wie eine lästige Fliege. Bianca indes schien es nicht zu stören. Wir begannen um elf Uhr zu kochen. Es sollte Bœuf Stroganoff geben und alle fassten mit an.

Ich hatte einigermaßen geschlafen und war etwas versöhnt. Es störte mich auch nicht, dass die beiden schon wieder turtelten wie ein frisch verliebtes Paar auf dem Eiffelturm. Es würde mich auch nicht wundern, wenn Bianca mir mitteilte, dass Kind Nummer vier unterwegs war. Die beiden waren schon süß und gingen wirklich nett miteinander um. Das war richtige Liebe, dachte ich neidvoll seufzend, und das nach all den Jahren. Immerhin war Bianca fünfzehn gewesen, als sie ihn kennengelernt hatte. Berti legte Bianca die Hände auf die Hüften, sie quietschte auf und stupste ihn mit dem Kochlöffel in den dicken Bauch. Er machte sich ein Bierchen auf und bot uns auch eins an. Wir lehnten ab. Als er sich das zweite aufmachte, legte sie ihm sanft die Hand auf den Arm.

»Dann ist aber Schluss, Löwe, ja?«

»Natürlich, Schnegge.«

Er küsste sie. Zum Essen war er bereits bei seinem vierten angelangt.

Am Nachmittag gingen wir spazieren. Über Wiesen und Felder. Natur pur. Berti legte den Arm um Bianca, ich schob meine Hände in die Hosentaschen und stapfte den Kindern hinterher. Mit Leander war ich kaum spazieren gegangen. Er hasste spazieren gehen. Es machte keinen Sinn für ihn.

»Warum geht man spazieren?«, hatte er mich aufrichtig verwundert gefragt.

»Weil es schön ist. Um gute Luft einzuatmen, zu entspannen, in der Natur zu sein, was weiß ich denn, alle gehen spazieren.«

»Ich nicht.«

Das wusste ich und ich bedauerte es immer. Manchmal überredete ich ihn, besonders als Katie noch klein war und ich sie im Kinderwagen ausfuhr. Aber wenn er sich überreden ließ und mitkam, schleppte er sich stets neben dem Kinderwagen her wie das Leiden Christi. Ich überredete ihn irgendwann nicht mehr und war immer eifersüchtig, wenn überall Pärchen Hand in Hand spazieren gingen. Jetzt wieder. Berti und Bianca sahen so zufrieden aus. War das Glück? Berti ließ seinen Arm sinken und streichelte zärtlich über Biancas Po. Ich wusste, dass Glück nur in kurzen Momenten existierte und dass es naiv war, zu glauben, man könnte immerwährend glücklich jauchzend über grüne Wiesen laufen. Aber Bianca führte ein ruhiges, beschauliches Leben. Sie nannte Berti ›mein Löwe‹ oder sprach von ihm als ›mein Menne‹, und er nannte sie in seinem breiten Fränkisch ›meine Schnegge‹. Große Liebe. Löwe und Schnegge.

Beim Abendbrot – wieder Graubrot mit Grauwurst – trank Berti weitere Bierchen und brachte dieses Mal die Kinder nicht mit ins Bett. Als Bianca und ich fertig waren mit den Kindern, die wieder alle zusammen bei Mia schliefen, und wir zum Fernsehvergnügen ab ins Wohnzimmer marschierten, hatte er für uns drei Likörchen eingeschenkt.

»Ist ja Wochenende«, sagte er, kippte sich seinen hinter die Binde und gönnte sich gleich noch ein Gläschen. Und weil ich meinen Likör nicht trank, ich nippte nicht einmal daran, opferte er sich: »Einer muss ja.«

Der Fernseher lief und Berti, der ruhige, stille Berti, dem sonst jedes einzelne Wort große Qual bereitete, redete ohne Punkt und Komma. Er war kaum zu verstehen, aber im Großen und Ganzen ging es um Scheißfernsehen, scheißreiche Moderatoren und Scheißbeschiss überhaupt. Er war ziemlich hinüber. Ich sah zu Bianca rüber. Sie wich meinem Blick aus. Und Bertis Hand, die gerade ihre Brust suchte. Ich musste weg. Oder Bianca helfen. Ratlos blieb ich sitzen.

»Schatz, ich bring dich hoch ins Bett, ja? Dann kann ich mit Alia noch ein bisschen quatschen. Frauenthemen, weißt du.«

Wie verständnisvoll sie war. Ich hätte ihn in seinem Suff in den Garten geschubst und die Tür von innen verriegelt.

»Hehe, Frauenthemen«, lallte er. »Ich kenn euch. Ihr wollt über unsere Schwengel reden.« Breitbeinig saß er auf dem Sofa und grinste feist.

»Schatz, bitte.« Bianca stand auf und zog an seinem Arm.

»Wollt ihr mal meinen sehen?« Er schüttelte Biancas Hand

ab und fingerte an seinem Hosenstall herum. Ich sah diskret in die andere Richtung und lehnte dankend ab. Die Situation drohte zu eskalieren.

»Ich hab'n Ständer. Is' aber nur für meine Schnegge«, sagte er mit erhobenem Zeigefinger zu mir. »Damit du Bescheid weißt.«

Ich war nicht traurig darüber und riskierte jetzt doch einen Blick. Zum Glück hatte er es nicht geschafft, irgendetwas ans Tageslicht zu befördern. Es war mir ein Rätsel, wie er in seinem Zustand überhaupt etwas zu zeigen imstande war.

»Kann ich dir helfen?«, fragte ich Bianca und stand auf.

»Ja«, stöhnte Berti und rieb sich die Hose. Bianca war kreideweiß. Sie schüttelte den Kopf. »Geh, Alia, geh weg.«

Aber als ich an der Tür war, rief sie mich doch zurück. Bat mich, ihr zu helfen, ihn runterzubringen.

»Runter?«

Sie nickte. »Das Klo ist unten näher.«

Unten war das Gästezimmer mit dem Gästebad. Das Elternschlafzimmer war ganz oben unter dem Dach.

»Aber wär es nicht besser, er geht nach oben?«, fragte ich vorsichtig.

»Nein, ich will ihn nicht bei mir haben heute Nacht. Ella kommt manchmal noch zu uns ins Bett. Die Kinder sollen ihn nicht so sehen. Er schläft im Gästezimmer. Bei dir.«

Ich starrte sie entsetzt an. War sie von allen guten Geistern verlassen?

»Bianca«, begann ich zaghaft, aber genau in dem Augenblick hatte Berti es geschafft. Die Hose war auf und sein Gemächt an der frischen Luft. Er gluckste glücklich.

»Komm, Berti«, rief Bianca, ihr Gesicht war jetzt so grau wie ihr Brot.

»Bianca, ich schlaf nicht mit dem in einem Bett, bei aller Liebe.«

Sie fuhr mich für ihre Verhältnisse sehr laut an. »Hör auf mit dem Mist, Alia. Du schläfst natürlich bei mir. Was denkst du denn?!«

»Sch-sch«, machte Berti, »mein Schneggi.«

Ich atmete erleichtert aus. Bianca versuchte, sein Ding wieder zu verstauen, aber er schlug ihre Hand weg.

»Lass ihn, der will nur guggen.«

Ich bemühte mich, nicht hinzusehen, als wir Berti jede an einem Arm griffen und hochzerrten. Er wehrte sich und schüttelte uns ab.

»Das schaffen wir nie.«

»Berti, steh auf!« Jetzt klang Bianca richtig streng. Es wirkte. Berti riss sich zusammen. Wir stützten ihn, brachten ihn zur Treppe. Ich ließ los, er hielt sich am Geländer fest. Die Stufen bewältigte er mühelos, aber kurz bevor er unten war, stolperte er. Bianca konnte ihn nicht halten, und er fiel drei Stufen hinunter auf die harten Fliesen, mit dem Gesicht nach vorn. Bianca schrie auf. Ich betete, dass die Kinder nicht wach wurden. Er wimmerte. Immerhin lebte er.

»Au, au, au, mein Kopf.«

Bianca war bei ihm, drehte ihn auf die Seite, sein Gesicht war blutverschmiert. Ich rannte ins Bad, holte Klopapier. Sie tupfte ihm den Mund ab. »Es ist nur die Lippe«, meinte sie erleichtert, »zum Glück nicht wieder die Zähne.«

Wieder die Zähne? Mein unwohles Gefühl steigerte sich ins Unerträgliche. Berti wimmerte vor sich hin. Und dann sagte er:

»Muss pissen.«

Und kaum hatte er es gesagt, schoss es schon hervor, freigelegt, wie es war, eine Pfütze bildete sich und der Uringeruch mischte sich mit dem merkwürdigen Geruch von Eisen, den Blut hinterlässt.

»Kann ich helfen?«, flüsterte ich mit Tränen in den Augen.

Bianca hörte mich nicht, sie rannte weg, kam mit Handtüchern wieder, breitete sie auf der Urinlache aus.

»Komm, Berti.«

Er jaulte und heulte wie ein Hund und wie ein Hund schaffte er es auch auf allen vieren bis zur Gästecouch. Er musste mehr getrunken haben, als wir gesehen hatten, heimlich, irgendwo, er war sternhagelvoll. Bianca zog ihn aus und Berti weinte wie ein Baby. Sie untersuchte die Beule, die er sich bei dem Sturz an der Stirn zugezogen hatte, und seine aufgeschlagene Lippe. Sie holte einen Eimer und stellte ihn neben die Gästecouch. Ich nahm schnell noch meine Tasche. Wie gut, dass ich nicht viel dabeihatte. Bianca ließ das Licht an und schloss die Tür.

Während Bianca den Boden im Flur unten wischte, warf ich einen Blick auf die Kinder. Alle schliefen friedlich. Gemeinsam bezogen wir Bertis Hälfte des Ehebettes neu und dann lagen wir dort, nebeneinander, im Dunkeln, und ich überlegte, was ich sagen sollte.

»Es ist mir so peinlich«, sagte Bianca.

»Dir muss es nicht peinlich sein, Bianca.«

»Du darfst nicht schlecht von ihm denken.«

Das war viel verlangt.

»Wie lange geht das schon?«, fragte ich vorsichtig.

»Er trinkt doch schon immer«, sagte sie bitter. »Früher habe ich lustig mitgetrunken. Ich fand nichts dabei. Alle trinken. Es gehört dazu. Aber seit ich schwanger war mit Mia, habe ich keinen Tropfen mehr angerührt. Und bei ihm wurde es seitdem immer schlimmer und schlimmer.«

»Ist er …«, ich stockte. »Ist er jeden Tag so?«

»Um Himmels willen, nein. Nicht mal jedes Wochenende. Nur selten. Aber so schlimm wie heute war es noch nie. Er hat noch nie so etwas gemacht. Noch nie!« Sie fand meine

Hand und zerquetschte sie. »Das musst du mir glauben. Bitte.«

Ich quetschte ihre Hand zurück. »Aber er hatte schon einmal einen Unfall? Du sagtest vorhin, nicht schon wieder die Zähne?«

»Das war etwas anderes«, sagte sie rasch. »Das kostet ja auch immer ein Vermögen, deswegen habe ich so Angst davor.«

Ich nickte wortlos und drückte weiter ihre Hand.

»Ich hab Angst, Alia. Furchtbare Angst. Sie schnürt mir die Kehle zu.«

»Wovor?«

»Dass er wieder seinen Job verliert.«

Ich schüttelte den Kopf und dachte nur: Scheiße, Scheiße, Scheiße.

»Du kannst zu mir kommen, Bianca. Bei mir ist ein Zimmer frei.«

Bianca hörte gar nicht zu. »Es ist die Arbeit. Die Arbeit fordert ihren Tribut. Berti ist kein Verkäufer. Er ist kein Vertreter. Er kann das nicht. Er ist zu sensibel dafür. Er wird nicht gut behandelt und hat kein Selbstvertrauen. Ich weiß nicht, warum. Er ist wie Mia.«

»Er ist krank, Bianca.«

»Ich muss ihm helfen.«

Jetzt zerdrückte ich ihre Hand zu Knochenmus.

»Es gibt Beratungsstellen. Lass dir helfen. Dir! Hörst du? Und ich glaube, es wäre wirklich gut, wenn du zu mir kommst. Mit den Kindern. Wir haben genug Platz. Gleich morgen früh.«

Sie schüttelte den Kopf. »Das kann ich nicht.«

»Warum nicht?«

»Ich kann ihn nicht allein lassen. Guck ihn dir doch an.«

»Du musst an dich denken. Und an deine Kinder. Wenn du

bleibst und alles ignorierst, hilfst du niemandem. Ihm auch nicht.«

»Wie sollen wir denn leben? Ich verdiene doch nichts.«

»Er ist unterhaltsverpflichtet.«

»Er würde den Job verlieren, wenn wir gehen.«

»Es gibt immer eine Lösung«, sagte ich, hatte aber keine Idee, wie die aussehen sollte.

»Ach, Alia. Dass du das miterleben musstest. Es ist mir so peinlich. Ich dachte, er würde sich im Griff haben. Wenn Besuch da ist, hat er sich doch meistens im Griff.«

Ich drehte mich auf die Seite, versuchte, im Dunkeln ihre Augen ausfindig zu machen, und sagte das, was alle in dieser Situation sagen würden: »Du kannst ihm nicht helfen.«

Sie hielt sich den Kopf. »Es ist so peinlich. Es muss ihm doch auch peinlich sein. Vielleicht unternimmt er jetzt etwas.«

Ich hielt Biancas Hand, bis sie eingeschlafen war. Ich selbst konnte lange nicht schlafen. Ich dachte darüber nach, wie gefasst sie gewesen war. Wie routiniert. Sie musste Erfahrung haben. Und dabei keine Träne. Meine fröhliche, immer heitere Freundin Bianca, die lächelnd am Abgrund tanzte. Ihre Probleme waren größer als meine, sie hatte drei Kinder, keinen Job und ihr Mann war Alkoholiker. Wie konnte ich auch nur eine Träne vergießen, nur weil ein dahergelaufener Leander in der Midlife-Crisis war. Wie konnte ich ausgerechnet zu Bianca fahren, um mich trösten zu lassen? Wie hatte ich sie jemals um ihr Leben beneiden können? Ich Blindfisch. Wenn ich doch nur geahnt hätte. Aber ich hatte nicht geahnt. Offenbar ahnte ich nie etwas. Ich war die schlechteste Ahnerin der Welt.

Am nächsten Morgen sah ich Berti nicht. Das war mir mehr als recht. Ich drückte Bianca zum Abschied, so fest ich konnte. Ein kleiner Junge hing am Zaun des Nachbarreihenhauses und sah mit seinem kleinen ernsten Gesichtchen zu uns herüber. Bianca, Mia, Joschi und Ella winkten uns hinterher. Hand in Hand winkten Katie und ich unseren Freunden zurück, und ich winkte im Vorbeigehen auch dem kleinen Nachbarsjungen freundlich zu. Die Tür zu seinem Reihenhaus stand sperrangelweit offen. Ich konnte einen Mann brüllen hören. Eine Frau keifte zurück. Der Junge hatte traurige Augen. Ich blieb stehen. Er huschte ins Haus, flink wie ein junger Hase.

Hinter jeder Tür war Leid und Elend; man sah es nur nie.

46
Bluttupfer

Kolja stellte vorsichtig die mit Platten gefüllten Stoffbeutel hinter mir ab. Ich hatte Angst, die Tür zu Leanders Wohnung aufzuschließen. Das war lächerlich. Kurz erinnerte ich mich an Suse und was sie wohl damals vor zehn Jahren gedacht haben musste, als sie am Tag nach der Trennung Leanders Wohnungsschlüssel zurückgeben wollte und ihn mit mir halb nackt auf dem Sofa vorfand. Aber sie hatte die Trennung damals gewollt. Die Situation war eine ganz andere gewesen. Ich hatte nie eine Trennung gewollt, und ich wollte Leander auch nicht die Schlüssel wiedergeben. Die brauchte ich schließlich noch für später, wenn alles wieder gut war mit uns. Wenn wir wieder ein Paar waren.

Das Herz schlug mir bis zum Hals, als ich die Wohnungstür öffnete. Ich betrat den Flur und schlagartig stellte mein Herz jegliche Tätigkeit ein. Es stand still. Mucksmäuschenstill.

Und mein Mund stand offen.

An mir vorbei drängten sich Katie und Kolja. Nach einer Weile setzte mein Herzschlag wieder ein und ich atmete aus. Und sah mich um. Der ehemals weiß tapezierte Flur mit seinem altersbedingten Graubraunschmuddelstich war in einem freundlichen Orange lasiert. Pinienfarbige Schuhregale waren aufgestellt, darauf standen Frauenschuhe. Ich ging auf wackligen Beinen bis zur Tür des großen Zimmers, die Katie bereits aufgestoßen hatte. Sie sprang Trampolin. Auf einem riesigen Metall-Himmelbett, das an der Stelle stand, wo früher Leanders alte Matratze auf dem Boden gelegen hatte. Weiße Vorhänge, verspielt zusammengeknotet an schmiedeeisernen Stangen, hingen von dem Himmelbett herunter. Weiße Bettwäsche, dicke Kissen. Katie jauchzte vor Vergnügen. Kolja strich über eine braune Ledercouch und kratzte sich am Kopf.

»So kahl sieht es doch gar nicht aus …«

Ich atmete heftiger. Mein Herz schmerzte. Wie mit einem Messer stachen die neuen Eindrücke zu, immer und immer wieder, durchbohrten mich. Ich stürmte in die Küche. Ein neuer Holztisch, hell, vier Stühle mit weißen Bezügen. Ich öffnete die Tür zum Bürozimmer. Wenigstens dort stand noch der alte Sperrmüllkram herum. Zurück ins Zimmer mit dem Himmelbett. Ein Schrank bis zur Decke. Ich riss die Schranktür auf. Frauensachen. Ich rannte ins Bad. Frauensachen. Ich heulte auf.

Katie hörte mich und rannte zu mir. Sie presste sich an meine Beine. Ich schrie: »Kolja, nimm die Maus, geht runter, weg, beide, geht, geht, so geht doch.« Die Tränen sprangen mir aus den Augen. Kolja reagierte sofort, nahm rasch Katie auf den Arm und ging die Treppen runter, ich hörte sie noch rufen, »Mama, Mama«, aber Mama war nicht mehr bei Sinnen. Ich raste in die Küche, riss den Küchenschrank auf, eine Packung Mehl fiel mir in die Hände. Ich nahm das Mehl und verteilte es im Wohnzimmer. Auf dem Sofa, auf dem Himmelbett, auf den kleinen Teppichen, die überall herumlagen. Ich riss die Decken von dem Bett herunter und trampelte wie wild darauf herum und –

»Alia.«

Leander stand plötzlich in der Tür, ich beachtete ihn nicht. Ich zerriss die Decken, ein wunderbares Geräusch, ich wusste nicht, dass Stoffzerreißen so schön klang, man sollte Musik daraus machen. Ich raste wieder in die Küche, zum Kühlschrank, griff das Marmeladenglas, Leander versuchte gar nicht erst, mich zurückzuhalten. Ich verteilte Marmelade auf dem Mehl, auf dem Bett, auf dem Sofa und schmiss das leere Glas gegen die Wand. Ich riss ihre Klamotten aus dem Schrank und zertrampelte sie. Ich hörte, wie eine Frau schrie, ich sah einen hellbraunen Arm, dann nahm ich wahr, wie Leander sie hinausschob. Ich schrie. Ich war wieder in der Küche, fand ein kleines Messer und wollte SCHLAMPE in die Küchenwand ritzen. Aber es dauerte zu lange. Ich stach mir in die Hand, nur ein wenig, mit dem Blut konnte ich Schlampe schreiben, es ging ganz einfach, wunderbar. Mit dem Blut fuhr ich auch über die weiße zerrissene Bettwäsche, über die weißen Vorhänge des Himmelbetts, über die weiße Wohnzimmerwand. Leander war wieder da. Er weinte, ich sah es, er versuchte, mich zu halten, ich hob das Messer, er ließ mich los, ging zu Boden, bat weinend um Verzeihung. Ich sank zu ihm auf den Boden, sagte: »Was denkst du denn, ich kann dir doch nichts tun, Leander, mein Leander, hier, sieh her, ich tu es weg, es tut mir so leid, so leid, ich wollte dir nur Platten bringen. Deine Schallplatten.«

Ich stand auf und ging zur Tür. Eine schwarzhaarige Frau schrie gellend auf und stürzte die Treppen runter, fünf Stufen auf einmal nehmend, mindestens, ich griff doch aber nur nach den Stoffbeuteln und warf die Tür hinter mir ins Schloss und warf Leander die Stoffbeutel zu, die Platten fielen zu Boden.

»Ich wollte dir etwas Gutes tun«, brüllte ich, »Gutes tun,

Gutes tun, du hast mir so leidgetan, allein in der Wohnung, so kahl und einsam und auf einer Luftmatratze. Ich hatte Mitleid, jede Minute, jede Sekunde habe ich an dich gedacht und du hast mir leidgetan.«

Eine Platte nach der anderen zog ich raus und warf sie auf den Boden.

»Ich wollte, dass du Freude hast in deiner kahlen Wohnung, so leer.«

Und plötzlich verließ mich die Kraft, eine Platte wog hundert Tonnen, ich konnte sie nicht halten, ich brach zusammen, heulend, elend, ein Wrack. Und dann konnte ich nicht mehr atmen. Ich bekam keine Luft mehr. Ich versuchte, tief einzuatmen, aber je mehr ich das versuchte, desto weniger Luft bekam ich, ich hielt mir den Hals, ich hustete, ich wedelte mit den Händen, stieß Leander in Panik weg und er telefonierte hektisch und wenig später waren zwei Sanitäter neben mir und ich bekam eine Atemmaske aufgesetzt und eine Spritze in den Arm gejagt und dann war ich weg.

47
Gewühle

Sie behielten mich im Krankenhaus. Eine ganze Woche sollte ich bleiben. Weil sie sich Sorgen machten wegen des Schnitts, wegen des Bluts, wegen meines Zustands. Ich musste zu einem Psychologen. Was für eine Aufregung. Dabei war ich ganz ruhig. Es war, als hätte der Zusammenbruch mich wieder auf den Boden der Tatsachen zurückgeholt. Geerdet. Gab schließlich wahrlich Schlimmeres als das bisschen Liebeskummer.

Zum Beispiel, dass ich nicht zu Hause bei meinem Töchterchen sein konnte.

Am Tag meines Zusammenbruchs hatte Kolja mit Katie unten vor Leanders Haus gewartet. Als er gesehen hatte, dass der Krankenwagen mich ins Krankenhaus fuhr, war er mit Katie hinterhergefahren. Leander hatte mit im Krankenwagen gesessen, so wurde mir berichtet, und an meinem Bett. Später redeten die beiden miteinander. Leander berichtete Kolja, dass es mir gut ginge, und Kolja übergab Katie ihrem Vater. Leander wohnte mit Katie in unserer Wohnung, solange ich im Krankenhaus war. Er brachte sie in den Kindergarten, holte sie ab, brachte sie ins Bett.

Der Psychologe meinte, es wäre besser, wenn ich Leander

nicht zu Gesicht bekäme. Er empfahl mir, den Kontakt fürs Erste abzubrechen. »Witzig mit einem Kind«, sagte ich.

Er empfahl mir, Vertrauensleute zu finden, die die Übergabe regeln könnten.

»Ohne dass Ihr Expartner und Sie sich sehen.«

Schon wieder der Expartner. Aber dieses Mal störte es mich nicht. Leander war mein Expartner. Ich musste den Tatsachen ins Auge sehen. Er hatte sich von mir getrennt, das war jetzt schon gut drei Monate her, seither war er aus unserer Wohnung ausgezogen und machte keine Anstalten zurückzukommen. Im Gegenteil, die Neue war bei ihm eingezogen. Es war seine Entscheidung. Ja, es gab eine andere Frau. Ja, er wollte mit ihr zusammen sein. Ja, es war vorbei. Alia und Leander – wir waren Geschichte. Und es nützte nichts, aber auch gar nichts, dass ich wartete und vor mich hin litt. Ich hatte ja gesehen, wohin mich die Warterei brachte: direkt in die Klinik. Ich musste die Augen öffnen. Leander wollte mich nicht mehr, und ich musste es akzeptieren. Punkt.

Nur wie?

Wie sollte ich das jemals akzeptieren können?

Alle kamen mich besuchen. Majken streichelte mein Haar, redete gar nicht viel, weil sie auch immer Katie dabeihatte. Wir gingen draußen spazieren. Das Krankenhaus hatte einen wunderbar weitläufigen Park. Bianca kam, ganz allein, ein Wunder, und schimpfte mit mir. Warum ich so dummes Zeug machen würde.

»Wie geht es Berti?«, fragte ich zurück.

Sie wurde schmallippig. »Er kann sich nicht mehr erinnern.«

Das war ihm zu wünschen.

»Macht er eine Therapie?«

»Machst du eine?«

Ich war der Meinung, dass Berti sehr viel dringender Hilfe benötigte als ich. Der Psychologe im Krankenhaus indes empfahl mir eine Gesprächstherapie. Gern auch in der Gruppe. Ich würde es mir wohl mal anschauen gehen. Ich fragte, ob im Raum gläserne Tiere anwesend sein würden. Der Psychologe antwortete besorgt, dass auch Einzeltherapie möglich wäre. Ich musste lachen. Was ihn nur noch besorgter aussehen ließ.

»Was ist mit Ihren Eltern?«, fragte er psychologisch geschickt. Natürlich.

»Mein Vater ist vor mehr als zwanzig Jahren gestorben, meine Mutter lebt in England.«

»Oh.«

Mit meiner Mutter hatte ich telefoniert. Sie wollte sofort kommen, aber ich sagte, das wäre nicht nötig. Die Reise war weit und sie war nicht mehr die Jüngste. Sie schlug mir vor, dass ich zu ihr kommen sollte. Mit Katie. Ich dachte darüber nach. Und je mehr ich darüber nachdachte, desto besser gefiel mir die Idee. Sie hatte mit ihrem neuen Mann, Desmond, ein kleines Häuschen in Cornwall, direkt am Meer. Ich sah mich am Strand entlang spazieren und die gute Seeluft genießen. Zum Baden war es dann wohl zu kalt, aber der Abstand zum Vater meiner Tochter würde mir guttun. Wenn er nicht mehr in meinem Leben und in meinem Kopf sein durfte, dann war es vielleicht wirklich besser, wenn ich ihn eine Weile nicht sah. Auch wenn es schmerzte. Aber meine verbundene Hand schmerzte ebenfalls und ich sehnte mich nach Heilung. Ich sehnte mich danach, dass mich jemand in den Arm nahm und sich kümmerte. Meine Mutter und ich hatten kein besonders enges Verhältnis und auch wenig Kontakt. Aber vielleicht hielt uns doch ein unsichtbares Mutter-Kind-Band zusammen. Ich sehnte mich danach, dass sie mich tröstete, dass sie mein Aua wegpustete und mir riesige Wiener Schnitzel zubereitete, die über den Tellerrand lappten. Die Arbeit für das Übersetzungsbüro war in meinem Laptop mitsamt sämtlicher Programme; alles würde ich mühelos mitnehmen können. Vielleicht würde ich sogar Zeit finden, für meine Prüfungen, die irgendwann kämen, zu lernen. Und für Katie wäre es großartig, Zeit mit ihrer geliebten und viel zu selten anwesenden Omi zu verbringen. Der Psychologe hielt es ebenfalls für eine gute Idee, schon allein deshalb, weil dann Hunderte von Kilometern zwischen mir und meinem sogenannten Expartner liegen würden. Er empfahl mir aber auch, eine Therapie nicht zu lange hinauszuschieben.

Im Krankenhaus schlief ich gut. Ich bekam keine Tabletten, aber ich schlief das erste Mal seit der Trennung hervorragend. Und ich begann zu essen. Es gab immer Leute, die über die Krankenhauskost schimpften, aber was erwarteten die? Eine Zwei-Sterne-Küche? Und dann wunderten sie sich, dass sie Wurst und Brot bekamen. Morgens durften die, die es konnten, zum Buffet gehen. Ich nahm mir Brötchen, Marmelade, Butter, alles abgepackt in handlichen Plastikpackungen. Käse, zwei Sorten, eine mit Löchern, eine ohne. Mittags wurde das Essen direkt ans Bett serviert. Irre gemütlich. Ich hatte das Glück, allein im Zimmer zu liegen. Es war wie im Hotel, nur dass es komisch roch und überall Kranke in weißen Gewändern umherschlurften. Ich duschte, ging vormittags zu meinem Psychologen und empfing nachmittags Besuch.

Stef kam auch vorbei. Ihr Gatte Stefan, der im selben Krankenhaus auf der Herzstation arbeitete, hatte bereits vorbeigeschaut und mir Süßigkeiten und Frauenzeitschriften von Stef gebracht. Ich war entzückt. Als er ging, hatte ich kurz mit dem Gedanken gespielt, ihm auf Zehenspitzen hinterherzuschleichen, um herauszufinden, ob er bei der Arbeit meine liebe Freundin betrog. Aber ich verwarf den Gedanken. Wenn sie mich dabei erwischt hätten, wie ich ihn erwischte, hätten sie mich für immer dabehalten.

Sogar Nina besuchte mich.

Sie sah sich suchend um.

»Gibt es hier gut aussehende Ärzte?«

Ich lachte.

»Vergiss es. Die sind alle halb so alt wie wir. Milchgesichter.«

»Würde ich auch nehmen.« Sie grinste.

Mich interessierten Männer, die jünger waren als ich, generell nicht. Es war wie ein Gendefekt. Ich zog ein altes Gesicht mit Runzeln so tief wie Ackerfurchen tausendmal einem Gesicht vor, das glatt war wie ein frisch gebohnerter Schulkorridor. Majken hatte immer behauptet, ich hätte einen Vaterkomplex. Ich hatte behauptet, sie würde spinnen.

»Hast du einen Vaterkomplex?«, fragte Nina interessiert, als ich ihr meine Ackerfurchentheorie erklärte.

»Nur weil man nicht gleich junge Ärzte, die direkt von der Schulbank kommen, auf die Pritsche zieht, hat man doch nicht gleich einen Vaterkomplex.«

Nina überlegte. »Nicht?« Sie zuckte die Achseln. »Anyway, wir gehen tanzen, du und ich, wenn du draußen bist.«

»Aber bitte auf eine Ü40-Party.«

»Niemals.«

Das konnte heiter werden. Wir lachten und Nina versprach, sich umzuhören, ob es einen Ort gab, wo Gefurchtes und Gebohnertes gemeinsam tanzten.

Kolja kam auch einmal vorbei. Majken und Katie waren gerade gegangen, ich saß im Bett, aß Abendbrot und guckte Nachmittagsfernsehen. Unsicher stand er vor meinem Bett. Ich breitete die Arme aus und sprach mit zittriger Stimme:

»Lass dich umarmen, mein treuer Freundfreund.«

Jetzt musste er lachen und beugte sich zu mir runter. Ich drückte ihn ganz fest, so fest ich konnte.

»Das wird noch zur Gewohnheit«, meinte er, ließ mich dabei aber nicht los.

»Was?« Ich ließ ihn auch nicht los. »Die elende Helferei?«

»Die elende Drückerei«, sagte er und hörte immer noch nicht damit auf. »Kim lässt dich herzlich grüßen.«

Ich ließ ihn los.

»Sie wäre gern mitgekommen.«

»Ja«, sagte ich. »Ja …« Mehr fiel mir nicht ein.

»Oh schade«, sagte er. Ich sah ihn irritiert an.

»Was?«

»Könntest du sagen. Wegen Kim.«

»Richtig!« Er hatte recht. »Oh, schade«, sagte ich ohne eine Spur von Bedauern.

Er lachte.

»Kann es sein, dass du sie nicht so richtig magst?«

Ich war entrüstet. »Doch!«, beteuerte ich. Und meinte es sogar irgendwie so. »Doch. Schon. Ich mag sie. Sehr! Sie ist nur …«

Er sah mich interessiert an. Ich suchte nach Worten.

»So hell?«, soufflierte er und breitete die Arme aus. Ich lachte. Und nickte.

»Ja. So hell. – Und so anders als ich.«

»Du hast da Leberwurst.«

Himmel, wie peinlich. So was würde einer Kim nie passieren. Hektisch rieb ich an meinem Mund.

»Darf ich?« Kolja rieb an meiner Wange. Ich errötete. Wieso wurde ich ständig rot? Ich hasste es.

»Wirst du rot?«, fragte Kolja belustigt. Warum musste er immer noch Salz in die Wunde streuen?

»Das ist nur ein Farbtest für dich. Du hast bestanden.« Ich klatschte in die Hände.

Er setzte sich auf den Bettrand. »Bist du verrückt?«, fragte er.

»Wegen des Farbtests?«, fragte ich empört.

»Nein – so.«

»Ob ich verrückt bin?«

»Ja.«

»So – verrückt?«

»So – verrückt!«

»Du bist verrückt«, sagte ich. »So!«

Er lachte.

»Die Ärzte sagen, ich bin ganz normal«, beruhigte ich ihn. »Und sie sagen, dass Liebeskummer gern unterschätzt wird. Und dass ganz, ganz viele Leute an Liebeskummer erkranken und viele depressiv werden und dass Liebeskummer eine unterschätzte Volkskrankheit ist und die Firmen ein Vermögen kostet und all der volkswirtschaftliche Schaden, der dadurch entsteht, ich sag dir, sag ich dir.« Vertrauensvoll beugte ich mich vor und flüsterte verschwörerisch: »Es geht um Milliarden …«

»Irre«, sagte Kolja. Wir lachten wieder. Lustig war es mit ihm. Abgesehen von dem Leberwurstfleck. Er sah mich sehr intensiv an. Schon wieder wurde mir ganz warm. Was sollte dieser Blick? Guck weg, wollte ich ihm gern sagen, traute mich aber nicht.

»Weißt du …«, begann er. Dann hörte er auf.

»Ja?«, fragte ich aufmunternd. Wenn er mir jetzt sagen wollte, dass ich eine tolle oder interessante Frau war, dann war ich gern bereit, mir das anzuhören.

»Kim ist eine tolle Frau.«

Na super. Ich schluckte. Nickte. Schluckte. »Nee, klar«, nickte ich. »Ich hab sie gesehen, ich weiß, wovon du sprichst.«

Er lächelte. »Ich meine nicht nur ihr Aussehen. Sie ist auch so in Ordnung. Sie hat immer ein offenes Ohr, ist empathisch, hilfsbereit. Sensibel.«

Ich überlegte, ob ich einen plötzlichen Tiefschlaf vortäuschen sollte. Mit Mühe verkniff ich mir ein Gähnen. Warum erzählte er mir all das?

»Sie ist so perfekt.« Er seufzte.

Sollte ich jetzt Mitleid mit ihm haben? Oder ihm gratulieren? Toller Fang, Glückwunsch, geh hin und werde glücklich und pass bloß auf, dass du ihr nicht eines Tages sagst: »He, Maus, es gibt übrigens eine andere Frau.« Meine Stirn war gerunzelt, eine steile Falte hatte sich zwischen meinen Augenbrauen gebildet. Kolja sah mich an und lächelte. Er streckte seine Hand aus, ich wich leicht zurück, aber er strich nur sanft über meine Zornesfalte und glättete sie. Unwillkürlich lächelte ich und seine Hand wanderte wieder auf sein Bein.

»Ich wünsche mir manchmal, sie wär mehr – mehr wie du.«

Also das schlug doch dem Fass den Boden aus. Die Falte war im Nu wieder da. »So unperfekt wie ich, ja?«

Seine Augenbrauen zogen sich nun auch zusammen. »Nein, nein …«

»Oder muss es imperfekt heißen?«, überlegte ich ernsthaft.

»Hör doch mal zu.« Er nahm meine Hand. Es ging weiter mit der Lobrede auf seinen Engel, und ich musste wohl oder übel da durch. Schließlich hatte er mir schon so viel geholfen. Ich hörte.

»Du bist so – anders.«

Jetzt reichte es. Ich entzog ihm meine Hand. Ich war nicht umsonst im Krankenhaus, aber beleidigen lassen musste ich mich nicht. Kolja schnappte sich wieder meine Hand.

»Ich drück mich blöd aus, oder?«

»Na ja, Bertolt Brecht bist du nicht gerade.«

»Ich hab halt sonst mehr mit Computern zu tun.«

»Das sag ich Kim.«

»Alia.«

»Ja?«

»Jetzt sei doch mal ernst.«

»Bin ich doch.« War ich doch.

»Kim ist schwierig. Sehr schwierig.«

Er brach ab. Was wollte er mir sagen? Ich war unangenehm berührt. Meine alte Frauensolidarität brach durch und Kim war plötzlich meine beste Freundin.

»Vielleicht bist du derjenige, der schwierig ist«, meinte ich unwirsch.

Ich dachte an die Männer meiner Freundinnen. An Tom, der so lange einen auf Gummiband gemacht hatte. An Berti, an Stefan. An Leander, der mich belogen und betrogen und weggeworfen hatte. Und dann kam ein Mann daher und beklagte sich über seine Freundin. Obwohl wir doch einfach nur wunderbare Wesen waren. Mit Liebe im Herzen und Güte in den Augen.

»Ich glaube, Kim würde nie meine Wohnung zerlegen.«

»Was willst du damit sagen?«

Er sah mich düster an. »Ich weiß es nicht. Nicht dass ich mich danach sehnen würde, dass sie meine Wohnung zerlegt«, fügte er mit seinem spöttischen Grinsen hinzu. »Aber bei ihr ist alles kontrolliert. Alles kopfgesteuert. Keine Bauchentscheidungen.«

Natürlich nicht. Wie auch? Kim hatte gar keinen Bauch.

»Keine Leidenschaft. Kein Gefühl.«

»Gefühl klingt wie Gewühl.«

»Alia.«

»Vielleicht ist Gefühl Gewühl. Und Gewühl ist doch nie gut. Erinnert an Menschenmassen. Ellbogen, Hände wühlend im Ramsch. Völlig überflüssig. Man kann doch auch normal einkaufen gehen, vormittags, wenn es nicht so voll ist. Kim macht das ganz richtig so.«

Kolja starrte mich an. »Wovon redest du?«

Ich lächelte. »Von der Liebe.«

48
Grauburgunder

Als nach vier Tagen der Arzt bei der Morgenvisite sagte, dass es eigentlich keinen Anlass gäbe, mich noch länger dort zu behalten, war ich fast enttäuscht. Ich hatte mich an den Rhythmus gewöhnt. An die Besuche, das regelmäßige Essen, kalt, warm, kalt, die Gespräche, den Fernseher. Aber als gute Mutter verzehrte ich mich auch danach, wieder mein Töchterchen um mich zu haben, sie nachts in meinem Bett schlafen zu sehen, sie zu drücken und zu küssen, mit ihr zu reden und zu spielen. Und mich von ihr rumkommandieren zu lassen.

Da ich Leander keinesfalls in der Wohnung begegnen wollte – »Abstand halten«, murmelte ich mantramäßig von früh bis spät –, rief ich Majken an. Sie sagte, sie würde das mit dem Fußpilz regeln. Fußpilz nannte sie ihn, weil sie fand, dass man so was wie den nicht mal an der Fußsohle kleben haben möchte. Fünf Minuten später rief sie mich zurück. Alles war geklärt.

»Der Fußpilz räumt seine Sachen aus deiner Wohnung und geht mit Katie zu sich. In einer halben Stunde ist die Wohnung frei. Ich kann Katie aber heute nicht mehr bei dir vorbeibringen und dein netter Nachbar ist nicht da. Ich würde dir Katie morgen früh bringen.«

»Warum kannst du heute nicht mehr? Ist alles in Ordnung bei dir?« Ich machte mir sofort Sorgen.

»Natürlich, wir kriegen nur Übernachtungsbesuch. Mein Bruder kommt mit seiner Familie.«

»Wie schön.«

Majkens Bruder war ein paar Jahre älter als wir und ich hatte ihn früher verehrt. Leider war er weder an seiner Schwester noch an ihren Freundinnen interessiert, sondern immer nur schwer genervt gewesen, wenn wir vor seiner Zimmertür durch das Schlüsselloch gestarrt hatten.

»Grüß ihn mal von mir.«

Morgen früh würde er schon wieder abreisen und dann könnte sie Katie beim Fußpilz abholen. Es war Wochenende und sie würde viel Zeit haben.

»Kannst gern ein opulentes Frühstück vorbereiten«, sagte sie.

»Croissants, Lachs, Sekt?«, fragte ich.

»Juchu, du bist genesen.«

Ein wenig graute mir davor, doch wieder eine Nacht allein zu sein. In einer Wohnung, die vermutlich noch nach Fußpilz riechen würde, denn ein großer Lüfter war er nie gewesen. Aber da musste ich durch.

Ich packte die paar Sachen, die mir gebracht worden waren, und bedankte mich bei den lieben Schwestern und Pflegern für alles. Sie machten wirklich einen guten Job, und ich wünschte, ich wäre Kaiserin von Deutschland, dann würden sie alle so viel verdienen wie die Ärzte. Mindestens. Mittagessen durfte ich dort noch, es gab Kohlrouladen mit Salzkartoffeln, köstlich, und dann machte ich mich auf den Heimweg.

Ich war froh, als ich meine Wohnung betrat. Zu Hause. Endlich. Es kam mir vor, als wäre ich ewig weg gewesen.

Katies Zimmer war nicht aufgeräumt, aber sie hatte offenbar großen Spaß beim Spielen gehabt. Ich ging in mein Zimmer, roch am Bett. Es roch nicht nach Leander. Vielleicht hatte er bei Katie geschlafen. Später ging ich einkaufen. Ich kaufte Kartoffeln und Shrimps und Eier für eine Kartoffel-Shrimps-Eier-Pfanne am nächsten Tag und Sekt und Lachs und Käse und Obst und Oliven und aufbackbares Steinofenbaguette. Abends bereitete ich schon ein bisschen was vor, kochte und pellte Kartoffeln und deckte den Tisch für das gemeinsame Frühstück mit Majken.

Dann klingelte es. Immer noch durchzuckte mich der Gedanke, es könnte vielleicht Leander sein. Abstand halten, Abstand halten. Ich schlich zum Türspion. Kolja. Mein Lieblingsnachbar.

»Gut siehst du aus«, sagte er.

»Quatsch.«

Wir gingen in die Küche.

»Erwartest du Besuch?«, fragte er überrascht angesichts des gedeckten Tisches.

»Erst morgen früh.« Mir fiel auf, wie unhöflich das war, ein gedeckter Tisch und ich bot ihm weder Speis noch Trank an. »Hast du Hunger?«, fragte ich rasch.

»Nein, nein«, winkte er lächelnd ab.

»Teechen?«, fragte ich.

»Ich weiß nicht. Ich wollte nur gucken, ob du okay bist. Eigentlich muss ich wieder rüber, aufräumen, Kim kommt morgen zurück.«

»Ah, ist sie wieder unterwegs gewesen?«

»Wie immer. Sie hat ihren Eltern in Florida einen Besuch abgestattet.« Er lächelte. »Aber einen Tee schaff ich schon.«

»Das hoff ich doch.«

Er fragte nach Katie, und ich erzählte, sie wäre mit Fußpilz unterwegs. Kolja sah mich an, als spräche ich in Rätseln, und ich sah mich gezwungen zu erläutern, dass die beiden doch irgendwie zusammengehörten. Woraufhin er noch fassungsloser starrte, schließlich aber in Lachen ausbrach und fand, dass Fußpilz ein viel besserer Name als Cowboy wäre, was mich zu längeren Ausführungen dazu bewegte, dass das eine ein Beruf war und das andere eine Krankheit und man beides nicht in einen Topf werfen durfte. Jedenfalls nicht zur gleichen Zeit.

Der Tee war gerade fertig gezogen, als Kolja meinte, er hätte Lust auf Wein und bei der Arbeit von einem zufriedenen Kunden gerade eine Flasche Grauburgunder geschenkt bekommen. Das klang gut, und ich erklärte mich bereit, Kolja beim Qualitätstest zu helfen. Der Wein bestand den Test, und wir plauderten über Gott und die Welt, und Kolja erzählte sehr lustig von seiner Arbeit und ich war ganz erstaunt, dass man als Computerexperte überhaupt etwas erlebte.

Als ich mein zweites Glas Wein geleert hatte, hatte ich plötzlich ein komisches Gefühl im Bauch.

»Alles okay?«, fragte Kolja besorgt.

»Ich weiß nicht.« Ich tastete mir den Bauch ab. »Wo ist denn der Blinddarm?«

Kolja guckte mich schief an. Sein Magen knurrte.

»Das war mein Blinddarm«, sagte er entschuldigend.

Ich lachte. »Du meinst, unsere Blinddärme haben Hunger?«

Ich kannte dieses Gefühl gar nicht mehr. Oder hatte es die letzten Wochen nicht wahrgenommen. Es war kein schönes Gefühl. Das fand Kolja auch.

»Gibt kaum was Schlimmeres als hungrige Blinddärme«, fand er. »Wir können rüber zu mir, da ist genug.«

»Papperlapapp. Magst du Shrimps?«

Er nickte. Für das Frühstück mit Majken morgen würde noch genug da sein. Aber die Kartoffel-Shrimps-Pfanne würden Kolja und ich verspeisen, wir schnippelten und brutzelten und leerten dabei den Grauburgunder. Schließlich stürzten wir uns auf das Essen, als hätten wir wochenlang gedarbt. Hatte ich ja auch. In gewisser Weise. Wenn man von den Kohlrouladen am Mittag absah.

Kolja war ganz erstaunt, dass ich aß. Das kannte ich doch schon. Vor etwa zehn Jahren war ein gewisser Leander fast in Ohnmacht gefallen, als er beobachtete, dass ich meinen Teller aufaß und noch Nachschlag nahm und ihm nicht die Reste gönnte.

»Ist es wirklich so selten heutzutage?«, fragte ich seufzend. »Eine essende Frau?«

»Oh ja!« Kolja nickte lebhaft. Und mir fiel ein, dass er mit Kim zusammen war. Ich hatte Kim fast vergessen.

»Sie isst also nicht?«

Kolja schüttelte den Kopf. »So gut wie gar nichts. Ab und zu eine Reiswaffel. Und wenn sie Hunger auf etwas Süßes hat, riecht sie an einer Feige. Ansonsten ernährt sie sich hauptsächlich von Wasser.«

Ich war zutiefst beeindruckt. Und voller Neid. So wollte ich auch sein. So viel Disziplin und Konsequenz.

»Hat sie denn nie Hunger auf Chips? Oder auf Tiefkühlpizza?«, fragte ich misstrauisch.

»Chips, das wär doch jetzt fein.« Kolja lief aus der Küche. Ich sah ihm lächelnd hinterher. Müde war ich. Todmüde. Ich räumte die Teller in den Geschirrspüler, wischte den Tisch ab, da war mein Lieblingsnachbar schon wieder da. Mit Chips und einer neuen Flasche Weißwein.

»Du siehst müde aus.« Das war ich auch.

»Willst du lieber schlafen gehen?«, fragte er.

»Auf gar keinen Fall!«

Ich schickte ihn in mein Zimmer, räumte noch die letzten Reste in der Küche weg und steckte dann meinen Kopf durch die Tür. Kolja hatte Funny van Dannen aufgelegt. Er sah gemütlich aus, dort auf meinem Sofa mit dem Weinglas in der Hand. Ich fragte ihn, ob er etwas dagegen hätte, wenn ich es mir auch gemütlicher machen würde.

»Nein«, sagte er mit leuchtenden Augen. »Nur zu!«

Mir fiel ein, dass Frauen, die in Filmen solche Sätze äußerten, anschließend splitterfasernackt oder sich mit Strapsen und High Heels bekleidet auf Schaffellen räkelten. Was bildete er sich ein?

»Ey, es geht nur darum, dass ich mich abschminken und meinen Pyjama anziehen will. Ich habe überhaupt gar kein Schaffell«, fuhr ich ihn unwirsch an.

»Schaffell?«, fragte er. Offenbar war Kolja kein Filmfan. Erleichtert lächelte ich ihn an.

Später fielen mir die Eier ein.

»Die Eier!«

Kolja sah mich an. Ich sah ihn an. Mein Kopf lag auf der Lehne und ich war der müdeste Mensch der Welt. Sein tiefschwarzes Haar fiel mir auf.

»Färbst du es?«, fragte ich.

»Was?«, fragte er.

»Dein Haar. Was denn sonst?«

Er sah mich an. Er lächelte nicht und seine Lider waren wie meist halb gesenkt, die Wangenknochen stachen hervor. Schließlich schüttelte er den Kopf.

»Schönes Haar!«, murmelte ich.

Er kratzte sich am Kopf, verlegen. Süß.

Ich lächelte. Die Augen fielen mir fast zu.

»Und was ist mit den Eiern?«

»Was für Eier?«, fragte ich träge.

»Du hast doch gerade gesagt: ›Deine Eier‹.«

Ich lachte. »Ich hab überhaupt nicht gesagt ›deine Eier‹. Ich hab gesagt ›die Eier‹.«

»Meine?«

Ich lachte schon wieder. Er war ein außerordentlich witziger Nachbar.

»Als du das erste Mal geklingelt hast, hast du dir ein Ei ausgeliehen. Angeblich für Kim, die ein Spiegelei auf ihrer Pizza haben wollte.«

Ich schüttelte den Kopf. »Jetzt sagst du, sie ernährt sich von Wasser. Das passt doch hinten und vorn nicht. Ich mein, wir reden von Pizza! Und Spiegelei! Und Wasser!«

Jetzt hatte ich ihn getroffen. Er seufzte.

»Und?«, hakte ich investigativ nach.

»Sie kotzt.«

»Ürks.«

Er erzählte mir davon. Sie würde es nicht oft machen. Aber manchmal überkäme sie so ein fürchterliches Verlangen nach fettreicher und süßer Nahrung, dass sie das dann in sich reinschaufeln würde.

»So wie Pizza mit Spiegelei zum Beispiel«, erklärte er.

Mir war das völlig klar. Das konnte doch auch nicht gut gehen. Immer nur Wasser und der Geruch von Feige. Da musste man doch wahnsinnig werden. Oder Bulimie kriegen.

»Bulimie hat sie nicht«, sagte er.

Nein, klar, und Berti hatte auch kein Alkoholproblem. Die Leute machten sich doch alle was vor. Genau wie ich. Was hatte ich mir nur gedacht. Nie würde Leander seine schöne Soulsängerin mit Brüsten so groß wie Wassermelonen verlassen. Die Leute hatten recht, alles ging vorbei, und das war auch gut so.

»Sie steckt sich höchstens einmal im halben Jahr den Finger in den Hals.«

Wusste Kolja wirklich alles über seine Freundin? Vielleicht kotzte sie ständig, oben in der Luft, wo er nicht anwesend war. Es war nicht fein von mir, aber ich fühlte mich dennoch irgendwie getröstet von der Tatsache, dass ein derart perfektes Lichtwesen wie Kim eben doch nicht so perfekt war.

»Sie ist auch nur ein Mensch«, seufzte ich erleichtert.

»Wie wir alle«, sagte Kolja und sah mich schon wieder so intensiv an, dass ich den Blick abwenden musste. Ich schloss der Einfachheit halber die Augen und stellte mir vor, dass er mich küssen würde. Nicht dass ich daran interessiert war, ganz im Gegenteil, aber der Wein und das Essen und die Müdigkeit trieben mich in einen Zustand schläfriger Neugier, in dem mir alles egal und in dem alles möglich war.

Aber nichts passierte.

»Bist du müde?«

Ich nickte und bekam die Augen auch gar nicht mehr richtig auf.

»Dann lass ich dich jetzt besser allein.«

Ich riss die Augen auf. »Nein!«

Ich sprang auf und holte rasch noch mehr Wein aus dem Kühlschrank. Und Wasser.

»Komm, wir trinken noch ein Glas. Meine Entlassung muss gefeiert werden.«

Heute Morgen war ich noch im Krankenhaus gewesen und da begann der Tag früh. Sehr früh. Meinem Empfinden nach rissen die Krankenschwestern schon um fünf Uhr die Türen auf und zwitscherten etwas von Frühstück. Ich war definitiv übermüdet. Aber ich wollte, dass Kolja blieb. Da mein Bett nicht weit vom Sofa stand, fragte ich, ob es ihn störte, wenn wir uns im Bett weiter unterhielten, dann könnte ich mich schon einmal hinlegen. Er starrte mich so entsetzt an, dass ich laut lachen musste. Ich ging zum Bett, setzte mich gemütlich rein, ein dickes Kissen im Rücken, die Decke bis zum Kinn. Das war schön. Jetzt nur noch mein Glas. Kolja brachte es mir. Dann ging er zurück zum Sofa.

»Ich kann nicht mit dir ins Bett«, sagte er und klang ein wenig bedrückt.

»Kolja«, sprach ich zu ihm milde lächelnd wie zu einem kleinen Jungen. »Ich will überhaupt nicht mit dir ins Bett. Ich bin nur zu müde fürs Sofa. Aber so ist es doch auch gut.«

Er atmete hörbar erleichtert aus. Ich kicherte. »Puh, jetzt bist du aber erleichtert, was?«

Er schüttelte den Kopf. Warum war er nur so ernst? Ich verstand es nicht. Ich verstand die Männer sowieso nicht. Noch nie hatte ich sie verstanden. Ich nippte am Weinglas und merkte, wie mir schon wieder die Lider zufielen.

»Komm, leg dich hin, Alia.«

Kolja kam und nahm mir das Glas aus der Hand. Dann zog er die Gardinen zu. Ich legte mich hin und kuschelte mich ein. Kolja prüfte, ob die Decke mich bedeckte, und klopfte sie ein wenig. Ich griff nach seiner Hand. Mit geschlossenen Augen.

»Du kannst nicht zufällig hierbleiben?«, wisperte ich unhörbar.

»Wie bitte?«

Ich räusperte mich. »Hierbleiben kannst du nicht zufällig?«

Er löste seine Hand aus meiner. Ich blinzelte. Kolja legte sich zu mir aufs Bett. Auf die Decke. Mit Sicherheitsabstand. Ich lächelte zufrieden und schnurrte. Und drehte mich auf die Seite, um ihn anzuschauen. Er drehte sich auch auf die Seite. Ich sah direkt in seine grünen Augen mit den braunen

Punkten. Seine Pupillen waren riesig, schwarz, ich hatte das Gefühl, sie würden mich einsaugen, aber es war ein angenehmes Gefühl. Wenn ich eines Tages sterben sollte, dann bitte durch Einsaugung von Koljas Pupillen, dachte ich. Ich merkte, wie der Schlaf über mich kam. Fast war ich schon ganz weg, da hörte ich noch, wie Kolja fragte, »Schläfst du?«, aber ich konnte nicht mehr reagieren, sosehr ich mich auch anstrengte, nicht einmal mehr nicken konnte ich. Ich merkte, wie er sich erhob, und dann spürte ich seine Lippen auf meiner Wange.

»Verzeih mir, du Schöne, ich muss gehen, ich bin auch nur ein Mann.« Aber vielleicht hatte ich das bereits geträumt.

49
Pläne

»Mama!«

»Mein Mausebärchen!«

Katie flog mir in die Arme. Rotwangig, beglückt und mit Hund in der Hand. Mein Schatz, mein Mausebär, mein größtes Glück auf Erden. Majken flog hinterher. Mein zweitgrößter Schatz. Sie war schwer genervt. Die Frau ihres Bruders hatte sie auf die Palme gebracht. »Scheißschwägerin« hieß die Frau des Bruders mit vollem Namen und Scheißschwägerin hatte tatsächlich gemeint, dass ihr kleiner Sohn mit seinen zweieinhalb Jahren zu alt wäre für Windeln und deshalb ohne schlafen musste, aber natürlich hatte er in der Nacht in Toms Bett gepinkelt. Majken war genervt gewesen, weil sie uringetränkte Matratzen nicht so toll fand. Und als sie Scheißschwägerin neue Bettwäsche gegeben hatte, hatte sie vorgeschlagen, dass der Kleine jetzt doch mal eine Windel tragen sollte für den Rest der Nacht, woraufhin Scheißschwägerin ihr mitten in der Nacht einen Vortrag gehalten hatte über Konsequenz in elterlicher Erziehung, wovon sie, Majken, ja schließlich keine Ahnung hätte, sodass Majken nicht lange gefackelt und ihr die Tür vor der Nase zugeknallt hatte. Keine zwei Stunden später allerdings hatte es schon wieder Sturm geklingelt und Majken hatte an Tom gerüttelt, der partout nicht wach werden wollte, sodass sie selbst noch mal zur Tür gestiefelt war, an der Scheißschwägerin ohne eine Spur von Bedauern gesagt hatte: » Ups, es ist schon wieder passiert«, sodass Majken ihr noch mal Bettwäsche gegeben und sich am frühen Morgen ohne ein Wort des Abschieds aus dem Haus geschlichen hatte.

»Richtig so«, gratulierte ich.

»Darauf einen Sekt«, stöhnte sie.

Ich gab ihr ein Glas. Selber wollte ich keines. Der Grauburgunder von gestern steckte mir noch in den Knochen.

»Ehrlich, wenn ich mal Kinder haben sollte, ich schwöre, ich zwinge die, die Windeln anzulassen bis zum ersten Schultag. Mindestens.«

Ich lachte.

»Ist doch wahr. Ich mein, mögen das Mütter? Vollgepinkelte Betten?«

»Ich nicht. Aber Katie trägt eh noch Windeln.«

»Gut so.«

»Weiß nicht. Dieses Trockenwerden ist schon so ein Ding. Bianca zum Beispiel erzählt immer, wie früh ihre Kinder trocken waren. So als wenn das eine Leistung sei. Irgendwas Tolles.«

»Wenn man sonst nichts hat … «

Wie wahr, dachte ich und schwieg.

Ich erzählte Majken, dass ich mit dem Gedanken spielte, eine Weile nach England zu gehen zu meiner Mutter. »Wie lange?«

»Vielleicht drei Monate. Über Weihnachten.«

»Kann ich dich besuchen kommen?«

»Das wäre wunderbar!«

Ich sprach mit meiner Mutter. Für sie war es beschlossene Sache.

»Das Gästezimmer wartet«, sagte sie. Und außerdem käme es gar nicht in die Tüte, dass ich die Flüge selber bezahlte, sie würde mir Geld überweisen und ich sollte mich rasch um die Tickets kümmern.

Blieb nur noch Leander. Ich musste mit ihm reden. Etwas, was mir alle strengstens verboten hatten. Abstand, Abstand, Abstand. Aber ich sah es jetzt ein: Er wollte mich nicht. Er wollte Schlampe. All meine Briefe, meine E-Mails, meine Zärtlichkeiten, all mein Hoffen und Warten hatten nichts gebracht. Es war nicht so, dass ich Leander nicht mehr wollte. Das wäre eine Lüge gewesen. Ich wollte ihn immer noch mehr als alles andere auf der Welt. Aber ich sah ein, dass der bisherige Weg in eine Sackgasse geführt hatte. In eine gefährliche Sackgasse obendrein. Ich musste mich jetzt um mich kümmern, und, vielleicht, wenn er nicht ständig von mir hörte oder ich ihm irgendwo auflauerte, vielleicht bestand der Hauch einer Chance, dass er mich irgendwann vermisste. Bislang hatte ich ihm zum Vermissen keine Möglichkeit gegeben, dem armen Kerl. Es galt also jetzt erst einmal, ihn aus meinen Gedanken zu verbannen.

Im Kopf hatte ich einen Tunnel gegraben, einen tiefen, dunklen Tunnel, der ins Nichts führte, und ein großes Schild davor gestellt: GEDANKEN AN LEANDER HIER ENTLANG. Zur doppelten Sicherheit hatte ich noch einen Polizisten engagiert, der neben dem Schild positioniert war. Ich war ganz begeistert von ihm. Er hatte nicht nur einen gewaltigen Schnurrbart, sondern machte seinen Job auch noch ganz hervorragend. Wenn ein falscher Gedanke kam, verdrehte er ihm gleich die Hände auf den Rücken, legte, wenn nötig, Handschellen an und gab ihm einen Tritt in den Allerwertesten. Ab in den Tunnel, ins Nichts. Keine Ahnung, was da unten war, vielleicht verwesten die falschen Gedanken dort, zerfielen zu Staub. Bislang funktionierte es gut.

Dennoch musste Leander als Vater von Katie über meine Pläne informiert werden. Ich hatte seine Mailadresse gelöscht, kannte sie aber auswendig, klar. Ich begann eine E-Mail zu schreiben, dann schloss ich das Programm. Und schickte ihm eine SMS. Ich hatte auch seine Handynummer aus meinen Telefonen verbannt, aber natürlich kannte ich auch diese Nummer auswendig. Scheiß Gedächtnis. Wenn man es nicht brauchte, war es da.

»Ich flieg mit Katie demnächst nach England.«

Fertig war die SMS. Wenig später klingelte mein Handy. Nein, ich konnte ihn nicht sprechen. Ich drückte ihn weg. Leander hasste das Verfassen von SMS, er hasste Schreiben jeglicher Art, ich war gespannt, was er sich einfallen lassen würde.

»Wann? Wie lange?«

Eine SMS von ihm, Wahnsinn, wie viel Mühe er sich beim Formulieren gegeben hatte.

»Zwei, drei Monate. Bis nach Weihnachten vielleicht. Ich sag dir rechtzeitig Bescheid.«

Ich überlegte, ob ich noch schreiben sollte: »Genieß die katiefreie Zeit mit der Schlampe, du Arschloch«, aber da hielt der Polizist warnend den Zeigefinger hoch.

»Nur ein Scherz«, murmelte ich und schickte die SMS ohne Boshaftigkeiten ab.

Und wartete. Und ärgerte mich. Dass ich wartete. Nie

mehr wollte ich auf Leander warten, nie mehr, ich hatte gesehen, wohin es führte: direkt in den Wahnsinn. Ich schaltete mein Handy aus. Mein Telefon klingelte kurz darauf. Ich zog den Stecker raus. Und steckte ihn wieder rein, als ich feststellte, dass ich ausgestöpselt nicht ins Internet kam. Mein Postfach blinkte. Eine E-Mail von Leander. Die brauchte ich so nötig wie ein Loch im Kopf. Ich klingelte bei Kolja.

Ich wollte ihn fragen, wie man eine E-Mail ungelesen an den Absender zurücksenden kann. Return to sender. Ein Computergenie wie Kolja musste das wissen. Aber statt Kolja öffnete Kim die Tür.

»Hi …«

Sie beugte sich drei Meter zu mir runter und gab mir ein Küsschen rechts und ein Küsschen links. Ich fragte, ob Kolja da wäre.

»Nein, kann ich dir helfen?«

»Kennst du dich mit Computern aus?«

»Oh no. I'm so sorry.«

Sie lud mich zu sich ein. Ich beteuerte, ich müsse Katie gleich vom Kindergarten abholen, aber sie sagte: »Ach komm, kurz. Ich muss wissen, wie es dir geht.«

Sie war wirklich nett. Nur viel zu schön. Wie konnte man, obwohl man nicht zur Arbeit gehen musste und zu Hause herumschlumpfen konnte, perfekt geschminkt, manikürt und gekleidet sein. Sie trug flache Ballerinas und ich fühlte mich mit meinen Hasenohrpuschen fehl am Platz. In der aufgeräumten Küche bot sie mir ein Glas Wasser an.

»Eure Küche hab ich noch nie gesehen«, bemerkte ich und sah mich um. Alles blitzte und funkelte. »Hast du gerade geputzt?«

»Nein, warum?«

Anscheinend sah es immer so aus. Großartig.

»Mit Kind ist es schwierig, alles so sauber zu halten. Katie fasst überall dran mit ihren Patschepfoten und lässt alles stehen und liegen.«

Kim strahlte. »So sind Kids.«

»Ja«, seufzte ich. Und dann fragte ich, ob sie Kinder haben wollte, später vielleicht.

»Oh yes, absolutely.« Sie nickte. »Aber es hängt ab von so vieles.«

Ich war neugierig. »Wovon denn?«

Sie sah mich an. Lächelte. »Weißt du, Kolja sagt, er ist noch nicht weit genug für Kids.« Und dann fügte sie traurig hinzu: »Wie alle meine boyfriends bisher. Dabei wär ich so gerne eine Mommy.«

Ich nahm mir vor, mit Kolja ein Hühnchen zu rupfen. Kinder waren etwas Wunderbares und wenn Kim es gern wollte, was sprach dagegen?

»Was mag Katie zu essen?«, fragte Kim überraschend.

»Sie ist mein Kind«, lächelte ich, »sie mag fast alles.«

»Maccheroni and Cheese? Heute Abend?«

»Das wird sie lieben. Und ich auch.«

»Okay, we have a date.«

50
Überraschung

Abends begrüßte Kim mich wieder mit Küsschen, während Kolja mir nur zunickte. Kim hob Katie hoch und beide quiekten vergnügt.

»Grauburgunder?«, fragte Kolja.

Dabei zog er die linke Augenbraue hoch und hatte ein Lächeln im Mundwinkel. Ich merkte, wie mir aus einem unerfindlichen Grund Blut ins Gesicht strömte, und entschied mich dankend für Apfelschorle, wie Kim und Katie.

»She is so sweet«, sagte Kim ein ums andere Mal. »Wenn ich einmal habe eine Tochter, dann will ich so eine wie little Katie.«

Sie sprach Katie wie Keydi aus und Keydi war ganz hingerissen von ihrer Gastgeberin. Kolja war wieder maulfaul, hatte aber guten Appetit. Er und Keydi schaufelten die Nudeln in sich hinein, als wollten sie ein Wettessen veranstalten. Kim strahlte. Und nagte am grünen Salatblatt. Ich beobachtete sie. Sie hatte sich eine kleine Portion auf den Teller getan und aß sogar davon. Würde das später wieder hochkommen, fragte ich mich. Aber wie eine Fressorgie sah das nicht gerade aus, sie nahm nur ab und zu einen kleinen Bissen und schob die Nudeln ansonsten fleißig von rechts nach links und zurück und aß zwischendurch vom Salat. Mit Runterschlucken. Ich aß auch nicht so viel. Eigentlich gefiel es mir ganz gut, Gewicht verloren zu haben. Seit dem Krankenhausaufenthalt nahm ich jedoch wieder merklich zu. Ich musste dringend Sport machen, nahm ich mir vor und fragte gleich Kolja und Kim, was sie für Sport trieben.

»Laufen«, war Koljas weitschweifige Antwort.

»Oh, ich mache Pilates. Und Yoga. Früher ich habe gemacht Ballett. Wenn ich wieder habe Zeit, ich will unbedingt wieder machen. Ballett ist wunderbar. Aber Pilates und Yoga kann ich auch machen zwischendurch. Überall. Immer.«

Kurz hatte ich die Szene vor Augen, wie sie im engen Flugzeuggang auf einem Bein stehend einem Gast Tomatensaft reichte, während ihre Zehen einen kleinen Snack für den Herrn gegenüber bereithielten. Voller Grazie und Anmut und mit durchgestreckten Knien.

Gelaufen war ich früher auch. Seit Katie hatte ich pausiert. Vielleicht sollte ich wieder anfangen, es war einfach und kostengünstig.

Nach dem Essen bestand Katie darauf, Kim ihr Zimmer zu zeigen. Ich bot an, die Küche derweil aufzuräumen.

»Nein, nein«, wehrte Kim entsetzt ab. »Ich mache später.«

Aber Katie zog an Kims Hand und Kolja sagte ungewohnt bestimmt:

»Ihr geht rüber, ich räum auf, Alia kann mir helfen oder es lassen.« Also gab ich Kim meinen Haustürschlüssel.

Kaum war die Tür hinter den beiden ins Schloss gefallen, nahm Kolja mich in die Arme und küsste mich. Überraschungsangriff. Ich musste nach Luft schnappen, öffnete dafür meinen Mund, seine Zunge suchte meine, traf sie, meine zog sich wie vom Blitz getroffen zurück, seine folgte meiner, heftig, fand sie, ich spürte, wie mir etwas den Bauch hochschoss, das war Lust, dachte ich verblüfft, und Koljas

Hände umgriffen mein Gesäß, es tat weh, er forderte, er drängte, er presste sich gegen mich, er wollte, dass ich ihn spürte, und ich spürte ihn, durch unsere beiden schweren Jeansstoffe hindurch spürte ich ihn, und das war nicht das schlechteste Gefühl, sodass ich mich abwechselnd gegen seine Hände drückte, die meinen Po umfassten, und gegen seine Erregung, als könnte ich mich nicht entscheiden, wo es mir besser gefiel. Seine Lippen waren an meinem Hals und er öffnete meine Jeans und glitt mit der Hand hinein und stöhnte auf, als gefiele ihm, was er dort zu spüren bekam, und er nahm die Hand wieder heraus, und ich dachte, was tut er jetzt, bis ich merkte, dass er jetzt versuchte, mir die Hose herunterzustreifen. Das durfte doch nicht sein, gleich würde er mich hier nehmen, direkt in der Küche, das ging doch nicht und ich stieß ihn weg, stieß mich weg, wich zurück, schloss meine Hose, ordnete mein Haar und wischte mir über den Mund.

Kolja starrte mich an, wie ein Panther, animalisch, sein Kinn vorgeschoben, die schmalen Lippen fest aufeinandergepresst, die Lider halb geschlossen, sein Blick hellwach, bereit zum Sprung. Mein Herz pochte, beide atmeten wir schwer. Und weil mir nichts einfiel, was ich hätte sagen können, schüttelte ich nur den Kopf und ging.

Ging hinüber und klingelte an meiner eigenen Wohnungstür. Katie öffnete, ich schloss die Tür rasch hinter mir und ließ mich von Katie ins Kinderzimmer ziehen. Meine Tochter befahl mir die Augen zu schließen, ich schloss die Augen und dann riefen Katie und Kim:

»Überraschung!«

Ja, dachte ich, Überraschung, und ich öffnete die Augen und sah Kim, die von Katie verkleidet worden war mit Engelsflügeln, funkelndem Diadem und einem Schleier, und sie strahlte und lachte, und ich lachte mit und hätte doch am liebsten geweint.

Abends lag ich im Bett und grübelte. Was war das gewesen? Ein Kuss. Ein kleiner Kuss. Mehr nicht. Kein Grund, ein Drama daraus zu machen. Aber kaum dachte ich an den Kuss, überlief es mich wieder heiß, und ich dachte daran, was Kolja wohl gerade in der Nachbarwohnung mit seiner schönen Freundin anstellte, und ich stellte meine Ohren auf, aber ich hörte nichts, ich fühlte nur eine Hitze in meinem Körper und ich musste mir Erleichterung verschaffen, schnell und heimlich unter der Decke, und dachte dann, alles Wichser, diese Kerle. In Gedanken holte ich die alte Kussliste von früher hervor und schob meinen französischen Freund Yaya auf Platz 2. Kolja kam auf den frei gewordenen ersten Platz der Liste der besten Küsser der Welt.

»Nur ein Kuss«, murmelte ich und schlief endlich ein.

51
Nureinkuss

Der Polizist stellte den Spaten neben sich ab und wischte sich den Schweiß von der Stirn.

»Muss dit wirklich sein?« Er war schwer genervt.

Ich nickte. »Natürlich. Hopp, hopp, keine Müdigkeit vortäuschen.«

Seufzend griff er zum Spaten und grub weiter. Als er fertig war, brachte ich ihm ein kühles Bier und sagte: »Den Rest schaff ich allein.« Mit dem Hammer befestigte ich über dem zweiten Tunnel, der direkt neben dem ersten lag, ein Schild: Kolja-Gedanken unerwünscht!

»Wie viele Tunnel wird's denn noch jeben?«, fragte mein schnauzbärtiger Polizist. Er berlinerte. »Mit zwee'en werd ick ja noch fertig, aber wenns denn mehr werden, müssen wa Verstärkung holen, jetet klar?«

Mir grauste bei der Vorstellung, dass noch mehr Schnauzbärte in meinem Kopf für Recht und Ordnung sorgten, und ich versprach hoch und heilig, dass es keine weiteren Tunnel mehr geben würde.

»Denn is jut.«

Und erst, als ich Katie in den Kindergarten gebracht hatte und mich an den Schreibtisch setzte, um an dem Übersetzungsauftrag zu arbeiten, fiel mir wieder die E-Mail von Leander ein. Ich schloss die Augen und versuchte, eine Tiefenentspannung herbeizuführen. Aber ich war nicht der Yoga-Typ. Ich öffnete die Mail.

»Liebe Ali,«

Warum zum Teufel nannte er mich Ali?

»leider erreiche ich Dich nicht. Du kannst natürlich nach England fahren. Für Katie ist das bestimmt auch schön. Ich habe nichts dagegen, werde euch aber vermissen.
Dein Leander«

Hatte er ein Rad ab? Der Polizist in meinem Kopf gestikulierte wild und zeterte herum und zeigte andauernd auf den Leandertunnel. Ich schaltete ihn kurzerhand aus und sah in der Ausblende noch seinen zornesroten Kopf. Warum schrieb der Fußpilz ›DEIN Leander‹? Er war nicht mein Leander. Er hätte mit ›Schlampes Leander‹ unterschreiben müssen. Und warum würde er UNS vermissen und nicht nur Katie? Und warum hatte er keine Ahnung davon, dass so eine kleine E-Mail bei mir wieder ganze Abgründe, die nur notdürftig abgedeckt waren, aufriss? Er war gemein. Ein Sadist.

Es klingelte. Vermutlich Kolja. Der andere gemeine Sadist. Masochistisch öffnete ich die Tür. Leander.

»Hey …«

Scheiße. Ich wollte die Tür zuknallen. Aber ich stand dort wie hypnotisiert. Wo war mein Polizist? Ich schaltete meinen Kopf ein. Der Polizist lag am Boden, alle viere von sich gestreckt. Vermutlich Herzinfarkt.

»Du sollst nicht kommen.«

»Ich weiß.«

Das war mein Leander. Schuldbewusster Dackelblick. Meine Gefühle fuhren Achterbahn. Ich hatte das Bedürfnis, ihn zu umarmen, meine Nase in seinem Hals zu versenken und alles gut werden zu lassen.

Oder ihm ein Messer in die Brust zu rammen.

Oder am besten beides gleichzeitig.

»Kann ich reinkommen?«

»Nein.«

»Wir müssen etwas bereden.«

»Was denn?«

Oh süße Hoffnung. Er bereut und kommt zurückgekrochen.

»Wir müssen über Geld reden.«

Ich schloss die Tür. Er klingelte. Ich hörte ihn klopfen und rufen.

»Ali, bitte ...«

Ich sank zu Boden. Hielt mir die Ohren zu. Nach einer Weile hörte das Klopfen auf. Eine andere Männerstimme. Ich erkannte Kolja. Die beiden Männer redeten, ich verstand sie nicht. Es klopfte erneut.

»Alia?«

Das war Kolja. Ich öffnete die Tür, zog Kolja am Handgelenk in die Wohnung und schloss sie vor Leanders Nase.

»Alles okay?«, fragte Kolja. Ich ging an meinen Schreibtisch, setzte mich, starrte auf den Bildschirm. Kolja folgte.

»Warum bist du nicht bei der Arbeit?«, fragte ich.

»Ich bin auf dem Weg zur Arbeit«, antwortete er.

»Dann will ich dich nicht aufhalten.«

»Was wollte der Cowboy?«

»Geld.«

»Was?«

»Er wollte über Geld reden. Keine Ahnung. Vermutlich

kann er keinen Unterhalt mehr zahlen, weil der Lebensunterhalt für Schlampe so teuer ist, was weiß ich denn? Es ist mir egal. Ich will nichts hören.«

Warum hatte ich Kolja reingeholt? Um Leander eins auszuwischen. Und wie wurde ich Kolja jetzt wieder los? Der Nureinkuss stand zwischen uns. Wie eine Mauer. Nie wieder würde ich entspannt mit ihm in der Küche oder auf dem Sofa sitzen können. Ich wurde rot, als ich daran dachte, dass ich ihn sogar schon einmal in mein Bett eingeladen hatte. Wir schwiegen. Ein unangenehmes Schweigen, ein Schweigen von der Sorte, bei der man hofft, dass der andere endlich etwas sagt. Ich räusperte mich.

»Na dann«, sagte ich und klappte meinen Laptop zu. Ich würde Kolja zur Tür bringen. Wir hatten uns nichts zu sagen. Eine Freundfreundschaft, die gerade erst begonnen hatte, war zu Ende. Bedauerlich, aber nicht zu ändern. Und im Abstandhalten war ich sowieso gerade geübt.

»Alia?«, begann er. Ich war mir nicht sicher, ob ich unbedingt hören wollte, was er zu sagen hatte. Teilnahmslos blickte ich an ihm vorbei.

»Das gestern …«, begann er.

»Nur ein Kuss«, unterbrach ich ihn schnell. »Sollte nicht wieder passieren.«

Er schien erleichtert. »Ja, das wollte ich auch sagen.«

Dann war ja alles gut. Er lächelte. Sein schiefes, kantiges Gesicht lächelte.

»Ich weiß nicht, was in mich gefahren ist«, fuhr er fort.

Ich wusste sehr wohl, was in mich gefahren war. Seine Hand. Der Polizist rappelte sich auf, schnaufte. Drohte mir. Zum Glück war er nicht tot.

»Ich weiß, dass du in einer schwierigen Situation bist«, sagte Kolja. »Die Trennung und all das. Und dann komm ich und da ist Kim und was ich sagen will … Ich will sagen, es tut mir leid. Es war ein Fehler.«

Schon der zweite Mann, der mir in letzter Zeit körperlich näher gekommen war und dann sagte, dass es ein Fehler gewesen sei. Hurra, schrie mein Selbstwertgefühl und sprang aus dem Fenster. Aber mein guter Freund, der Schnauzbart, konnte es gerade noch an einem Bein festhalten. Es rappelte sich wieder auf. Kerle. Bildeten sich immer sonst was ein. Vermutlich dachte Kolja, ich wäre jetzt in Liebe zu ihm entbrannt, und machte sich Sorgen, wie er mich wieder loswurde. Oder er fürchtete um seine Wohnung, sah sie schon in Einzelteile zerlegt und mit Blut besudelt. Blödmann.

»Es war doch nichts. Nur ein Kuss.« Ich war genervt.

Kolja sah mich an. Ich sah ihn an. Mein schnauzbärtiger Polizist baute sich direkt vor mir auf. Ich schob ihn beiseite. Ich wusste von ganz allein, was zu tun war. Ich ging zur Tür, öffnete sie. Leander war weg. Und Kolja verstand den Wink und machte Anstalten zu gehen. Im Türrahmen blieb er stehen.

»Viel Spaß bei der Arbeit«, wünschte ich.

»Danke, dir auch.«

Ich unterdrückte den Impuls, ihm mit einem Kung-Fu-Tritt in den Bauch zu springen, und schmiss stattdessen die Tür derart schwungvoll ins Schloss, dass das ganze Haus wackelte. Dann ging ich zurück an den Computer und buchte die Tickets nach England. Endlich.

52
Mama

»Mama!«

»Mein Kind!«

Ich flog meiner Mutter um den Hals.

Und Katie flog hinterher.

Meine Mutter lachte. Sie war den weiten Weg von Cornwall nach London gekommen und hatte an der Absperrung auf uns gewartet. Sie war größer als ich, immer noch, und schlank, fast hager. Ihr einstmals blondes Haar war weiß und sie trug einen sportlichen Kurzhaarschnitt. Sie war immer groß und kurzhaarig und blond gewesen und ich immer klein und langhaarig und dunkel, sodass die Leute dachten, meine Mama wäre Majkens Mama. Und früher dachte ich oft, dass die beiden auch viel besser zusammenpassten, glaubte zuweilen sogar, dass meine Mutter Majken mehr mochte als mich.

Meine Mutter führte uns durch den riesigen Flughafen. Wir fuhren mit dem Heathrow-Express zum Bahnhof Paddington. Was für ein Gewusel von Menschen. Ich hielt Katie fest an der Hand.

»Hunger!«, rief sie ein ums andere Mal. Im Flugzeug hatte es nur Salzstangen gegeben.

Meine Mutter sagte, wir müssten uns beeilen, unser Zug würde gleich fahren. Wir saßen im Zug, ein freundlicher

Zugbegleiter hatte unsere Koffer verstaut und dreißig Leute hatten sich bereits entschuldigt, nur weil sie an uns vorbeigegangen waren. Ich war ganz bezaubert von der Höflichkeit der Engländer. Wir hatten ein Abteil erwischt, in dem an der Rückseite der Sitze Monitore waren. Katie, die Fernsehen kaum kannte, war begeistert. Meine Mutter kaufte ihr eine Karte zur Freischaltung und kurz darauf guckte meine Maus mit Kopfhörern englisches Kinderfernsehen. Sie war stolz wie Bolle und trug ihr konzentriertes Gesichtchen kokett zur Schau. Meine Mutter packte die Tasche aus. Knapp sechs Stunden Fahrt lagen vor uns bis zu dem kleinen Ort in Cornwall, aber meine Mutter hatte eingekauft, als wären wir drei Wochen unterwegs. Ein Paradies. Ich verspeiste ein Sandwich mit Bacon & Egg und griff mir anschließend drei dieser winzigen Chipstütchen, Salt and Vinegar, es war mir ein Rätsel, wie die Engländer mit diesen winzigen Tütchen klarkamen: Ein Happs und die Tüte war leer. Ich packte mein Buch aus, knusperte an den Chips, stellte fest, dass ich mich nicht auf das Buch konzentrieren konnte, legte es zur Seite und blickte aus dem Fenster.

England, ich war in England. Kaum Wälder und Bäume, stattdessen grüne Wiesen, weit und saftig. Ein Paradies für Schafe, dachte ich und wünschte mir, selbst eins zu sein. Ab und zu kleine Hecken und alte Mauerreste, aus denen Blumen sprossen. Ich hätte mich nicht gewundert, wenn in dem Moment Adlige mit hohen Zylindern und edlen Rössern anmutig am Zug vorbeigaloppiert wären. Und ich dachte an Colin Firth als Mr. Darcy und dann fiel mir wieder Leander ein.

Leander. Der Vater meines Kindes. Ich verbannte den Gedanken und griff in die Chipstüte. Mir ging es gut. Es gab nicht nur Leander. Ich hatte sogar schon einen anderen Mann geküsst seit der Trennung. Leander wollte mich nicht mehr. Sosehr es auch schmerzte, es half alles nichts. Ich warf einen Blick auf meine liebe Mama und meine süße Tochter und musste lächeln. Es wird schon gehen, dachte ich, presste die Lippen zusammen, aber sie zitterten und die verdammten Tränen kamen mir genau in dem Augenblick hoch, als meine Mutter sich zu mir umdrehte. Sie griff nach meiner Hand und drückte sie. Sie sagte nichts, und ich war froh, dass ich bei ihr war.

53
England

Trotz des Regens war England wunderbar. Jeden Morgen stand ich früh auf, zog mir Laufschuhe an und lief durch den Ort bis zum Nachbarort und wieder zurück. Immer dicht am Meer. Und wenn ich das Meer nicht sah, dann hörte ich es. Sein leises Rauschen, seine Tiefe, ich liebte das Meer, ich liebte es heiß und innig. Leider war es bereits zu kalt zum Baden. Aber ab und zu hielten wir unsere Zehenspitzen in die Wellen und quiekten vor Spaß und Entsetzen. Katie buddelte eingemummelt am Strand, wir bauten gemeinsam große Sandburgen und buken kleine Sandkuchen, sammelten Muscheln, Steine, Krebse, Schnecken.

Desmond, der Mann meiner Mutter, war ein großer, hagerer Engländer, der gut zu ihr passte. Er pflegte eine gewisse Art von Sarkasmus, die mir gefiel, vor allem, weil er dabei nie geschmacklos wurde. Er war ganz anders als mein Vater. Ich vermisste meinen Papa immer noch und ganz besonders, wenn ich bei meiner Mutter war. Er war irgendwann einfach weg. Da war ich dreizehn. Zwei Jahre später war er tot. Und ich ein halbes Waisenkind. Ich gab meiner Mutter insgeheim die Schuld an seinem Tod. Erst als ich selber von zu Hause auszog, erzählte mir meine Mutter, dass er immer andere Frauen gehabt hatte. Und sogar mit einer ein Kind gezeugt.

Ich hatte ein Halbgeschwisterchen irgendwo in dieser Welt, aber ich wusste nicht, wo. Ich hatte mich nie darum gekümmert. Es war eine Tatsache, die in meinem Kopf war und mit der ich lebte, die ich auch durchaus spannend fand, aber für die ich nicht genug Zeit hatte, als dass ich mich darum hätte kümmern können. Wo auch anfangen?

Meine Mutter bekochte mich mit allem, was mein Herz begehrte. Sie briet riesige Kalbsschnitzel mit goldgelber Panade, die in lockeren Falten hochgeworfen war, dazu den klassischen Kartoffel-Vogerl-Salat. Wir aßen Fish'n'Chips, Katies Lieblingsessen, und die kleine Maus tat es Desmond gleich und ruinierte das gute Essen mit Malt Vinegar. Ich begann, auch noch abends zu laufen, um nicht am Ende meines Aufenthalts drei Tonnen zu wiegen.

Nach dem Lauf morgens und der Dusche ging ich meistens mit einem großen Becher Kaffee in das Gästezimmer und arbeitete mehrere Stunden konzentriert an meinen technischen Übersetzungen. Die Arbeit ging mir leicht von der Hand und ich hatte so viel zu tun, dass der Polizist in meinem Kopf nahezu unbeschäftigt war. Katie war unterdessen mit ihrer Omi in dem handtuchgroßen Garten. Sie schnitten, verschönerten und werkelten und Katie hatte rote Bäckchen vor Begeisterung. Meine Mutter fragte mich nichts. Zu Beginn hatte sie gesagt: »Wenn du reden willst, bin ich da«, aber ich hatte keinen Bedarf. Ich war ihr dankbar, dass sie nicht in schmerzlichen Details wühlte.

Abends, wenn Katie im Bett lag und ich vom Laufen heimkam, saßen wir zu dritt auf dem Sofa, Desmond las meist Zeitungen und Zeitschriften und meine Mutter und ich lachten über großartige Serien oder Talkshows, die im Fernsehen liefen. Und anschließend fiel ich müde ins Bett.

Die gute Seeluft, der bezaubernde kleine Ort, meine Familie, die körperliche Erschöpfung vom Laufen, die mich traumlos schlafen ließ, all das war wie ein Heilpflaster, unter dessen Schutz meine Wunde Schorf bilden konnte.

Zwischendurch rief Leander an. Ich ging nie ans Telefon. Meistens war Desmond dran, der den Hörer dann sofort an Katie reichte. Ohne Punkt und Komma redete sie mit ihrem Papa, flocht nach einer Weile sogar englische Redewendungen ein und klang einfach bezaubernd. Meistens verließ ich das Zimmer während dieser Telefonate. Einmal kam sie mir mit dem Hörer hinterher, meine Mutter ging dazwischen, nahm ihr das Telefon ab und wechselte mit Leander ein paar höfliche Worte. Ich ging hinaus in den Garten, um das nicht hören zu müssen, und lief abends einige Kilometer zusätzlich.

Ein anderes Mal reichte mir Katie mit strahlenden Augen den Hörer.

»Papa.«

Ich drückte sofort die rote Taste und meinem Töchterchen zuliebe plauderte ich anschließend mit dem toten Telefon sehr charmant, mit einem Lächeln auf den Lippen, flötete, dass alles bestens wäre und Katie viel Spaß hätte und sie stand vor mir und strahlte mich an und ich hatte ein schlechtes Gewissen und sagte in den schweigenden Hörer: »Ich muss Schluss machen … Ja, bis bald, bye-bye« und drückte noch einmal die rote Taste, die ich doch schon längst gedrückt hatte. Katie erzählte mir, dass Papa gesagt hätte, dass er am liebsten bei uns wäre und dass sie ihm gesagt hätte, komm doch, und vielleicht käme er jetzt einfach, überlegte sie und klatschte in die Hände vor Begeisterung. Ich strich ihr über den Kopf. Biss mir auf die Zunge, um nicht zu sagen, dass ihr feiner Papa lieber mit gepiercten Schlampen im Bett lag und an uns kein wirkliches Interesse mehr hatte. Es war ungerecht, verdammt ungerecht. Er benahm sich wie offene Hose, und ich durfte trotzdem nicht schlecht von ihm reden. Das hielt man doch im Kopf nicht aus.

Ich las heitere Liebesromane auf Englisch. Sie lenkten mich ab. Ich musste nicht viel denken, wurde fortgezogen von den seichten Ideen und süßen Heldinnen. Und immer ein Happy End. Ich lächelte, legte das Buch beiseite und schloss die Augen. In der Wirklichkeit war das Happy End immer am Anfang. Wie ging es danach weiter? Das war doch die spannende Frage.

Meine Mutter brachte mir einen heißen Tee und setzte sich zu mir. Und wir redeten. Das erste Mal über Liebe.

»Was passiert nach dem Happy End?«, fragte ich sie.

»Liebe vergeht«, sagte sie. »Ein normaler und alltäglicher Prozess. Gefühle verändern sich. Das liegt in ihrer Natur. Deshalb sollte man niemals aus Liebe heiraten, sondern nur aus Vernunft.«

»Vernunft?«, fragte ich, wenngleich ich ohnehin der Meinung war, dass Heiraten ins Mittelalter und die bürgerliche Ehe überwunden gehörte.

»Deinen Vater habe ich aus Liebe geheiratet. Hals über Kopf. Wir waren so verliebt.« Sie lächelte. Ich auch. Mein Papa. Meine Mama. »Wir hätten nie heiraten dürfen, wir passten überhaupt nicht zusammen. Wir waren verliebt und hätten eine Zeit lang zusammen unseren Spaß haben können. Aber wir heirateten, und das war der Anfang vom Ende.«

»Warum?«

»Weil wir glaubten, wir müssten jetzt um jeden Preis zusammenbleiben. Du kamst dann und das machte die Sache auch nicht leichter.«

»Entschuldigung.«

»Alia. Du bist das Beste, was ich in meinem Leben zustande gebracht habe. Und du warst Papa und mein großes Glück, unser kleiner Sonnenschein. Du bist das Produkt einer großen Liebe, einer großen Leidenschaft.«

So genau wollte ich es gar nicht wissen. Ich schüttelte mich etwas.

»Aber wenn die Liebe so groß war, wie konnte sie vergehen? Gefühle können doch nicht einfach aufhören.«

»Oh doch. Das können sie.« Meine Mutter lächelte. »Der Alltag ist eine Schleifmaschine. Aber selbst, wenn man diese Schleifmaschine meisterhaft zu führen versteht, gibt es noch tausend andere Gründe, warum Gefühle sich verändern können.«

»Zum Beispiel?«

»Vielleicht hat Leander etwas vermisst.«

Ja, Sex, dachte ich, aber das wollte ich meiner Mutter nicht sagen. Ich hatte ihn zu oft zurückgewiesen in letzter Zeit. Aber uns verband doch mehr als Sex. Uns verbanden zehn Jahre, ein ganzes Leben. Wir gehörten doch zusammen, Alia und Leander, Leander und Alia, wir verstanden uns doch, liebten uns; ich drehte mich im Kreis, ein Strudel, wurde eingesogen, der Psychologe hatte recht, ich musste eine Therapie machen.

»Und warum hast du doch wieder geheiratet?«

»Aus finanziellen Gründen.«

»Mama!«

»Die meisten heiraten aus finanziellen Gründen und das ist nicht die schlechteste Entscheidung. Zumindest ist es besser, als aus Liebe zu heiraten. Liebe vergeht.«

»Warum sagst du das immer wieder? Liebst du Desmond denn gar nicht?« Ich war empört.

»Natürlich liebe ich ihn, Alia. Aber wir bemühen uns auch sehr umeinander. Wir gehen auf die Siebzig zu, wir haben viel gelernt in unseren Leben. Ich weiß, dass gemeinsame Aktivitäten helfen, eine Beziehung zu führen, dass ein respektvoller Umgang miteinander wichtig ist, dass man sich Mühe geben muss. Und Desmond weiß das auch. Ob man es Liebe nennen kann, herrje, wir mögen uns, und er ist mein allerbester Freund, und wir haben Freude am Beisammensein. Wenn du es Liebe nennen möchtest, nenn es Liebe. Ich nenne es Glück. Das Glück, dass ich ihm begegnet bin.«

»Und wenn er morgen jemand anderem begegnet, ist es dann Pech?«

Sie lächelte. »Ja. Dann ist es Pech«, wiederholte sie. »Davor sind wir nie geschützt. Ich würde es jedoch lieber Schicksal nennen.«

»Ist Schicksal immer grausam?«

»Schicksal ist auch Glück. Aber zum Glück gehört eben das Pech. So wie zum Leben der Tod gehört. Eins geht nicht ohne das andere.«

Ich legte den Kopf in den Nacken. »Ich will das alles nicht.«

»Ach, mein Kind. Es hat alles seine Richtigkeit, auch wenn man es nicht versteht, davon bin ich überzeugt.« Sie lächelte.

»Wenn Desmond morgen seine Koffer packt, würdest du sagen, hach, ist halt Schicksal?«

»Was bliebe mir anderes übrig?«

Dazu fiel mir viel ein. Als Erstes Schlammcatchen.

»Ich glaube nicht an die ewige Liebe. Ich glaube daran, dass man eine gewisse Zeit gut miteinander klarkommt und wenn es nicht mehr klappt, hat man zumindest ein paar gute Jahre gehabt. Und dann kommt der Nächste. Oder man ist mit sich selbst zufrieden. Das ist sowieso das Beste.«

Wo sie recht hatte, hatte sie recht. Jetzt müsste ich nur noch lernen, mir selbst genug zu sein.

England tat mir gut. Weihnachten verbrachten wir gemeinsam vor dem Kamin. Katie bekam unglaublich viele Geschenke. Leander hatte ein riesiges Paket aus Deutschland geschickt. Mama hatte einen Truthahn gemacht und Desmond die Beilagen, Ofenkartoffeln, Yorkshire-Pudding, verschiedene Gemüsesorten, es war ein großes Fest. Der Übergang ins neue Jahr war ruhig. Kein Feuerwerk, was mir behagte. Um Mitternacht stießen wir mit den Nachbarn und dem ganzen Dorf an. Die Stimmung war ausgelassen, und ich lachte viel. Ich sah die Sterne am Himmel blinken und hatte plötzlich das Gefühl, dass ich es schaffen könnte. Dass ein Leben ohne Leander möglich war. Meine Wunde war noch da, aber sie war dabei zu vernarben. Danke, England.

Eine Woche später flogen Katie und ich zurück nach Deutschland.

54
Neuigkeiten

Majken stand hinter dem Absperrgitter. Sie hüpfte auf und ab, als sie uns sah, genau wie Katie. Wir fielen uns in die Arme. Die Wiedersehensfreude war, da es mit ihrem Besuch in England nicht geklappt hatte, umso größer. Dann brachte Majken uns nach Hause. Im Treppenflur begegneten wir zufällig Kim. Sie quiekte begeistert auf, als sie uns sah, und beugte sich hinunter zu Katie, die ihr gleich in die ausgebreiteten Arme rannte, als wären sie beste Freundinnen.

»Hi«, strahlte Kim mich an und gab mir einen Kuss auf die Wange. »So gut, dass ihr wieder da seid. Wie war es? Du musst unbedingt erzählen, maybe we can have dinner together.«

»Ja, gern, irgendwann«, sagte ich vage und lächelte sie an. Sie sah wie immer ganz phantastisch aus.

»Du musst sein sehr müde von Flug. Hello.«

Sie strahlte und reichte Majken ihre Hand. Majkens Mund stand offen.

»Majken, das ist meine Nachbarin Kim. Die Freundin von Kolja.«

»Verlobte!« Stolz hielt Kim ihre Hand hoch und wir sahen einen silbernen Ring funkeln. Das Funkeln stach mir direkt durch die Augen und weiter runter ins Herz.

»Herzlichen Glückwunsch«, sagte ich und aus irgendeinem Grund klang es freudlos. Ich riss mich zusammen. »Das freut mich aber für dich. Wann ist das denn passiert?«

Kim strahlte. »Das ist eines langes Geschichte. Ich erzähle dir später.«

»Okay. Und das ist meine liebe Freundin Majken. Wir kennen uns schon seit Ewigkeiten«, beendete ich meine Vorstellungsrunde. Ich wollte jetzt in meine Wohnung. Die beiden großen blonden Frauen nickten einander zu. Kim strahlte, Majken lächelte verhalten.

»Was war das denn?«, fragte Majken, als wir in der Wohnung waren. Katie stürmte sofort in ihr Zimmer.

»Katie, erst Schuhe ausziehen«, brüllte ich hinter ihr her. »Das war Kim. Hab ich dir noch gar nicht von ihr erzählt?«

»Ist die ein Model oder was?«

Ich kicherte. »Sie sieht unglaublich gut aus, oder?«

»Die sieht aus wie eine Barbiepuppe.«

»Sie ist Stewardess.«

»Was will sie von Kolja?«

Ich war dabei, meinen Koffer in mein Zimmer zu ziehen, und hielt inne.

»Wieso?«

»Na ja, Kolja ist nicht gerade ein Ausbund an Attraktivität.«

Ich war ehrlich überrascht. War er nicht? Gut, er war etwas schief und kantig und dann dieser Vollbart, aber er sah doch nicht schlecht aus.

»Findest du?«

»Bei aller Liebe …!« Majken schüttelte sich.

Ich dachte an den Kuss, ich hatte ihn fast vergessen. Aber auch nur fast. Eine kleine Flamme entzündete sich in meinem

Bauch. Ich presste die Lippen zusammen. Majken musterte mich.

»Alia? Findest du ihn etwa attraktiv? Diesen Zwerg?«

»Mmmhhmm-mh.« Mit zusammengepressten Lippen ließ sich schlecht reden.

»Was?«

»Er kann wahnsinnig gut küssen.« Jetzt war es raus. Mist. Ich hielt mir die Hand vor den Mund.

»WAS?«

Majken warf den Kopf zurück und lachte. »Ich fass es nicht. Alia – du – hast – Kolja – geküsst?«

»Nein, er mich!«

»Er hat dieses Topmodel und küsst dich.«

»Danke schön. Blöde Kuh.«

Sie lachte. Aber ich war ehrlich verletzt. »Alia, du dummes Huhn. Du bist natürlich viel schöner als diese Barbie, aber das ist schon ein Unterschied wie Tag und Nacht.«

»Und ich bin die Nacht.«

»Hör auf mit deinem Selbstmitleid. Erzähl lieber, wie es war.«

»Was? England?«

»Der Kuss!«

»Er hat Yaya von Platz 1 geschubst.«

»Wow!« Sie staunte. »Wann war das? Warum hast du mir nichts erzählt? War er in England?«

»Nein, Blödsinn!« Schon die Vorstellung entrüstete mich.

»Aber warum hast du mir nichts erzählt? Wir haben doch ständig gemailt. Du hättest es wenigstens erwähnen können.«

Ich zuckte die Achseln. »Nureinkuss. Belanglos. Egal.«

»Willst du ihn wieder küssen?«

»Er hat eine Freundin. Verlobte sogar.«

»Alia wieder, die alte Moralapostelin.« Majken verdrehte

die Augen. »Habt ihr euch eigentlich nur geküsst oder ging es noch weiter?«

»Jetzt geh mir nicht auf die Nerven. Es war nur ein klitzekleiner winziger Kuss«, log ich. »Ich hatte den auch total vergessen.«

»Weißt du was? Du solltest dir einen neuen Flirt suchen. Das tut dir gut. Wollen wir mal eine Kontaktanzeige aufgeben?«

»Majken, ich brauch keine Kontaktanzeige. Ich muss mich jetzt so schnell und konzentriert wie möglich auf meine Scheißprüfungen vorbereiten.«

Katie kam aus ihrem Zimmer gerannt. Sie hatte Hunger, wie immer. Wir kochten zu dritt, aßen, Katie erzählte von England, ging wieder spielen, wir blieben sitzen und Majken behauptete, dass zu Hause nichts Neues passiert war. Gar nichts Neues.

»Höchstens, dass die Schlampe mit ihrem ganzen Einrichtungskram wieder beim Fußpilz ausgezogen ist.«

55
La Ola

Es war, als würde im entscheidenden Endspiel um die Meisterschaft das lang ersehnte Tor für die Heimmannschaft fallen. Und meine Organe waren das Publikum. Ich bemühte mich, meine Gesichtszüge nicht entgleisen zu lassen und möglichst unbeeindruckt zu bemerken: »Ging ja schnell.«

Majken musterte mich argwöhnisch.

»Du kommst jetzt aber nicht auf die Idee, ihn wiederhaben zu wollen?«

Ich schüttelte den Kopf. Die La-Ola-Welle ging immer noch reihum durch meine Innereien.

»Alia. Er hat dich so verletzt.«

»Ja.« Jetzt lächelte ich wie ein Honigkuchenpferd.

»Ich wollte es dir überhaupt nicht erzählen. Aber du hättest es eh erfahren. So eine Scheiße.«

Ich nickte glücklich. Mein innerer Stadionsprecher legte *We are the champions* auf. Die Zuschauer grölten mit. Magen umarmte Milz.

»Alia, im Ernst. Das bedeutet nichts. Sie sind immer noch zusammen.«

Die Musik brach jäh ab.

Ich seufzte. »Hast du sie kennengelernt?«

»Es ließ sich nicht vermeiden.«

Es tat weh. Meine Freundin Majken. Nur weil ihr blöder Tom mit Leander befreundet war. Und der die Schlampe überall mit hinschleppte.

»Habt ihr einen netten Ausflug zu viert unternommen? Eine Landpartie ins Grüne mit Picknickkorb und Schampus?«

»Alia, bitte.«

Sie war mit Tom im Punto, erzählte Majken. Leander hatte gearbeitet. Die Schlampe hatte an der Theke gesessen und ihn angehimmelt.

»Hast du ihr Mösenpiercing gesehen?«

»Nein, sie war angezogen.«

»Ach so.«

Majken schwieg. Ich verdrehte die Augen.

»Ja und? Habt ihr geredet? Und wenn ja, was?«

»Wir haben ›Hallo‹ gesagt.«

»Mehr nicht?«

»Mehr nicht.«

»Besonders redselig bist du nicht gerade.«

»Mann, ich war total solidarisch mit dir. Tom übrigens auch. Wir haben überlegt, ob wir sie vom Barhocker schubsen.«

Ich lächelte. »Danke.« Meine Freunde. Gold wert.

»Die hat echt einen an der Waffel. Sie hat deinen Exvollhirni nur angestrahlt. Mit uns hat sie gar nicht geredet.«

»Warum ist sie ausgezogen bei ihm?«

»Sie hat zwei Kinder.«

»Wie bitte?«

Majken nickte.

»Die Frau ist völlig gaga. Sie hat ihre beiden Kinder verlassen und ist zu Leander gezogen. Das muss man sich mal vorstellen!«

»Und auf die beiden Kinder hat der Gatte aufgepasst, der natürlich nichts dagegen hatte, dass sie zu Leander zieht?«

Majken schüttelte den Kopf. Ganz so war es nicht gewesen. Schlampe hatte gemeint, sie hätte sich lange genug gekümmert, jetzt wäre der Erzeuger an der Reihe.

»Wie alt sind die Kinder?«

»Vierzehn und dreizehn. Mädchen und Junge.«

Ich rechnete nach. Neunundzwanzig minus vierzehn.

»Sie hat früh angefangen«, resümierte ich.

Majken erzählte, dass der Kindsvater wohl nicht sehr begeistert gewesen wäre, plötzlich zwei Teenies an der Backe zu haben.

»Das muss man sich mal vorstellen«, schnaubte Majken. »Die Mutter haut ab, zu einem Neuen, und der Vater hat auch keinen Bock.«

Mir schwoll das Herz an vor Mitleid. »Die armen Kleinen.«

»Die armen Kleinen standen dann bei Leander vor der Tür. Und er hat dafür gesorgt, dass Schlampe zurückgeht zu ihren Kindern.«

»Ach Leander, der Gute«, sagte ich verträumt.

»Am Arsch, der Gute! Alia, guck nicht wie ein liebeskrankes Schaf. Die beiden sind immer noch ein Paar.«

Majken hatte recht. Ich musste aufpassen, dass ich nicht an meiner Narbe kratzte.

56
Katie

Aber Katie musste nach der langen Zeit ihren Vater sehen. Das war klar. Und doch zögerte ich, als das Telefon klingelte und ich Leanders Nummer auf dem Display erkannte. Als ich gerade zum Hörer greifen wollte, kam mir mein Anrufbeantworter zuvor.

»Hallo Alia« – seine Stimme zu hören versetzte mir immer noch einen Stich. »Bist du da?«

War er blöd? »Wenn ich da wäre, würde ich drangehen, du Spatzenhirn«, flüsterte ich. Schweigen.

»Schade. Ruf mich doch bitte an, wenn du wieder da bist.«

So ein Mist. Wär ich doch bloß drangegangen. Jetzt musste ich ihn zurückrufen, darauf hatte ich überhaupt gar keine Lust. Reiß dich zusammen, es geht um Katie, sagte ich mir. Da klingelte das Telefon wieder. Ich nahm sofort ab.

»Ich hätte mich schon noch gemeldet«, schnauzte ich unfreundlich in den Hörer.

»Das konnte ich doch nicht wissen!«, entgegnete eine Frauenstimme empört.

Ich versank im Boden. »Nina?«

»Wir können wann anders telefonieren, wenn es gerade nicht passt.«

»Nein, nein, tut mir leid«, entschuldigte ich mich peinlich berührt.

»Schon gut. Du bist also wieder da?«

Wir lachten beide.

»Gut, wir gehen nämlich morgen auf eine Party.«

»Eine Party?«

»Eine Party ist etwas, wo man trinkt und tanzt und wo laute Musik läuft und wo man Spaß hat.«

»Aha.«

»Wie lange ist es bei dir her?«

Ich überlegte. Aber es fiel mir beim besten Willen nicht ein.

»Furchtbar, das muss ein Ende haben. Morgen um zwanzig Uhr. Wir treffen uns in der kleinen Tapasbar, nehmen einen Drink, dann gehen wir zu Jordi, der wohnt da gleich um die Ecke.«

»Jordi?«

Irgendwie waren das zu viele Informationen in zu kurzer Zeit. Jordi, Party, Drink, um die Ecke. Ich kam nicht mit.

»Ein neuer Kollege bei uns im Büro. Spanier. Erste Sahne. Aber leider vergeben. Aber vielleicht hat er spanische Freunde. Wir gucken uns das morgen mal an. Er feiert Geburtstag.«

»Äh.«

»Katie kann doch bei Dingens sein.«

»Äh.«

»Super. Also dann. Zwanzig Uhr, Tapasbar.«

»Äh.«

»Ach stimmt, gut, dass du fragst. Es ist übrigens eine Motto-Party. Siebzigerjahre. Da findest du doch was, oder?«

»Äh.«

»Ein kurzes Kleid und hohe Stiefel wirst du doch haben. Oder ein Stirnband. Sonst bring ich dir eins mit. Ich hab noch ein ganz tolles von früher mit Glitzer.«

Eine Siebzigerjahre-Glitzer-Motto-Spanier-Party mit Stirnband. Ich war mir nicht sicher, ob ich mich freuen sollte, aber Nina hatte bereits aufgelegt.

Und Leander musste ich jetzt erst recht anrufen. Ich nutzte den kurzen Moment der Euphorie. Todesmutig wählte ich seine Nummer.

»Hallo?«

Ich atmete tief ein, und dann redete ich, als gälte es, einen Hundertmetersprint zu gewinnen.

»Alia hier, ich bring dir Katie morgen Abend um kurz vor acht vorbei, wenn es recht ist, komm dann bitte sofort runter, wenn ich klingele, oder sei schon gleich auf der Straße, ich hab keine Lust, stundenlang zu warten, wie lange soll sie bei dir sein?«

Schweigen. Hatte er mich nicht verstanden? War das Telefon tot? Ich warf einen Blick auf das Display. Alles bestens.

»Wie geht es dir?« Seine tiefe Stimme. Ich schluckte. Ich hatte gewusst, dass ein Telefonat tödliche Gefahren barg.

»Super, wann bringst du mir Katie wieder zurück, ich wär dir sehr verbunden, wenn du dich in deinen Sätzen auf das Notwendige beschränkst, danke im Voraus.«

Er schwieg wieder. Dann sagte er zögernd: »Ich weiß nicht. Was meinst du?«

»Was willst du?«

»Ich habe Katie so lange nicht gesehen. Kann ich sie bis Montag haben? Ich bringe sie dann direkt in den Kindergarten.«

Morgen war Samstag, das wären zwei Nächte. War mir recht.

»Oder bis Dienstag?«

Auch okay. Kindergarten war gut, dann musste ich ihn nicht sehen.

»Okay, morgen um kurz vor acht bis Dienstag früh. Tschüss.«

Ich hatte es geschafft. Und ich lebte noch. Begeistert schnappte ich mir Katie und teilte ihr mit, dass sie morgen zu Papa ginge, für drei Tage. Sie freute sich und ich wirbelte sie umher und als ich sie wieder auf den Boden stellte, sagte sie:

»Ich geh aber nur zu Papa, wenn du mitkommst.«

Kinder. Zwergenhafte Wesen mit merkwürdigen Gedanken. Katie behauptete, sie würde gar nicht mehr wissen, wie ihr Papa eigentlich aussieht. Ich wusste nicht, was in ihrem kleinen Kopf vor sich ging, aber wir setzten uns mit dem Laptop auf das Sofa und schauten Bilder. Katie als Baby. Katie auf Leanders nackter Brust, sein Blick voller Liebe, seine Hand schützend über dem winzigen Häuflein Mensch. Katie bei Leander auf dem Unterarm, Fliegergriff, sie zahnlos strahlend, er platzend vor Stolz. Katie auf Leanders Schultern, Katie und Leander auf dem Spielplatz, Katie und Leander beim Eltern-Kind-Turnen. Man konnte meinen, das Kind hatte keine Mutter.

Ich erklärte ihr nicht, dass Papa und Mama sich nicht mehr lieb hatten, dass es aber nichts mit ihr zu tun hatte. Ich brachte es nicht über die Lippen. Es wäre ohnehin eine Lüge gewesen. Die Wahrheit konnte ich ihr aber auch nicht sagen. Also sagte ich gar nichts. Sagte, dass ich verabredet wäre zum Tanzen. Und sie deshalb allein zum Papa müsste. Sie sagte, sie wollte mitkommen mit mir zum Tanzen. Das wäre nur für Erwachsene, sagte ich. Wir legten Musik auf, Aretha Franklin, Think, und tanzten wild und ausgelassen, meine Katie und ich. Als ich sie abends drückte und küsste und prüfte, ob sie gut zugedeckt war, schlang sie ihre kleinen Ärmchen um meinen Hals und sagte, ihre Wange eng an meine gedrückt, sie würde sich auf ihren Papa freuen. Sie wüsste jetzt auch wieder, wie er aussähe. Ich drückte meinen Schatz zurück und sagte ihr, dass es ganz toll werden würde beim Papa und dass er sich schon ganz dolle freuen würde und sie sehrsehrsehrsehr lieb hätte.

Und als sie schon schlief, streichelte ich immer noch ihr klitzekleines Köpfchen. Die Tränen, die ich schon für immer versiegt geglaubt hatte, liefen mir wieder über die Wange. Es war einfach nicht einfach.

57
Umeinhaarsex

Am Nachmittag begann ich mit dem Styling für die Party. Katie und ich feilten Nägel, ich lackierte meine und Katie bekam jeweils einen Tupfer Nagellack auf die kleinsten Finger- und Zehennägel. Ich wickelte meine Haare auf dicke Heißwickler. Katie bekam auch einen. Ich wollte eine Siebzigerjahre-Löwenmähne und schickte ein Stoßgebet zum Himmel, dass jetzt kein Besuch vorbeikäme, denn mit Lockenwicklern auf dem Kopf müsste ich mich tot stellen. Natürlich klingelte es in dem Moment, in dem ich gerade den letzten Wickler mühevoll befestigt hatte. Katie rannte zur Tür, bevor ich mich tot stellen konnte. Sie zog Kolja in die Wohnung und mir blieb nichts anderes übrig, als mich mit einem Hechtsprung ins Badezimmer zu retten und die Tür zu verriegeln.

»Stör ich?«, rief Kolja.

Was sollte ich sagen? Dass ich Lockenwickler auf dem Kopf hatte oder dass ich auf dem Klo saß? Eins war schlimmer als das andere.

»Kolja, wenn du Eier willst, nimm dir einfach welche aus dem Kühlschrank.« Ich hörte ihn lachen.

»Was macht denn deine Mutter da?«, fragte er Katie laut.

»Vielleicht kackern«, hörte ich Katie genauso laut antworten.

Sofort riss ich die Tür auf, um nicht diesen grauenvollen Verdacht auf mir lasten zu lassen.

Kolja hatte sich während meines Englandaufenthaltes kein bisschen verändert. Mit seinem spöttischen Gesicht stand er da und betrachtete amüsiert meinen Kopf.

»Trägt man das in England so?«

»England ist ein Vorreiter in Sachen Mode. Tee?«

Katie fragte, ob Kim drüben wäre, und als Kolja nickte, fragte sie, ob sie zu ihr rübergehen dürfte. Kolja brachte sie und kam allein zurück in meine Küche.

»Kim sagte, ihr seid wieder da.«

Ich nickte und füllte Wasser in den Wasserkocher.

»Ich brauche deinen Rat.«

Ich drehte mich erstaunt zu ihm um. »Meinen Rat?«

Er sah mir nicht in die Augen. Sondern auf irgendetwas unterhalb meines Kopfes. Ich folgte seinem Blick und sah, dass mein Bademantel sich geöffnet hatte. Rasch schlang ich ihn fester um mich. Als unsere Blicke sich erneut trafen, hatte Kolja sich verändert. Er hatte diesen animalischen Blick, an den ich mich erinnerte, das Kinn vorgeschoben, lauernd, die Augenbrauen zusammengezogen. In mir regte sich etwas. Das durfte doch nicht wahr sein. Was war das denn? Monatelang hatte ich nicht ein einziges Mal an ihn gedacht und bei der erstbesten Begegnung kribbelte alles.

Ich zog den Bademantel noch enger um mich. Zum Schutz verschränkte ich zusätzlich die Arme vor der Brust.

»So«, sagte ich, um die Situation aufzulockern. »Meinen Rat in Sachen Hochzeitsfeier?«

Er antwortete mir nicht. Stattdessen sah er mich an. Und ich ihn. Seine halb geschlossenen Lider. Der dunkle Bart. Es wäre ein leichtes Spiel, dachte ich, ich würde nur ein bisschen meine Lippen öffnen. Und als ich noch dabei war, es zu denken, öffneten sich wie von Zauberhand nur ein bisschen meine Lippen und ich wandte den Blick von seinen grünen Augen ab, hin zu seinen schmalen Lippen, betrachtete seine Lippen, von denen ich wusste, wie gut er damit umgehen konnte. Ich ließ den Blick schweifen zwischen seinen Augen und ebendiesen Lippen und dann sanken meine Arme hinunter, hingen rechts und links neben meinem Körper. Meine Lippen und mein Bademantel waren jetzt geöffnet und mit zwei Schritten war Kolja bei mir, war hinter mir, presste seine Lippen an meinen Hals, die Lockenwickler drückten, seine Hände griffen meine Brüste, und ich wollte es nicht, ich wollte nur prüfen, ob er erregt war, deshalb drückte ich mein Becken raus, und ich lächelte, denn Kolja war erregt, und wie, und er ließ es mich spüren. Ich streckte mich, der Bademantel fiel zu Boden, ich war splitterfasernackt und Kolja stöhnte, er stöhnte so laut, dass mir fast schwindlig wurde, und seine Finger waren an mir, überall, und ich merkte, wie er seine Hose öffnete und mir dabei Worte ins Ohr flüsterte, die diese Küche noch nie gehört hatte, und da stieg ich mit ein in das Spiel und dann klingelte es an der Tür, schon wieder, was war bloß heute los, das war ja nicht zum Aushalten, und Kolja machte einen Satz zurück, schloss die Hose, ich bückte mich nach dem Bademantel, war hochrot, zog ihn an, Kolja warf mir einen Blick zu, einen unendlich gequälten Blick, er ging zur Tür und ich hörte, wie Kim und Katie hereinstürzten, und sah zu, dass ich den Tee endlich fertig bekam.

Das war kein Nureinkuss gewesen. Das war überhaupt kein Kuss gewesen. Das war Umeinhaarsex. Definitiv.

Es schien, als wollten Kim und Kolja nie wieder gehen. Sie saßen im Kinderzimmer und spielten mit Katie. Irgendwann ging ich ins Schlafzimmer, ich musste mich fertig machen, musste Katies Sachen packen. Ich zog den kürzesten Minirock an, den ich hatte. Ich entschuldigte mich bei den beiden, sagte, ich wäre auf eine Siebzigerjahre-Party eingeladen, so liefe ich normalerweise nicht rum, und jetzt müsse ich ins Bad, sie sollten sich nicht stören lassen und wenn Katie nervig wurde, sollten sie einfach gehen.

»Wer passt auf Katie auf, wenn du bist bei Party?«, fragte Kim.

»Ich bring sie zu ihrem Vater.«

»Oh«, sagte Kim bedauernd.

»Oh«, sagte Kolja nervös.

Im Bad löste ich die Wickler. In dicken Locken fiel mir das Haar über den Rücken. Vermutlich würde es nur zwei Stunden halten. Ich steckte es vorsichtshalber hoch. Als ich mich anschließend mit dem Lidstrich abmühte, stand Kolja plötzlich neben mir. Eine Weile sah er mir zu. Er sah düster und unfreundlich aus.

»Da ist etwas, oder?«

»Wo?«, fragte ich und prüfte im Spiegel, ob ich irgendwo einen Eyelinerfleck im Gesicht hatte.

Sein Mundwinkel zuckte. Nur leicht.

»Zwischen uns.«

Ich warf ihm im Spiegel einen Blick zu. Als ich nur daran dachte, was mit diesem vollbärtigen Mann eben in der Küche passiert war, wallte schon wieder Hitze in mir auf.

»Ja«, sagte ich. Mehr nicht.

Er betrachtete mich unverwandt im Spiegel.

»Meinst du, da könnte vielleicht mehr draus werden? Eines Tages?«

Ich schluckte. Was meinte er? Sicher nicht, dass er die tolle Kim, mit der er sich gerade frisch verlobt hatte, verlassen und mit mir, einer verbitterten Heulsuse, bis ans Ende unserer Tage leben würde. Er meinte Sex. Wie wohl der Sex mit ihm wäre? Falsche Gedanken. Ich strich sie. Wo war überhaupt mein Polizist? Typisch, kaum brauchte man ihn wirklich, war er nirgendwo zu sehen. Ich wurde hektisch, blickte umher. Kolja legte mir die Hand auf die Schulter. Elektrischer Schlag. Ich schüttelte ihn nervös ab. Was bildeten sich diese Scheißkerle ein? Hatten wundervolle Frauen und gingen hin, um die nächstbeste Nachbarin zu ficken. Ich zog die Brauen zusammen. Ich war wütend. Sehr wütend.

»Du spinnst«, zischte ich ihn an. »Verpiss dich!«

Verwirrung stand in seinem Gesicht geschrieben. Er zog sich zurück. Ging zur Tür. »Entschuldige«, flüsterte er noch.

Kurz darauf gingen sie endlich in ihre Wohnung. Kim wünschte mir viel Spaß auf der »großes siebzigjähriges Party« und Kolja sagte gar nichts. Er guckte nur düster.

Jetzt musste ich mich beeilen. Ich packte die Sachen für Katie zusammen, und sie half mir dabei, sodass es noch viel länger dauerte. Katie würde bei Leander essen müssen, auch wenn es schon spät war, und ich brauchte nichts. Ich puderte zum hundertsten Mal meine Wangen und tuschte zum fünften Mal meine Wimpern. Fliegenbeine entstanden, wie bei Hildegard Knef, sehr schön. Ich zog meine langen Stiefel an, die mit den hohen Absätzen, die ich so gut wie nie trug. Ich betrachtete mich im Spiegel. Das Haar war noch hochgesteckt, zum Tanzen würde ich es öffnen. Katie stand neben mir und wir fanden uns beide extrem schick. Ich stopfte sie in ihren dicken Schneeanzug und zog meine warme Jacke an. Wir gingen zu Fuß, es war nicht weit. Draußen begegneten wir Kolja. Katie tanzte um ihn herum, während er mich anstarrte.

»Was machst du hier?«, fragte ich den treulosen Wüstling mit dem Küchenfetisch.

»Ich geh um den Block. Nachdenken.«

»Sehr gut. Viel Erfolg«, wünschte ich und ging mit Katie weiter.

»Alia?« Ich drehte mich um.

»Ja?«

»Du bist die schönste Frau der Welt.«

Ich musste lächeln. Über seine süße Lüge. Ich war empfänglich für das Kompliment, mein verletztes Seelchen rieb sich damit ein, suhlte sich darin, aber Kolja sollte das nicht sehen, ich wandte mich rasch ab, nahm mein Kind und stiefelte auf hohen Absätzen wortlos weiter. Das Lächeln wich aber nicht aus meinem Gesicht.

58
Party

Ich sah Leander schon von Weitem. Ich fühlte mich gut, stark, selbstbewusst und nicht zuletzt dank Kolja umwerfend schön. Ich dachte an die Warnungen des Psychologen aus dem Krankenhaus. Er hatte gesagt, ich dürfte Leander nicht sehen. Liebeskummer wäre vergleichbar mit Entzugserscheinungen bei einem Drogensüchtigen. Ein Entzug kann nur dann gelingen, wenn der Süchtige nicht immer wieder der Droge begegnete. Deshalb sollte ich Abstand halten. Ich beugte mich zu Katie hinunter. Sie duftete wie ein Vanillekipferl. Ich mochte sie gar nicht loslassen. Sie ermahnte mich mit quiekender Stimme, ich käme zu spät zum Tanzen.

»Tanzen?«, fragte Leander.

Katie nickte strahlend.

»Mit wem?«, fragte Leander.

Ich strafte ihn mit einem kühlen Blick aus meinen schwarz geschminkten Augen und sagte nichts.

Wie er mich ansah. Ich sah in seine so vertrauten braunen Augen. Mein Herz schrie: Fall ihm in die Arme. Mein Verstand brüllte: Hau ab! Halte Abstand! In Leanders Augen sah ich, dass ich ihm gefiel. Ich kannte ihn, nur allzu gut kannte ich ihn. Ich drückte Katie ein letztes Mal ganz fest und ging. An der Ampel warf ich einen Blick zurück. Leander schaute mir immer noch hinterher.

Nina saß bereits an der Theke und sah umwerfend aus. Ein kurzes sonnengelbes Kleidchen und Stiefel bis übers Knie mit Keilabsatz. Dazu einen fransigen Schal, der bis zu den Füßen ging, und, tatsächlich, ein Stirnband, aus Leder.

»Toll«, sagte ich, als ich sie umarmte. »Woher hast du das Outfit?«

»Von einem Kostümverleih«, gab sie zu. »Du siehst aber auch klasse aus. Da fehlt allerdings noch eine Kleinigkeit.«

Sie wühlte in ihrer Tasche und förderte etwas zutage. Ich sah Leder und Federn und Amulette.

»Was ist das?«

»Eine Kette.«

Ich lachte, vor allem aus Erleichterung, einem Stirnband entronnen zu sein. Ich hängte mir die Kette um und alles war voller Federn, und ich fühlte mich wie eine Ente.

»Quak, quak«, quakte ich und schlug mit den Armen, als wären es Flügel. Ein Kellner lachte und zwinkerte mir zu. Ich errötete.

Zum Glück hatte Nina zwei Flaschen Prosecco dabei. Ich hatte völlig vergessen, ein Gastgeschenk für das mir unbekannte Geburtstagskind mitzubringen. Der Prosecco wurde uns gleich aus der Hand gerissen und Nina stürmisch umarmt. Ich sah nur schwarze Locken. Nina stellte uns einander vor. Jordi sah entzückend aus, allerdings so jung, dass er mein Sohn hätte sein können.

»Wie alt wirst du denn?«, fragte ich freundlich.

»25!«, strahlte er.

Ich warf Nina einen vielsagenden Blick zu. Wo hatte sie mich hingeschleppt? Jordis Freundin sah aus wie Penelope

Cruz. Wie eine fünfzehnjährige Penélope Cruz. Nach einer Weile entdeckte ich Sean, den Projekt-Koordinator aus dem Übersetzungsbüro, ein Ire, der schon lange in Deutschland lebte. Erleichtert setzte ich mich zu ihm auf die Fensterbank, er war der Einzige im Raum, der älter war als ich. Er hatte sogar graue Haare, wie wunderbar. Wir plauderten über die Arbeit und über Fußball und über die Siebziger. Die Musik war lustig und irgendwann hielt es mich nicht mehr auf der Fensterbank. Jordi und Penélope tanzten, und ich tanzte auch. Mitten im Wohnzimmer, ein Haufen gut aussehender junger Spanier um mich herum. Immer mehr Leute tanzten, mir war warm, mein hochgestecktes Haar löste sich, ein gut aussehender dunkelhaariger Junge tanzte um mich herum, ich spielte mit ihm, gucken, weggucken, Blick senken, Blick heben, es war die reine Freude. Er fragte mich etwas. Die Musik war zu laut, ich verstand ihn kaum. Nina stellte mir Fernando vor, er hatte bereits den Arm um sie gelegt. Später sah ich, wie die beiden sich küssten, und noch ein wenig später verabschiedeten sie sich.

Ich tanzte weiter, mittlerweile machte ich keine Pause mehr zwischen den Stücken, ich tanzte, tanzte, tanzte, bis es draußen hell wurde und die Wohnung sich leerte und es wohl auch für mich an der Zeit war zu gehen. Mein junger Freund tauchte an der Tür auf und bot mir sein Geleit an. Ich lachte. Aber er ließ sich nicht abwimmeln und auf dem Weg nahm er meine Hand. Ich fühlte mich alt, weil er so jung war, und ich fühlte mich jung, weil er jung war. Sein Deutsch war so schlecht wie mein Spanisch und darum schwiegen wir. Vor meiner Haustür bedankte ich mich. Mucho gracias. Er versuchte, mich zu küssen. Ich wollte ihn keineswegs küssen, es war hell, taghell, mein Make-up musste sich aufgelöst haben und ich gehörte ins Bett. Aber sein Spanisch, das ich nicht verstand, klang so feurig und sein Atem war heiß an meiner Wange, sein Körper kräftig, und ich erlaubte ihm einen Kuss. Wow, seit der Trennung schon der zweite Mann, den ich küsste. So viel hatte es in zehn Jahren nicht gegeben. Er war sehr süß, aber ich war sehr vernünftig. Ich wollte ins Bett. Allein.

Zu Hause hörte ich meine Mailbox ab. Zwei Nachrichten.

»Hallo Alia, ich bin es, Leander. Ruf mich doch bitte an, wenn du nach Hause kommst, egal, wie spät es ist.«

Dann die zweite, wieder Leander: »Entschuldige, ich habe mich eben versprochen. Ich meinte nicht ›Hallo Alia‹, ich meinte: ›Hallo Ali‹.«

59
Reden

Mein Wecker zeigte vierzehn Uhr an.

Ich stand auf und hörte mir die neuen Nachrichten auf meinem Anrufbeantworter an. Leander.

»Hallo? – Sie ist wohl nicht da.«

Im Hintergrund Katies Stimmchen. Der nächste Anruf wieder Leander:

»Hallo Ali, wir sind's. Möchtest du zum Essen vorbeikommen? Ruf doch an, wenn du wieder da bist.«

Was sollte der Mist? Das konnte er doch nicht mit mir machen. Und jetzt auch noch Katie mit reinziehen. Ich duschte. Und hörte plötzlich die Türklingel. Ich ließ es klingeln. War es Leander? Wollten er und Katie schauen, ob ich lebte? Oder besser noch: Wollte er schauen, ob ich mit einem anderen Kerl im Bett war? Ich stellte mich tot. Das Klingeln hörte auf. Vielleicht war es auch Kolja gewesen. Für einen kleinen Quickie in der Küche. Ich dachte an den gestrigen Umeinhaarsex und daran, wie er hinter mir gestanden hatte, und eine kleine wollüstige Welle schwappte in meinen Bauchraum. Da war etwas. Kolja hatte recht, und je mehr ich an das dachte, was da sein könnte, desto stärker geriet die Welle in Bewegung. Ich drehte die Dusche heißer, war kurz vorm Verbrühen, aber erst der Klingelton meines Handys ließ die Welle wieder verebben. Jetzt reichte es.

»Was soll der Telefonterror?«, fauchte ich in den Hörer, als ich Leanders Nummer sah.

»Gott sei Dank, du bist da.«

»Ist was passiert?« Kurz durchzog mich ein mulmiges Gefühl.

»Nein, wieso?«, fragte Leander unschuldig.

Ich holte tief Luft. Hätte er neben mir gestanden, hätte ich ihm einen Baseballschläger über die Rübe gezogen.

»Ich muss einen Baseballschläger kaufen, ich hab gar keinen.«

»Wie bitte?«, fragte er irritiert.

»Ach nichts.«

»Ist jemand bei dir?«, fragte er misstrauisch.

»Leander, hör auf damit!«

»Wir haben eben bei dir geklingelt, aber niemand hat aufgemacht. Spielt er Baseball?«

»Ich hab geduscht!«

»Allein?«

Ich legte auf. Das war mir wirklich zu blöd. Sofort klingelte es wieder.

»Ali, wir müssen reden.«

»Nenn mich nicht Ali.«

Nenn mich Ali, rief mein Gefühl.

Er schwieg. Ich schwieg. Abstand, dachte ich, halte Abstand.

»Ich muss Abstand halten«, flüsterte ich. »Der Psychologe sagt, ich komm nur von dir los, wenn ich dich nicht sehe.«

Er schwieg weiter. Und ich stand da und dachte, beende das Gespräch, Alia, beende es, es tut dir nicht gut, denk an den Abstand. Ich wartete auf Worte, die meine Wunde heilen würden. Worte wie Zaubersalbe.

»Du hast recht«, sagte Leander, und ich erkannte, dass es keine Zaubersalbe gab. »Ich muss das alles erst einmal klären«, fügte er hinzu.

»Was klären?«

»Nicht am Telefon, Ali.«

Anstatt meine Wunde wegzuzaubern, riss er sie nur neu auf, bohrte darin herum. Mein Herz schlug mir bis zum Hals. Das durfte nicht sein.

»Lass mich in Ruhe, Leander.«

»Ich lasse dich in Ruhe, aber vorher muss ich dir noch etwas sagen.«

Er schlug ein Essen bei Gianni vor. Abends. Das war mir zu viel. Also Dienstag früh, wenn er Katie in den Kindergarten gebracht hätte, ein Kaffee. In der Stadt. Kurz und schmerzlos.

Ich war aufgewühlt. Wie zärtlich seine Stimme geklungen hatte. Ali hatte er mich genannt, Ali. Mein Leander. Aber ich durfte nicht. Durfte mich nicht dieser Illusion hingeben. Vielleicht würde er mir nur sagen, dass er die Schlampe heiraten muss. Oder, mir stockte der Atem, dass sie schwanger war.

Ich setzte mich an meinen Schreibtisch. Die Prüfungstermine. Das Urlaubssemester war bald vorbei, ich musste den Prüfungsstoff in Angriff nehmen, musste lernen, endlich, aber meine Gedanken drehten sich im Kreis.

Bürgerlicher Realismus.

Ali und Leander. Leander und Ali.

Französische Lyrik.

Leander und Schlampe.

Schließlich schob ich die Unterlagen beiseite und rief Majken an. Wir verabredeten uns fürs Kino. Eine Komödie.

Der Hauptdarsteller erinnerte mich an Leander. Als er aß, hatte er Sauce im Mundwinkel. Wie Leander. Mir entglitt die Handlung des Films, ich konnte nicht mehr folgen, die Zuschauer lachten, ich weinte. Majken drückte meine Hand.

»Ich ruf ihn an und sage, du gehst nicht hin«, sagte sie später.

»Nein!«

»Warum machst du das, Alia? Entweder er sagt dir, er hat einen furchtbaren Fehler gemacht, dann ändert das aber auch nichts. Oder er sagt, die Schlampe ist schwanger. Also setz dich diesem Gespräch doch gar nicht erst aus.«

Ich stand da wie ein Häuflein Elend.

»Du brauchst einen anderen Mann. Glaub mir.«

Ich erzählte ihr von dem Spanier und sie war begeistert.

»Eine kleine Affäre? Wie wär's?«

»Er war sehr süß, aber mehr nicht, das spürt man doch.«

»Und Kolja? Ich denke, er kann so gut küssen.«

Wenn sie wüsste.

»Er kann sich auch gut verloben.«

Majken verdrehte die Augen. »Dabei bist du nicht mal katholisch.«

»Kim ist wirklich nett.«

Sie warf mir einen skeptischen Blick zu.

»Triff dich nicht mit Leander. Versprich es mir.«

Aber das konnte ich nicht.

60
Berti

Am Dienstag stand ich früh auf. Bereitete mich vor. Kaffee trinken mit Leander. Ich war aufgeregt. Gerade als ich losgehen wollte, klingelte mein Telefon.

»Alia? Hast du kurz Zeit?«

Bianca. Ihre Stimme klang furchterregend.

Ich verstand sie kaum, als sie wisperte: »Ich brauche deine Hilfe.«

Sofort raste ich los. Ich musste mit dem Bus fahren. Leander tippte ich von unterwegs eine SMS. »Kann doch nicht, sorry.« Ich bedauerte es sehr, aber Biancas Stimme hatte beängstigend geklungen. Es musste etwas mit Berti sein.

»Wo sind die Kinder?«, fragte ich, als ich sie allein zu Hause antraf.

»Mia ist in der Schule, Joschi im Kindergarten. Ella spielt oben.«

»Was kann ich tun?«

Berti hatte getrunken. Das ganze Wochenende. Letzte Nacht war er weggewesen und nachts hatte der Nachbar bei ihr geklingelt. Ihr Mann läge bei ihnen im Vorgarten, zwischen den schönen Rosen, in seinem eigenen Erbrochenen.

»Es war furchtbar«, sagte Bianca mit dieser grauenvoll

tonlosen Stimme. »Er lag da, hatte gekotzt, war vollgepinkelt und eingekotet.«

Ich hielt die Luft an.

»Der Nachbar weigerte sich, Berti anzufassen. Ich habe es nicht alleine geschafft. Es blieb mir nichts anderes übrig, als einen Krankenwagen zu rufen.«

Mein Leben kam mir nichtig vor. Hier waren die richtigen Probleme. Hier, im Reihenhaus mit Vorgarten. Ich nahm Bianca in den Arm. Sie wich zurück.

»Ich konnte nicht mitfahren. Die Kinder.«

»Natürlich.«

»Er hat überall geblutet. Der Sturz, die Dornen.«

Ihr Gesicht war bleich, sie wirkte wie eine Maschine. Ich hatte Tränen in den Augen. »Was kann ich tun, Bianca? Wie kann ich helfen?«

»Ich muss zu ihm. Ich will nicht, dass Ella ihn so sieht. Kannst du auf sie aufpassen?«

»Natürlich!«

»Ich beeile mich.«

»Lass dir alle Zeit der Welt.«

Ich spielte mit der kleinen Ella und wartete. Bianca kam und kam nicht wieder. Es würde schwierig werden, Katie rechtzeitig vom Kindergarten abzuholen. Ich schrieb Leander eine SMS: »Kannst du Katie abholen? Ein Notfall. Danke.« Kurz darauf rief er mich an. Ich wollte nicht mit ihm sprechen, aber es ging um Katie. Ich hatte keine Wahl. Er wollte wissen, wo ich war. Ich sagte, das müsste ihn nicht interessieren und ob er bitte Katie abholen könnte.

»Ja«, sagte er.

»Danke. Ich melde mich später.«

Mia kam aus der Schule. Wie üblich sagte sie nichts, ihre Wangen röteten sich jedoch leicht, als sie mich sah und ich sie begrüßte. Sie wirkte noch zarter und zerbrechlicher als beim letzten Mal. Ich musste sofort etwas kochen. Ich durchsuchte die Schränke.

»Nudeln mit Tomatensauce?«, fragte ich die Mädchen.

Beide nickten, Ella strahlend, Mia ernst.

Später kam Bianca mit Joschi auf dem Arm. Joschi stürzte sich auf die Nudelreste, obwohl er gerade im Kindergarten gegessen hatte. Sympathisches Kerlchen. Dann gingen die Kinder nach draußen und wir räumten die Küche auf. Bianca erzählte. Alles wäre in Ordnung, nur Schürfwunden und Prellungen. Aber man wollte ihn in die Psychiatrie überweisen. Zum Gesundwerden. Und um einen Entzug zu machen. Bianca wischte sich eine Haarsträhne aus dem Gesicht, drückte ihren Rücken durch und massierte sich mit beiden Händen das Hohlkreuz. Sie sah gequält aus. Kein Wunder.

»Sie nehmen ihn nur da auf, wenn er das will«, sagte sie.

»Und? Will er?«

Sie nickte langsam. »Das erste Mal. Das erste Mal sieht er es ein. Dass es zu viel war. Dass etwas nicht stimmt.«

»Aber das ist doch gut. Wenn er sich helfen lässt, kann ihm auch geholfen werden.«

Sie sah mich an. Massierte sich weiter den Rücken. »Und wenn nicht?«

Sie legte sich die Hände auf den Bauch. Mir schwante Böses. Ich schüttelte den Kopf, fassungslos. Bianca nickte.

61
Kettenkarussell

Auf dem Rückweg dachte ich die ganze Zeit an Bianca. Am liebsten hätte ich sie und ihre dreieinhalb Kinder eingepackt und mitgenommen. Aber es ging nicht. Schule, Kindergarten, alles war bei ihr um die Ecke und weit weg von meiner Wohnung.

Ich hatte Bianca gefragt, ob sie das ungeborene Baby behalten wollte. Sie hatte mich angesehen, als würde sie mich dabei ertappen, wie ich ein kleines Kind vor den Zug schubste. Eine Abtreibung käme nicht infrage. Ob es Berti wüsste, hatte ich gefragt. Das sei doch der Auslöser für seinen Exzess gewesen, sagte sie.

Ich war so mit der Sorge um Bianca beschäftigt, da bemerkte ich nicht einmal, dass ich Leanders Nummer gewählt hatte. Er klang erfreut, mich zu hören. Ich fragte kurz angebunden, wo ich Katie abholen könnte. Sehr zu meinem Erstaunen sagte er mir, sie nutzten gerade den herrlichen Sonnenschein und wären auf dem Spielplatz.

Leander saß gänzlich unbeeindruckt von dem Gebrüll der Kinder tiefenentspannt auf der Bank und las Zeitung. Ich überlegte, Katie zu klauen. Wir würden schön nach Hause gehen und wenn er irgendwann einmal fertig war mit seiner Zeitungslektüre, würde er dumm aus der Wäsche gucken. Ich malte mir genüsslich aus, wie sein Blick umherschweifen würde. Vielleicht würde er nach zwei Stunden sogar aufstehen und suchen gehen. Und irgendwann dann die Erkenntnis: Das Kind war weg. Vielleicht würde sein Herz dann auch einmal im Leben heftiger schlagen. Ich schlich mich auf Zehenspitzen zu Katie. Sie fiel mir um den Hals.

»Komm«, raunte ich ihr verschwörerisch zu. »Wir gehen …«

»NEIN«, brüllte sie mit einer Stimme, die man mühelos in fernen Galaxien hören konnte. Leander schaute aus seiner Galaxie auf. Ich war ertappt. Er packte hastig die Zeitung weg und kam auf mich zu.

»Danke noch mal fürs Übernehmen«, sagte ich.

»Willst du schon los? Die Sonne scheint doch so schön.«

Als wenn er sich jemals für Sonnenschein interessiert hätte.

»Zumindest will ich nicht hier mit dir sitzen und heile Welt spielen.«

»Ich muss dir was sagen.«

»Sag.«

»Nicht hier. Wann hast du Zeit?«

»Ich hab meinen Terminkalender nicht dabei.«

In Wirklichkeit schrie alles in mir, sag mir, dass es ein Fehler war, dass du mich liebst, dass alles wieder gut wird. Er sah mich an, seine braunen Augen waren voller Wärme und wenn er die Hand ausgestreckt hätte, wäre ich sofort zu ihm hingesunken. Ich trat vorsichtshalber einen Schritt zurück. Er kam mir nach.

»Ali, ich halte das nicht aus. Eigentlich kann ich dir noch nichts sagen, ich weiß nicht, ob das gut ist. Und ich muss auch erst einmal alles klären. Ich habe so viele Fehler gemacht.«

Das stimmte. Ich musste mich jedoch schützen und verschränkte die Arme vor der Brust.

»Dann klär«, sagte ich und drehte mich um.

»Ali.« Er hielt mich zurück. »Ich habe einen großen Fehler gemacht. Ich liebe dich, Ali. Du bist der wichtigste Mensch in meinem Leben.«

Ich sank nicht zu ihm hin. Ich antwortete ihm nicht einmal. Ich schnappte stattdessen meine sich wehrende Tochter, warf sie wie ein Bündel über meine Schulter, sie streckte die Arme nach Leander aus, rief »Hilfe, Papi, Hilfe!«. Was für eine kleine Drama-Queen, von wem hatte sie das bloß?

Mein Herz war eine Gondel am Kettenkarussell der Gefühle. Ich ging mit Katie nach Hause. Im Hausflur begegneten wir Kim. Auf ihrer makellosen Haut waren rote Flecken, ihre Augen waren geschwollen und verheult.

»Hey, Kim, alles okay?«, fragte ich.

Kim nickte, schniefte dezent und strich über Katies Haar.

»Schön, euch zu sehen. Geht es gut?«

Ich nickte. Sie sah elend aus.

»Ich muss runter, Kolja is waiting. Wir bleiben in Kontakt, okay?«

»Natürlich. Wieso denn nicht, bist du länger weg?«

Zu meiner Überraschung umarmte sie mich und brach an meiner Schulter in Tränen aus. Ich strich über ihr langes seidiges Haar.

»Was ist passiert?«

»Kolja will nach Berlin. Ohne mich.«

»Nein!«

Was sollte das denn? Er wohnte doch neben mir. Er hatte diese Zauberfee mit dem Seidenhaar zur Freundin. Warum sollte er nach Berlin wollen und dazu noch ohne sie? Sie hatten sich doch gerade verlobt. Das musste ein Missverständnis sein.

»Wo bleibst du?« Kolja kam die Treppen hochgelaufen.

Ich blickte zu Kolja. »Hey.«

Er sah grimmig aus. Wie immer. »Hey.«

Ich blickte von Kim zu Kolja und zurück. Ein unangenehmes Schweigen breitete sich aus, das von Katie unterbrochen wurde. Kim strich Katie über das Köpfchen und fing wieder an zu weinen.

»Warum weinst du?«, fragte Katie unbekümmert.

»Ich weine nicht.«

»Doch.«

»Nein.«

»Doch.«

Da sich dieser unsinnige Dialog fortsetzte, ging ich die halbe Treppe zu Kolja runter. »Stimmt das? Berlin?«

»Ich habe ein Angebot bekommen. Ich wollte es dir neulich erzählen. Wollte dich sogar um deinen Rat fragen. Aber wir kamen nicht dazu.«

Er sah mich mit seinen halb geschlossenen Lidern an, böse, düster, wie immer. Die Erinnerung daran, weswegen wir nicht zu irgendeinem Rat gekommen waren, schickte eine kleine Stichflamme wie einen Gruß von unten zu mir hinauf. Berlin. Kolja ging nach Berlin. Und ich dachte, er hatte mich um Rat für seine Hochzeitsfeier fragen wollen.

»Ich war an deiner Meinung interessiert.«

Einmal hatte er mich etwas fragen wollen, er, der weltbeste Nachbar, der mir mehrere Leben gerettet hatte, und ich hatte ihm keinen Rat geben können. Natürlich hätte ich ihm abgeraten. Berlin. Das war doch viel zu weit weg.

»Berlin … schön …«, murmelte ich.

»Eigentlich wollte ich nicht. Aber jetzt haben sie die Bedingungen geändert. Ich wäre dumm, wenn ich es ausschlage.«

»Aber Kim?« Ich flüsterte und drehte mich zu Kim und

Katie um. Kim saß auf den Stufen, hatte Katie auf dem Schoß und lachte wieder.

»Was?«

»Kim. Warum?« Ich hauchte die Worte, damit Kim nichts hörte.

»Warum was?«

Himmel noch mal, war er schwer von Begriff. »Sie sagt, du willst ohne sie …«

»Klappt sowieso nicht.« Er gab sich nicht einmal Mühe, seine Stimme zu senken.

»Warum, Kolja? Was ist mit euch?«, wisperte ich.

»Lange Geschichte. Wir müssen jetzt los. Ich will Wohnungen angucken«, rief er laut.

»So schnell?« Das gefiel mir alles nicht.

»Nein, aber ich muss mich schon umschauen«, sagte er. Er sah mich an. Immer noch unfreundlich. »Und selbst? Alles okay?«

Ich dachte an das, was Leander mir gerade gesagt hatte.

»Ja«, antwortete ich wahrheitsgemäß. »Sehr okay.«

Kolja verzog spöttisch seinen Mund. »Der Cowboy?«

Ich äußerte mich nicht, und er lachte ungläubig auf. Kim erhob sich und kam zu uns, Katie an der Hand.

»Gefällt dem Cowboy Brasilien nicht mehr?«

»Es sieht so aus, als hätte er Heimweh«, korrigierte ich.

»Könnte er wieder ein Bürger des Landes werden?«

»Es könnte Komplikationen mit dem Papierkram geben«, wandte ich ein. » Aber er war so ein wichtiger Bürger für das Land, dass ohne ihn etwas fehlt.«

»Wovon redet ihr?«, fragte Kim entgeistert.

»Von der Liebe«, sagte Kolja, ohne mich aus den Augen zu lassen.

62
Splitter

Als ich mein Zaubertöchterchen ins Bett brachte, hallten Leanders Worte immer noch in meinen Ohren. »Ich habe einen großen Fehler gemacht. Ich liebe dich, Ali. Du bist der wichtigste Mensch in meinem Leben.« Ich bedeckte Katies Gesicht mit Küssen:

»Das Leben ist so schön, mein Goldschatz!«

Später kam Leander vorbei. Er wollte reden.

»Nicht hier.«

Als wären wir Geheimagenten und meine Wohnung verwanzt. Leander wollte mich in den Arm nehmen. All die vergangenen Monate hatte ich mich so sehr danach gesehnt. Aber ich konnte jetzt nicht einfach so tun, als wäre nichts gewesen. Leander hatte mein Herz in tausend Stücke gerissen und als es gerade dabei war zu heilen, stand er mit Sekundenkleber vor der Tür. Da durfte man doch wohl mal kurz überlegen. Ich schickte ihn weg.

Ein paar Tage später trafen wir uns mittags auf einen Kaffee. An einem neutralen Ort. Leander erzählte mir all die wunderschönen Sachen noch einmal.

»Und die Schlampe?«, fragte ich. »Hast du dich von ihr getrennt?«

Er nahm meine Hand, ich zog sie weg. Er wollte sich von ihr trennen, ja, das wollte er und das musste er. Es brauchte allerdings Zeit.

»Warum?«

»Sie hat gerade extreme Probleme.«

Ich lachte mich kaputt. Und dann erzählte er mir von ihr. Immer fragend, ob ich das wirklich hören wollte. Ich wollte es nicht hören, und zugleich brannte ich darauf, es zu hören. Was war das für eine Frau, die mir Leander weggenommen hatte?

Sie war früh schwanger geworden und ihre Familie bestand darauf, dass sie den Schuldigen heiratete. Der war US-Soldat, selbst noch blutjung. Die beiden zogen in die USA. Als das zweite Kind unterwegs war, wurde er nach Deutschland geschickt und nahm sie mit. Selten war er zu Hause und sie war überfordert mit zwei kleinen Kindern, allein in einem fremden Land. Sie geriet an dubiose Männer und an Drogen. Als er sie mit einem anderen Kerl erwischte, schlug er ihr die Zähne aus dem Mund und verließ sie. Es folgte ein Entzug in der Psychiatrie, die Kinder waren beim Vater, und danach die Scheidung. Seither schlug sie sich durch. Die Kinder waren manchmal beim Vater, meistens aber bei ihr. Sie geriet immer wieder an falsche Typen, die ihr Böses wollten.

»Bis sie dich traf«, schloss ich bitter.

Leander nickte. Er half ihr, wo er nur konnte. Sie nahm ein Antidepressivum. »Du weißt doch vielleicht am besten, wie das ist, wenn man diese Tabletten nimmt«, sagte er.

Ich dachte daran, wie er mir zum ersten Mal von ihr erzählt hatte. Sängerin, leicht, ach so fröhlich; jetzt klang alles ganz anders.

»Dein Spiegel ist zersplittert«, fasste ich zusammen und erstaunlicherweise begriff Leander sofort, was ich meinte.

»Es war ein Fehler. Es tut mir so leid.«

Er sah mich mit seinem Dackelblick an. »Du bist so eine starke Frau, Ali, weißt du das?«

Ich wusste es nicht.

»Gib mir Zeit bis Ende des Monats. Ich liebe dich und ich rede mit ihr und werde alles wiedergutmachen. Das verspreche ich.«

63
Sehnsucht

Gegen Ende des Monats kam Leander spätabends vorbei. Er drängte mich in die Wohnung, umarmte mich im Flur, sprach von Sehnsucht und Liebe und dass er mich vermisste und es ohne mich keine Sekunde mehr aushielte. Er küsste mich. Und es war wieder da, das Vertraute, die Geborgenheit, und von ihr benebelt ließ ich mich auf unser großes Bett ziehen und ließ noch viel mehr mit mir machen. Ich bin wieder da, da wo ich hingehöre, so muss es sein, dachte ich. Als ich nach einem Kondom griff, flüsterte er mir ins Ohr: »Nein, Ali, bitte nicht.« Warum nicht? Er wollte doch Kinder mit mir, sagte mir mein Leander, er hätte immer Kinder gewollt, nicht nur eins, und ich dachte, ich höre nicht richtig, aber es war genau das, was ich hören wollte, und es war die Wahrheit, und wir ließen die Kondome, wo sie waren. Danach war ich bei ihm eingekuschelt und Leander blieb bis zum nächsten Morgen, bis Katie in unser Bett kam und sich gar nicht wunderte, sondern einfach zwischen uns kroch, als wäre es das Normalste der Welt, dass Mama und Papa in einem Bett schliefen.

Wir frühstückten ausgedehnt und ausgelassen. Ich war von Glück erfüllt.

»Jetzt ist alles wieder gut«, versicherte ich ihm. »Wie hat sie es denn eigentlich aufgenommen?«

Und erst da erfuhr ich, dass er noch gar nicht mit ihr gesprochen hatte. Sie hatte keine Ahnung, dass er einfach zu mir gekommen war. Ich wurde so wütend, dass ich nach draußen lief, bis mir einfiel, dass ich Katie in den Kindergarten bringen musste. Ich ging zurück und zerrte mein Kind in den Kindergarten und war enttäuscht, so enttäuscht. Erst als Katie ihre kleinen Ärmchen zum Abschied um mich schlang, besänftigte mich das und ich liebte mein Zaubertöchterchen dafür umso mehr und verfluchte Leander innerlich.

Immer noch wütend fuhr ich zur Uni, erkundigte mich nach den Prüfungsterminen für das nächste Semester, die noch nicht feststanden, aber ich erfuhr, was ich alles erledigen musste, wenn mein Urlaubssemester beendet war. Ich telefonierte mit dem BAföG-Amt und mit Nina, die mir einen neuen Auftrag gab, und langsam, langsam verrauchte meine Wut.

Spätabends versuchte ich zu schlafen. Ich konnte nicht. Ich dachte an Leander und die letzte Nacht und wie wunderschön es gewesen war. Wie wir uns geliebt hatten, wie wir gelacht hatten, wie früher war es gewesen. Ich drehte mich nach rechts und ich drehte mich nach links. Aber ich fand keinen Schlaf. Ich sehnte mich nach Leander, trotz allem. Und ich verzieh ihm und rief ihn an.

»Ich vermisse dich, Leander.«

»Ich dich auch, Ali«, flüsterte er.

»Hast du schon geschlafen?«

»Nein«, flüsterte er.

»Kannst du zu mir kommen?«

Er schwieg.

»Leander?«

»Ja?«

»Kannst du zu mir kommen?«

»Ich würde so gern.« Er war kaum zu verstehen, so leise sprach er. »Aber du hast recht, das ist keine gute Idee.«

»Was?«, schrie ich. »Ich hab nie gesagt, dass das keine gute Idee ist. Ich hab gefragt, ob du zu mir kommst.«

Er schwieg.

»Sie ist da, die Schlampe, stimmt's?«, schrie ich.

»Ali …«

Ich hörte nicht mehr, was er flüsterte, ich brüllte, was für ein erbärmliches Schwein er wäre, und dann zog ich sämtliche Stecker sämtlicher Kommunikationsverbindungen, zog mir die Decke über den Kopf und weinte, weinte, weinte. Weinte so verzweifelt, dass ich das Klingeln an der Tür erst gar nicht hörte. Langsam drang es in mein Bewusstsein und ich öffnete und Leander kam herein und nahm mich in den Arm. Ich stieß ihn weg, er störte sich nicht daran, nahm mich wieder, hielt mir die Hände fest, weil ich ihn schlug, brachte mich ins Bett, hielt mich weiter, sagte mir immer wieder, dass ich der wichtigste Mensch in seinem Leben war. Er hielt mich fest und irgendwann verebbten meine Tränen und ich schlief ein.

64
Vollidiot

Ich traf mich mit Majken. Sie konnte es nicht fassen.

»Er liebt dich und will mit dir zusammen sein, ist jetzt aber auch noch lustig mit Schlampe zusammen?«

Alle Leute in dem Café blickten interessiert zu uns herüber.

»Majken.«

»Der hat sie doch nicht alle!« Ihr Kopf sah aus wie ein puterroter Luftballon.

»Er versteht nicht, was ich für einen Aufstand mache«, erklärte ich ihr. Ich benutzte Leanders Worte und kam mir sehr erwachsen vor.

»Wie bitte?«

»Er versteht nicht, was ich für einen Aufstand mache«, wiederholte ich laut und überdeutlich. »Ich habe doch gar keinen Anspruch auf ihn.«

Majken sah mich an, als hätte ich ihr erzählt, ich wäre den Zeugen Jehovas beigetreten.

»Keine Sorge, Majken«, beruhigte ich sie. »Leander regelt die Dinge. Er wollte doch schon mit ihr sprechen.«

»Was hindert den Vollidioten daran?«

»Das erste Mal, als er es ihr sagen wollte, hat sie Fernsehen geguckt.«

Majken schüttelte den Kopf. »Ja – und?«, fragte sie.

»Da ist er wieder gegangen.«

Majkens Kopf nahm die Farbe überreifer Auberginen an.

»Und das zweite Mal war gestern Morgen«, begann ich, wurde aber von Majken unterbrochen. »Und da hat sie Radio gehört oder was?«

»Nein!« Ich lachte herzlich. »Da hat er verschlafen.«

Sie schüttelte den Kopf. »Gut, dass du deinen Humor nicht verloren hast. Aber jetzt mal ohne Quatsch. Erzähl im Ernst.«

Bis sie begriff, dass es mein Ernst war.

Und dann wurde sie ganz ruhig und eindringlich.

»Hör mir mal gut zu, meine Liebe. Wenn Leander dich für das Wichtigste in seinem Leben hält, dann soll er sich gefälligst auch so verhalten. Und solange er das nicht tut, soll er sich deinem Leben fernhalten. Er kann wiederkommen, wenn er bereit ist, sich so zu verhalten, wie es seinen Äußerungen entspricht. Vorher nicht!«

Majken hatte recht und ich rief gleich nach unserem Treffen Leander an. Ich konnte ihn nicht erreichen und hinterließ ihm Majkens Worte auf dem Anrufbeantworter. Zur Sicherheit schrieb ich ihm noch eine E-Mail. »Wenn du mich für das Wichtigste in deinem Leben hältst, dann verhalte dich gefälligst auch so. Solange du es nicht tust, halte dich meinem Leben fern, bitte. Du kannst wiederkommen, wenn du bereit bist, dich so zu verhalten, wie es deinen Äußerungen entspricht. VORHER NICHT!!!!!«

Den letzten Satz hätte ich gern fünfzigmal unterstrichen. Leider ging das nicht in einer Mail, wie ich zu meinem Bedauern feststellte. Also mussten fünf Ausrufezeichen herhalten.

65
Ringelpiez

Leander hielt sein Versprechen nicht. Bis Ende des Monats war gar nichts passiert. Erst als die Tage draußen länger wurden, schaffte er es: Die Sache mit Schlampe war beendet. Ganz offiziell. Juchu.

»Wie hat sie es aufgenommen?«

Er setzte sein zerfurchtes Leandergesicht auf.

»Na ja«, antwortete er nur vage. Typisch Mann.

»Sie akzeptiert es?«, half ich ihm auf die Sprünge.

»Wird man sehen.« Er drückte mich. »Jetzt beginnt ein neues Leben.«

Er begann meinen Hals zu küssen. Ich ließ es eine Weile zu, aber dann schob ich ihn weg.

»Du hast jetzt nichts mehr mit ihr zu tun. Richtig?«

»Richtig«, sagte er. »Aber ich habe mir schon vorgenommen, mit ihr befreundet zu bleiben.«

Ich sprang hoch. Mein Puls war schlagartig auf dreihundertsiebzigtausendneunhundertmillionen.

»Ali, komm her. Du bist der wichtigste Mensch in meinem Leben. Ich möchte mit dir zusammen sein. Nur mit dir. Für immer. Ich möchte noch ein Baby mit dir. Oder zwei. Wie du willst.« Er lächelte schelmisch. »Am liebsten jetzt.«

Am liebsten hätte ich ihm jetzt eine geknallt. Wie stellte er sich das vor? »Wie soll das gehen?«, fragte ich. »Immer hin zu ihr, schön helfen und zum Dank gibt es Ringelpiez mit Anfassen. Ja? Hast du dir das so vorgestellt?«

Leander stand auf. »Ich geh in mein Zimmer. Das ist mir zu blöd.«

Ich kochte. Es brodelte in mir. Atmen, sagte ich, atmen. Ich musste dringend einen Yoga-Kurs besuchen, schwor ich mir, dieses Geatme bekam ich von allein nicht auf die Reihe. Erst mal raus. Draußen klappte es besser mit dem Atmen. Was bildete er sich ein? Ich konnte ihm nicht verbieten, sie zu sehen. Aber ich kannte ihn. Sie musste ihm nur einmal schöne Augen machen und schon ging das Ganze von vorne los. Dieser Gedanke brachte mich um den Verstand. Ich begann zu rennen. Vor mir auf dem schmalen Bürgersteig lief ein Mann mit Kapuze. Ich kam kaum an ihm vorbei. Was bildeten sich diese Kerle bloß ein? Machten alle, was sie wollten, und versperrten dabei großherrlich die Wege. Ich war so wütend, dass ich mein Tempo anzog und mühelos an dem Blödmann vorbeilief. Der Blödmann jedoch, ich konnte es nicht fassen, schien Lust auf ein kleines Rennen zu haben. Vermutlich ertrug es seine Männlichkeit nicht, dass eine Frau schneller war. Er versuchte, mich zu überholen. Dank meiner in England trainierten Laufmuskeln ließ ich das nicht zu. Wir sprinteten durch die Straßen.

»Alia, stopp, bitte.«

Ich hielt überrascht an. Es war Kolja, der sich erschöpft die Seiten hielt.

»Kolja.«

»Was machst du hier?«, fragte er und sah an mir hoch und runter.

»Ich geh spazieren«, schnaufte ich wütend.

»Flotter Spaziergang.«

Sein spöttisches Grinsen konnte er sich sparen.

»Noch nicht in Berlin?«, fragte ich schnippisch.

»Hast du Lust, was trinken zu gehen?«, fragte er versöhnlich. Ich nickte wütend, und er zeigte auf die Zornesfalte zwischen meinen Brauen und rieb sich an seiner Stirn, sodass ich nicht umhinkonnte zu lächeln. Er lächelte zurück.

Wir gingen in eine Kneipe und setzten uns an die Theke. Kolja bestellte sich ein alkoholfreies Alster.

»Das soll trinken sein?«, fragte ich. Ich bestellte mir einen Wein und ein Leitungswasser. Das Leitungswasser trank ich in einem Zug aus. Jetzt ging es mir besser. Als ich einen Schluck von dem Wein nahm, dachte ich, dass ich vielleicht doch auf den Yoga-Kurs verzichten könnte. Kolja seinerseits trank sein alkoholfreies Alster in einem Zug aus. Anschließend bestellte er sich den gleichen Wein, den ich hatte. Er sah mich an, ich wurde unter seinem Blick unruhig und suchte schnell ein Gesprächsthema.

»Wir haben uns lange nicht gesehen. Und immer noch gar nicht über Berlin geredet. Erzähl mir davon. Und von Kim.«

Er wandte den Blick ab. »Nicht jetzt«, antwortete er. »Erzähl lieber von dir. Warum rennst du spätabends durch die Gegend?«

Meine Laune verschlechterte sich. Im Gegensatz zu ihm hatte ich jedoch kein Problem, darüber zu sprechen.

»Der Cowboy hat gesagt, er hat sich vorgenommen, mit Schlampe befreundet zu bleiben.« Ich bebte vor Empörung.

»Will er Ringelpiez mit Anfassen spielen?«

Ich lachte hell auf. »Das hab ich vorhin auch gesagt.«

»Kein Wunder, dass du durch die Straßen rennst.«

»Du kannst mich verstehen?«

»Der Cowboy spinnt.«

»Aber ist es nicht normal, dass man nach einer Beziehung oder Affäre eigentlich befreundet bleiben will?«

Jetzt lachte Kolja und schüttelte den Kopf. »Ich glaub, das ist eher die rühmliche Ausnahme.« Er nahm einen Schluck Wein. »Ich würde mit Kim auch gern befreundet bleiben.«

»Wieso befreundet bleiben? Was redest du? Seid ihr nicht mehr zusammen?«

»Doch«, sagte er düster, trank aus und bestellte sich noch einen Wein.

Wir saßen recht dicht nebeneinander und unsere Arme berührten sich. Es durchfuhr mich wie ein Blitzschlag. Das konnte doch nicht wahr sein. Ich konnte doch nicht jedes Mal, wenn mich dieser Mann berührte, sofort vom Fortpflanzungstrieb heimgesucht werden. Ich dachte daran, was in meiner Küche passiert war. Und in seiner. Und offenbar dachte auch er daran, denn er sah mich mit diesem bestimmten Blick an, seinem Pantherblick. Was wollte er bloß, wir waren hier in einer Kneipe, er konnte doch nicht … aber er konnte, und er legte unter dem Tresen tatsächlich seine Hand auf meinen Oberschenkel. Ich erstarrte. Er bewegte seine Hand nicht; sie lag da, wo sie nicht hingehörte, wie tot. Eine soeben verstorbene Hand. Mein Bein bewegte sich ebenfalls nicht. Tote Hand auf totem Bein. Aber so tot war mein Bein nun doch nicht, merkte ich, jede Faser war gespannt, jeder Nerv aufgerichtet, und als Kolja seine Hand den Bruchteil eines Millimeters höherschob, spreizte ich meine Beine um einen Mikromillimeter, kaum spürbar, aber Kolja spürte es sehr wohl und übte mit seiner Hand Druck aus auf mein Bein und ich hielt die Luft an und noch während ich zerfloss vor Sinnestaumel, legte ich meine Hand auf seine, verharrte dort einen süßen Augenblick, spürte seine Finger, seine Knochen, seine Haare, und führte dann seine Hand nach oben. Auf den Tisch. Wo sie hingehörte. Mein Bein war in Sicherheit. Es schmiegte sich an mein anderes Bein. Gerettet.

»Was ist mit dir und Kim?«, fragte ich sanft. Warum musste man Männern bloß immer jedes Wort aus der Nase ziehen? Kolja ballte seine Hand zur Faust. Mit der anderen Hand rieb er die Faust. Er schwieg. Ich seufzte. »Na ja, wir müssen ja nicht reden.«

»Ich habe ihr vorgeschlagen, dass wir eine Fernbeziehung führen. Ich in Berlin. Sie hier.«

Ich verzog das Gesicht. »Fernbeziehung ist nicht gut, eine Freundin von mir …«

Kolja unterbrach mich. »Ich liebe sie nicht.«

Aua. Das tat weh. Arme Kim. Tausend Fragen schossen mir durch den Kopf. Bei Kolja hatte sich jetzt etwas gelöst und er redete ganz von allein, ohne dass ich stundenlang sensibel nachhaken musste.

»Ich kann nicht mit ihr leben. Es ist so – wie soll ich sagen? So anstrengend. So kontrolliert. Es ist so, ich weiß nicht, so … leer.«

»Leer?«

»Wir können zusammen sein, wir können es aber genauso gut bleiben lassen. Kim ist nicht verkehrt, sie bemüht sich um unsere Beziehung. Aber – es fehlt etwas. Ich vermisse das Gefühl. Und jetzt komm mir bitte nicht wieder mit deinen komischen Sommerschlussverkaufsgeschichten«, fügte er hastig hinzu.

»Ich glaube, sie liebt dich sehr«, versuchte ich einzuwerfen.

Er sah betrübt aus und trank vom Wein.

»Vielleicht.« Er sah mich an. »Es ist nicht so, dass wir uns gestritten haben oder einander nicht mögen. Das ist ja das Vertrackte. Dann wäre alles einfacher. Es ist harmonisch mit Kim und mir und es könnte vermutlich ewig so bleiben.«

Ich legte meine Hand auf seine Faust, umschloss sie, drückte sie. Er zog sie jedoch zurück.

»Ich hatte gehofft, sie kommt nicht mit nach Berlin. Ich hatte gehofft, wir entfernen uns voneinander. Und dass dann alles einfacher wird.«

»Aber wenn es so … so sinnlos und anstrengend für dich ist, warum trennst du dich dann nicht?«, fragte ich.

Er sah mich an. Die Augenlider halb geschlossen. Grüne Augen, gefüllt mit tausend Tonnen Traurigkeit. Statt einer Antwort zuckte er die Schultern.

»Vielleicht wird es in Berlin besser«, meinte er vage.

Er stand auf, und ich war verwirrt. Rasch trank ich noch einen Schluck Wein, und Kolja fiel ein, dass er seine Laufsachen trug.

»Ich hab kein Geld dabei.«

»Ich auch nicht.« Ich hatte nicht geahnt, dass ich ausgehen würde.

Wir sahen uns ratlos an.

»Jetzt müssen wir wohl ins Gefängnis«, meinte ich bedauernd.

Auf dem Rückweg schwiegen wir. Kolja hatte dem Wirt versprochen, das Geld morgen vorbeizubringen, und wir waren dem Gefängnis knapp entronnen. Unser Schweigen war nicht unangenehm. Ich blickte ihn von der Seite an und er mich, wir lächelten einander zu.

Oben an meiner Tür wartete Leander.

»Wo warst du?«, fragte er.

Kolja schloss seine Tür auf. Leander schloss mich in die Arme.

»Ich hab mir Sorgen gemacht«, flüsterte er in mein Ohr.

»Gute Nacht, Kolja!«, rief ich noch über Leander hinweg, der mich in unsere Wohnung schob. »Schlaf gut.«

Kolja antwortete nicht.

Drinnen sah mir Leander in die Augen. »Ich muss mich bei dir entschuldigen. Wenn du nicht möchtest, dass ich sie wiedersehe, werde ich sie nicht wiedersehen. Versprochen!«

Ich schloss die Augen und spürte die Erleichterung fast körperlich. Mein Leander. Als er Ringelpiez mit Anfassen mit mir zu spielen begann, spielte ich mit. Allerdings tauchte Kolja plötzlich in meinem Kopf auf, was den Spielverlauf zunächst nicht störte, im Gegenteil; aber dann musste ich daran denken, dass Kolja nach Berlin ging, und ich wurde so traurig, dass ich sehr zu Leanders Bedauern das Spiel mittendrin abbrach. Ging nicht anders.

66
Zuwachs

Majken besuchte mich. Ich lag gerade mit meinem Prüfungsstoff auf dem Sofa und litt. Leander war mit Katie unterwegs, und Majken und ich hatten die Wohnung für uns. Majken hatte keine guten Nachrichten. Die Kinderwunsch-Praxis hatte ihr eine Pause vorgeschlagen und empfohlen, zur Ruhe zu kommen.

»Das Schlimmste ist, dass ich immer noch nicht verstehe, warum es nicht klappt«, sagte sie und sah mich mit ihren großen blauen Augen traurig an. »Ich verstehe es einfach nicht. Warum werde ich nicht schwanger?«

Ich wusste es nicht, ich konnte ihr nur meine Hand und mein Ohr bieten.

»Zu meiner Lebensplanung haben immer Kinder gehört.«

»Ich weiß.« Zögernd fragte ich: »Habt ihr schon mal an Adoption gedacht?«

Sie verzog den Mund. »Tom schon. Vielleicht sollte ich es auch in Erwägung ziehen. Es ist jedenfalls besser als künstliche Befruchtung.« Sie seufzte. »Es ist einfach ungerecht.«

Das fand ich auch. »Willst du nicht mal zu Stef gehen?«

»Was soll Stef denn wissen, was andere nicht wissen?«

Stef war eine gute Ärztin und vielleicht entdeckte sie etwas, was bislang übersehen worden war. Majken sagte, sie würde darüber nachdenken. Sie seufzte, ich seufzte und mitten in unser Geseufze klingelte es an der Tür. Ich verdrehte die Augen.

»Bitte nicht. Ich habe Leander gesagt, er soll mit Katie zum Eltern-Kind-Turnen. Wenn er sich alle hundert Jahre einmal dazu herablässt, tut er es gesenkten Hauptes, als trüge er eine Dornenkrone und müsse für sieben Jahre kopfüber im Kerker hängen. Der spinnt.«

Ich öffnete die Tür, aber da stand nicht etwa Leander. Sondern Bianca. Und neben ihr ihre drei Kinder. Alle aufgereiht wie die Orgelpfeifen. Mit großen Augen sahen sie mich an.

»Das ist aber eine Überraschung«, begrüßte ich die vier und schob sie in die Wohnung. Und das war es tatsächlich. Bianca kam nie zu mir. Immer war ich diejenige, die zu ihr rausfahren musste. Die Begründung fiel stets simpel aus: anfangs, weil ich kein Kind hatte, und dann, weil ich nur ein Kind hatte. Dass sie auch noch ohne eine lange im Voraus geplante Verabredung spontan vorbeikam, war nicht nur ungewöhnlich, sondern ausgesprochen beunruhigend.

»Oh, du hast Besuch«, sagte sie.

Majken war in den Flur gekommen.

»Mia, magst du mit Joschi und Ella in Katies Kinderzimmer gehen?«, fragte ich. »Katie ist beim Turnen. Aber sie kommt gleich wieder.«

»Ich will gar nicht lange bleiben«, warf Bianca sofort ein.

Ich öffnete die Tür zum Kinderzimmer und schob die Kinder hinein. Mit Bianca und Majken ging ich in die Küche.

»Willst du etwas trinken?«, fragte ich Bianca.

Bianca sah zögernd zu Majken. »Weißt du Bescheid?«

»Worüber?«, fragte Majken.

»Ich hab ihr nichts erzählt, Bianca.«

»Ist etwas mit Berti?«, fragte Majken. »Hat er eine andere?«

Bianca lachte. »Schön wär's!«

»Na ja«, warf ich ein.

»Entschuldige, das tut mir leid. So hab ich es nicht gemeint.«

»Ich weiß.«

»Gibt es denn Neuigkeiten von Leander?«

»Er wohnt wieder hier.«

»Oh!« Besonders zu freuen schien sie sich nicht.

»Dann hat sich das erledigt.«

»Was?«

»Ach nichts.«

»Bianca!«

Wir nippten an unseren Wassergläsern. Bianca wurde sichtlich nervös unter Majkens und meinen forschenden Blicken. Majken platzte schließlich der Kragen.

»Wenn ich gehen soll, sag es einfach. Aber dieses Schweigen macht mich wahnsinnig.«

»Nein, nein, geh nicht«, rief Bianca. Sie sah Majken an.

»Es weiß noch niemand.«

»Ich weiß es«, sagte ich sanft. »Und die Nachbarn wissen es.«

»Was weißt du?«, fragte Majken ungehalten. »Was wissen die Nachbarn?«

Ich sah zu Bianca. Sie musste es schon selbst sagen.

Bianca sah in ihre Tasse. Sie mied unseren Blick. Zaghaft und kaum zu verstehen sagte sie schließlich:

»Ich bekomme Zwillinge.«

»WAS?!«, riefen Majken und ich wie aus einem Mund. Ich war platt. Tausend Gedanken schossen mir durch den Kopf. Zwillinge. Mit drei Kindern und einem Alkoholiker. Sagte man da Herzlichen Glückwunsch oder Prost Mahlzeit?

»Hast du es Berti schon erzählt?«, fragte ich.

Majken sagte gar nichts. Sie starrte grimmig in ihre Tasse.

Bianca wisperte: »Er ist weggegangen.«

Majken sah auf. »Hat er ein Problem damit? Spinnt der oder was? Sag ihm, ich würde mir eine Hand abhacken, wenn ich dafür deine Zwillinge bekäme!«

»Wie bitte?«, fragte Bianca überrascht.

»Ja, was denn, guck nicht so. Du hast doch schon drei. Ich hab keins. Warum kriegst du jetzt noch zwei und ich immer noch keins?« Majken schrie jetzt fast. Ich legte ihr beruhigend die Hand auf den Arm. Sie schüttelte mich unwirsch ab.

»Ich dachte, du wolltest nie Kinder. Ich dachte immer, du wolltest Karriere machen.«

»Karriere als Hebamme?« Majken lachte bitter auf. »Ich wünsche mir nichts mehr als fünf Kinder. Aber ich werde nicht schwanger.« Sie sah mich an. »Hast du ihr denn nie etwas erzählt?«

»Ich geh nicht mit den Geheimnissen meiner Freundinnen hausieren«, sagte ich.

»Es ist nicht einmal ein Geheimnis«, sagte Majken. »Sogar im Krankenhaus trösten sie mich schon. Erzählen mir Geschichten, dass Ute Lemper mit 48 noch ein Kind bekommen hat, und so was. Dabei hatte die schon drei.«

»Woran liegt es denn?«, fragte Bianca.

»Das weiß man nicht genau.«

Leander und Katie kamen nach Hause. Ich gab ihnen deutlich zu verstehen, dass die Küche gerade Sperrzone war.

»Und was hat nun Berti für ein Problem damit? Lässt er sich scheiden oder was?«

»Scheiden? Berti? Nein!« Bianca lachte kurz. »Wir lieben uns. Das ist es nicht.«

»Was dann? Er weiß schon, dass er an der Entstehung beteiligt war?« Majkens Augen blitzten angriffslustig. »Wie kommt er dazu, dir Probleme machen zu wollen, wenn er doch beim Rein-Raus-Spiel so viel Freude hatte?«

»Majken …«, versuchte ich sie zu stoppen.

»Lass«, sagte Bianca lächelnd. Sie sah Majken ins Gesicht. Ich hielt die Luft an. »Ich bin zu Alia gekommen, weil ich nicht möchte, dass meine Kinder ihren Vater betrunken erleben, wenn er nach Hause kommt.«

Majken begriff nicht. »Ach, er ist einen trinken gegangen. Na, kein Wunder, wenn man erfährt, dass man Vater von Zwillingen wird und schon drei Kinder hat. Könnt ihr euch das überhaupt leisten?«

»Willst du es ihr nicht sagen?«, fragte ich Bianca.

»Was?«, fragte Majken.

»Vielleicht ist es ja dieses Mal nicht so schlimm. Vielleicht geht er nur spazieren«, flüsterte Bianca.

Sie machte sich etwas vor. Keine Frage.

»Bianca, dein Mann ist Alkoholiker«, sagte ich.

Majken verschluckte sich. Bianca sah mich an. Leer und ausdruckslos. Langsam begannen ihre Mundwinkel zu zittern und ihre Augen füllten sich mit Tränen.

Sie weinte.

Es war wie eine Erlösung.

Abwechselnd reichten Majken und ich ihr Taschentücher. Zwischendurch kam eines der Kinder rein, wir schickten sie wieder raus, ich bat Leander, sich um die Kleinen zu kümmern, und wir kümmerten uns um Bianca. Alles kam aus ihr heraus. Ihre Ängste, ihre Sorgen, sogar ihre Wut. Sie donnerte mit der Faust auf den Tisch.

»Ich ertrage das nicht mehr. Ich kann nicht zu Hause sitzen mit klopfendem Herzen und mich fragen, in wessen Vorgarten er wohl dieses Mal landet. Ich musste einfach weg.«

»Zu Recht!«

»Er macht nicht nur sein Leben kaputt, er macht auch das unserer Kinder kaputt.«

»Und deins!«

»Was soll ich nur tun?«

Das wussten wir natürlich auch nicht. Aber es gab Beratungsstellen. Gleich morgen würden wir uns beraten lassen. Und wir beschlossen, dass Bianca bei mir bliebe. Berti musste erkennen, dass es so nicht weiterging, dass er etwas ändern musste. Es gab doch Hilfe. Und dann konnte man weitersehen.

Leander stand in der Tür.

»Ich muss noch mal weg.«

»Okay.«

Als er die Tür hinter sich geschlossen hatte, fragte Majken: »Wohin muss er denn?«

»Keine Ahnung. Ich nehme an, ins Punto.«

»Er war so merkwürdig blass um die Nase, fandet ihr nicht?«

Mir war nichts aufgefallen. Und Bianca hatte andere Sorgen als blasse Nasen.

Zu dritt bereiteten wir das Abendessen zu und brachten die Kinder ins Bett. Sie schliefen alle bei Katie. Anschließend gingen wir in mein Zimmer.

»Wir haben schon komische Männer«, fand Majken. »Einer ist untreu, einer säuft und einer verweigert Sex.«

Ich wollte ihre Aussage korrigieren, Leander war nicht untreu, er hatte sich verliebt in eine andere Frau und war kurzzeitig nicht bei Verstand gewesen, aber das war Vergangenheit, deshalb musste meine Freundin ihn doch nicht gleich untreu nennen, wollte ich sagen, aber ich kam nicht dazu, weil Bianca lüstern fragte:

»Wie? Tom will keinen Sex?« Das wiederum fand ich nun auch ausgesprochen spannend.

Majken, die schöne Majken, seufzte schon wieder. »Vielleicht habe ich zu viel Babystress gemacht. Temperaturmessung hier, Hormonspiegelbestimmung da und immer schnell ins Bett.«

»Leander wäre dankbar«, sagte ich.

»Berti auch.«

»Tom nicht.«

»Was?« Ich fiel fast vom Stuhl. Das hätte ich nie gedacht.

»Krieg dich wieder ein«, meinte Majken. »Es ist ja nicht so, dass wir nie Sex haben. Im Gegenteil. Wegen des Babys zwinge ich ihn ständig dazu.«

»Du zwingst ihn?« Bianca stand der Mund offen.

»Mein Gott.« Vor meinem inneren Auge sah ich Tom durch die Prärie laufen und Majken mit dem Lasso hinterher.

»Alia, ich muss dich sprechen.«

Ich hatte gar nicht gehört, dass Leander wiedergekommen war. Ich entschuldigte mich bei meinen Freundinnen und folgte ihm in sein Zimmer.

Leanders Arme hingen herab, er war leichenblass, seine schönen braunen Augen waren so trüb wie der Tod. Mein Herz begann schneller zu schlagen.

»Gisèle ist schwanger.«

»Das Beste und Meiste muss jeder sich selbst sein und leisten. Je mehr er nun dieses ist und je mehr demzufolge er die Quellen seiner Genüsse in sich selbst findet, desto glücklicher wird er sein.«

Arthur Schopenhauer

67
Anfang

Im Bus sah ich schon einen Mann, der er hätte sein können. Er sah gut aus. Aber dann fiel mir ein, dass Florian eine Brille trug. Der Mann im Bus trug keine Brille. Er trug Turnschuhe. Und er lächelte mich an. Seine Jeans hing entspannt auf den schmalen Hüften und drohte herunterzurutschen. Ich wollte das Lächeln des Turnschuh-Mannes erwidern, vielleicht war es doch Florian, das wäre schön, sehr schön, aber anstatt keck zurückzulächeln, senkte ich meinen Blick nur schamvoll nach unten und hoffte inständig, nicht zu erröten.

So war es immer bei mir mit dem Flirten. Während Majken die Männer anflirtete, Blicke erwiderte und ihre Augen dabei blitzten wie kristallblaue Saphire, drehte ich mich in der Regel abrupt um, wenn mir ein Mann gefiel. Natürlich wurde nie etwas daraus. Majken sagte, wie soll der Kerl denn wissen, dass er dir gefällt, wenn du ihm die kalte Schulter zeigst. Ich meinte, das müsse er doch einfach spüren. Wenn ich ihm wirklich gefiele, nähme er die Mühe auf sich und sänke zu meinen Füßen darnieder. Majken sagte, du spinnst.

Als ich wieder aufsah, war der Turnschuh-Mann ausgestiegen. Ich hing kurz dem Gedanken nach, dass er bestimmt auf dem Weg war, eine bundesweite Suchkampagne nach mir einzuleiten. Bald würden überall in der Stadt Fahndungsplakate von mir hängen mit meinem Konterfei. Wer kennt diese Frau? Ich seufzte.

Der Bus war am See angekommen. Ich stieg zögernd aus. Es war eine furchtbare Situation. Wieso hatte ich mich dazu überreden lassen? Ablenkung, hatte Majken gesagt, und dass ich nach vorne gucken muss. Also guckte ich nach vorn.

Vorn führte ein kleiner gepflasterter Weg zum See. Einige ältere Menschen aalten sich auf den Bänken in der Sonne. Florian meinte, es wäre kein Problem, sich dort zu treffen, wir würden uns schon erkennen. Ein Mann sah mich erwartungsvoll an. War das Florian? Klopfenden Herzens näherte ich mich seiner Bank und verfluchte innerlich Majken, die mich zu diesem ganzen Mist überredet hatte. Eigentlich waren wir direkt am See verabredet, bei den Stufen, die zum Wasser führten. Wir wollten spazieren gehen. Das hatte mir spontan gefallen: endlich einmal ein Mann, der freiwillig spazieren ging. Davon hatte ich mein Leben lang geträumt. Der Mann von der Bank stand jetzt auf. Er war groß, ich hatte gedacht, Florian wäre kleiner. Was hatte ich mir da bloß eingebrockt? Jetzt musste ich da durch. Augen zu und:

»Hallo!«

Wir sagten es beide gleichzeitig.

»Bist du Alia?«, fragte er.

»Ja«, sagte ich und lächelte mein freundlichstes Lächeln. »Dann bist du also Florian.«

Der Mann stutzte.

»Nein, ich bin Frank.«

Entsetzt sah ich ihn an. Ein Missverständnis. Gott, wie peinlich.

»Bist du wirklich Anja?«, fragte er zweifelnd. »Du hast doch geschrieben, du wärst achtzehn.«

»Anja?« Ich lachte hysterisch auf. »Nein, nein, ich bin … nein, ich bin nicht Anja, ich hatte etwas anderes verstanden, das ist eine Verwechslung. Ach je, wie unangenehm, ich muss weiter.«

Bloß weg hier. Als ich mich raschen Schrittes entfernte, rief Frank mir noch etwas hinterher:

»Viel Glück beim Blind Date mit Florian!«

Jetzt musste ich doch lachen. Verrückte Welt. Ich drehte mich um.

»Und dir alles Gute mit Anja.«

Ich ging weiter, aber der Schock saß mir noch in den Knochen. Außerdem war der gute Frank viel zu alt für Anja. Ich versuchte, das soeben Erlebte aus meinem Gedächtnis auszuradieren. Und schon stand er vor mir.

»Alia?«

»Florian?«

Ein zögerndes Lächeln.

Wir gingen spazieren. Am See entlang. So viel hatten wir uns bereits geschrieben. Er wusste von Katie und von meiner Prüfungsangst, von meinen Lieblingsfilmen und Lieblingsbüchern. Nur von meinem Fußpilz wusste er nichts. Umgekehrt wusste ich, dass er kein Glück mit den Frauen gehabt hatte. Und dass er gern las. In unseren E-Mails hatten wir uns begeistert die Buchtitel um die Ohren gehauen, bis er meinte, er möge auch gerne Gedichte und würde mir am liebsten einmal eins vorlesen.

Und dass das nur ginge, wenn wir uns mal treffen würden.

Viel zu sagen hatten Florian und ich uns jetzt allerdings nicht.

»Hast du gut hierher gefunden?«, hatte er gefragt. Und ich hatte wortreich »Ja« geantwortet und noch ein halbherziges

»Und selbst?« hinterhergeschoben. Nicht gerade ein Feuerwerk geistreicher Unterhaltung. Und es wurde nicht besser:

»Die Sonne ist herrlich, nicht wahr?«

»Ja, das ist sie.«

Seitdem stiefelten wir durch die Landschaft, und ich überlegte fieberhaft, was ich ihn fragen konnte.

Schließlich blieb er an einer Bank stehen.

»Wollen wir uns setzen oder ist es dir zu kalt?«, fragte er formvollendet.

»Das geht schon, gern«, antwortete ich ebenso formvollendet und zog mir meine lange Jacke unter die Beine, um nicht zu erfrieren. Florian zog ein Buch hervor.

»Darf ich?«, fragte er.

Ich nickte.

Florian begann mir vorzulesen. Rilke. Innerlich seufzte ich. Ich konnte mit Lyrik nichts anfangen. Aber ich wollte mich auch nicht gleich verschließen, ich musste doch neue Wege gehen. Also öffnete ich mich. Und es tat gar nicht so weh.

»Denn das Schöne ist nichts
als des Schrecklichen Anfang, den wir noch grade ertragen,
und wir bewundern es so, weil es gelassen verschmäht,
uns zu zerstören.«

Weiter konnte ich nicht mehr zuhören, denn diese Zeile traf mich nun doch im Innersten, es stimmte zu sehr, und Florian las und seine Worte verschwammen zu einer Hintergrundmelodie, während meine Gedanken auf dem Weg zurück zum Anfang waren, der völlig ohne Mittelteil zum Schluss gekommen war.

68
Ausgeweint

Ich war zurück zu Majken und Bianca gegangen. Leander hatte versucht mich festzuhalten, müde hatte ich mich befreit.

»Es ist vorbei«, hatte ich zu Majken und Bianca gesagt. Sie wussten beide sofort, was los war. Ich erklärte es dennoch kurz.

»Schlampe ist schwanger.«

Majken war zu Leander gegangen. Sie hatte ihm geholfen, ein paar Sachen zusammenzusuchen. Was im Wesentlichen darin bestanden hatte, dass sie alles, was annähernd so aussah, als könnte es ihm gehören, in den Hausflur schmiss. Während ich auf dem Sofa saß und Bianca meine Hand hielt. Ich hatte auf Tränen gewartet. Und war verwundert gewesen, dass sie ausblieben. Ausgeweint. Alle Tränen bereits vergossen. Vorbei. Ich wollte nur noch, dass er ging.

Leander hatte mich sprechen wollen, aber Majken hatte ihm den Weg versperrt. Es war zu einem kleinen Gerangel gekommen. Sie hatte ihn als hirnamputierten Herumficker beschimpft, der ihre Freundin ein für alle Mal in Ruhe lassen sollte. Er hatte vor mir gestanden.

»Alia, wir schaffen das irgendwie. Wir haben schon so viel geschafft.«

Ich hatte meinen Kopf gehoben und sein aschfahles Gesicht gesehen. Mein geliebtes Leandergesicht.

»Das nicht, Leander«, hatte ich geflüstert. »Das schaffe ich nicht.«

69
Rilke

Florian las immer noch. Ich warf ihm von der Seite einen Blick zu. Er war schmal. Schmächtig fast. Ich überlegte, ob er womöglich weniger wog als ich. Das ging natürlich gar nicht. Wenn es eine Regel gab, dann die, dass der Mann mehr Kilos auf die Waage bringen musste als ich. Aber noch schlimmer war das Handy. Florian trug es am Gürtel in einer braunledernen Handytasche. Und er trug ein Hemd. Unter dem grauen Pullover guckte der kleinkarierte Hemdkragen hervor. Eigentlich hatte ich sonst mehr mit Männern zu tun, die auf Kapuzenpullis und ausgewaschene Jeans standen. Jemanden mit einem kleinkarierten Hemd, das bis zum obersten Knopf zugeknöpft war, hatte ich noch nie gehabt. Und auch niemanden, der sich anscheinend nicht rasieren musste, weil kein Barthaar spross. Bei Leander guckten bereits direkt nach der Rasur die dunklen Punkte im Gesicht wieder hervor.

Während ich Rilkes Elegien lauschte und Florians glatte, weiche Wange betrachtete, wanderten meine Gedanken wieder fort. Dieses Mal zu Bertis Schnurrbart. Und von Bertis Schnurrbart hin zu Bertis Problem. Bianca hatte natürlich recht behalten und gut daran getan, dass sie ihre Kinder geschnappt und bei mir vorbeigekommen war. Berti hatte sich wieder betrunken. Wieder vor Freude. Darüber, dass er Zwillinge bekommen und bald der Ernährer noch mehr kleiner hungriger Mäuler sein würde. Berti war dieses Mal direkt in Polizeigewahrsam genommen worden. Auf dubiose Weise, die er im Nachhinein weder sich noch Bianca erklären konnte, war er in einem Bordell gelandet und dort weiter abgefüllt worden. Am Ende hatte er kein Geld für die Rechnung gehabt. Stattdessen hatte er angeboten, alle anwesenden Damen des Etablissements total umsonst zu verwöhnen zwecks Rechnungsbegleichung und sich splitterfasernackt ausgezogen. Berti schien sein bestes Stück in betrunkenem Zustand maßlos zu überschätzen. Er war laut und bockig geworden, und man hatte die Polizei rufen müssen, gegen die er ebenfalls noch Widerstand zu leisten versucht hatte in seinem Suff.

Bianca hatte sich geweigert, ihn abzuholen. Am Telefon hatte sie ihm gesagt, sie wäre ausgezogen und würde erst wieder zurückkommen, wenn er einen Entzug machte und zu den Anonymen Alkoholikern ginge. Berti beteuerte, wie schon zuvor, es sei das letzte Mal gewesen und er habe sich doch nur so gefreut. Aber Bianca und ihre drei Süßen wohnten seither bei mir, in Leanders Zimmer, was sehr praktisch war, da es seit jenem Abend ohnehin leer stand. Es war voll und laut in der Wohnung, aber es war phantastisch, denn ich hatte kaum eine Sekunde Zeit, um Leander hinterherzutrauern. Und Bianca ging es ganz genauso. Wir ergänzten uns wunderbar. Abwechselnd passten wir auf die Kinder auf, wenn eine von uns eine Verabredung hatte oder etwas erledigen musste. Eine Dauerlösung war das allerdings nicht, das wussten wir beide. Am nächsten Tag würden sich Bianca und Berti treffen. Ich war sehr gespannt, was ihr Gespräch ergeben würde.

»Magst du reden?« Florian hatte das Buch weggelegt und lächelte mich an. Ich war verwirrt. Worüber wollte er jetzt reden und warum?

»Ich?«, fragte ich erstaunt.

»Wer sonst?«, fragte er höflich.

Ich lachte. Natürlich. Wer sonst.

»Worüber?«, fragte ich freundlich. Florian guckte irritiert.

»Über Rilke?«, fragte er vorsichtig.

Über Rilke reden. Ich unterdrückte den Drang, hysterisch loszukichern. Ich hatte kein bisschen zugehört. Ich wusste nicht einmal, wie lange er vorgelesen hatte. Geschweige denn, was.

»Über Rilke reden ...«, sagte ich und tat, als dächte ich ernsthaft darüber nach. »Geht das überhaupt?« Ich legte eine Kunstpause ein und zitierte dann eine Stelle aus dem Panther, dem einzigen Gedicht auf der Welt, das ich kannte.

»›*Dann geht ein Bild hinein, geht durch der Glieder angespannte Stille – und hört im Herzen auf zu sein.*‹« Ich lächelte Florian an. »Wollen wir nicht einfach den Moment bewahren?«

Das Bild, das in mein Herz gegangen war, hatte ein kleinkariertes Muster, aber das verschwieg ich. Beglückt sah mich Florian an.

»Du bist eine echte Rilke-Expertin.«

»Ach was«, winkte ich bescheiden ab.

Er schlug vor, dass wir um den See herumspazierten. Ich suchte wie schon am Anfang krampfhaft nach einem Gesprächsthema und war außer mir vor Freude, als mir endlich eins einfiel.

»Hattest du eigentlich viele Zuschriften?«, fragte ich.

Florian seufzte und verdrehte theatralisch die Augen zum Himmel. »Bist du etwa eifersüchtig?«

Ich antwortete nicht und drehte in Gedanken Majken den Hals um.

Wir gingen trotzdem noch in ein Café. Ich war mittlerweile komplett durchgefroren. Ich fragte ihn nach seinem Beruf. Er hatte mir bereits geschrieben, dass er bei der Deutschen Rentenversicherung arbeitete, aber was genau er dort tat, wusste ich nicht. Er erzählte es mir und ich kämpfte gegen den Schlaf.

»Und was machst du nun genau beruflich?«, fragte er im Gegenzug. »In deinen Mails hast du dich diesbezüglich sehr bedeckt gehalten.«

»Ich studiere noch.«

Florian bekam große Augen. »Ehrlich?«

Ich nickte. »Ja, ich hab spät angefangen. Aber ich stehe kurz vor dem Abschluss. Ich habe sogar schon die Prüfungstermine.«

Das war die Wahrheit, und mir graute davor. Ich hoffte, Florian würde mich trösten und fragen, wie er mir gegebenenfalls helfen könnte. Aber er atmete nur erleichtert aus.

»Ich dachte schon, du wärst eine von diesen Langzeitstudentinnen.«

»Und selbst wenn?«, rutschte es mir heraus.

»Ich bitte dich.« Florians Stimme klang abfällig. »Dir werden nur acht Jahre Ausbildung für die Rente angerechnet. Bei diesen Langzeitstudenten denke ich manchmal, die wissen das gar nicht.«

»Natürlich wissen die das nicht.«

»Ich bitte dich, das ist doch realitätsfern.«

Hoffentlich hörte er bald auf, mich zu bitten, sonst könnte es passieren, dass ich ihn auch gleich bat. Und zwar zu verschwinden.

»Nebenbei arbeite ich noch als Übersetzerin. Freiberuflich.«

»Das ist doch mal was.« Er strahlte. »Hast du eine Lebensversicherung oder eine andere Altersabsicherung?«

Florian war anders. Bestimmt würde er schier ausrasten vor Begeisterung, wenn er erführe, dass ich IHK-geprüfte Bilanzbuchhalterin war. Ich musste an Funny van Dannens Lied *Freunde der Realität* denken.

»Du bist ein Freund der Realität?«

Er lächelte. »Das klingt schön. Ja, auch wenn ich ein Freund der Lyrik bin, so lebe ich nicht im Wolkenkuckucksheim.«

Jetzt lächelte ich. »Wolkenkuckucksheim – das ist schön.«

Er bot mir an, mich nach Hause zu fahren. Ich wollte nicht. Ich wollte den Bus nehmen. Florian war definitiv nicht der richtige Mann für mich. Nicht einmal die richtige Ablenkung. Und doch schaute ich, als ich zu Hause war, in meinem Postfach nach, ob er mir geschrieben hatte. Als ich nichts fand, war ich enttäuscht. Aber was hatte ich mir erhofft? Florian war schließlich auch nur ein Mann.

70
Anzeige

Liebe vergeht. Die Worte meiner Mutter gingen mir nicht aus dem Kopf. Meine Gefühle für Leander waren stark, aber ich durfte nicht zulassen, dass sie mich überwältigten. Ich würde immer an ihn denken, er war der Vater meines Kindes, meine erste große Liebe, aber es war vorbei. Zu sehr hatte er mich verletzt. Ich musste mich schützen. Dieses Mal würde ich mich nicht in den Strudel des Kummers hineinziehen lassen, das hatte ich mir geschworen. Es war an der Zeit, dass ich anfing, an mich zu denken. Es war mein Leben. Und es war jetzt.

Mein Urlaubssemester neigte sich dem Ende zu und mit Schwung und Elan stürzte ich mich auf die Themen, stöberte in Bibliotheken nach Büchern, bereitete mich vor. Es lenkte mich ab. Majken fand, das reichte nicht. Sie hatte Angst, dass ich über meinen Büchern immer noch auf dumme Leandergedanken kommen würde. Da ich mich weigerte, Singleportale im Internet zu besuchen, stand Majken eines Abends mit der aktuellen Ausgabe des Stadtmagazins vor mir.

Und so war ich zu Florian gekommen. »Suche jemanden zum Spazierengehen«, hatte er geschrieben. Mehr nicht. Ich fand das irre romantisch. Endlich ein Mann, der freiwillig einen

Fuß vor den anderen setzen wollte. Der nicht auf ein Ziel zustrebte, sondern für den der Weg das Ziel war. Ich war entzückt bis hinauf in die Haarspitzen.

Das Anzeigenlesen hatte uns großen Spaß gemacht. Zu dritt hatten wir auf dem Sofa gesessen: Majken, Bianca und ich. Florians Anzeige brachte Majken zum Gähnen. Sie wollte mir andere unterjubeln. Ich wollte aber niemanden, der wilde Fesselspiele verlangte. Keinen, der sich anbot, nackt bei mir zu putzen.

»Das wär vielleicht ein Job für meinen Mann«, hatte Bianca an dieser Stelle trocken eingeworfen. Allgemeines Gelächter.

»Hier, wie findet ihr das?« Majken las vor: »Suche W für Handarbeit im Kino.«

»Handarbeit im Kino?«, fragte Bianca. »Bisschen dunkel, oder?«

Majken und ich lachten schallend.

»Taschentücher bitte selbst mitbringen«, las Majken die Anzeige zu Ende und Bianca wurde rot.

Ein anderer bot seine Schulter zum Reden feil. »Nur die Schulter?«, hatte ich entsetzt gesagt und Majken, Bianca und ich hatten uns gekrümmt vor Lachen. Majken fand besonders abstoßend, dass alle Männer immer etwas zum Ankommen suchten.

»Ich will nicht ankommen«, rief sie. »Genauso gut können sie schreiben, suche gemütliches Zimmer im Altersheim.«

Als ich Florian geschrieben hatte, hatte er sofort geantwortet. Es entstand ein reger Mailkontakt. Oft ging ich morgens an den Computer, noch schlaftrunken, um nachzusehen, ob er auf die E-Mail vom Abend geantwortet hatte. Meistens hatte er das. Das Treffen war eine Ernüchterung gewesen.

Vielleicht hätten wir nur immer weiter schreiben sollen. Jetzt war alles aus und vorbei und ein kleiner Stich des Bedauerns durchfuhr mich. Als ich mit Bianca den Abendwahnsinn bewältigt hatte und alle vier Kinder endlich schliefen, sah ich im Computer nach, ob Florian doch noch einmal geschrieben hatte. Er hatte.

»Ich fand unser Treffen sehr anregend und würde mich über ein Wiedersehen freuen.«

Ich fand es interessant, was er unter anregend verstand, aber was sollte die Pfennigfuchserei, dachte ich großmütig. Er war anders, aber nicht verkehrt, vielleicht hatten wir beide eine zweite Chance verdient. Und ein paar Mails später waren wir für den morgigen Abend im Kino verabredet.

71
Verknallt

Am Nachmittag fuhr Bianca nach Hause, zum Treffen mit Berti. Ich nahm sie in den Arm.

»Bleib stark«, sagte ich und drückte sie so fest ich konnte. »Meinetwegen könnt ihr ewig hier wohnen. Kein Problem!«

Ich spielte mit den Kindern. Wir spielten ihr Lieblingsspiel, das so ging, dass ich unten lag und sie alle auf mir drauf. Später machte ich ihnen eine Kassette an, gab ihnen Sachen zum Malen und ging in die Küche. Offenbar dauerte es länger mit Bianca und Berti. Ich fragte mich, was sie so lange zu besprechen hatten. Die Sache war doch klar. Berti musste einen Entzug machen, ärztlich begleitet, sein Leben ändern und – zack! – würde alles wieder gut werden und sie wären eine glückliche Familie im Häuschen am Stadtrand mit unzähligen Kindern. Wenn es in dem Tempo weiterginge, würde Bianca irgendwann in Talkshows sitzen und Expertin sein für das Thema »Leben mit sechzehn Kindern«. Ich drückte ihr in Gedanken die Daumen, dass das Gespräch wie gewünscht verlief. Dass Berti einsichtig war. Er musste doch einsichtig sein, er war doch nicht blöd.

Leander war blöd. So dämlich blöd, dass es nicht zum Aushalten war. Noch als er mich umwarb, musste er mit Schlampe geschlafen haben. Natürlich hatte er das, umgekehrt hatte er es genauso gemacht. Aber dass sie schwanger wurde, schwanger von meinem Leander, obwohl ich zur selben Zeit von ihm hatte schwanger werden wollen, und dass Katie ein Halbgeschwisterchen bekäme, das als lebender Beweis für seine Untreue existierte und mich immer an den Schmerz erinnern würde, das war zu viel für mich. So glücklich waren wir gewesen. Gerade wieder vereint.

Vorbei.

Berg- und Talfahrt. War ich jetzt unten? Lag der beschwerliche Aufstieg jetzt vor mir? Die lustige Abfahrt lag jedenfalls eindeutig hinter mir, es hatte einen Riesenspaß gemacht, aber der Aufprall war verdammt unsanft gewesen. Ich rieb mir die Nase. Aber unten wollte ich nicht für immer bleiben, es war erdrückend, ich wollte hinauf, hoch hinauf, die Prüfungen, die vor mir lagen, eine elende Kraxelei, und dann noch Florian. War er der richtige Gefährte? Wenn wir oben wären, gäbe es keine spaßige Abfahrt mit ihm. Es wäre ein langsamer Slalomlauf mit viel Arbeit, das ahnte ich jetzt schon. Aber war das nicht besser als eine kurze schnelle Abfahrt mit pulsierendem Adrenalin? Bekam man nicht viel mehr von der Natur mit beim Langlauf? Und lebte man nicht auch länger? Man raste schließlich nicht ständig die Abhänge runter und knallte mit der Nase gegen Zäune.

Ich bereitete mich auf den Kinobesuch mit Florian vor. Endlich kam Bianca wieder. Die Kinder begrüßten sie stürmisch.

»Ich hab euch jemanden mitgebracht.«

»Papi!«

Berti tauchte an der Tür auf und Mia, Joschi und Ella flogen ihm um den Hals. Bianca warf mir einen flehenden Blick zu.

»Komm doch rein«, schlug ich vor.

Wir gingen in die Küche, ich machte Kaffee für die Großen und Apfelschorle für die Kleinen.

»Papi will euch was sagen, Kinder.« Biancas Stimme war energisch. Berti sah schlecht aus, er war blass mit dunklen Schatten unter den Augen.

»Ich verreise morgen«, sagte Berti leise.

»Ich komm mit«, schrie Joschi.

»Das geht nicht.« Berti lächelte. »Es ist eine Dienstreise. Nur für Erwachsene.«

Mia und Joschi zogen die Mundwinkel nach unten, nur Ella klatschte in die Hände und Katie lachte und tat es ihr gleich.

»Wie lange?«, fragte Mia kaum hörbar.

»Ich weiß nicht, meine Große«, sagte Berti und zog Mia zärtlich zu sich. »Aber vier Wochen bin ich mindestens unterwegs, vielleicht länger.«

Sie nickte ernst. »Und danach wohnen wir alle wieder zusammen zu Hause?«

Berti nickte. »Ja, meine Große. Danach ist alles wieder gut.«

Mia sah ihn mit ihren großen Augen an. »Versprochen?«

Er drückte seine große Tochter. »Versprochen!«, sagte er.

Ich warf einen Blick zu Bianca und sah, wie ihr eine Träne über die Wange lief. Berti öffnete die Augen und sah seine Frau an. Rasch wischte sie die Träne weg und lächelte tapfer.

Ich hatte kaum noch Zeit, Bianca über ihr Gespräch mit Berti auszuquetschen. Insgesamt schien sie zufrieden zu sein und wünschte mir viel Spaß beim Treffen mit Florian. Das wünschte ich mir auch.

Florian verhielt sich sehr reizend. Er bestand darauf, die Kinokarte zu zahlen, hielt mir die Tür auf, ließ mich zuerst Platz nehmen und all das. Er versuchte während des ganzen Films nicht ein einziges Mal, mich zu berühren, suchte weder mit dem Bein noch mit der Hand Körperkontakt. Nach dem Film, der eher langweilig gewesen war, lud er mich auf ein Glas Wein ein und erzählte mir von seiner Exfreundin. Und von der Freundin, die er vor seiner Exfreundin hatte. Und von der davor. Und von der Vorgängerin von der davor. Mir schlackerten die Ohren. Florian war ein Mann mit unglaublich viel Erfahrung. Nie im Leben hätte ich das für möglich gehalten, im Gegenteil, ich wäre nicht sehr verwundert gewesen, hätte er mir gestanden, dass er noch Jungfrau war. Aber das war er mitnichten.

»Du hast aber schon viele Frauen gehabt«, sagte ich irgendwann staunend.

»Ja.« Er nickte stolz. »Aber die Richtige war noch nicht dabei.«

Er sah mir tief in die Augen. Ich sah tief ins Weinglas. Es war leer und Florian bot mir an, mich nach Hause zu fahren. Vor meiner Haustür stieg er mit aus und gab mir einen Kuss. Auf die Wange. Sehr vorsichtig.

»Durfte ich das?«, fragte er zögernd.

Statt einer Antwort gab ich ihm ebenfalls einen Kuss auf die Wange. Seine Wange fühlte sich weich an. Kein Barthaar weit und breit, nicht einmal ein klitzekleines Bartstoppelchen. Und noch als ich das dachte, küsste er mich wieder. Dieses Mal auf den Mund. Sehr weich und nicht so, dass man die Lippen hätte öffnen wollen. Wir drückten unsere Lippen nur gegeneinander, und ich fragte mich, wie lange wir das noch machen wollten, als ich Schritte auf dem Pflaster hörte.

»Come on«, flüsterte Kim und in Nullkommanichts löste ich das Lippenproblem, indem ich mindestens einen Meter von Florian zurücksprang. Kolja seinerseits nahm seinen Arm von Kims Hüfte.

»Hi«, strahlte Kim nun. Kolja stopfte seine Hände in die Hosentaschen und nickte mir mit seinem grimmigen Blick zu. Seine Augenbrauen waren zusammengezogen. Ich hatte beide länger nicht gesehen. Kim war ohnehin viel unterwegs und Kolja hatte mir einmal zwischen Tür und Angel erzählt, dass er schon halb in Berlin wäre.

»Hi«, versuchte ich nun ebenso zurückzustrahlen. Aber auch meine Augenbrauen waren zusammengezogen. Warum hatte Kolja seinen Arm um Kim gelegt? Liebte er sie doch wieder? Wäre ja schön. Geradezu wunderbar. Ich erwiderte seinen Blick mindestens ebenso grimmig.

»Hey, Alia, next Wochenende schon wir ziehen nach Berlin.«

»Was?« Die Zeit raste. Ich kam nicht hinterher. Florian griff nach meiner Hand. Ich tat, als suchte ich mein Schlüsselbund.

»Wir wollen nicht stören«, strahlte Kim. »Keep on kissing…« Sie lachte glockenhell und zwinkerte mir zu. Ich hätte ihr am liebsten gegen das Schienbein getreten.

»Willst du uns nicht vorstellen?«, fragte Kolja jetzt ruhig. Ihn wollte ich auch gern treten. Zwischen die Beine.

»Florian, Nachbarn – Nachbarn, Florian«, knurrte ich.

Florian hob höflich die Hand zum Gruße.

»Florian«, sagte Kolja, »so, so.«

»Komm«, drängelte Kim und zog an Kolja. »Sie wollen bestimmt reden.«

Sie strahlte uns noch ein letztes Mal an und schwebte von dannen. Kolja folgte ihr und warf keinen Blick mehr zurück.

Florian versuchte, mich wieder in den Arm zu nehmen.

»Ich will ins Bett«, sagte ich.

Florian lächelte, und ich glaubte zu sehen, dass eine leichte Röte seine Wangen emporstieg, sodass ich der Klarheit halber hinzufügte:

»Allein!«

Florian sprang so schnell von mir zurück, wie ich zuvor von ihm zurückgesprungen war, als ich Kolja erkannt hatte. Ich fiel fast um. Oder hatte er mich geschubst? Hatte ich etwas Falsches gesagt? Er sah aus, als hätte ich ihm ein Messer in den Bauch gerammt.

»Entschuldige«, sagte ich entschuldigend, auch wenn ich nicht genau wusste, wofür ich mich gerade entschuldigte.

»Ist okay.«

Er ließ Gnade walten. Ich war so erleichtert, dass ich sagte:

»Vielleicht beim nächsten Mal?«

Daraufhin strahlte er und umarmte mich erneut. »Danke.«

»Danke?« Ich war erstaunt und versuchte, Abstand zu halten.

Er drückte mich fester. »Dass ich dich wiedersehen darf.«

Was sollte ich dazu sagen? Ich war verwirrt. Es hatte sich noch nie jemand bei mir bedankt, weil er mich wiedersehen durfte. Ich strich gerührt über Florians Kopf und merkte, wie er sich enger an mich drückte. Vielleicht sollte ich ihn doch mit nach oben nehmen.

»Ich glaub, ich hab mich in dich verknallt«, flüsterte er.

Ich verzog unwillkürlich den Mund und nahm Abschied von dem Gedanken an mehr Intimität mit weniger an.

72
Tablett

Am nächsten Tag nahm Bianca die Kinder und fuhr mit ihnen ins Grüne. Ich nutzte die Zeit, um zu lernen. Seufzend saß ich an meinem Schreibtisch, seufzend schlug ich ein Buch nach dem anderen auf, seufzend versuchte ich, mich zu konzentrieren. Als es klingelte, sprang ich begeistert auf, dankbar angesichts der nahenden Ablenkung. Vielleicht war es Florian. Aber es war nur Kolja. Er hielt allerdings ein wunderschönes altes Tablett aus dunklem Holz in der Hand, darauf waren Brötchen, kleine helle Weintrauben in einer Glasschale, eine Piccoloflasche Sekt, eine Vase mit einer langstieligen roten Rose und ein kleiner Briefumschlag. Ich war verblüfft.

»Kolja …«

»Darf ich dir das im Bett servieren?« Er lächelte sein spöttisches Lächeln.

Was zum Teufel hatte er vor? Ich öffnete die Tür, damit er hereinkonnte mit dem sperrigen Tablett, und er ging schnurstracks in die Küche, der alte Lustmolch. Ich warf einen Blick in den Flur, vielleicht würde Kim ja auch noch kommen. Sie war nicht zu sehen.

»Kolja, was soll das?«

Er hatte das Tablett auf dem Tisch abgestellt und sah

mich jetzt mit dem gleichen Gesichtsausdruck von gestern Abend an: unfreundlich und grimmig.

»Ist das von deinem neuen Verehrer?«, fragte er und deutete auf das schöne Tablett. Langsam dämmerte es mir.

»Oh, ich dachte …«

»Was? Dass es von mir ist?« Er lachte spöttisch auf. Ich merkte, wie sich meine Fäuste ballten.

Ich ging zum Tablett und sah es mir genauer an. Es war wirklich sehr schön, mit alten Eisengriffen und sehr antik. Und die Rose war wundervoll. Es musste von Florian sein, von wem sonst, Leander käme im Leben nicht auf solche Ideen. Und er hätte auch nicht so einen guten Geschmack, was das Tablett beträfe. Wenn es von ihm gewesen wäre, hätte er mir die Brötchen vermutlich auf den Fußabtreter gekippt und die Rose durch den Briefschlitz geschoben.

Kolja stand dicht neben mir, und ich spürte wieder diese eigenartige Anziehungskraft, die seine Nähe auf mich ausübte, es war zum Verzweifeln. Ich sah ihn an und er sah mich an und dieses Mal ging alles sehr schnell. Er war an mir, über mir, auf mir, in mir und ich sagte im letzten Augenblick noch, pass auf, und er passte auf, auf sich und auf mich passte er auf, und er passte gut auf, ganz wunderbar passte er auf, so wunderbar, dass ich ihn bat, fortzufahren mit seiner elendigen Aufpasserei, und er fuhr fort, aber nur ein bisschen, denn dann war es schon vorbei. Ich schnappte meine Sachen und verschwand im Badezimmer.

Ich war aufgewühlt und überlegte fieberhaft, wie ich mich verhalten sollte. Ich fühlte mich schlecht. Kolja war der Mann einer anderen. Noch dazu einer Frau, die ich mochte. Warum hatte ich das getan? Warum hatte er das getan? Er ging nach Berlin. Mit der schönen Kim. Männer waren Schweine. Und Frauen waren nicht viel besser. Ich hätte das nicht tun dürfen. Kolja drückte die Klinke runter. Ich hatte abgeschlossen.

»Alia?«

»Nein!«

»Mach auf, bitte.«

»Geh weg, bitte.«

Irgendwann machte ich doch auf. Kolja nahm mich in den Arm. Er war so einnehmend. Und er roch so gut. Er streichelte mich, meinen Kopf, mein Haar, meinen Rücken, er ließ mich nicht los.

»Ich wollte das nicht«, sagte er.

»Ich auch nicht.«

Weiterstreicheln.

»Es ist verrückt, aber du machst mich wahnsinnig.«

»Ist das ein Kompliment?«, fragte ich in sein T-Shirt hinein.

Er lachte leise und dunkel. Ich hätte ihn auffressen können in diesem Moment. Und er mich anscheinend auch, denn er hob mich einfach hoch, ich schrie auf, lachte dann, als er mich in mein Zimmer trug und auf mein Bett legte. Wir küssten uns. Er küsste besser als alle anderen Männer auf dieser Welt, es war überirdisch, wie gut er küsste, was er mit seiner Zunge anstellte, ich spürte sein kurzes Haar unter meinen Fingern, jetzt war er an meinem Ohr, meinem Hals, jemand musste ihn stoppen, aber er knöpfte bereits wieder seine Hose auf.

»Kolja«, flüsterte ich. Er hörte mich nicht. Es war gut, was er mit mir machte. Aber es war verboten.

»Kolja«, flüsterte ich. Ich war entschlossen, ihn zur Vernunft zu bringen, aber er drehte mich einfach auf den Bauch und setzte seine Arbeit fort. Es war verboten, ja, und ich musste daran denken, wie Majken und ich in unserer Jugend Haschisch geraucht hatten und Majken in jugendlichem Leichtsinn unseren Lehrer für Werte und Normen in eine Diskussion darüber verwickelt hatte, wie es in dieser Welt angehen konnte, dass die schönen Sachen alle verboten waren, dass sogar fünfblättrige Pflanzen verboten waren, man könnte doch keine Pflanzen verbieten, hatte sie gezürnt, wo lebten wir denn. Was Kolja mit mir tat, war noch viel verbotener als alle Pflanzen dieser Welt. Ich flüsterte wieder Koljas Namen, aber es klang nicht gerade, als suchte ich ein Gespräch, das musste ich zugeben, und doch flüsterte ich seinen Namen weiter und weiter und hoffte, er würde aufhören, mit mir diese Sachen anzustellen, aber er hörte nicht auf, und irgendwann bat ich ihn, nicht aufzuhören, diese Sachen mit mir anzustellen, denn es führte mich auf unbekannte Pfade und ich folgte ihm voller Neugier.

Wir blieben ewig liegen. Irgendwann hielt ich es nicht mehr aus.

»Kim wird dich vermissen.«

Kolja brummelte etwas.

»Wer war dieser Typ gestern?«, fragte er unvermittelt. »Woher kennst du ihn?«

Ich überlegte. Aber mir fiel keine gute Ausrede ein. »Kontaktanzeige.«

»Hast du mit ihm geschlafen?«

»Und wenn?«

Er drehte sich auf die Seite. Seine grünen Augen mit den riesigen Pupillen waren direkt vor mir. Plötzlicher Tod durch Einsaugung von Koljas Pupillen.

»Ich habe die ganze Nacht nicht geschlafen, weil ich mir vorgestellt habe, was du mit ihm machst.«

Ich lächelte müde. Die Männer waren doch alle gleich. Dass Kolja selber neben einer wunderschönen Blondine im Bett lag und mit ihr nach Berlin abzureisen gedachte, während ich in meinem Sumpf überleben musste, daran dachte er wohl gar nicht. Ich merkte, wie ich zornig wurde. Was sollte das überhaupt? Er hatte seinen Willen bekommen. Jetzt zog er lustig nach Berlin, und ich blieb zurück. Aber ich würde nicht zulassen, dass mich Männer verletzten. Dass ich noch mehr Narben bekam.

»Geh zu Kim«, sagte ich böse. »Und lass mich in Ruhe.«

»Alia.«

»Was denn? Du hast gekriegt, was du wolltest.«

»Alia.«

Ich wickelte mich fest in die Decke.

»Ihr scheint euch doch gut zu verstehen, du und Kim, wie ihr gestern Abend Arm in Arm nach Hause gekommen seid.«

»Wir verstehen uns auch gut«, sagte Kolja traurig. »Das ist es doch.«

Das musste ich mir nun wirklich nicht anhören. Seine tolle Versteherei mit der tollen Kim.

»Geh jetzt, Kolja, geh.«

»Alia.«

»Geh zu deiner Kim, geht nach Berlin und werdet glücklich.«

Ich lief ins Bad und schloss mich erneut ein. Kolja sollte nicht sehen, dass mir die Tränen kamen. Warum heulte ich überhaupt? An diesem schiefen Quasimodo mit seinen komischen Augen lag mir doch nun wirklich nichts. Ich stieg unter die Dusche. Das tat gut. Ich duschte so heiß und so lange, bis ich dachte, ich löse mich auf. Und ich kam nur raus, weil Katie an der Tür rüttelte. Bianca und die Kinder waren zurück.

73
Artilleriegeschosse

»Wer hat die Brötchen gebracht?«, fragte Bianca.

»Ich vermute Florian«, sagte ich und rubbelte mein Haar trocken.

»Wie süß ist das denn?« Bianca war hellauf begeistert. »Und so ein tolles Tablett. Will er es wiederhaben?«

Kolja hatte mich völlig durcheinandergebracht. Ich musste gar nicht an das denken, was er mit mir gemacht hatte, es reichte, wenn ich nur an ihn dachte. An seine Küsse. Wäre ich Grönemeyer, hätte ich ein Lied geschrieben. »Artilleriegeschosse in meinem Bauch«, hieße es. Grönemeyers Flugzeuge konnten einpacken.

Ich musste reden. Bianca war lieb und gut, aber ich fürchtete, sie würde in Ohnmacht fallen, wenn sie erführe, was in ihrer Abwesenheit in der Wohnung geschehen war. Es gab nur eine, mit der ich das besprechen konnte. Zum Glück hatte Bianca nichts dagegen, Katie zu hüten. Ich vernachlässigte nicht nur meine Tochter, sondern auch meine Prüfungen. Schon wieder. Aber es gab Wichtigeres zu besprechen.

»Du hast WAS?«, schrie Majken entsetzt auf. »Warum ausgerechnet mit dem? Ich dachte, dein Treffen mit diesem Altersheimfuzzi wär nicht schlecht gewesen.«

»Rentenversicherungsfuzzi«, korrigierte ich.

»Oh Mann, Alia, du bist so blöd.« Majken seufzte so schwer, als trüge sie das gesamte Fichtelgebirge auf ihren Schultern. »Da rennen so viele Männer in der Welt rum, du hast sogar schon einen ganz netten an der Hand, ein liebes Altersheimmännchen ...«

»Rentenversicherungsmännchen.«

»... und was machst du? Hüpfst mit dem ins Bett, der dir nichts als Scherereien bringt.«

»Du bist doch sonst nicht so moralisch.« Irgendwie hätte ich mehr Anteilnahme von meiner Freundin erwartet. Immerhin war es nicht Leander gewesen, mit dem ich geschlafen hatte. Das fand ich schon ziemlich fortschrittlich. Aber Majken blickte mich nur mitleidig an.

»Ich will nicht, dass dir schon wieder jemand wehtut.«

»Ich will ihn nicht heiraten. Es ist einfach so passiert.«

Schon wieder ihr mitleidiger Blick. »Nichts passiert einfach so ...«

Ich erinnerte mich an Leander und daran, wie er genau diesen Satz gesagt hatte. Majken hatte recht. Ich war keine willenlose Marionette. Ich hatte mitgemacht. Mehr noch, ich hatte es gewollt. Und schon wieder ballerten die Artilleriegeschosse im Bauch herum.

»Außerdem sieht er aus wie die Nacht.«

»Gar nicht wahr.«

»Wenn er sich wenigstens mal rasieren würde. Warum sind diese Bärte so hip geworden in letzter Zeit? Früher trugen die nur die alten Säcke.«

Ich dachte daran, dass Koljas Zehntagebart ganz weich gewesen war und wie es sich angefühlt hatte, als er sein Gesicht ...

»Alia«, unterbrach Majken meine Gedankengänge. »Ich rede mit dir.«

»Oh.«

»Und?«

»Und was?«

Sie schüttelte den Kopf. »Du hast dich verliebt, stimmt's? Bitte sag, dass das nicht wahr ist. Sag, dass es nur ganz normaler Sex war, ohne Gefühle und so was.«

Ich zögerte. Ganz normaler Sex ohne Gefühle und so was war es nicht gewesen. Ich hatte sogar Gefühle gehabt in Gegenden, von denen ich gar nicht wusste, dass ich dort fühlen konnte.

»Verliebt bin ich nicht.« Das konnte ich guten Gewissens sagen. Majken atmete auf. »Der Typ hat eine Freundin, sie ziehen bald weg und kriegen zig Babys. Du kannst Sex haben, mit wem du willst …«

»Danke, Majken.«

»Aber such dir bitte einen ohne Freundin. Einen, der nicht wegzieht und vorher noch ein bisschen Spaß mit der scharfen Nachbarin haben will …«

»Danke schön, wirklich.« Ich strahlte. Komplimente hatte ich gern.

»… einen, der an dir interessiert ist. Der Altersheimtyp ist doch reizend gewesen mit seinem Geschenk. Kannst du das Tablett eigentlich behalten?«

Tom kam dazu.

»Rentenversicherungstyp«, korrigierte ich noch schnell.

»Na danke schön«, lachte Tom. »Bin ich so alt geworden?«

»Nein.« Ich lächelte. Er sah gut aus wie eh und je. Er beugte sich zu mir runter und gab mir einen freundschaftlichen Kuss auf die Wange.

»Hast du es ihr schon erzählt?«, fragte er Majken.

»Tom, halt den Mund.«

Ich wurde neugierig.

»Wieso?«, fragte Tom unschuldig.

»Das muss Alia nicht wissen.«

»Majken, bitte …«

»Tom, bitte …«

Ich lauschte interessiert. Ein Streit bahnte sich an. Ich mochte es, wenn andere Leute stritten. Ich fühlte mich dann immer irre beruhigt, dass ich nicht die Einzige auf der Welt war, die aus einer Mücke einen Elefanten zu machen verstand. Aber im Augenblick starrten sich die beiden Kontrahenten nur erbittert an. Majken funkelte und blitzte und an Toms Stelle wäre ich unter diesen Dolchstoßblicken gestorben vor Angst. Ich beschloss, das Ganze etwas voranzutreiben, und hüstelte.

»Was muss ich nicht wissen?«

»Tom!« Majken war jetzt bei ihrem Mann und hielt ihm doch tatsächlich den Mund zu. Das sah lustig aus. Ich musste kichern.

»Sei nicht albern, Majken.« Tom hielt die Hände seiner Liebsten fest.

»Du weißt nicht, was du tust«, schrie Majken. »Denk doch mal an andere.«

»Das tu ich, Schatz«, erwiderte Tom sachlich.

»Es wird sowieso nichts ändern«, schrie Majken.

Ich ahnte etwas. Majken war schwanger. Aber noch sollte es niemand wissen, nicht einmal ihre beste Freundin. Mein Herz machte Purzelbäume vor Freude und ich stand auf.

»Sag es doch, Majken, ich verrate es niemandem.«

»Verraten?« Sie sah mich irritiert an.

»Ich freue mich höchstens …«, deutete ich an.

»Siehst du!«, triumphierte Tom. »Wusst' ich's doch.«

Ich freute mich jetzt schon so sehr, dass ich sie umarmen wollte. Wie wunderbar musste das sein, nach all den Jahren vergeblicher Liebesmüh. Ich verstand, dass Majken skeptisch war, dass sie ihr Glück nicht preisgeben wollte, bis sie in der zwölften Woche oder besser noch, bis das Kind auf der Welt war. Aber bei mir war das Geheimnis in sicheren Händen.

»Sie sollte es doch als Erste erfahren«, sagte Tom und sein Blick ruhte lächelnd auf seiner Frau. Das war so süß. Ich sollte es als Erste erfahren, toll.

»Niemals!«, sagte Majken. Das klang weniger toll.

»Jetzt sag es mir schon, Majken, wir sind Freundinnen, es ist albern, wenn du mir so weltbewegende Sachen nicht mitteilst.«

»Das ist nicht weltbewegend, so ein hirnverbrannter Quatsch.«

»Natürlich ist es nicht weltbewegend. Aber deine Welt bewegt es«, sagte ich sanft.

»Meine?« Sie sah mich völlig verständnislos an. Mein Herz quoll über vor lauter Liebe und Milde.

»Deine. Eure. Ja, eure Welt.« Ich sprach die bedeutenden Worte nahezu staatstragend aus.

»Unsere?«

Ich nickte lächelnd. »Ja.«

»Es bewegt eher deine Welt, würde ich sagen.«

Ich war angenehm überrascht. »Soll ich Patin werden?«

»Bist du jetzt völlig durchgeknallt?« Majken starrte mich an. »Du denkst doch nicht, dass ich …«

»Patin?«, fragte Tom, verwundert. »Echt? Das hättest du gemacht?«

Ich wusste nun überhaupt nicht mehr, woran ich war, und nickte zögernd.

»Hut ab!«, sagte Tom und betrachtete mich so respektvoll, als hätte ich gerade den Friedensnobelpreis gewonnen.

»Tom, du Schaf!«, blökte Majken dazwischen. »Sie denkt, dass ich schwanger bin.«

»Du?« Tom sah jetzt völlig verwirrt aus. »Wieso solltest du denn schwanger sein?«

»Meine Güte! Ich bin NICHT schwanger, Alia.«

»Nicht? Oh! Das tut mir so leid.« Es tat mir unendlich leid. »Aber wer dann?«

»Niemand«, sagte Majken vor Wut schnaubend.

Und Tom strahlte. »Ist das nicht großartig?«

Ich trat einen Schritt zurück. Das war mir jetzt wirklich alles zu viel.

»Klärt das unter euch«, sagte ich und suchte meine Sachen zusammen.

»Alia, warte. Was Tom dir sagen wollte ...« Majken seufzte. »Schlampe ist doch nicht schwanger. Sie ist es nie gewesen.«

74
Mops

»Du musst dich schützen.« Dreißigtausendmal hatte Majken mir das gesagt. Und wenn sie nicht gerade davon redete, dass ich mich schützen musste, sagte sie, dass es nichts änderte.

»Wag bloß nicht, an ihn zu denken«, hatte sie mich ermahnt. »Dann denk lieber an deinen komischen Quasimodo.«

»Was denn nun? An Kolja soll ich doch auch nicht denken.«

»Besser Quasimodo als Fußpilz.«

Ich musste lachen. »Klingt, als müsste ich mich zwischen Pest und Cholera entscheiden.«

Majken bestand darauf, dass ich Florian anrief. Ich sollte mich bei ihm bedanken und mich gleich mit ihm verabreden. Sie hatte recht, bedanken musste ich mich wirklich. Unter dem strengen Blick meiner Freundin kramte ich mein Handy heraus. Florian ging sofort dran.

»Hallo Alia. Ist ja nett, dass du auch mal von dir hören lässt.«

Seine Stimme klang spöttisch. Verhöhnte er mich?

»Sag mal …«, begann ich.

»Ja?«

Er klang sehr kühl.

»Ich habe da etwas vor meiner Tür gefunden …«

»Gott sei Dank. Ich hatte schon befürchtet, dass es ein Nachbar von dir geklaut hätte. In deiner Gegend weiß man nie.«

Ein winziger Stich durchfuhr mich. Nicht wegen der Nachbarschaft. Es war etwas anderes. Ich merkte, dass ich die ganze Zeit ein Fünkchen Hoffnung bewahrt hatte, dass das Tablett doch von Leander gewesen war. Dummerweise war ich nicht einmal dazu gekommen, den Briefumschlag zu öffnen, dann hätte ich schon früher Gewissheit gehabt.

»Hat es dir gefallen?«, fragte Florian und lachte ein wenig.

Ich nickte traurig und desillusioniert. »Ja. Danke. Natürlich. Das war wirklich, also ich war ... wirklich überrascht.«

Majken schubste mich. ›Überrascht‹, formte sie mit ihren Lippen, tippte sich an die Stirn und verdrehte die Augen.

»Ich dachte schon, du meldest dich gar nicht mehr«, sagte Florian. »Hast du mein Gedicht gelesen?«

Aber welches Gedicht?

»Äh, ja«, log ich. »Wunderbar. Ich hätte mich auch schon früher gemeldet, aber ich hatte viel zu tun.« Viel zu tun damit, mit meinem verlobten Nachbarn Sex zu haben. »Meine Tochter und so, du weißt schon.«

»Was war denn mit deiner Tochter?«

War das ein Verhör?

»Sie ist krank. Fieber. Nichts Schlimmes. Aber ich musste mich die ganze Zeit kümmern.«

Majken warf mir einen fragenden Blick von der Seite zu.

»Dann hast du heute keine Zeit mehr für mich?«, fragte Florian.

»Nein, heute ist total schlecht. Meine Tochter braucht mich.«

Jetzt tötete mich Majken mit ihren Blicken.

Florian flüsterte: »Ich brauche dich auch.«

»Wie bitte?«

»Ach nichts«, sagte Florian lauter. »Ich hätte da eine Idee.«

Ich war mir gar nicht sicher, ob ich die hören wollte. Ich schwieg.

»Willst du sie gar nicht hören?«

»Doch, entschuldige, natürlich.« Immer diese Entschuldigungen.

»Ich komme bei dir vorbei. Was hältst du davon?«

Ich kam ins Schwitzen. Ich wollte Florian nicht sehen, das Telefonat ging mir schon fürchterlich auf die Nerven. Ich erfand Lügen, hatte ein schlechtes Gewissen und entschuldigte mich andauernd.

»Ich kann auf dein krankes Kind aufpassen«, sagte Majken laut und deutlich. »Das bisschen Fieber …«

»Wer ist das?«, fragte Florian verdutzt.

»Niemand.« Majken war die längste Zeit meine Freundin gewesen.

»Mach ich gern.« Majken war völlig verrückt geworden.

»Florian, ich ruf dich in einer Stunde noch mal an, okay?«

»Ich kann gern vorbeikommen und dir helfen.«

»Nein!«

»Hast du einen Computer? Wir könnten doch wenigstens skypen …«

Ich starrte irritiert in den Hörer.

»Florian, ich melde mich.«

»Was war das?« Majken sah mich fassungslos an. »Was faselst du von einer kranken Tochter?«

Ich schüttelte den Kopf. »Ich will ihn nicht sehen.«

»Alia, so geht das nicht. Du musst auf andere Gedanken kommen.«

»Ich will auf mein Sofa und niemanden sehen.«

Majken grummelte.

»Und skypen will ich schon gar nicht«, fügte ich vorsorglich hinzu.

Sie sah mich an, als hätten sich bei mir mehrere Schrauben gleichzeitig gelockert. Ich schob meinen Unterkiefer vor und schielte. Reine Prophylaxe.

Überhaupt musste ich zu Bianca. Den ganzen Tag hatte sie sich um die Kinder gekümmert. Sie war bestimmt völlig fertig. Als ich nach Hause kam, hatte sie gerade Abendessen gekocht. Pizza, sie war eine wunderbare Mutter. Die Kinder durften sich aussuchen, was sie als Belag haben wollten. Ich wählte Cabanossi, Mais und extraviel Käse.

»Ich bring die Kinder heute ins Bett«, sagte ich. »Du hast dich den ganzen Tag gekümmert.«

»Es hat mir so viel Spaß gemacht.«

Bianca saß auf dem Sofa, als ich endlich mit den Kindern fertig war. Ich hatte vorgelesen, mit ihnen gesungen, sie dreimal zugedeckt und war völlig erschöpft. Bianca schaltete den Fernseher aus.

»Ich muss mit dir reden.«

Sie wollte wieder zurück in ihr Haus. Ich hatte damit gerechnet. Berti war bereits seit einigen Tagen in der Klinik und für Bianca war es einfacher, dort zu wohnen, da Kindergarten und Schule um die Ecke waren und sie sich außerdem um Haus und Garten kümmern musste. Machte sich schließlich nicht von allein sauber. Ich verstand sie und war trotzdem traurig. Der Trubel in der Wohnung hatte mich abgelenkt. Von falschen Gedanken. Allerdings auch vom Lernen. Ich fragte sie, wie es mit ihrem Lernen stünde. Was ihr Referendariat machte.

»Kannst du es nicht doch zu Ende bringen? In unserem

ungerechten System wär es doch nicht schlecht, wenn du das als Sicherheit hättest. Nach deiner Elternzeit.«

Sie seufzte.

»Du hast es doch bereits angefangen, bevor eins deiner Kinder dazwischenkam.«

»Joschi kam dazwischen und dafür liebe ich ihn. Es war so grauenvoll.« Sie schüttelte sich. »Reine Folter.«

Aber als Grundschullehrerin würde sie nicht schlecht verdienen und dass Berti in seinem Job unglücklich war, lag auf der Hand. Er musste dort weg. Sogar ich, die ihn kaum kannte, fand, einen unpassenderen Beruf gäbe es gar nicht für ihn. Berti war schweigsam, introvertiert, menschenscheu – wie konnte er eine Tätigkeit ausüben, in der er selbstbewusst verkaufen musste? Mich wunderte es gar nicht, dass er zur Flasche gegriffen hatte, auch wenn das keine Entschuldigung war.

»Meinst du, Berti schafft den Absprung? Vermutlich darf er nie wieder Alkohol anrühren. Kein Coq au vin. Kein Tiramisu.«

»Wenn er es nicht schafft, sind wir weg. Das weiß er.«

Die Wohnung war sehr ruhig nach ihrem Auszug. Vier Kinder waren etwas anderes als eine kleine Katie, wenngleich Katie zweifelsohne die Lauteste von allen vieren war. Allein der ganze Dreck. Vier Kinder schafften es in Nullkommanichts, eine halbwegs aufgeräumte und saubere Wohnung zu verwüsten und zu verschmutzen. Irgendetwas klebte immer irgendwo, im Waschbecken verkrusteten Zahnpastareste, alles wurde angefasst, an einen anderen Ort gebracht und dort auf den Boden fallen gelassen; sogar Leander war verglichen mit vier Kindern ein Mann der Ordnung.

Leander. Schon wieder Leander. Immer Leander. Er hatte mich verlassen. Für eine andere. Nach einer Weile hatte er festgestellt, die andere war doch nicht so toll, und hatte mich zurückgewollt. Ich kam zurück und was tat er? Ging hin und schwängerte die andere. Auch wenn sie nun doch gar nicht schwanger war. Zum Glück hatte ich mir den Boden nicht ein zweites Mal unter den Füßen wegreißen lassen, zum Glück hatte ich mich mit einem Sprung retten können. Leander stand nun auf der anderen Seite, zwischen uns das Loch, und er sah mich traurig an. Es schmerzte. Mehr noch, es ärgerte mich. Als die Nachricht von Schlampes Schwangerschaft über uns hereinbrach, hatte er nichts unternommen, nicht um mich gekämpft. Nur der ewige Dackelblick und das vage Wir-schaffen-das-schon. Ein leises Stimmchen fragte mich: »Was hätte er denn unternehmen sollen?« Aber das wusste ich doch nicht. Bäume ausreißen, Brücken bauen, alles, nur nicht einfach gesenkten Hauptes wegschleichen. Das würde ich ihm nie verzeihen.

Kolja war bereits ausgezogen. Mit Kim. Natürlich. Kim hatte Katie und mich unbedingt noch zum Essen einladen wollen, aber es hatte nicht mehr geklappt. Von heute auf morgen waren sie weg, und die Wohnung wurde an einen Kollegen von Kolja weitervermietet. Kim hatte mir noch zwischen Tür und Angel erzählt, dass sie ein wonderful Dachgeschoss in Berlin gefunden hätten. Als ich sie gefragt hatte, was mit ihrem Job war und ob es okay für sie war, die Stadt zu wechseln wegen eines Mannes, hatte sie mich erstaunt angesehen.

»Dear, I do love Kolja.«

Und ich war sofort puterrot geworden und hatte mich entsetzlich geschämt für all die Artilleriegeschosse, die Kolja in mir ausgelöst hatte, für das, was wir getan hatten, und ich hatte gedacht, dass sie vielleicht zu gut war für ihn, für den kleinen Mann mit dem grimmigen Blick und dem Vollbart. Und dann hatte ich Kolja selbst noch kurz gesehen, er hatte bei mir geklingelt und mir vor Biancas Augen einen Zettel in die Hand gedrückt.

»Für den Fall …«

Für den Fall standen auf dem Zettel seine neue Adresse, Handynummer, E-Mail.

Ich hatte »Goodbye, Nachbar« gesagt, und er hatte spöttisch genickt und war gegangen. Keine Umarmung. Für einen alten Trennungshasen wie mich kein Problem.

An einem Freitagabend, an dem Katie bei Leander war, war es besonders schlimm. Die Prüfungsthemen standen mir bis sonst wohin. Ich konnte nicht mehr lernen. Ich rief Bianca an, zur Ablenkung. Ob ich sie besuchen wollte, fragte sie. Nein, schließlich hatte ich offiziell gar keine Zeit, großherrlich rauszufahren. Ich erkundigte mich nach Berti. Alles bestens, versicherte mir Bianca, die Therapie würde wunderbar laufen.

Danach rief ich Nina an. Sie war in Berlin. Eine riesige Party.

»Hättest du was gesagt, ich hätte dich mitgenommen«, sagte sie.

Ja, schade. Nur hätte ich für Berlin noch weniger Zeit gehabt als für Biancas Kaff.

Majken war mit Tom verreist, ein Kurztrip nach Istanbul, heiß beneidete ich die beiden. Und Stef, die ich schließlich anrief, war zu müde, um wegzugehen. Aber wir könnten bald einen Kaffee zusammen trinken. Na klar.

Und dann erst fiel mir Florian wieder ein. Es war nicht so, dass ich ihn komplett vergessen hatte. Ich überlegte sogar zuweilen, ob ich ihm mailen sollte. Aber ich mailte nicht. Und er mir nicht. Eigentlich war die Sache zwischen uns klar. Aber musste man so etwas nicht doch zu einem Abschluss bringen? Ich hatte ein schlechtes Gewissen, dass ich mich einfach nicht mehr gemeldet hatte. Musste ich nicht anrufen und sagen, Florian, hör mal, das mit uns läuft nicht so richtig, deswegen sehen wir uns besser nicht mehr? Wir sahen uns doch sowieso nicht. Ich war so unerfahren in modernen Liebesgeschichten.

Ich streifte durch die Wohnung und als ich schon vor Verzweiflung den Fernseher einschaltete, dort aber nur, wie jeden Freitagabend, der schlechteste Film der Welt lief, zog ich entschlossen meine Hausschuhe an und klingelte nebenan. Vielleicht waren Kolja und Kim heimlich zurückgekommen und luden mich in ihre Sofamitte ein. Es wäre das Paradies. Leider öffnete nur das normale Leben, ein Mann, Ende 20, schütteres Haar, Nickelbrille, keine Ähnlichkeit, weder mit Kolja noch mit Kim.

»Ja, bitte?«, fragte er freundlich.

Ich hätte schreien können.

»Entschuldigung, hast du vielleicht ein Ei?«

Mir fiel nichts anderes ein. Mein neuer Nachbar holte mir gleich eine ganze Eierschachtel, stellte dann aber an der Tür bedauernd fest, dass die schon abgelaufen waren.

»Gibt es zufällig Neuigkeiten von Kolja und Kim?«, fragte ich beiläufig.

»Ah«, sagte er. »Sie müssen die Nachbarin sein …«

Was hatte Kolja seinem Exkollegen über mich erzählt? Und wieso siezte er mich?

Ich nickte. »Ich geh dann mal wieder rüber.«

»Ja«, sagte er wortgewandt. »Gute Nacht.«

»Nacht.«

Ein Feuerwerk an geistreicher Unterhaltung. In meiner leeren Wohnung wurde ich wirklich trübsinnig. Würde das jetzt immer so sein? Ich dachte angestrengt nach. Katie würde nicht so klein bleiben. In ein paar Jahren würde sie zur Schule gehen, dann, zack!, wäre sie ausgezogen, Freund, Mann, eigene Kinder. Da blieb keine Zeit mehr für die arme alte Mutter und das war auch richtig so. Und wenn Leander nicht gerade Katie hatte, tollte er mit gepiercten Frauen herum und spielte ihnen Lieder auf seiner Gitarre vor. Alle meine Freundinnen waren glücklich und selbst, wenn sie nicht glücklich waren, waren sie nicht allein. Nur ich war allein. Ich war der alleinigste Mensch auf der ganzen Welt. Ich überlegte, ob ich mir einen Hund anschaffen sollte. Einen kleinen schwarzen Mops. Einen echten Freund. Aber so lange würde der auch nicht leben, und mir brach es jetzt schon das Herz, als ich mir vorstellte, ich würde ihn in einen kleinen Sarg betten und beerdigen. Der arme Hund.

Vor lauter Trauer über meinen gestorbenen Hund, mit dem ich viel zu wenig Zeit verbracht hatte, lief mir eine Träne über die Wange und da dachte ich wirklich, jetzt reicht's. Das musste doch nicht sein. Es gab doch noch Florian. So schlimm war er nicht gewesen. Im Gegenteil. Ich dachte an sein Geschenk, das Tablett, die Rose, und musste gleich wieder weinen. Noch nie hatte mir jemand etwas so Schönes geschenkt. Und ich dachte an unsere Begegnung am See. Wie er mir Rilke vorgelesen hatte. Und mein Kopf fast an seine Schulter gesunken wäre. Er hatte so schön gelesen. Was gäbe ich dafür, wenn er mir jetzt vorlesen würde. Und erst unser Kuss. Wie vorsichtig und sanft er meine Wange geküsst hatte. Und voller Gefühl und Rücksichtnahme gefragt hatte, ob er das durfte. Und wie er dann seine Lippen vorsichtig auf meine gelegt hatte, ganz sanft, und unsere vier Stück Lippen verharrt hatten ohne irgendeinen Druck, ohne einen Störenfried namens Zunge oder so was. Ach, Florian. Der liebe gute Florian. Ich schniefte. Wenn ich mich entscheiden musste zwischen Florian und dem raschen Tod durch Vereinsamung, war doch völlig klar, was ich wählen musste. Glasklar.

75
Astronaut

Es war nicht schwer herauszufinden, wo Florian wohnte. Er stand im Telefonbuch. Ich machte mich zurecht. Den schwarzen Minirock, den ich zuerst angezogen hatte, tauschte ich gegen eine schwarze Hose. Die wiederum tauschte ich gegen ein schwarzes Kleid. Mein einziges schwarzes Kleid. Ich hatte es damals für Majkens Hochzeit gekauft und trug es nur zu ganz besonderen Gelegenheiten. Jetzt war eine ganz besondere Gelegenheit. Florian, der Mann meines Lebens, da war ich mir mittlerweile sicher – ich hatte sogar endlich sein selbst verfasstes Gedicht gelesen, das ziemlich unverständlich war, aber bestimmt unglaublich schön, wenn man es verstand –, war konservativ. Das schlichte Kleid würde ihm gefallen. Schwarze Strümpfe, schwarze Stiefel, schwarze Jacke. Alles schwarz. Mein Haar steckte ich hoch. Sehr elegant. Es tat mir unendlich leid, dass ich mich nicht schon längst bei ihm gemeldet hatte. Aber manchmal brauchte es eben ein bisschen, bis man zur Vernunft kam. Bei mir dauerte sowieso immer alles länger. Ich würde es ihm erklären. Hoffentlich war er überhaupt zu Hause. Zur Beruhigung trank ich ein Glas Wein. Ich würde mit der U-Bahn zu ihm fahren, in einer halben Stunde würde ich bei ihm sein und dann durfte er mit mir machen, was er wollte. Rasch trank ich ein zweites Glas Wein. Und legte meinen Lieblingsduft auf. Nur für ihn. Ob ich noch ein drittes Glas? Nein, besser nicht, ich kicherte jetzt schon vor Vorfreude. Bald würde ich den Mann meines Lebens in die Arme schließen. Nur einen kleinen Schluck. Und noch einen kleinen Schluck.

Auf dem Weg zur U-Bahn strahlte ich die Menschen an. Die Menschen strahlten zurück. Wie man in den Wald hineinruft, dachte ich lächelnd, und da saß schon ein junger Mann neben mir. Dieses Mal würde ich nicht schamhaft auf meine Fußspitzen starren. Wenn er flirten wollte, der Unbekannte, nur zu, ich würde zurückflirten. Majken wäre stolz auf mich. Ich strahlte ihn an.

»Do you want to fuck?«, fragte mein Sitznachbar freundlich.

»Was?« Ich merkte leider zu spät, dass ich immer noch lächelte.

»Fuck«, wiederholte er und stieß mit seinem rechten Mittelfinger in die linke Hand, die zur Faust geballt war. Rein und raus.

Das hatte ich nun davon. Da war man einmal freundlich und dann gleich so was. Ich wollte aufstehen und wegrennen, aber dann hätte ich an ihm vorbeigemusst, und so warf ich ihm nur einen bitterbösen Blick zu und starrte aus dem Fenster. Er stieg an der nächsten Station aus. Von draußen warf er mir noch eine Kusshand zu. Ich hätte kotzen können. Ein anderer Typ setzte sich auf den freien Platz. Ich funkelte ihn wütend an.

Aber er sprach mich nicht an. Niemand sprach mich an. Die Leute stiegen sowieso alle aus. Als ich in Florians Stadtteil angekommen war, waren nur noch ein paar ältere Ehepaare in der Bahn. Es war ein Kinderspiel, Florians Wohnung zu finden. Unten war ich sehr aufgeregt. Vor allem aber musste ich dringend Pipi. Der Wein forderte seinen Tribut. Ich verfluchte meine Blase. Ich konnte schlecht bei Florian klingeln und sofort auf sein Klo stürzen. Wie würde das denn aussehen? Ich sah mich suchend um. War vielleicht eine Gaststätte in der Nähe? Fehlanzeige.

Es nützte nichts, ich musste klingeln.

»Ja bitte?«, fragte Florian.

»Hallo Florian. Hier ist Alia.«

Ich hatte erwartet, dass er sofort den Türöffner betätigen würde. Ich drückte gegen die Tür, aber sie öffnete sich nicht.

»Florian?«

Nichts. Ich klingelte noch mal. Mittlerweile hatte ich ein Bein um das andere geknotet. Es passierte immer noch nichts. Ich ließ den Finger auf der Klingel.

»Was willst du?«, fragte Florian.

»Lass dich überraschen«, hauchte ich mit letzter Kraft in die Gegensprechanlage. Gleich würde ich mir in die Hose machen. Aber Florian, der beste Mann der Welt, rettete mich. Er öffnete die Tür, und ich raste nach oben. Er wohnte im zweiten Stock und stand schon an der Tür. Ich hielt mir die Hand zwischen die Beine.

»Alia …«

»Wo ist dein Klo?«

»Alia, ich bitte dich.«

»Ich bitte dich auch gleich, wo ist dein verdammtes Klo?«

Ich riss die erstbeste Tür auf und das Glück war mir hold, es war das Badezimmer. Ich schlug Florian die Tür vor der Nase zu und setzte mich auf die Toilette. Was für eine Erleichterung. Nach einer gefühlten Ewigkeit war ich fertig. Ich spülte, zog mich an, wusch mir die Hände und warf einen prüfenden Blick in den Spiegel.

Florian stand wie angewurzelt vor der Badezimmertür. Er trug auch allein zu Hause ein ordentlich kariertes Hemd und eine Bundfaltenhose. Ich schmolz dahin. Er war hier am Wochenende allein in seiner Wohnung, hatte sich heute Morgen penibel ordentlich angezogen und vertrieb sich die Zeit mit, ja, mit was eigentlich? Ich musste schlucken, sonst hätte ich geweint. Ich wollte ihn umarmen. Es war etwas schwierig, weil er seine Arme vor der Brust verschränkt hielt. Ich entknotete sanft seine Arme und legte sie um mich. Sie fielen schlaff herunter, sobald ich sie losließ, also hielt ich sie der Einfachheit halber hinter meinem Rücken fest. Dabei stand ich wirklich sehr eng vor ihm und bemerkte etwas. An meinem Beckenknochen. Konnte es … Ich sah nach unten. Nein, bewaffnet war er wohl kaum. Auch wenn ich wenig Erfahrung mit Männern hatte, so viel Erfahrung hatte ich doch, um zu erkennen, dass er mordsmäßig erregt war.

»Oh, là, là«, entfuhr es mir.

Ich war unendlich geschmeichelt, dass er allein von meinem Anblick dermaßen in Wallung geraten war. Florian trat einen Schritt zurück.

»Ist die Stunde jetzt vorbei?«, fragte er spitz.

»Welche Stunde?« Ich überlegte fieberhaft, was er meinte.

»Vor einigen Wochen hast du mir gesagt, du rufst mich in einer Stunde wieder an.«

Er versuchte, nicht weinerlich zu klingen, aber ein Zittern in seiner Stimme war nicht zu überhören. Mir fiel es siedend heiß wieder ein. Ich hatte es tatsächlich gesagt. Wegen Majken. Die mich so genervt hatte. Ich hatte mich wieder melden wollen. Aber dann waren zu Hause all die Kinder gewesen und Bianca und meine Lernerei.

»Das tut mir leid«, sagte ich und meinte es auch so. Aber er schwieg immer noch. Er sah mich nicht einmal an, sondern starrte mit wieder vor der Brust verschränkten Armen über meine Schulter.

»Florian?«

Keine Reaktion.

»Es tut mir wirklich aufrichtig leid. Ich hatte so viel um die Ohren. Meine kranke Tochter …«

Gott, warum log ich schon wieder. Leander hatte ich in all den Jahren nie belogen, bei Florian log ich ununterbrochen.

»Dann ist noch meine Mitbewohnerin ausgezogen, ich muss mich auf meine Prüfungen vorbereiten, ich hatte keine Minute Zeit bislang.«

»Keine Minute, so, so.«

Was für ein Mimöschen. Aber er hatte recht. Es war wirklich gemein von mir. Er schenkte mir so etwas Tolles und was war mein Dank? Dass ich nicht zurückrief. Kein Wunder, dass er eingeschnappt war.

»Florian …«, ich trat erneut auf ihn zu.

»Entschuldigst du mich bitte? Da die Toilette jetzt frei ist, würde ich sie gern aufsuchen.«

Er schloss die Tür und ich überlegte kurz, wie er mit seinem Penis erectus pinkeln wollte, aber vielleicht wollte er auch gar nicht pinkeln und diskret ging ich ein paar Schritte zurück. Ich war immer noch im Flur und sah mich neugierig um. Aus einem Zimmer drang ein schwacher Lichtschein. Die Tür war nur angelehnt. Ich öffnete sie vorsichtig und betrat das Wohnzimmer. Sehr geschmackvoll eingerichtet. Ein gemütliches Sofa, zwei Sessel, ein Couchtisch, auf dem ein aufgeklappter Laptop und ein Schachcomputer standen. Damit also vertrieb sich mein Florian seine Zeit. Mit einem Schachcomputer. Ich biss mir auf die Lippen vor Rührung. Es war gut, dass ich ihn kennengelernt hatte. Ich würde Abwechslung in sein Leben bringen. Immer nur Renten und Rilke und Schach, es wurde Zeit, dass mein Flori auch einmal auf andere Gedanken kam.

Ich drehte mich noch bewundernd im Wohnzimmer herum, da fragte eine Frauenstimme hinter mir:

»Gefällt es dir?«

Vor Schreck sprang ich zurück und fiel über einen Sessel.

»Hallo?«, fragte die Stimme. »Wo bist du denn?«

War ich jetzt verrückt geworden? Hörte ich Stimmen? Hatte ich zu viel Wein getrunken? Ich schüttelte den Kopf.

»Hallo?«, fragte ich unsicher zurück.

»Hallöchen«, flötete sie jetzt. »Hat es dich umgehauen?« Sie sah mich. Sie musste mich sehen. Die Stimme kicherte. Ich schlich auf Zehenspitzen zu dem Laptop und warf einen Blick hinein und ich weiß nicht, wer zuerst aufschrie, sie oder ich.

Florian hatte offenbar kurz vor meinem Überraschungsbesuch geskypt. Mit einer höchstens achtzehnjährigen Wasserstoffblondine, die sehr stämmig war und nackig vor ihrem Computer saß. Riesige Brüste hatte sie, die sie ungehemmt in die Kamera hielt.

»Wer bist du denn?«, keifte sie giftig. »Flos Mama?«

»Und selbst? Eine dieser 0180er Nummern?«

Bevor wir uns noch weiter gepflegt kennenlernen konnten, war das Bild weg. Stattdessen blinkte eine kleine »1« unten am Rand auf. Neugierig klickte ich darauf. Skype hatte ich zu Hause auch. Katie telefonierte manchmal auf diesem Weg mit meiner Mutter in England. So sahen sie sich wenigstens ab und zu.

Ein Dialog erschien auf dem Bildschirm und ganz unten las ich:

»Anruf mit Jessica beendet (Dauer 04:55).«

Und darunter: »pirverse sau!!!!!!!!!!!!!!!!!!!!!!!!!!«

Das war die letzte Nachricht. Jessica hatte sich offenbar ausgeloggt. Da war wohl jemand sauer gewesen. Ich wusste, dass man so was nicht tat, aber ich konnte meine Augen nicht von den vorherigen Zeilen abwenden.

»Würdest Du Dich für mich entblättern?«

»*kicher* du redest so lustig. mom!!!!!!!! ich ruf dich an!!!!!! life kommt das Hammer!!!!!!«

Mom? Ich ruf dich an? Hammer? Ich scrollte weiter hoch.

»Selbstredend habe ich nichts gegen eine heiße Nummer einzuwenden.«

»dann zeig ihn mir!!!!!!!!!«

»Wen?«

»hihihihihi. du weist genau wen!!!!!!!!!!!«

»Du bist mir aber ein ganz schönes Früchtchen.«

»ich will ihn sehen!! echt!!!!!!!!!!!!«

»Dein Wunsch ist mir Befehl.«

»kraaaaaaaassssssssssssssssssss!!!!!!!!!!!!!!«

»Was machst du da?«

»Deshalb hattest du einen Steifen!« Ich drehte mich zu Florian um, der ins Wohnzimmer gekommen war.

»Alia!«

»Und ich habe gedacht, du freust dich, mich zu sehen.«

Ich musste unwillkürlich lachen. Ich stand bei Florian im Wohnzimmer, den ich gerade beim Cybersex mit einer ausrufe- und zeigefreudigen Jessica (18) gestört hatte, und musste so lachen wie damals bei meiner eigenen Konfirmation, als ich nicht lachen durfte, weil alles so heilig war. Damals wäre ich fast gestorben vor unterdrücktem Lachen und hatte danach noch eine Woche Bauchmuskelkater. So ging es mir jetzt wieder. Ich versuchte, mir den Mund zuzuhalten, aber das Lachen brodelte unter meiner Handfläche hervor und ich prustete lauthals heraus, einfach, weil ich daran denken musste, wie typisch das war, ich wieder, gar nicht arrogant, bildete mir glatt ein, dass Florian bei meinem bloßen Anblick sofort erigierte. Wenn ich das Majken erzählte. Ich musste mich an der Sofalehne festhalten und schnappte nach Luft.

»Entschuldige«, brachte ich mühsam hervor.

»Du entschuldigst dich ganz schön oft, ist dir das schon mal aufgefallen?«, fragte Florian sauertöpfisch. Ich bekam den nächsten Lachkrampf.

»Entschuldige, bitte, meine Nerven, das ist alles zu viel für mich …«

Ich kramte in meiner Jacke nach einem Taschentuch. Zum Glück fand ich eins und putzte mir die Nase.

»Freut mich, dass ich dich erheitern konnte.« Florian klang missmutig. »Aber wir sollten uns mal über mein und dein unterhalten.«

Ich schickte ein Stoßgebet zum Himmel. Bitte, lieber Gott, segne mich mit Ernst. Bitte verschone mich mit weiteren Lachanfällen. Er erhörte mich nicht und ich bebte vor Lachen.

»Ich weiß nicht, was daran so lustig ist. Gehst du immer an fremder Leute Computer?«

Nicht lachen, nicht lachen, nicht lachen. Es gab nichts zu lachen, Florian hatte recht.

»Nein«, sagte ich und es klang gepresst. Hoffentlich hielt er es für Schuldbewusstsein. Vorsichtshalber guckte ich möglichst schuldbewusst und entschuldigte mich schon wieder. Er winkte genervt ab.

»Machst du das regelmäßig?«, fragte ich mit Blick auf den Computer.

Es war eine ernsthafte Frage. Ich hatte noch nie virtuellen Sex gehabt. Florian ging zum Laptop und klappte den Deckel zu.

»Wenn du es genau wissen willst …«, begann er. Wissbegierig nickte ich.

»Ja, ich mache das regelmäßig.«

Ich staunte. Die Männer überraschten mich doch immer wieder. Florian hätte ich niemals so eingeschätzt. Ob er auch bei seiner Rentenarbeit so ganz nebenbei …?

»Bist du eifersüchtig?«, fragte er mich. Seine Lieblingsfrage. Ich schluckte den nächsten Lachreflex hinunter.

»Nein, im Gegenteil, ich finde es interessant.« Es war nicht einmal gelogen. Ich fand es tatsächlich unglaublich interessant.

»Hast du das noch nie gemacht?«, fragte er erstaunt.

Ich schüttelte den Kopf.

»Wenn dein Interesse aufrichtig ist, wäre ich bereit, das auch einmal mit dir zu machen.«

Jetzt klappte mir die Kinnlade runter. Ich stand in seinem Wohnzimmer. Bekleidet mit einem engen schwarzen Kleid, schwarzen Strümpfen, Stiefeln, roten Lippen, bereit zum Äußersten. Und er bot mir an, dass ich nach Hause fahren sollte, um dort am Bildschirm, ja, was passierte dort eigentlich?

»Befriedigt ihr euch selbst?«

»Ihr?«

»Ja, ihr. Du. Und Jessica. Oder wie die anderen Frauen heißen.«

»Ja.«

»Oh. Aha.«

»Interesse?«

»Danke, das Angebot klingt nicht uninteressant, vielleicht komme ich darauf zurück.«

Meine Mundwinkel zuckten, aber er merkte es nicht.

»Gleichsam ist es gut, dass du hier bist«, sagte er. Genau.

Endlich kam er zur Vernunft. Allerdings ging es mir so wie immer, wenn ich ihn sah oder hörte: Ich wollte weg. Alle meine guten Gefühle für ihn waren verschwunden; die zarte Liebe, von der ich noch zu Hause fest überzeugt gewesen war, war dahin. Dann lieber allein sterben, dachte ich. Oder doch den Mops.

»Hör zu«, sagte Florian. »Ich habe jetzt wenig Zeit.«

Ich nickte eifrig. Klar. Er musste sich um Jessica und ihre Ausrufezeichen kümmern. Ein Kichern stieg in mir hoch.

»Ehrlichkeit währt bekanntermaßen am längsten. Zu diesem Zweck möchte ich rechtschaffen ehrlich mit dir sein.«

Das Kichern in mir erstarb. Kurz bekam ich Angst. Was, wenn er ein Irrer war? Wie er redete! Niemand auf der ganzen Welt wusste, wo ich war. Ich schluckte und sah ihn an wie das Kaninchen die Schlange.

»Aus uns wird kein Paar!«

»Wie bitte?«

»Ich wusste, dass dich das verletzen würde, und bedauere es aufrichtig. Du bist nicht so schlecht, wie du scheinst, aber wir leben in zwei verschiedenen Welten. Das ist einfach so.«

»Zwei verschiedene Welten?«, stotterte ich.

»Du hast recht, es sind nicht zwei verschiedene Welten. Ich lebe in der richtigen Welt und du lebst in einem luftleeren Raum, durch den du permanent zu schweben scheinst. Wie ein Astronaut ohne Bodenhaftung.«

Und er war ein Hobbypsychologe mit Sprechdurchfall oder was?

»Denn sieh, auch unsere finanzielle Situation, um nur ein Beispiel zu nennen …«, dozierte er. »Das wird doch mit dir nichts mehr in diesem Leben.« Er lächelte milde. »Das ist nicht böse gemeint, versteh mich bitte nicht falsch. Ich möchte dir auch nicht zu nahe treten. Aber ich möchte mein Leben nicht mit jemandem teilen, der weder für das Alter vorsorgt noch über keinerlei finanzielle Mittel verfügt, sich die schönen Dinge des Lebens leisten zu können.«

Mir stand der Mund offen.

»Ich weiß, das klingt jetzt sehr hart. Aber betrachte es doch so: Es hat nichts mit dir zu tun.«

Ich blinzelte. Und schluckte. Und ging rückwärts Richtung Ausgang. Bloß weg hier. Florian hielt mir die Tür auf. Ich stolperte beim Rausgehen. Er fing mich auf.

»War ich jetzt sehr grausam?«

Ich tat ihm den Gefallen und nickte. Er lächelte ein wenig stolz.

»Wenn du ein paar Sachen an dir änderst, wirst auch du eines Tages den Richtigen finden«, sagte er tröstend. »Eine Frage hätte ich jedoch noch zum Abschluss.«

Ich sah ihn fragend an.

»Mit welcher Intention hast du den weiten Weg aus deinem ›Multikulti‹-Stadtteil zu mir überhaupt auf dich genommen?«

Bei »Multikulti« malte Florian mit seinen Zeige- und Mittelfingern zwei Anführungszeichen in die Luft und grinste feist.

Ich sah sein weiches Gesicht ohne Bartwuchs, die trüben Augen, das ordentlich gescheitelte Haar, das kleinkarierte Hemd und wusste die Antwort selbst nicht.

»Ich wollte nur kurz pullern«, sagte ich und düste so schnell ich konnte mit meiner leeren Blase ab ins Weltall.

Wie ein Astronaut ohne Bodenhaftung.

76
Abschluss

Majken unternahm gar nicht erst den Versuch, mir mit weiteren Kontaktanzeigen zu kommen oder mich sonst wo zu verscherbeln. Die Geschichte von meinem Besuch bei Florian, den sie seitdem nur Klorian nannte, hatte sie dermaßen erheitert, dass sie sich immer noch die Seiten hielt und nach Luft japste, wenn sie nur daran dachte. Ich hatte aber auch tatsächlich keine Zeit, an irgendetwas anderes als meine Prüfungsthemen zu denken. Ich war mir sicher, dass ich die mündliche Prüfung nicht überleben würde. Meine Panik ging so weit, dass ich zu Dr. Joskowiak ging und ihn anflehte, mir etwas zu verschreiben. Ein starkes Beruhigungsmittel. Er schrieb mir Baldrian und Johanniskraut auf, und ich war wütend. Er meinte nur, es wäre besser, in einer derartigen Situation nicht gedämpft zu sein, er hätte schlechte Erfahrungen damit gemacht.

Es war so aberwitzig. Ich ging auf die vierzig zu, bald würde ich in Rente gehen und jetzt sollte ich allen Ernstes vor Erwachsenen sitzen und Rede und Antwort stehen? Ja, war ich denn bekloppt? Hatte ich das nötig? Überhaupt war das eine schwachsinnige Idee gewesen mit dem Studium. Typisch Leander. Wolkenkuckucksheim, tolle Utopien, aber dass viel mehr dahintersteckte, das sah er wieder einmal nicht. Wie war ich bloß in diesen Schlamassel hereingeraten? Literaturwissenschaften? Romanistik? Anglistik? Das brauchte doch kein Mensch! Ich hatte mich in einem Verlag gesehen. Die warteten sicher händeringend auf unerfahrene Lektorinnen wie mich. Ich hatte davon geträumt, als Auslandskorrespondentin in Paris zu sitzen und den ganzen Tag Rotwein zu trinken. Wie dumm ich gewesen war. Es gab doch kaum etwas Schöneres als Zahlen. Über die musste man sich nichts Pseudowissenschaftliches aus den Fingern saugen. Zahlen waren einfach da.

Weinend rief ich bei meiner Mutter an. Sie würde Verständnis haben, wenn ich die Prüfungen sausen ließe. Sie war doch meine Mama.

»Dummes Zeug«, sagte sie barsch am Telefon. »Du gehst da jetzt hin und machst das. Augen zu und durch. Und wenn du es schaffst, kommst du zu mir und wir feiern.«

Und wenn ich es nicht schaffte, würde ich meine Mutter nie wiedersehen. Niemanden. Ach, es war ein einziges Elend.

Die Prüfungen konnte man nicht schönreden. Wenn sich die Prüfer und Beisitzer an ihrem Lebensabend zusammensetzten und sich mit Geschichten aus ihrer Berufstätigkeit die Zeit vertrieben, würden sie gewiss über mich reden. Tomatenkopf, hieße ich in ihrer verblassenden Erinnerung und schenkelklopfend würden sie Strichlisten hervorzaubern, auf denen meine Ähs und Hms notiert waren. Es nützte auch nichts, dass mir alle vorher gebetsmühlenartig gesagt hatten: Es ist nur ein Gespräch. Welches Gespräch endete denn bitte schön mit einer Note? Großartiges Gespräch. So blöd war ich nun auch wieder nicht.

Trotz allem bestand ich. Ich, Magistra Artium und Mutti Katium.

77
Loch

Auf dem Weg nach Hause kaufte ich eine Flasche Champagner. Ich legte sie ins Eisfach und überlegte, mit wem ich anstoßen sollte.

Gern hätte ich Leander erzählt, wie furchtbar die Prüfung gewesen war. Wollte hören, dass ich die Beste war. Er hatte mir doch zu diesem Studium verholfen, warum durfte ich ihn jetzt nicht anrufen und mit ihm weinen und lachen? Was machte er überhaupt? Hatte er Katie schon vom Kindergarten abgeholt? Sie sollte heute und morgen bei ihm sein wegen meiner Prüfung. Oder hatte er meine Tochter vergessen, weil er wieder mit Schlampe im Bett rumlag? Oder hatte er eine Neue? Fragen über Fragen. Ich rief Majken an.

»Was ist mit Leander? Hat er eine Neue? Oder immer noch Schlampe?«

»Hast du bestanden?«

»Bestanden im Leben?« Ich lachte bitter. »Oh ja, ich bin Weltmeisterin im Leben.«

»Alia, mir geht es gerade nicht so gut.«

Ich bekam schlagartig ein schlechtes Gewissen. »Was ist los?«

»Keine Ahnung. Magen-Darm oder so was. Ich muss zum Klo.«

Aus dem Hörer tutete es. Arme Majken. Magen-Darm war die Hölle, aber wenigstens nichts Ernstes.

Ich beschloss, meine Mutter anzurufen. Sie würde sich freuen, sie war meine Mutter, sie würde stolz auf mich sein. Aber niemand ging ans Telefon. Ich hinterließ eine Kurznachricht mit der Bitte um dringenden Rückruf.

Der Champagner war kalt genug. Ich öffnete ihn, schenkte mir ein Glas ein und machte laut Musik an. Französische Musik. Gute-Laune-Musik. France Gall. Ich hätte heulen können. Wo blieb die gute Laune, verdammt noch mal.

Meine Mutter rief nicht zurück und Majken auch nicht.

Ich probierte es bei Bianca. Sie war da und kreischte auch begeistert auf, als sie den Grund meines Anrufs erfuhr.

»Hast du nicht Lust vorbeizukommen? Die Kinder kannst du doch mitbringen«, schlug ich vor.

Bianca druckste herum. Gleich müsste sie Joschi abholen, das Mittagessen wäre im Ofen und den Rest des Tages wollte sie damit verbringen, die Wohnung herzurichten. Morgen würde Berti nach Hause kommen. Meine Herren, wie die Zeit verging. Ich wünschte ihr alles Gute und sagte ihr, dass meine Tür dennoch immer für sie und ihre lieben Kleinen offen stände.

Ich machte mir keine Hoffnung, dass Stef zu Hause war und mich auf ihre Dachterrasse einlud. Und so war es auch. Sie ging an ihr Handy, klang aber außerordentlich gestresst, weil sie in der Praxis und das Wartezimmer rappelvoll war. Sie beglückwünschte mich und versprach, dass sie mich zurückrufen und wir das Ereignis ganz bald noch gebührend feiern würden.

Beim zweiten Glas Champagner dachte ich an Kolja. Mir wurde gleich ganz warm im Bauch. Er hatte mir in der schlimmen Zeit so geholfen. Wenn er mich nicht zum Arzt geschleppt hätte, hätte ich keine Fristverlängerung beantragt und jetzt keinen Studienabschluss. Mir fiel der Zettel ein, den er mir zum Abschied in die Hand gedrückt hatte. Ich hatte ihn in den Tiefen meines Schreibtischs versenkt. Jetzt holte ich ihn hervor. Kolja, der beste Nachbar der Welt. Schaden würde es nicht, wenn ich kurz anriefe. Vielleicht wäre er dankbar über ein Lebenszeichen von mir. Aber leider kam nur eine Ansage vom Band, dass diese Nummer nicht vergeben wäre, und ich wunderte mich und legte auf, ohne es noch einmal zu probieren.

Wenig später saß ich mit meiner Freundin Nina, der alten Partymaus, in ihrer spanischen Lieblingsbar. Wir stießen mit einem Glas Cava an und warteten auf die Tapas, die wir zur Feier des Tags in rauen Mengen bestellt hatten. Als ich sie angerufen hatte, hatte sie sofort begeistert reagiert und ihre Arbeit niedergelegt. Eine echte Freundin.

»Das muss gefeiert werden, wir treffen uns beim Spanier, okay?«

Jetzt saßen wir hier und sie verstand gar nicht, dass ich nicht so richtig froh war.

»Du hast es hinter dir.«

»Ja, aber es war furchtbar.«

»Aber du hast bestanden.«

»Ja, aber es war furchtbar.«

»Es ist vorbei.«

»Ja, aber es war furchtbar.«

»Ganz normal«, lachte Nina. »Du hast etwas Großes geleistet und jetzt bist du in einem Loch.«

»In was für einem Loch denn?«, fragte ich.

»In dem Loch, in das man fällt, wenn man eine gewaltige Anstrengung hinter sich gebracht hat. Das Anstrengungsloch.«

»Aha. Und wie lange befindet man sich darin?«

»Das kann ich dir nicht sagen, ich war noch nie drin.« Sie lachte wieder. »Ich hab noch nie was Großes geleistet.«

»Mir scheint, du faselst.«

Wir lachten beide und mir fiel etwas Gutes ein. Nie wieder würde ich eine Prüfung ablegen müssen.

»Nie, nie wieder«, schwor ich feierlich und hob mein Glas.

Insgeheim war ich ein wenig enttäuscht, dass mich niemand zurückrief. Gut, Majken war krank, aber meine Güte, Magen-Darm war auch nicht die Welt. Warum konnte sie nicht zwischendurch anrufen? Und warum rief meine Mutter nicht zurück?

»Ruf doch Leander mal an«, schlug Nina vor.

Ich starrte sie entgeistert an.

»Was ist?«, fragte sie achselzuckend. »Er hat mich neulich sowieso schon nach dir ausgefragt.«

Mein Herz ratterte los. Wie ein alter ausrangierter Zug, der nach Dekaden des Stillstands wieder in Betrieb genommen wird.

»Was guckst du so?«, fragte sie.

»Du hast mit ihm geredet?«

Sie hob theatralisch die Hände gen Himmel, die Handflächen nach oben.

»Ich habe zu ihm gesprochen und er sprach zu mihihihihir.«

»Was habt ihr geredet?«

»Er hat mich gefragt, ob ich weiß, wie es dir geht.«

»Was hast du gesagt?«

»Blendend!« Sie sah mich an. »Ich hoffe, das war in deinem Sinne.«

Ich lächelte. Natürlich. »Natürlich.«

Sie seufzte erleichtert. »Aber er sah echt schlecht aus.«

Mitleid schwappte in mir hoch. »Wieso? Wie denn?«, fragte ich.

Aber da klingelte Ninas Handy. »Scheiße!«, rief sie in den Hörer. »Das kann nicht sein.« Und dann noch einmal: »Scheiße, scheiße, scheiße!«

Sie hatte eine Deadline verpennt. Mit dem Auftrag war sie nicht ganz fertig gewesen und hatte dem Kunden eine Reihe von Fragen geschickt. In der Regel brauchte es etwas Zeit, bis die Fragen beantwortet wurden, diese mussten dann in den Text eingearbeitet werden und so ließen sich mitunter enge Fristen etwas strecken. Mir selbst war das nicht geheuer, aber Nina arbeitete länger in dem Geschäft und verfuhr häufiger so.

»Und ausgerechnet jetzt ruft der Kunde an und sagt, die Fragen werden später beantwortet, ich soll den verdammten Auftrag sofort hinschicken. Scheiße, ich bin nicht mal ansatzweise fertig.«

Hektisch kramte sie in ihrem Portemonnaie.

»Lass, ich lad dich ein.«

»Danke! Vielleicht kannst du das Essen noch abbestellen.«

Aber da kam schon der Kellner und brachte die ersten Tapas. Oliven, Chorizo, ein Schale mit frittierten runden Kartöffelchen, dazu Aioli und Brot. »Der Rest kommt gleich.«

Nina sah bedauernd auf das Essen und kippte ihren letzten Schluck Sekt hinunter. »Ich muss los, Süße. Wir holen die Feier nach.«

Sie drückte mir einen flüchtigen Kuss auf die Wange und rannte los.

Der Kellner brachte Tintenfischringe, kleine Hackbällchen in Tomatensauce, ein Kartoffelomelette, warmen Ziegenkäse. Der Tisch brach fast zusammen und ein Duft von Knoblauch und Rosmarin vernebelte mir das Hirn. Zwei Teller wurden aufgestellt.

»Den Teller können Sie gleich wieder mitnehmen.« Ich wies auf Ninas leeren Platz. Der hübsche Spanier bekam große Augen.

»Sie essen allein?«

Das Blut stieg mir in den Kopf. Es war mir ausgesprochen peinlich. Ich allein an diesem reichlich gedeckten Tisch, an dem gut und gern fünf Personen satt werden könnten. Die Leute vom Nebentisch sahen auch schon herüber.

»Ich versuch's«, sagte ich und lächelte schüchtern.

Wenn ich mich schon in einem Loch befand, dann musste ich wenigstens zusehen, dass es gestopft wurde. Ich hatte es mir verdient. Beherzt griff ich zum Brot.

Stunden später war ich zu Hause. Ich wog ungefähr eine Tonne und war ziemlich beschwipst. Die Spanier hatten mir Sekt nachgeschenkt, auf Kosten des Hauses. Der Koch war aus der Küche an meinen Tisch gekommen und hatte sich erkundigt, ob es mir schmecken würde. Hochroten Kopfes hatte ich gestammelt, dass alles wunderbar wäre, ganz großartig. Der nette Kellner hatte mir ein weiteres Glas Cava eingeschenkt und schließlich gefragt, ob ich eine Restauranttesterin wäre, woraufhin ich kurz Angst hatte, dass ich nun den ganzen Cava auf Kosten des Hauses würde doch selbst bezahlen müssen. Aber er hatte nur gelacht, als er hörte, dass ich ein normaler Mensch war, und auch der Koch schien erleichtert, denn kurz darauf saß fast die gesamte Belegschaft mit mir am Tisch und half mir beim Essen und brachte noch mehr, und als sie erfuhren, dass ich eine Prüfung bestanden hatte, floss noch mehr Cava und sie gratulierten mir und ich warf den Kopf zurück und lachte und hatte das Gefühl, neue Freunde zu haben. Die besten Freunde der Welt.

Die Rechnung hatte mich wieder auf den Boden der Tatsachen zurückgeholt und aus meinen besten Freunden Geschäftsleute gemacht. Trotzdem hatte ich versprechen müssen, bald wiederzukommen.

Auf dem Nachhauseweg wollte ich nachsehen, ob ich mein Handy versehentlich ausgestellt hatte und mich deshalb niemand zurückrief. Ich suchte überall, aber ich fand es nicht. Ich musste es zu Hause vergessen haben. Kein Wunder, dass mich niemand erreicht hatte. Vermutlich würde meine Mailbox voll sein von den Anrufen meiner Freunde und meiner Mama, die vergeblich meine Nummer gewählt hatten in der Hoffnung, mir ihre Gratulation aussprechen zu können. Ich ging schneller und kramte in meinen Taschen schon nach dem Schlüssel. Als ich die Treppen hinaufstieg, sah ich Leander. Er hielt die Hände hinter dem Rücken, als versteckte er etwas, und sah mich merkwürdig an. Schuldbewusst. Ich wurde wütend, als ich seinen typischen Dackelblick sah.

»Wo ist Katie? Passt Schlampe auf?«

»Katie ist im Punto, Kira ist da, fünf Minuten nur, ich wollte dich nur etwas fragen, ganz kurz.«

»Keine Zeit.«

Ich steckte den Schlüssel ins Schloss, drehte ihn um und ging in meine Wohnung.

»Ich wollte dich nur fragen, ob du nächsten Samstag …«

»Was?«

»… Zeit hast?«

»Nein, ich hab ein Kind, das ich nicht fremdbetreuen lassen möchte.«

»Ali.«

»Es hat sich ausge-ali-t.«

Ich wollte die Tür schließen, aber er stellte einen Fuß in den Spalt. Seine Hände, die hinter dem Rücken etwas verborgen hatten, kamen zum Vorschein. In der einen Hand hielt er Verpackungsmüll, in der anderen eine wunderschöne langstielige rote Rose. Ich sah die Rose an. Sie war wirklich schön. Warum gab er sie mir nicht? Warum hielt er sie so merkwürdig nach unten? Wollte er sie mir gar nicht geben?

»Weißt du was?«, überlegte ich laut. »Steck sie dir sonst wohin.«

Und ich trat seinen Fuß aus dem Türspalt und schloss die Tür.

78
Hämatom

Am nächsten Mittag probierte ich es noch einmal bei Majken. Stöhnend fragte sie, ob ich vorbeikommen könnte, sie wäre zu schwach zum Telefonieren. Ich fuhr sofort zu ihr. Sie sah aus wie der bleiche Nachtmahr und wankte gleich wieder ins Bett. Ich folgte ihr und sah, dass neben dem Bett ein Eimer stand.

»Scheiße«, sagte ich.

»Nee, ist nur oben.« Majken grinste. »Herzlichen Glückwunsch zur Prüfung. Du hast es geschafft. Chakka.«

»Ja, toll, chakka«, antwortete ich lustlos. »Frag mich bloß nicht, wie es war. Beschissen war es. Und frag nicht, was ich jetzt machen werde.«

»Und was machst du jetzt?«, fragte Majken prompt. »Willst du promovieren?«

Die Vorstellung an weitere wissenschaftliche Arbeit trieb mir eine Welle von Panik ins Gesicht. Schon beim Gedanken an ein Vorwort bekam ich Magendrücken und eine Einleitung verband ich mit Wehenstillstand. Wenngleich mir das Erkennen von Zusammenhängen und das Formulieren mitunter sogar Spaß gemacht hatten, so war ich doch realistisch genug zu wissen, dass ich niemals in angemessener Weise Erkenntnisse würde präsentieren können. Sollten das bitte schön die anderen machen. Zum Beispiel Majken, die wäre prima dafür geeignet mit ihren langen Beinen und ihrem Selbstbewusstsein. Die Wissenschaftswelt würde erzittern, wenn sie die Stufen nach oben stieg.

Vorerst jedoch stieg sie nur aus dem Bett und raste an mir vorbei, ihre Hand fest auf den Mund gepresst. Wenig später wankte sie zurück ins Bett und seufzte.

»Kannst du mir mal sagen, warum ich so versessen darauf war, schwanger zu werden? Es ist die Hölle!«

Ich starrte sie an. Und im nächsten Augenblick war ich auf ihrem Bett und hüpfte und Majken quietschte und ich umarmte sie und sie rief: »Verdammte Scheiße, du machst mich seekrank«, und sie musste wieder im Bad verschwinden, aber ich folgte ihr, streichelte ihr den Rücken, führte sie zum Bett zurück.

»Ich glaub es nicht. Ich freu mich so. Das ist so wunderbar. Seit wann weißt du es? Wie weit bist du? Was sagt Tom? Wie geht es dir? Wie ist es passiert? Das ist so wunderbar. Ich freu mich so. Unglaublich.«

Ich zerquetschte sie fast und merkte viel zu spät, dass sie weinte, meine Freundin Majken, die große starke Majken, das trieb mir sofort ebenfalls Tränen in die Augen.

»Es gibt Probleme«, sagte sie mir dann. Oh nein! »Ein Hämatom.«

Jetzt schluchzte sie hemmungslos. Ich nahm sie in den Arm und weinte mit ihr. Fragte, was die Ärztin dazu meinte.

»Stef sagt, das passiert oft.«

»Und was bedeutet es?«

Majken griff zu der Packung mit den Taschentüchern neben dem Bett und putzte sich geräuschvoll die Nase.

»Es kann sein, dass es sich zurückbildet, es kann aber auch sein, dass es größer wird und dass das Baby keine Chance mehr hat.«

»Majken, es wird sich zurückbilden.« Ich drückte ihre Hand.

»Es ist so ungerecht«, schniefte sie. »Erst krieg ich kein Baby und dann werde ich schwanger und dann gibt es sofort Probleme. Das ist doch zum Kotzen.«

Ich reichte ihr den Eimer.

»Wieso überhaupt Stef?«, fragte ich. »Bist du zu ihr gegangen?«

Majken nickte und endlich kehrte ein Leuchten in ihre Augen zurück.

»Ja, das war das Beste, was ich tun konnte. Danke, dass du sie mir empfohlen hast.« Sie drückte meine Hand.

»Aber was hat sie mit dir gemacht? Waren es Zauberglobuli?«

Majken lächelte. »Ja, es waren Zauberkügelchen.«

Ich guckte skeptisch. »Wirklich?«

Majken nickte energisch. »Ja. Ich glaube daran. Das Schilddrüsenhormon allein wird es nicht gewesen sein.«

»Schilddrüsenhormon?«, hakte ich behutsam nach, um nicht ihre homöopathischen Gefühle zu verletzen. »Hast du etwas mit der Schilddrüse?«

»Eigentlich nicht. Meine Werte sind alle in der Norm. Deswegen hat auch nie ein Arzt irgendwas in dieser Richtung unternommen. Stef allerdings meinte, dass der Wert zwar in der Norm ist, aber doch relativ hoch, was auf eine latente Unterfunktion der Schilddrüse hinweisen könnte.«

»Aha?«

»Sie meinte, wir können es probieren, und verschrieb mir ein niedrig dosiertes Hormon. Ich warf die erste Tablette ein, direkt als ich aus der Apotheke kam.«

Sie lächelte und mir kamen schon wieder die Tränen vor Freude.

»Ich bin sofort schwanger geworden.«

»Es ist so wunderbar. Ich freu mich so für dich.«

»Und jetzt so was.« Ihre Miene verdüsterte sich.

»Was sagt denn Stef dazu? Musst du irgendwas beachten?«

»Stef sagt, ich kann alles machen, laufen, schwimmen … Ich soll es der Natur überlassen. Wenn das Baby es nicht schafft, wenn das Scheißhämatom größer wird, dann wäre es eben so.«

»Und? Läufst du? Schwimmst du?«

»Kann ich sowieso nicht. Ich würde das ganze Becken vollkotzen, das wär auch nicht schön.« Sie lächelte gequält. »Ich bleib im Bett. Im Bett liegen hat noch keiner Schwangerschaft geschadet.«

»Nur dass du fett und rund wirst.«

»Schatz, das wird man sowieso, weißt du das nicht mehr?«

Ich blieb bis zum Abend bei ihr. Zwischendurch kaufte ich ein und kochte meiner lieben Freundin eine schwangerengerechte Speise im Wok: kleine runde Kartöffelchen, leicht angeröstet, an Blattspinat und Cashewkernen, und Majken behauptete, das wäre toll, wenn sie äße, würde sie die Übelkeit gar nicht bemerken, und so verlangte sie im Anschluss noch eine Nachspeise.

»Was denn? Ein wenig Obst vielleicht? Ich hab Mangos gekauft.«

»Ehrlich gesagt …«, druckste sie herum.

»Nur raus damit«, ermunterte ich sie.

»Ich hätte wahnsinnig Lust auf ein dickes Graubrot mit fetter Mettwurst.«

Tom schaute zwischendurch nach ihr.

»Prima, dass du da bist«, begrüßte er mich. »Ich muss noch mal los. Zu Leander.« Bedeutungsvoll guckte er mich an.

»Leander?« Ich grübelte. »Irgendwo hab ich den Namen schon mal gehört.«

Tom lächelte. »Sei nicht so hart. Er leidet.«

»Tom!«, warf Majken warnend ein.

»Was denn? Es ist so. Ich sag nur die Wahrheit.«

»Ich bin froh, wenn Alia diese Pissnelke vergisst.«

»Zufälligerweise liebt diese Pissnelke aber Alia.«

Ich errötete.

»Seit diese Pissnelke nicht mehr in Alias Leben ist, geht es ihr wunderbar. Guck sie an. Sie hat gerade ihre Prüfung bestanden, sie ist fertig mit der Uni.«

»Hey!«, strahlte Tom. »Glückwunsch!«

Mit immer noch roten Wangen dankte ich huldvoll.

»Und was machst du jetzt?«

79
Arbeit

Ich schlug mich wacker. Trotz Toms Versuch, mir Leander ans Herz zu legen, gelang es mir, diesen nicht in selbiges reinzulassen. Ich war überrascht, wie problemlos das ging. Natürlich bebte mein Herz leicht, wenn ich an ihn dachte, nach wie vor, aber es war doch erstaunlich, wie wenig Raum der vermeintliche Mann meines Lebens noch einnahm. Zu viel geschah um mich herum. Und das war gut so.

Zunächst kündigte sich meine Mutter an. Sie wollte mich besuchen kommen, mit Des, und nach einem Aufenthalt bei Katie und mir planten sie, in Deutschland herumzureisen. Sie würden erst in drei Wochen kommen, aber bis dahin musste meine vernachlässigte Wohnung in einen muttertauglichen Zustand gebracht werden.

Und ich bekam einen Job.

Nina hatte mir gesagt, dass im Büro in der englischen Abteilung eine Stelle als Projektleiterin frei würde, der gute alte Sean ging mit seiner Familie zurück nach Irland. Ich fragte Nina, warum sie nicht Seans Nachfolge antreten würde. Sie seufzte, sah mich lange an und rückte schließlich mit der Sprache heraus.

»Ich geh nach Berlin.«

Wieso gingen plötzlich alle nach Berlin? Nach dem anfänglichen Schock, dass ich eine Freundin verlieren würde, freute ich mich für sie. Berlin passte zu Nina, das sah man ihr an der Nasenspitze an. Sie schwor mir, dass es unserer Freundschaft keinen Abbruch täte und ich sie ständig besuchen könnte.

»Du mich auch.«

Der Chef unserer Firma hieß Martin. Natürlich hatte Nina mit ihm geschlafen und einen Draht zu ihm. Sie hatte bereits ein gutes Wort für mich eingelegt.

»Bewirb dich«, drängte sie mich.

Ich erzählte ihr, dass ich mich eher rotweinschlürfend am Montmartre gesehen hatte, ein Notizbuch in der Hand, gedankenverloren Szenen auf das Papier werfend, woraufhin sie mir trocken sagte, dass ich nicht mehr die Jüngste war. Also schrieb ich eine Bewerbung, feilte am Lebenslauf, füllte die Löcher mit Floskeln und bekam prompt einen Termin zum Vorstellungsgespräch. Erstaunlicherweise war ich nicht aufgeregt, vermutlich lag es daran, dass ich die Leute dort kannte und vor allem gar nicht sonderlich scharf auf den Job war. Als jedoch Martin auf mich zukam, flankiert von zwei schönen Frauen wie in einem James-Bond-Film, schlug mir das Herz doch bis zum Hals.

»Alia, schön, dich zu sehen«, begrüßte und duzte er mich ganz selbstverständlich. »Darf ich dich mit unserer Personalchefin bekannt machen? Melanie Meininger, ihr kennt euch sicher schon.«

Ich schüttelte Melanie, die ich ein paarmal gesehen hatte, die Hand. »Und Cathérine kennst du auch.«

Cathérine war die Leiterin der gesamten Sprachenabteilung, sie übersetzte selbst aus dem Französischen und als freie Mitarbeiterin hatte ich sporadisch Kontakt mit ihr gehabt.

Das Gespräch war sehr angenehm. Wir plauderten über die Firma, über das Übersetzen, bis Melanie Meininger zum unangenehmen Part der Unterhaltung wechselte. Ich hatte in der Bewerbung ausdrücklich geschrieben, dass ich nur eine Dreiviertelstelle würde ausüben können. Genau genommen wollte ich den Freitag für mich haben, anders konnte ich es mir nicht vorstellen, meinen anderen Job zufriedenstellend zu erfüllen, meinen Job als Mutter. Melanie und Martin runzelten die Brauen, allein Cathérine, die selbst Mutter war und zwei bezaubernde Mädchen hatte, verstand mich. Sie fragte mich, ob ich mir vorstellen könnte, freitags wenigstens, wenn arg viel zu tun wäre, in Heimarbeit zu arbeiten. Ich zögerte.

»Nur wenn es alles arg wird«, sagte sie und sah mich aufmunternd an. Ich nickte. Würde schon nicht so schlimm werden. Über die Bezahlung waren wir uns ebenfalls schnell einig. Als sie von meinen Vorstellungen hörten, die ich schüchtern darbrachte, schmunzelten sie. Martin sagte, als Anfängerin in der Position müsste ich das noch einmal überdenken, und Melanie Meininger wies darauf hin, dass ich als Freie zwar einen guten Zeilenlohn bekäme, aber als Feste dafür in den Genuss der anderen Sachen wie bezahlten Urlaub, Krankentage und so weiter käme. Ich war nicht darauf aus zu feilschen und nickte. Mit dem Monatsgehalt verdiente ich deutlich weniger als damals, als ich als Buchhalterin ohne akademischen Hintergrund durch das Großraumbüro trabte, aber ich hatte den Freitag für mich.

»Du hörst von uns«, sagten sie mir beim Abschied. Martin zwinkerte mir zu, und ich lächelte.

Eine Woche später klingelte mein Telefon. Ich nahm ab. Am anderen Ende wurde geschwiegen.

»Hallo?«, fragte ich. Nichts. Ich legte auf. Sofort klingelte das Telefon wieder. Ich nahm ab, genervt, sagte nichts.

»Hallo?«, fragte eine Frauenstimme.

»Hallo?«, äffte ich unfreundlich nach.

Es war Melanie Meininger, die mir zum neuen Job gratulierte. Ich entschuldigte mich für das Missverständnis am Telefon und freute mich gebührend. Ein Job! Nach dem kurzen Gespräch klingelte das Telefon sofort wieder.

»Hallo?«, fragte ich gut gelaunt. Schweigen. Und nach einer Weile, als ich gerade auflegen wollte, Leanders Stimme:

»Leg nicht auf.«

80
Zeilen

Es war ein merkwürdiges Gespräch. Leander lud mich zu einem Konzert von *Brotlos* ein.

»Was soll das?«, fragte ich.

»Du musst kommen«, sagte er leise.

»Warum?«

»Weil es nur für dich ist.«

»Tut mir leid, dafür habe ich keine Zeit. Außerdem habe ich eine Tochter, ich kann nicht mal einfach so auf ein Konzert gehen.«

»Bring Katie zu Majken.«

»Majken hat andere Sorgen.«

»Bianca.«

»Nein.«

»Stef.«

Ich lachte auf.

»Ali ... du musst kommen, es ist wichtig.«

Ich legte auf. Das Telefon klingelte sofort wieder. Ich ließ meinen Anrufbeantworter drangehen. Keine Nachricht. Das Telefon klingelte erneut. Gleiches Spiel. Fünfmal. Klingeln, Anrufbeantworter, keine Nachricht.

Beim sechsten Mal brüllte ich in den Hörer. »WAS SOLL DAS?«

»Entschuldige, es ist wohl kein guter Zeitpunkt.«

»WAS WILLST DU?«

»Ich seh schon, es ist ein ausgesprochen ungünstiger Zeitpunkt.«

»WAS IST DEIN PROBLEM? HÖR AUF, MICH ZU BELÄSTIGEN!«

»Ich möchte, dass du zu dem Konzert am Samstag kommst. Und ich möchte wissen, wie es dir geht.«

»HERVORRAGEND, DANKE, DU ARSCH!«

Ich drückte die rote Aus-Taste.

Verfluchte Pest, warum warf ich mit Schimpfwörtern um mich? Wie machten das die anderen Pärchen? Trennten die sich und dann entstanden tolle Patchworkidyllen? Man musste nur die Zeitung aufschlagen, ach was, aus dem Fenster gucken und schon sah man sie alle. Den Ex mit der Neuen. Die Alte mit dem Kind von der Neuen, alle zusammen im Urlaub, sich abends Sushi rollend. Wunderbar. Genau davon träumte ich. Und nichts konnte ich mir weniger vorstellen.

Was faselte Leander von einem Konzert? Warum rief er an? Gerade jetzt, wo es mir so gut ging? Ich hatte mein Studium beendet, ich hatte einen Job, das Leben hatte mich zurück. Wollte er mich wieder zurück? Wollte ich ihn zurück? Ich war mir nicht sicher.

Ich rief Majken an. Sie wurde total wütend.

»Dieser Flachwichser! Vermutlich hat er gerade nichts zum Ficken. Warum hast du ihm nicht gesagt, er soll onanieren, aber nicht am Telefon, was bildet der sich ein …«

Erst mein vorsichtiges Befragen, wie es ihr ginge, brachte sie wieder etwas runter. Sie seufzte. Das Hämatom war nach wie vor da. Es war auch nicht kleiner geworden. Die einzig gute Nachricht war: Größer war es ebenfalls nicht geworden.

»Tom redet übrigens auch immer von diesem Konzert am Samstag und will, dass ich mitkomme«, sagte sie zum Abschied. »Aber wir gehen nicht, ist das klar?«

Ich nickte. »Natürlich nicht.«

Von Leander
An Alia

Ich vermisse dich.

Ich vermisse deine leuchtenden Augen.

Ich vermisse deine sexy Stimme.

Ich vermisse deine kleinen Hände.

Ich vermisse deine Schultern. Deine Haare. Deine Arme.

Von Leander
An Alia

Meine Ali,

entschuldige bitte. Ich habe deinen Hals vergessen.

Von Leander
An Alia

Es tut mir so leid. Ich war so ein Idiot. Bitte komm zu dem Konzert. Nur darum bitte ich dich.

Von Leander
An Alia

Es tut mir leid, dass ich dich angerufen habe. Aber ich musste deine Stimme hören. Bitte glaub nicht, dass ich mich plötzlich einfach so wieder melde. Es hat einen langen Prozess gegeben.

Von Leander
An Alia

Ich liebe Dich.

Ich sperrte seine E-Mail-Adresse. Selbstschutz. Keine Mails mehr. Schluss, aus. Es war vorbei. Schon lange.

Zwei Tage später hatte ich einen Brief im Briefkasten. Zehn Seiten lang. Am Computer geschrieben. Ein wahrer Roman für Leanders Verhältnisse. Ich öffnete ihn und schon als ich die ersten Zeilen las, liefen mir die Tränen über die Wangen. Weinend legte ich mich ins Bett, ohne den Brief zu Ende zu lesen. Ich wollte das nicht, hatte genug Tränen vergossen. Und doch griffen meine Hände wenig später zu dem Brief, ich sog die Zeilen in mich ein. Leander breitete seine Seele vor mir aus. Sprach von unserer Liebe, die von Anfang an stärker als alle Lieben dieser Welt gewesen war. Er schrieb von seiner Dummheit, seinen Fehlern, davon, dass er nicht mehr schlafen, nicht mehr essen konnte. Er schrieb, dass er über mein Leben informiert war, dass er wüsste, dass ich bereit war für einen neuen Job, für einen neuen Mann, dass es mir so gut ging wie lange nicht mehr und dass er unendlich stolz auf mich wäre. Er schrieb von seiner Ernsthaftigkeit und davon, dass ich das Wichtigste in seinem Leben wäre.

Es gibt einen ganz besonderen Wesenszug an dir, den sonst kein Mensch hat. Ich nenne es Alihaftigkeit.

Ich brauche diese Alihaftigkeit, so wie eine Blume Wasser braucht. Ohne Alihaftigkeit hat mein Leben keinen Sinn. Es ist nur noch ein Überleben. Mir ist so vieles klar geworden. Ich habe einen Sechser im Lotto gehabt und den Gewinn leichtfertig verschenkt.

Seitenlang. Am Ende war ich völlig aufgelöst. Es klingelte an meiner Tür. Wieder und wieder. Ich schlurfte zur Tür.

»Ja?«, fragte ich, ohne die Tür zu öffnen.

»Ali?«

Ich öffnete nicht.

»Ali, bitte mach die Tür auf.«

Ich ließ meine Stirn gegen die Tür sinken. Es war, als spürte ich Leander durch das Holz hindurch. Ich fühlte mich schutzlos, weich, nachgiebig.

»Ali«, flüsterte er.

»Ja«, sagte ich zu schwach, um Nein zu sagen.

»Ich liebe dich, Ali.«

Seine Stimme klang rau und zitterte ein wenig.

»Weinst du etwa?«, fragte ich.

Er antwortete nicht.

»Lässt du mich rein?«

»Nein.«

Gefühlte Stunden später durch die immer noch geschlossene Tür: »Ich geh jetzt, Ali. Ich liebe dich, Ali.«

Ungefähr eine Stunde verharrte ich noch dort mit der Stirn auf dem kühlen Holz. Dann erst öffnete ich die Tür und fand einen riesigen Strauß roter Rosen.

Am nächsten Morgen, als ich Katie in den Kindergarten brachte, sah ich Leander. Er sah nicht gut aus, sein Gesicht eingefallen, das Haar viel zu lang.

»Ali«, sagte er, als er auf mich zutrat. Ich trat einen Schritt zurück. Wie hatte ich mich danach gesehnt, dass er bereute, dass es ihm dreckig gehen möge. Und jetzt, wo es ihm offensichtlich nicht gut ging, vermisste ich meine Befriedigung. Ich sah in seine braunen Augen und alles war so vertraut. Ich lächelte. Er verzog das Gesicht, als hätte ich ihm in den Bauch geboxt.

»Lass uns reden«, bat er mich.

»Okay.«

»Okay?« Er zitterte fast.

Wir gingen in ein Café, ich bestellte einen Tee.

»Für mich auch, bitte.«

»Du trinkst doch gar keinen Tee«, sagte ich verwundert.

»Ich trinke das, was du trinkst.«

Ich verschränkte die Arme vor der Brust.

Leander war nervös. Er nestelte an seinen Fingern, schluckte.

»Hast du meine Mails gelesen?«, fragte er nach einer Weile.

»Nein.«

»Nein?«

»Ich habe deine Adresse sperren lassen.«

»Ali …«

»Hör auf damit.«

»Wir haben ein Kind zusammen.«

Ich lachte auf.

Der Tee wurde serviert.

»Ich vermisse dein Lachen so sehr.« Jetzt kämpfte er mit den Tränen.

»Leander, bitte, reiß dich zusammen. Wenn es etwas zu besprechen gibt, dann besprich, ansonsten geh ich, ich hab Wichtigeres zu tun.«

»Triffst du dich wieder mit jemandem?«

»Darauf antworte ich nicht«, antwortete ich.

»Hast du meinen Brief gelesen?« Wie ein Dackel sah er mich an. Die Stirn in tiefe Falten gelegt, das Gesicht angespannt. Ich zuckte die Achseln und nickte. Er presste die Lippen zusammen, aber es half nichts, eine Träne lief ihm jetzt über die Wange. Ich beugte mich unwillkürlich vor, wischte sie ihm ab, da kam schon die nächste angekullert und die übernächste, ich kam mit dem Abwischen gar nicht mehr hinterher und starrte bestürzt auf dieses Naturschauspiel. Leander presste meine Hand an seine Wange.

»Es ist so schön, dich zu spüren. Ich vermisse dich so sehr. Ich will bei dir sein, mit dir sein, ich bin so ein Idiot«, sprudelte es aus ihm heraus. Ich versuchte, mich ihm zu entziehen, aber er war stärker.

»Ali, meine geliebte kleine Ali, ich habe dich so verletzt. Bitte, sag mir, was kann ich tun, damit ich dein Vertrauen wiedergewinnen kann?«

Mein Vertrauen. Ich verzog den Mund zu einem bitteren Lächeln. Mein Vertrauen war weg. Ich schüttelte den Kopf. Leanders Tränen rannen weiter.

»Leander, bitte, hör auf. Nicht hier.«

»Wo dann? Gehen wir zu dir? Zu uns? Es ist unsere Wohnung.«

»NEIN!« Ich schrie es. Die Kellnerin entfernte sich diskret.

»Warum gerade jetzt, Leander? Warum kommst du jetzt plötzlich?«

Leander presste meine Hand immer noch gegen seine Wange.

»Du wirst es nicht verstehen«, sagte er tonlos. Ich runzelte die Brauen. Und entzog ihm meine Hand endgültig.

»Ich wollte mir sicher sein. Ich war mir die ganze Zeit sicher, versteh mich nicht falsch.« Er suchte nach Worten. »Nur wollte ich nichts überstürzen, nicht nach allem, was passiert ist. Aber jetzt habe ich das Gefühl, du entgleitest mir. Weißt du, ich stehe morgens am Kindergarten, hinter einem Baum versteckt, wenn du Katie bringst. Du siehst mich nicht, aber ich sehe, wie du die anderen Mütter grüßt, die Väter, und du bist so schön dabei. Du strahlst. Neulich habe ich dich zufällig in der spanischen Bar gesehen. Du warst umringt von lauter Männern, hast laut gelacht und sie haben mit dir gelacht. Es sah aus, als himmelten sie dich alle an. Nina hat mir erzählt, du bist jetzt Abteilungsleiterin in ihrer Firma, von heute auf morgen.«

Ich lachte kurz auf. Die Aufsicht darüber zu haben, eingehende Projekte zu koordinieren, hieß nicht gleich, dass ich Abteilungsleiterin war, aber ich klärte den Irrtum nicht auf. Leander wischte sich die Tränen ab und putzte sich die Nase.

»Was kann ich tun? Sag es mir, ich tu alles.«

Meine Beine taten weh. Ich konnte keine Sekunde länger sitzen bleiben.

»Ich kann das nicht, Leander. Es tut mir leid.«

Ich stand auf und ging hinaus. Draußen rannte ich los. Ich rannte nach Hause, ging aber nicht in die Wohnung, sondern rannte weiter und weiter. Eine Stunde rannte ich. Mit Klamotten. Im Park legte ich mich erschöpft auf eine Bank. Der Himmel war strahlend blau. Ich sah die Äste, sah das neue zarte Grün an den Zweigen, sah den blauen Himmel und dachte, wie schön doch das Leben war, wenn es so intensiv war, dass es wehtat. Wenn das Herz schlug und man mit jeder Faser des Körpers spürte, dass man lebte. Dass man liebte. Trotz allem.

81
Konzert

Am Samstagnachmittag besuchte mich Majken. Ich war mehr als überrascht.

»Ist das nicht zu gefährlich?«, fragte ich und umarmte sie vorsichtig.

»Ich kann nicht mehr rumliegen«, sagte Majken barsch und schob sich vorbei in die Wohnung, wo Katie sofort begeistert auf sie zustürmte und ihr auf den Arm hüpfen wollte.

»Katie, nicht«, rief ich, und Majken und Katie hielten verdutzt inne.

»Ach ja«, meinte Majken, »heben ist wohl tatsächlich nicht so gut.«

Besitzergreifend schleppte Katie Majken in ihr Kinderzimmer und zeigte ihr ihre neue Piratenaugenklappe. Majken fand sie großartig und wollte sie unbedingt ausleihen. Erst nachdem Majken alles von Katie gebührend bewundert hatte, duldete es mein Töchterchen, dass ich meine Freundin zu mir in die Küche entführte. Allerdings blieb uns Mausi auf den Fersen.

»Katie, kennst du noch Stef?«, fragte Majken.

Katie schüttelte den Kopf.

»Na, Stef«, erläuterte Majken, »die Mama von Karl und Franz.«

»Ja, ja, ja, ja«, erinnerte sich Katie und hüpfte auf und ab.

»Hast du Lust, heute bei der Mama und dem Papa von Karl und Franz zu übernachten?«

Katies Augen wurden so groß wie Wagenräder. »Übernachten Franz und Karl auch da?«

»Maus, Fränzchen und Karli wohnen dort.«

»Ich will auch da wohnen!«

»Heute Abend? Ohne Mama und Papa?«

»Ja, ja, ja!« Sie hüpfte, als gälte es, einen Hüpfwettbewerb zu gewinnen.

»Okay, ich versuche, deine Mama zu überreden, dass sie ›Ja‹ sagt. Räum schon mal dein Zimmer auf, dann erlaubt sie es bestimmt.«

»Majken!«

»Was denn?« Majken tat unschuldig und lächelte Katie hinterher, die aus der Küche raste.

»Was soll das?«

»Wir gehen heute beide zum Konzert.«

Ich starrte Majken an, die immer noch Katies Piraten-Augenklappe trug, und musste lachen.

»Meine Liebe, ich geh bestimmt nicht auf Leanders Konzert.«

Es war geschickt von Leander. Wenn er eine Schlacht führte, die Schlacht um Alia, dann war seine Taktik nicht schlecht. Dranbleiben, den Gegner zermürben und viele Verbündete gewinnen. Mit Majken hatte er das große Los gezogen. Sie auf seiner Seite, das gab mir den Rest.

»Er hat mich angerufen«, sagte sie und nahm Platz.

»Na und?!«

»Er liebt dich.«

»Majken!«

»Keine Sorge, ich hab ihn ins Kreuzverhör genommen.«

»Tut mir leid, ich habe einer guten Freundin gerade vor einigen Tagen versprochen, unter keinen Umständen zu dem Konzert zu gehen.«

»Die Freundin war unwissend.«

Ich schüttelte den Kopf. Hatte er Voodoo mit ihr gemacht? Majken rührte in dem Tee, den ich ihr rübergeschoben hatte.

»Ich glaube, er meint es ernst. Man kann sich natürlich nie sicher sein, das weißt du ja, Sicherheit ist eine …«

»…Illusion. Nichts ist sicher, nur der Tod«, sagten wir beide wie aus einem Mund und lächelten uns an.

»Gib ihm eine Chance, Alia.«

»Er hatte bereits eine.«

»Nur das Konzert, mehr nicht.«

Ich seufzte. Es war nicht zum Aushalten. »Okay, Majken, unter einer Bedingung.«

Sie strahlte. »Was denn?«

»Du lässt die Piraten-Augenklappe auf!«

Franz und Karl staunten nicht schlecht, als Majken mit ihrer Augenklappe lässig grüßte und an ihnen vorbeimarschierte. Stef und Stef standen hinter ihren Söhnen. Es gab Küsschen auf die Wange, auch vom männlichen Stef, der mir wenig später ein Glas Sekt reichte. Für Majken gab es O-Saft und wir stießen an. Katie klebte auf meinem Arm und Franz und Karl ignorierten sie. Die beiden Jungs tollten raufend durch den Raum, bis Stef der Kragen platzte und sie sie anbrüllte, dass sie sich jetzt auch mal um ihren Gast kümmern könnten, das kleine Mädchen wäre schon ganz verschüchtert. In der Tat klammerte sich das kleine Mädchen, das sonst nie schüchtern war, ganz verschüchtert an mich. Erst als Stefan sagte, dass die Jungs eine echte Werkbank hätten und ob er ihr die zeigen sollte, nickte Katie zögernd und folgte ihm mit ihren kleinen süßen Beinchen. Ich blickte meinem Herzenskind nach und sah, wie sie vertrauensvoll ihr kleines Patschepfötchen in Stefans Pranke schob. Meine Maus. Franz und Karl folgten ihnen nun auch, kichernd.

»Hey, ich mach mich kurz fertig, dann können wir los.«

»Was? Du kommst auch mit?«

»Stefan hat morgen frei, das lass ich mir nicht entgehen.«

»Aber schafft er das denn? Mit den ganzen Kindern?«, fragte ich besorgt. Stef lachte.

»Er kann gut mit Kindern, du siehst es doch. Sie werden sicher nicht pünktlich um acht im Bett liegen heute, aber er kommt klar. Okay?«

Ich nickte.

»Wollt ihr euch nicht vielleicht auch noch … also Majken, ich weiß nicht, ob du es gemerkt hast, aber du trägst eine Augenklappe mit einem Totenkopf drauf«, sagte Stef.

»Ich weiß.« Majken nickte gelangweilt.

Ich kicherte. »Das hab ich ihr auch schon gesagt. Aber sie weigert sich, das Ding abzunehmen.«

»Na ja, und du …« Stef besah mich von oben bis unten.

»Sie sieht scheiße aus«, sagte Majken, »das hab ich ihr auch schon gesagt. Aber sie weigert sich, was Vernünftiges anzuziehen.«

Ich hatte mich tatsächlich geweigert. Wenn mich Leander schon ach so sehr liebte, dann auch ungeschminkt und mit alten Turnschuhen.

»Ich bleib sowieso nicht lange«, tönte ich, folgte Stef aber ins Bad. Majken schloss sich uns an. Stef legte Make-up auf und tuschte sich die Wimpern.

»Muss ich wirklich so gehen?«, fragte Majken.

»Eine schöne Frau entstellt nichts«, flötete ich. »Die Augenklappe macht dich verwegen.«

Stef hielt uns den Mascara hin. »Bedient euch.«

Wir schüttelten die Köpfe. Aber Majken griff zum Kajalstift und malte sich noch ein schmales Schnurrbärtchen auf.

»Wenn schon, denn schon!«

Ich lachte mich kaputt. Stef schaute uns kopfschüttelnd zu.

»Du bist verrückt.«

»Ich bin schwanger.«

Dann heulten wir alle drei eine kleine Runde und Stef musste von vorn beginnen.

Es war, als wäre ich erst gestern im Punto gewesen. Nichts hatte sich verändert, gar nichts. An den Wänden hingen noch dieselben alten Punkplakate wie vor fünfzehn Jahren. Kritzeleien von betrunkenen Gästen, kleine Gemälde, Poster von *Brotlos*, an den Ecken umgeknickt und leicht vergilbt. Wenn ich kurz dem Gedanken verfallen war, dass Leander alles mit roten Herzchen geschmückt hatte, dann hatte ich mich getäuscht. Auf der kleinen Bühne hinten an der Wand stand alles bereit für den Auftritt, das Schlagzeug, die Verstärker, Boxen, Mikros. Ein paar Gäste waren da, aber die konnte man an zwei Händen abzählen.

»Der Bär steppt nicht gerade hier«, kommentierte ich.

Von der Band war weit und breit nichts zu sehen. Majken hörte mich nicht, sie tippte eifrig in ihr Handy.

»Ich brauch was zu trinken«, stöhnte Stef. »Das ist das erste Mal seit Ewigkeiten, dass ich abends weg bin. Spezielle Highlights wie Elternabende ausgenommen.«

Als wir an der langen Bar standen und bei Kira zwei Sekt und einen O-Saft bestellt hatten, kam Tom und umarmte seine Majken von hinten. Sie schmiegte sich schnurrend an ihn. Sie sahen so glücklich und verliebt aus, dass ich von einer Welle der Rührung ergriffen wurde. Sie würden es besser machen als Leander und ich, sie würden ihrem kleinen Kind eine heile Familie bieten und immer füreinander da sein.

»Hey ihr.« Tom winkte zu Stef und mir rüber.

»Ist er eigentlich treu?«, fragte mich Stef flüsternd, die das glückliche Pärchen ebenfalls neidvoll angestarrt hatte. Ich zuckte die Schultern.

»Keine Ahnung, ich glaub schon. Aber angeblich ist er nicht so sexbesessen, um es mal euphemistisch auszudrücken.«

»Was?« Stef konnte ihre Stimme kaum unter Kontrolle halten. »Das glaub ich nicht. Solche Männer gibt es nicht.«

Ich sah Stef an. Ihre Stirn war in Falten gelegt und sie guckte düster in ihr Glas. »Gibt es Neues von dir und Stefan? Ihr habt doch vorhin ganz harmonisch ausgesehen.«

»Sind wir auch.« Ihr Blick war immer noch düster. »Er vögelt seine gesamte Belegschaft reihum durch und ich tu so, als krieg ich davon nichts mit. Klappt wunderbar.«

Stef kippte den Sekt runter, als wäre es ein Schnaps, und bestellte sich einen neuen. »Majken gönne ich ihr Glück jedenfalls. Sie hat so gelitten, dass sie nicht schwanger wurde. Allerdings wusste ich nicht, dass Tom es mit dem Sex nicht so hat.«

»Pssst …« Ich sah nervös zu Majken und Tom rüber, die sich gerade irgendwelche Sachen in die Ohren flüsterten. Es war nicht so, dass Majken ein Geheimnis daraus machte, aber trotzdem musste man nicht alles gleich in die Welt hinauströten. Stef kicherte nur.

»Wie sieht es denn aus mit dem Hämatom?« Ich brachte unsere Unterhaltung wieder auf den nüchternen Boden der Tatsachen. »Kann man da irgendwas sagen?«

Sie schüttelte den Kopf. »Da kann man nur abwarten.«

Wir seufzten beide und nippten am Sekt.

»Wann geht es los?«, rief ich zu Tom rüber. »Wartet ihr noch, bis der Laden voll ist?«

Tom lächelte. »Dann könnten wir gleich absagen. Ich geh mal runter zu den Jungs.«

Wenig später bediente Kiras Freund Levent die Regler. Es wurde dunkler im Raum, die Musik ging aus, die Gespräche verstummten. Alle warteten gespannt.

Tom, Viktor, Leander und Jan liefen auf die Bühne. Genau genommen liefen nur Tom, Viktor und Jan. Leander schlurfte gemächlich hinterher.

»Oh mein Gott, Jan ist auch da, das wusste ich gar nicht, den hab ich ewig nicht gesehen. Ist der alt geworden!«, raunte mir Majken zu.

Ich lachte. »Was wird er erst sagen, wenn er dich sieht.«

Majken schlug sich entsetzt die Hand vor die Augenklappe.

Leander nahm am Schlagzeug Platz, Viktor griff zur Gitarre, Jan zum Bass und Tom zum Mikrofon. Er nahm es und tat erst einmal gar nichts. Lächelnd sah er sich im Raum um, hob die Augenbrauen, als neue Gäste kamen, und zog alle in seinen Bann.

»Tollen Mann hast du«, hörte ich Stef zu Majken raunen. Majken nickte stolz.

Tom sagte »Hallo« und wartete ab.

»Hallo«, rief Majken schließlich und winkte zurück. Alle lachten. Weitere Hallo-Rufe ertönten. Tom grinste zufrieden. »Geht doch.«

Dann ging es los. Ein altes Lied von ihnen, ein Hit. Ich konnte den Text auswendig und sang mit.

»Ich will tanzen«, rief Majken und wackelte auf ihrem Barhocker hin und her.

»Du darfst tanzen«, sagte Stef, »meine ärztliche Erlaubnis hast du.«

Sofort blieb Majken stocksteif sitzen und hielt sich die Hände auf den Bauch. Ich wackelte etwas mit. So lange war es her. Erinnerungen stiegen hoch. An das Leben vor Katie, als *Brotlos* noch mit einem alten VW-Bus herumgefahren war zu irgendwelchen Auftrittsorten in Hintertupfingen. Ich war zuweilen dabei gewesen und hatte viel Spaß mit den Jungs gehabt. Leander hatte mich so geliebt. Seine Augen hatten geleuchtet, wenn er mich im Publikum gesehen hatte. Und ich war selbst so verliebt gewesen, so stolz auf meinen tollen Freund.

Bis.

Zu dem Tag.

Oder schon vorher.

Es war eine schleichende Entwicklung gewesen. Nicht von heute auf morgen.

Wann war es passiert?

Was tat ich hier eigentlich?

Meine Gedanken schweiften ab. Ich dachte an Dirty Dancing. Die Schlussszene, als Patrick Swayze sich sein Baby einfach nahm. Wie sie tanzten. Die namenlose Schauspielerin warf den Kopf lachend in den Nacken, ihre Augen glühten vor Glück. Patrick tanzte auf sie zu, den Körper gebückt, die Finger schnipsten, Wechselschritt, alle seine Freunde waren hinter ihm. Sie kamen auf sie zu, auf Jennifer Grey, dass der Name mir doch noch einfiel, und Patrick Swayzes Augen glühten ebenfalls, sein Gesicht, sein Körper, der ganze Mann war voller Spannung, voll bis obenhin mit Spannung und mit Gefühl, er wollte sie, sie wollte ihn, er ging, um sie zu holen, und die anderen Tänzer bewegten sich hinter ihm wie Katzen. Und er trug sie, trug sein Baby auf Händen, balancierte sie in der Luft, das Volk erhob sich, jubelte, klatschte, sie war die Königin, getragen von wahrer Liebe, hochgehoben in den Himmel. Genau so.

Genau so etwas passierte nur im Film.

Natürlich hatte ich das nicht erwartet. Ich lachte laut auf bei dem Gedanken. Majken sah mich an.

»Was gibt's?«

»Es wäre lächerlich, ich könnte mich überhaupt nicht so waagerecht in der Luft halten.« Ich tippte mir an die Stirn und lachte.

Majken schüttelte den Kopf. »Du spinnst, Alia.«

Ich nickte. Ich spann. Total. Was hatte ich erwartet?

»Gib dich mit dem zufrieden, was du hast«, sagte ich laut.

»Das tu ich doch«, sagte Stef stirnrunzelnd, obwohl ich sie gar nicht gemeint hatte.

»Wir sind mit unserem kleinen Konzert schon fast am Ende«, schrie Tom ins Mikrofon. Das Publikum gab prompt bedauernde Oh-Rufe von sich. Tom hielt sich die Hand ans Ohr. Die traurigen Oh-Rufe wurden lauter, einzelne Ach-wie-schade-Rufe klangen dazwischen.

»Zugabe«, brüllte Majken.

»Wir machen keine Zugaben. Haben wir noch nie gemacht. Früher wolltet ihr keine, heute geben wir keine.« Tom grinste fies. Buh-Rufe erklangen.

»Aber wir sind noch nicht am Ende, spart euch die Tränen.«

Verhaltener Jubel.

»Ich gebe das Mikro weiter an Leander. Schlagzeuger, Gitarrist, Komponist, Erfinder von *Brotlos* und Besitzer vom Punto.«

Der Jubel wurde lauter. Es war immer noch nicht allzu voll im Punto, aber die Leute, die da waren, hatten gute Laune und machten gute Stimmung. Ich lächelte. Leander, das wusste ich, mochte so was gar nicht. Im Mittelpunkt stehen. Das war nicht sein Ding und dafür liebte ich ihn. Hatte ich ihn geliebt. Ich lächelte immer noch, als ich beobachtete, wie er das Mikro nahm und sich erst einmal so dermaßen unprofessionell räusperte, dass es aus den riesigen Boxen wie der Raucherhusten eines verendenden Hirsches erklang.

»Entschuldigung«, entschuldigte er sich sofort. Das Publikum lachte. Ich schüttelte lächelnd den Kopf. Mein Leander.

»Ich möchte ein Lied singen«, begann er. Und versuchte dann erst einmal, das Mikro am Ständer zu befestigen.

»Ich möchte ein Lied singen«, begann er von Neuem.

»Ich weiß«, rief ein Schlaumeier aus dem Publikum. Alle lachten. Leander lächelte sein müdes Leanderlächeln. Sein Blick suchte mich, wir sahen uns in die Augen, nicht lange, ich hielt es nicht aus und senkte den Blick.

»Ein Lied für eine Frau, die ich mehr liebe als alles andere auf der Welt.«

Das Blut schoss mir in den Kopf, pulsierte in den Ohren, überflutete meinen Haaransatz. Ich sah hoch und sah, dass er mich immer noch anblickte. Ich schluckte. Ich wusste, wie schwer ihm das fiel. Er hasste es, ins Mikro zu sprechen, Ankündigungen zu machen, vor Publikum zu sprechen. Dass er das für mich tat. Sich so entblößte vor all seinen Gästen, vor meinen Freundinnen, dass er mir sein Herz schenkte von der Bühne herab, ich sah ihn an, meinen Leander, das vertraute Gesicht, den vertrauten Körper, die vertraute Jeans, den vertrauten Pulli, ich kannte alles, seine Wange, seine braunen Augen. Ich sah ihn an und das Gefühl, das sich in mir ausbreitete, war besser als Dirty Dancing. Das war mein Film hier, mein persönlicher Film.

Leander begann zu singen und vom ersten Ton an liefen mir die Tränen über die Wangen. Ich hörte kaum den Text, es war englisch, Ali hörte ich immer wieder, immer wieder Ali, es war ein ruhiges Lied, voller Sehnsucht, und Leander sang es mit seiner brüchigen Stimme, für mich, nur für mich, ich presste die Lippen zusammen, hielt mir die Fäuste vor den Mund, zerdrückte meine Finger, merkte, wie Stef mich umarmte und auch Majken, und dann war das Lied zu Ende.

Es war eine Weile ruhig im Raum und endlich klatschten die Menschen. Johlten, riefen Zugabe.

»Ali.« Leander versuchte, sich mit dem Mikrofon Ruhe im Raum zu verschaffen. Das Klatschen verebbte. Er stand dort oben auf der Bühne, er sah mich an.

»Ali …« Er stockte.

»Willst du mich heiraten, Ali?«

82
Traum

Es war nicht so, dass ich auf Günther Jauch stand. Wahrlich nicht. Dafür war er viel zu omnipräsent im Fernsehen und vor allem ging mir auf den Keks, dass die Leute ihn so toll und klug fanden und allesamt mit »Jauch-for-president«-Buttons rumliefen. Umso erstaunter war ich deshalb, dass er in meinem Traum auftauchte.

Ich war an ihm vorbeigegangen und hatte ihn erkannt. Daher hatte ich sofort weggeguckt, um ihm nicht auf die Nerven zu fallen. Beim Weggucken musste ich aber lächeln. Und als ich mich danach noch einmal zu ihm umgesehen hatte, hatte er sich im gleichen Moment auch umgesehen und wir mussten beide lächeln. Das war schon mal irre romantisch. Und würde mir persönlich auch reichen. Aber in so einem Traum hat man keine Wahl. Ich marschierte schnurstracks in eine nahe gelegene Kneipe, die verblüffende Ähnlichkeit mit dem Punto hatte. Nur dass ein Schild mit der Aufschrift »Studentenkneipe« über der Tür hing. Alles war eng und gemütlich, Leanders alte Sofas und Sessel standen kunterbunt durcheinandergewürfelt herum. Günther Jauch kam herein. Er musste mir gefolgt sein. Das gefiel mir. Ich sah heimlich zu ihm hinüber. Plötzlich kam er zu mir, ging aber an mir vorbei, sehr dicht, und sagte zu den Jungs, die sich auf den Sesseln fläzten: »Hee, ihr da, lasst uns alles umstellen.« Die Jungs standen auf und alle rückten und räumten nun wie verrückt herum. Nach einer Weile standen alle Sessel wie in einem Theater nach vorn ausgerichtet, in Reih und Glied, und man hatte von jedem Platz aus Blick auf die kleine Bühne. Ich rutschte in einen der Sessel. Alle anderen nahmen auch Platz. Mein Sitznachbar sagte: »Genial!« Und ich sagte: »Ja, der ist so klug.« Und dass jetzt vorne nur noch die wichtigen Fragen gestellt werden müssten, wie im Fernsehen.

In dem Augenblick kam Günther Jauch bei mir vorbei und fragte: »Alles okay?«

Ich sagte: »Ja, Sie sind schon ein schlaues Köpfchen.« Er lachte geschmeichelt. Danach wurde gegrillt. Günther Jauch setzte sich auf den Platz neben mir und sagte ganz nebenbei: »Das ist mein Platz.« Ich wurde rot, und wir wussten beide längst, dass uns etwas Tiefes verband. Bianca tauchte plötzlich auch auf und sagte, wenn sie schon im Osten leben müsste, dann eher in Potsdam und bloß nicht in Berlin, sie könnte Herrn Jauch da gut verstehen. Ich dachte, Blödsinn, wenn, dann Berlin. Plötzlich raunte er mir zu: »Hat's dir gefallen?« Ich wurde rot. Er war so nah. Er duzte mich. Ich stotterte irgendetwas. Er fragte, wie mir die neue Raumaufteilung gefiele. Ich sagte:»Na ja, gut, aber das könne man nicht vergleichen.«

»Warum nicht?«, fragte er.

»Vorher war es eine Studentenkneipe, jetzt ist es publikumsorientiert«, fachsimpelte ich.

Im Traum klang das unglaublich klug und Günther Jauch war stark beeindruckt von meinen intellektuellen Fähigkeiten, die sich sogar in derart kurzen und scheinbar banalen Sätzen widerspiegelten. Er sah mir voller Bewunderung direkt in die Augen. Es funkelte und sprühte zwischen uns.

Eine Hand landete tollpatschig auf meiner Brust, und ich wachte auf.

Leander schnarchte leise. Er schlief noch, jedenfalls hoffte ich das. Ich schob seine Hand vorsichtig zur Seite. Das passierte in letzter Zeit öfter. Seit Leander wieder hier in der Wohnung war. Das, was Leander schon immer am liebsten gehabt hatte, das wollte ich weniger als jemals zuvor. Mich störten schon die zartesten Annäherungsversuche in diese Richtung. Leander war sehr mitfühlend und sagte, es läge alles nur an ihm, daran, was er getan hätte. Er sagte, er würde mir alle Zeit der Welt geben und mich nicht bedrängen, er wäre glücklich, wenn er nur neben mir liegen dürfte.

Und selbst das war mir manchmal zu viel.

Nach seinem Heiratsantrag – der festgebrannt war in meinem Herzen, es loderte lichterloh und heiße Wellen der Liebe ließen mein Herz für Leander höherschlagen, wenn ich nur daran dachte – war er zu mir gekommen. Ohne Mikro. Ich hatte die Hand gehoben und sein Gesicht berührt. Mein geliebtes Leandergesicht. Ich hatte meine Wange an seine gelegt und geflüstert, dass ich es nicht wüsste.

»Ich weiß es nicht, Leander.«

Er hatte genickt und wir hatten uns geküsst. Ganz filmreif unter dem Jubeln und Johlen des kleinen Punto-Publikums. Alle dachten, ich hätte »Ja« gehaucht, selbst Majken und Stef waren erstaunt, als ich ihnen wenig später verriet, was ich tatsächlich gesagt hatte. Leander hatte mich anschließend entführt in ein Hotel. Rosenblätter waren dort verstreut, eine Flasche Champagner, Erdbeeren, all das, was ich mochte und liebte. Leander hatte auf den blütenweißen Laken hungrig von mir Besitz ergriffen, und ich hatte es geschehen lassen und daran denken müssen, dass er wie ein

Hund war, dem andere Hunde in seiner Abwesenheit den Lieblingsbaum weggenommen hatten und der seinen nunmehr wiedereroberten Ort mit Hingabe beschnüffelte und markierte. Erst später, als wir redeten, wir redeten nicht über das, was in der Vergangenheit geschehen war, wir redeten über Tom und Majken, über ihr Baby, über unsere Katie, über den Auftritt, über reiche Leute, die immer in Hotelzimmern schlafen, über Udo Lindenberg, der das auch tat, über Gott und die Welt, und erst da durchfuhr es mich. Leander fütterte mich mit den kleinen Erdbeeren, achtsam und zärtlich, und ich sah sein Gesicht, strich über seinen Falten, die Linien, nahm ihm mit den Lippen die Früchte sanft ab und dachte, ja, das ist mein Platz, hier will ich für immer sein.

Es war klar, dass ich nicht von heute auf morgen zum normalen Papa-Mama-Kind-Alltag mit Leander zurückkehren konnte. Leander hatte völlig recht. Ich brauchte Zeit. Wir würden abwarten. Kleine Schritte. Einen nach dem anderen. Leander hatte gleich einziehen wollen, er hatte davon gesprochen, seine Wohnung über dem Punto zu kündigen. »Ich brauch sie nicht«, hatte er gesagt. »Ich will bei euch sein, bei dir und Katie und Leolo.« Leolo war der Arbeitstitel für unseren Sohn, den er recht bald zu zeugen gedachte. Ich wünschte mir noch ein Baby, es fiel mir nur schwer, die dafür notwendigen Schritte in die Wege zu leiten. Und ohne Sex keine neuen Babys, das war der Lauf der Dinge. Es war gar nicht so, dass ich keine körperliche Nähe wollte, wir umarmten uns, wir kuschelten, aber weiter vermochte ich nicht zu gehen. Da war nichts bei mir. Keine Lust, kein Fünkchen, nicht mal ein bisschen. »Vielleicht komme ich schon in die Wechseljahre«, witzelte ich einmal, als ich gerade einen Annäherungsversuch Leanders erfolgreich abgewendet hatte. Aber Leander fand das gar nicht witzig. Alles seine Schuld, behauptete er, und dass ihm alles so leidtäte. Mir tat es auch leid. Ich wollte aber auch nicht, dass er seine alte Wohnung aufgab. Mussten wir nicht erst einmal gucken, wie sich alles entwickelte?

»Ali, wir lieben uns, wir sind seit mehr als zehn Jahren ein Paar, wir haben ein Kind, wir wollen noch mehr Kinder, wir müssen nicht gucken, was sich entwickelt.«

Vermutlich hatte er recht. Aber zunächst einmal konnte er ohnehin nicht in sein altes Zimmer zurück, da ich meine Mutter und ihren Mann erwartete. Sie würden hier residieren und danach würden wir weitersehen.

83
Fahrkarte

Aufgeregt hüpfte Katie vor der Absperrung auf und ab. Wann kommen sie, wie lange noch, wo ist Omi? Ihre Fragen schoss sie im Sekundentakt ab, ohne eine einzige Pause dazwischen. Ein cooler Junge von etwa sieben Jahren, der mit seiner Mutter an der Absperrung stand, hielt sich genervt die Ohren zu. Seine Mutter klopfte ihm auf die Finger und warf einen entschuldigenden Blick zu uns. Ich lächelte leicht verkniffen zurück. Da endlich, endlich öffneten sich die Türen und die ersten Passagiere des Fluges aus London-Heathrow kamen heraus. Meine Mutter und Des waren nicht zu sehen. Katie hüpfte, so hoch sie konnte, aber es half alles nichts. Endlich, nach einer gefühlten Ewigkeit, konnte ich die große Gestalt meiner Mutter erkennen, ich winkte aufgeregt, hob Katie hoch und Katie brüllte Worte der Begrüßung über die ganze Menge hinweg in einer Lautstärke, dass mir die Ohren klingelten. Der kleine Junge sah uns wütend an und hielt sich wieder demonstrativ die Ohren zu.

Wir fuhren mit dem Bus zu mir. Katie redete ununterbrochen mit meiner Mutter, und ich plauderte mit Des. In der Wohnung zeigte ich ihnen, wo sie schliefen. Ich hatte Leanders Sofa zum Gästebett umfunktioniert. Ein kleines Willkommensbildchen von Katie zierte das Kopfende.

»Macht euch frisch, ich mach einen Tee oder Kaffee und später gehen wir zum Italiener. Ich lade euch ein.«

Das konnte ich mir leisten, schließlich hatte ich in wenigen Tagen einen festen Job mit allem Drum und Dran.

Etwas später, als Katie sich beruhigt hatte und Des im Bad war, saß ich mit meiner Mutter an dem kleinen Tisch in der Küche. Wir rührten in unseren Teetassen.

»Was habt ihr vor, was wollt ihr alles sehen?«

»Des möchte in alle Museen gehen und ich möchte möglichst viel Zeit mit dir und Katie verbringen.« Meine Mutter lächelte. »Gut siehst du aus. Geht es dir gut?«

Ich lächelte ebenfalls. »Ja«, sagte ich.

Ich hatte ihr nichts erzählt von Leander. Es schien mir nicht so wichtig zu sein. Außerdem wusste ich nicht, wie lange es gut gehen würde mit uns oder ob es überhaupt gut gehen würde. Da musste ich die Neuigkeiten also nicht gleich in alle Welt hinausposaunen.

»Leander kommt nachher mit zum Italiener. Ist das okay für euch?«

Meine Mutter hob die Augenbrauen. »Leander?«

Ich nickte beiläufig. Meine Mutter war nicht der Typ, der nachhakte. Sie hatte feine Antennen und ließ mich in Ruhe.

»Pass auf dich auf«, sagte sie nur.

Und dabei beließen wir es.

Es waren schöne Tage mit meiner Mutter. Leander nahm sich Zeit für uns, so gut es ging, allerdings hatte er viel im Punto zu tun und die Band hatte demnächst einen Auftritt. Aber er bemühte sich. Ich besuchte mit Des eine Ausstellung, die ich mir im Leben nicht allein angeschaut hätte, fand sie großartig und nahm mir vor, in Zukunft viel öfter in Ausstellungen und Museen zu gehen. Meine Mutter spazierte unterdessen mit Katie durch den Zoo.

Drei Wochen wollten sie in Deutschland bleiben, bevor es zurück nach England ging. Zwei Wochen bei mir und eine Woche wollten sie in Heidelberg verbringen, wo meine Mutter aufgewachsen war. Sie hatte mich bereits vor der Reise gefragt, ob ich mitkommen wollte nach Heidelberg, mit Katie, aber der Termin kollidierte mit meinem Arbeitsbeginn. Am Monatsersten würde es losgehen bei mir. Davon abgesehen hätte ich es mir auch nicht leisten können, wenngleich meine Mutter davon sprach, dass sie uns selbstverständlich einladen würde.

Dann änderten die beiden spontan ihre Pläne.

»Alia, Des würde wahnsinnig gern nach Berlin für ein paar Tage, bevor wir nach Heidelberg weiterfahren. Und ich auch. Das letzte Mal, das ich da war, war vor fast fünfzig Jahren.« Sie schüttelte ungläubig den Kopf. »Ich würde mich freuen, wenn ihr mitkommt. Zeit hast du doch noch und ich lade euch ein, würde die Fahrt und das Hotel bezahlen. Mein Geschenk für deine bestandene Prüfung.« Sie lächelte.

»Gefällt es euch nicht bei mir?«

»Unsinn. Aber Des war noch nie in Berlin und es ist doch nicht so weit von hier. Nur für ein paar Tage. Das wird toll.«

»Meine Arbeit …«

»Beginnt am Ersten …«

»Katies Kindergarten …«

»Was ist damit?«

Ich überlegte. Nichts war damit, meine Mutter hatte recht. Und Leander? Der würde sicher nicht mitkommen können. Wegen des Puntos. Und wegen *Brotlos* und dem Auftritt.

»Sprich mit Leander«, sagte meine Mutter. »Vielleicht hat er Lust.«

Leander legte seine Stirn in Falten und seufzte schwer.

»Ich würde so gern«, sagte er.

»Dann komm mit.«

Er sah mich mit seinen braunen Augen traurig an.

»Ali, ich kann nicht.«

»Das Punto schmeißen Kira und Levent, wo ist das Problem?«

»Wir haben einen Auftritt.«

Es war wie immer.

»Vielleicht kann ich für einen Tag mitkommen.«

»Ich will dich zu nichts zwingen. Wenn du keine Lust hast, ist es okay.«

»Ich habe Lust!«

»Klar!«

»Ali, bitte, die nächsten Tage ist es schlecht. Wenn ich das früher gewusst hätte, hätte ich anders geplant.«

»Natürlich!«

Er nahm meine Hand. »Wir fahren danach noch mal nach Berlin. Wir drei. Oder wir beide allein. Ja? Oder nach Paris. Was hältst du davon? Ein Wochenende in Paris mit Croissants zum Frühstück?«

Das klang schön. Zu schön. Ich lächelte wehmütig.

»Du bist nicht sauer, oder?«, fragte er.

Ich war nicht sauer. Es war nichts Neues. Leander hatte nie Zeit. Wir würden nie nach Berlin fahren. Nie nach Paris. Ich war nicht einmal enttäuscht, so klar war es für mich gewesen. Ich saß auf seinem Schoß und gab ihm einen Kuss auf die Wange. Leander hielt mich fest und versuchte, mich auf den Mund zu küssen. Ich drehte den Kopf weg, aber seine Hände wanderten zielstrebig unter meine Kleidung. Ich wollte aufstehen. Er hielt mich fest. Schließlich gelang es mir, mich aus seinem Griff zu befreien. Er zog ein enttäuschtes Gesicht.

»Wie immer«, murmelte er.

»Genau.«

Ich ging meine Fahrkarte kaufen.

84
Berlin

Wir nächtigten in einem kleinen Hotel direkt an der Spree. Drei Tage Berlin. Ich packte Katies und meine Sachen in den Schrank. Mir fiel der Zettel in die Hand, den ich zu Hause noch in den Koffer gestopft hatte. Koljas Adresse. Die Telefonnummern, unter denen nie jemand zu erreichen war. Ich hatte es ein paarmal versucht, Festnetz und Handy, kein Anschluss, und dann hatte ich sogar eine E-Mail geschrieben, die ebenfalls unbeantwortet blieb. Es schien, als wollte Kolja keinen Kontakt mehr, er hätte schließlich alle Möglichkeiten gehabt, sich bei mir zu melden. Aus den Augen, aus dem Sinn. Vielleicht würde ich bei der Adresse vorbeigehen und mir das von dem bärtigen kleinen Mann ins Gesicht sagen lassen.

Es klopfte an der Tür und ich knüllte den Zettel in meine Hosentasche. Mama und Des marschierten an mir vorbei und setzten sich an den kleinen Tisch. Sie hatten bereits alles geplant.

»Von hier aus können wir zu Fuß zum Schloss Bellevue spazieren und weiter zum Bundeskanzleramt und zum Reichstag. Den Buggy für Katie nehmen wir mit. Das wird ein toller Tag.«

Und es wurde ein toller Tag. Ausflugsdampfer brummten

auf der Spree und die Wellen, die sie hinterließen, tanzten mit den Sonnenstrahlen Polka. Berliner saßen rechts und links auf den schmalen Grünstreifen, leicht bekleidet, es war warm. Wir gingen am Schloss Bellevue vorbei, am Haus der Kulturen der Welt, am Bundeskanzleramt. Des war hin und weg. Er marschierte, als hätte er eine funkelnagelneue Batterie in sich. Zwischendurch deutete er auf die Gebäude und hielt uns Vorträge, wer hier wann was gemacht hatte. Katie ließ sich schieben, wurde ab und zu mit Bananen und Apfelscheiben gefüttert, winkte den Schiffen zu und war entzückt von den Wasserfontänen, die aus dem Boden vor dem Bundeskanzleramt schossen.

Wir gingen am Reichstag vorbei und flanierten durch das Brandenburger Tor. Des fand kein Ende. Wir drei Frauen deuteten zart an, dass wir umfallen würden, wenn wir nicht bald etwas zu essen bekämen, und Des nickte, flanierte aber munter weiter. Unter den Linden, Gendarmenmarkt, endlich, ein Café, Essen. Laut Reiseführer sollte es hier nur so von Politikern und anderen Prominenten wimmeln, aber wir sahen niemanden. Es war egal, ich aß ein Schnitzel, und das war auch gut so.

Später führte uns Des noch über die Museumsinsel. Er war hingerissen von der Architektur des Bodemuseums und der Alten Nationalgalerie, morgen wollte er hier den ganzen Tag verbringen, von früh bis spät. Ich war fasziniert von all den Menschen, die auf Decken und Jacken herumlagen, auf jedem freien Stück Rasen, das zu sehen war, und zwischendrin immer die dicke alte Spree, die quietschenden S-Bahnen und all das Leben. Berlin gefiel mir. Zurück fuhren wir mit einem der Ausflugsdampfer in Richtung Hotel. Katie konnte ihr Glück kaum fassen. Abends in unserem Doppelbett kuschelte sich mein Mädchen fest an mich und schlief ein, noch während ich ihr eine Geschichte erzählte.

Ich rief Nina an. Sie war in Berlin auf Wohnungssuche und eigentlich kaum noch zu Hause. Berlin war genau ihre Stadt, schwärmte sie mir vor. Zurzeit schlief sie bei einem Freund, Spanier natürlich, arbeitete von ihrem Laptop aus noch für unsere Firma und verabredete sich mit mir für den nächsten Tag. Sie wollte abends mit mir ausgehen, in die Volksbühne, aber ich konnte nicht, da meine Mutter und Des Karten für das Deutsche Theater hatten und ich Katie hüten musste. Wir verabredeten uns zum Mittagessen in einem Café in Prenzlauer Berg.

»Bring Katie mit, hier haben alle Kinder«, sagte sie zum Abschied.

Am nächsten Tag verschwanden Mama und Des zur Museumsinsel. Sie hatten ein irres Programm, wir würden uns den ganzen Tag nicht sehen. Erst für den späten Nachmittag waren wir verabredet in einem Bistro im Tiergarten, in der Nähe unseres Hotels, wir würden etwas essen, dann würden sie beide ins Theater gehen. Und ich würde gucken, was der Fernseher hergab.

Nina hatte recht gehabt. Ich war nicht die Einzige mit Kind bei unserer Verabredung. Noch dazu wimmelte es von Schwangeren. Ich hatte noch nie so viele auf einem Haufen gesehen und fragte Nina leise, ob wir nicht versehentlich bei einem Geburtsvorbereitungskurs gelandet waren.

»Nein«, seufzte Nina. »Hier im Bezirk sind alle immer schwanger. Der Trend geht zum Drittkind.«

Es war so laut, dass wir uns kaum unterhalten konnten. Katie schloss sofort Freundschaft mit einem gleichaltrigen Mädchen und hatte großen Spaß daran, mit ihr um die Tische zu jagen. Als sie das nächste Mal an mir vorbeiraste, hielt ich sie fest.

»Ich möchte das nicht«, sagte ich laut. »Das stört die anderen Leute.«

Eine Mutter vom Nebentisch fiel mir prompt in den Rücken.

»Das sind Kinder!«, schoss sie mir bitterböse ins Gesicht und das Blut stieg mir bis zum Haaransatz.

»Ach so«, murmelte ich, als hätte ich es nicht gewusst. »Kinder.«

Nina hielt sich die Hand vor den Mund, um nicht laut loszulachen.

»Das sind Kinder«, wiederholte sie kichernd. »Kinder!«

Das Kichern verging ihr allerdings, als eines der Schätzchen gegen unseren Tisch knallte und mein Latte macchiato sich über Ninas Handy ergoss. Sie brüllte herum und bekam Rückendeckung von der Kellnerin, die die Kinder zur Ruhe mahnte, woraufhin zwei der Schwangeren aufstanden, sich ihre Bäuche und den schon vorhandenen Nachwuchs schnappten und das Café verließen, nicht ohne vorher noch wüste Beschimpfungen auszustoßen über Deutschlands Kinderfeindlichkeit und dass man sie zum letzten Mal in diesem Café gesehen hätte. Was allerdings ein erleichtertes Lächeln auf das Gesicht der Kellnerin zauberte.

Ninas Handy funktionierte noch und sie war besänftigt. Später gingen wir spazieren. Nina hakte mich unter.

»Magst du nicht auch herziehen?«

Ich war mir nicht sicher.

Zum Abschied umarmten wir uns. Sie musste wieder an die Arbeit. Ich kramte den Zettel mit Kim und Koljas Adresse aus der Hosentasche.

»Weißt du zufällig, wo das ist?«

Zufällig war es nicht allzu weit. In Mitte. Sie beschrieb mir den Weg. Wir konnten mit der Tram fahren. Katie war begeistert.

Wenig später stand ich vor einem sanierten Altbau, der in hellem Weiß erstrahlte, und studierte das Klingelschild mit den in purem Gold eingravierten Namen. Keine Spur von Koljas oder Kims Namen. Ratlos sah ich auf den Zettel und wieder auf das Schild. Ich zog mein Handy hervor und wählte die Festnetznummer. Unbekannte Nummer, sagte mir die Automatenstimme. Das Gleiche beim Handy. Sehr merkwürdig. Hatte sich Kolja verschrieben? Adresse und Telefonnummern aus Versehen falsch angegeben? Oder gar bewusst falsch? Aber warum hätte er das tun sollen? Katie jammerte leise in ihrem Buggy, ihr war langweilig. Ich sah noch einmal auf die Klingelschilder. Dann schüttelte ich wütend den Kopf. Es war egal. Kolja wusste, wo ich wohnte. Wenn er auch nur ein winziges Interesse daran hätte, unsere Bekanntschaft aufrechtzuerhalten, hätte er alle Möglichkeiten der Welt gehabt, sich bei mir zu melden.

»Blödmann!«, zischte ich wütend, drehte mich um und stieß mit einem Mann zusammen.

»Blödfrau«, rüpelte der zurück.

Ich entschuldigte mich sofort. Er wurde netter und sah von Katie zu mir und wieder zurück. »Kann ich euch helfen?«

Er war riesig groß und sah aus wie einer von denen, die mit Laptop im Café sitzen. Käppi, Hornbrille, Jeans. Ich tippte auf Drehbuchautor.

»Vielleicht.« Ich sah auf meinen Zettel und sagte ihm, wen ich suchte.

»Die haben über mir gewohnt im Dachgeschoss. Aber nicht lange.«

Er guckte bedauernd. »Die sind eigentlich direkt nach dem Einzug wieder ausgezogen. Ich hab noch überlegt, ob ich das Dachgeschoss nehme, die Dachterrasse ist unbezahlbar, aber unbezahlbar ist ein gutes Stichwort.«

Er lachte trocken.

»Hast du eine Ahnung, wo sie jetzt sind?«, unterbrach ich sein trockenes Lachen.

»Sie wollte zurück in die Staaten, hat sie mir mal zwischen Tür und Angel erzählt.«

In die Staaten? Mein Herz stolperte. So weit weg. Und kein Wort des Abschieds. Blödmann, verdammter Blödmann, Kolja, dachte ich. Und Blödfrau, der Drehbuchautor hatte recht, ich Blödfrau, die ich in Kolja so was wie einen Freund vermutet hatte. Toller Freund, der sich ohne ein Sterbenswörtchen nach Amerika verpisst.

»Amerika ...«, sagte ich, um überhaupt etwas zu sagen.

»Sie kommt ja aus Amerika.«

»Ich weiß.«

»Er ist noch hier in Berlin. Aber frag mich nicht, wo.«

»Er ist noch hier?«

»Die haben sich doch getrennt.«

»Die haben sich getrennt?«

Mein Mund klappte auf und wieder zu. Die Gedanken überschlugen sich in meinem Kopf.

Warum hatte er sich nicht gemeldet? Vermutlich hatte er schon eine Neue, dachte ich kurz und dann dachte ich daran, dass eine Trennung wehtat. Armer Kolja. Und arme, arme schöne Kim.

»Eine Telefonnummer hast du nicht zufällig, oder?«

Er schüttelte den Kopf. Allerdings hätte Kolja mich anrufen können, wenn er Gesprächsbedarf gehabt hätte, an dem Punkt war ich bereits gewesen. Typisch Mann. Alles mit sich alleine ausmachen.

»Den blonden Engel würde ich selbst gern anrufen.« Der Typ grinste anzüglich. »Hab mich immer gefragt, was sie mit dem Giftzwerg will.«

Ich konnte gar nicht so schnell gucken, da hatte ich schon meine Hände in die Hüften gestemmt.

»Giftzwerg?! Der ›Giftzwerg‹ ist witzig und fürsorglich und überhaupt ist er kein Zwerg und …«

»Schon gut, schon gut«, unterbrach mich der Drehbuchautor.

Bloß weg hier. Giftzwerg. Der hatte sie wohl nicht mehr alle. Dieser minderbemittelte Hüne mit alberner Kopfbedeckung.

Ich fuhr mit Katie zu unserer Verabredung in das Bistro, das sich eher als Biergarten entpuppte. Wir waren zu früh. Ich holte eine Apfelschorle für Katie und für mich ein alkoholfreies Alster. Katie schob ihren Buggy, ich balancierte das Tablett und wir suchten einen Platz, was gar nicht so einfach war. Es war rappelvoll, der Berliner an sich schien bei dem kleinsten Sonnenstrahl sofort nach draußen zu rennen. Neben einer Buddelkiste hatten wir schließlich Glück. Katie zog sich sofort die Schuhe aus und warf sich in den Sand. Ich nahm einen großen Schluck vom Alster, das mir kalt und erfrischend die Kehle hinunterlief.

So viele Menschen. Ein gemischtes Publikum. Einige Männer kamen anscheinend direkt von der Arbeit und trugen noch ihre Anzüge. Andere trugen Jeans und Bierbauch, hatten zerstrubbelte Haare und hielten ihr Gesicht in die Sonne. Die Frauen trugen allesamt riesige Sonnenbrillen, ich auch. Auf dem kleinen See ruderten Pärchen in kleinen roten Booten. Es war idyllisch.

»Guck mal, Boote!«, schrie Katie. »Ich will auch!«

»Später vielleicht, Schatz!«, vertröstete ich sie. Katie nahm einen Schluck von ihrer Apfelschorle, ein Junge zertrampelte derweil ihre Sandkuchen. Sofort vergaß sie die roten Boote und raste zu ihm, um ihm die Leviten zu lesen.

Er ergriff die Flucht, ich lächelte, sah das glitzernde Wasser, nahm noch einen Schluck, mir ging es gut, dachte ich, und dann dachte ich an Kolja und an Kim. Warum hatte er sich nicht gemeldet? Ich wäre für ihn da gewesen, so wie er für mich da gewesen war. Ich dachte daran, wie er mir erzählt hatte, dass er sie nicht liebte. Ob er trotzdem litt? Eine Trennung ist für alle schlimm, auch für den, der sich trennt, hatte mir Leander versichert. Was natürlich Quatsch war, da Leander total glücklich mit Schlampe und bis oben hin voll mit Endorphinen oder was weiß ich für Hormonen gewesen war, der Blödmann. Beim bloßen Gedanken daran wurde ich wieder zornig. Vor knapp einem Jahr hatte er mir gesagt: »Ja, es gibt eine andere Frau.« Was hatte ich in dieser Zeit alles durchlitten. Hochs und Tiefs. Und noch zorniger wurde ich, als ich daran dachte, dass Leander sich nicht einmal zwei Tage freinehmen konnte, um mit uns eine kleine Fahrt nach Berlin zu unternehmen. Nichts hatte sich geändert, dachte ich, gar nichts. Jeder führte sein eigenes Scheißleben, jeder war ein verdammtes Individuum, das sah man doch, wenn man sich nur umblickte: Alle saßen sie hier, selbstverliebt bis zur Hutkante, hielten ihre Visagen in die Sonne und dachten nur daran, wie sie am besten durchs eigene Leben kamen. Ohne Rücksicht auf Verluste, Scheuklappen rechts und links. Manche von ihnen lachten affig, das waren die Schlimmsten, Männer wie Frauen, alles ein einziges Theater, schliefen kreuz und quer miteinander und durcheinander und hinterließen hinter sich eine Schneise der Verwüstung. Ich hätte sie alle umbringen können, einen nach dem anderen in ihren weißen Hemden oder beschrifteten T-Shirts.

Ich war so wütend, dass ich ihn auf den ersten Blick gar nicht erkannte. Vielleicht verstellte mir auch meine Zornesfalte die Sicht. Erst als ich dachte, was glotzt der denn so blöd, glotzt der etwa mich an, da sah ich, dass es Kolja war, der alte grimmige Kolja mit seinem Bart und den halb gesenkten Lidern, der mich über ein paar Tische hinweg anstarrte.

85
Wiedersehen

Im nächsten Augenblick standen Des und meine Mutter vor mir. Ich sprang auf und stieß dabei fast den Tisch um. Die Gläser wackelten bedenklich. Meine Mutter guckte irritiert, als ich sie und Des begeistert umarmte und laut mit ihnen redete, wie wundervoll es wäre, dass sie da wären und dass wir uns gefunden hätten und wie schön und kaum zu glauben, wie gut das alles klappen würde. Katie schnappte sich gleich Des' Hand und zog ihn zu den Booten.

»Lass ihn sich doch erst mal ausruhen, Schatzi«, rief ich. »Ich hol euch was zu trinken, was wollt ihr, es gibt alles Mögliche, ich lad euch ein.«

Des sagte, er ginge mit Katie Boote schauen, vielleicht könnte man die ausleihen. Katie hüpfte.

»Und du, Mama, was willst du? Kaffee, Bier, Wein, a cup of tea?« Ich lachte laut und herzlich.

»Nun lass mich doch erst mal ankommen.« Meine Mutter setzte sich hin.

Ich blickte nervös über ihre Schulter und sah, dass Kolja mit einer Frau tuschelte. Das ärgerte mich. Vermutlich seine Neue. Aber wir mussten uns doch grüßen. Wir konnten doch nicht so tun, als würden wir uns nicht kennen. Er nickte mir jetzt zu. Die blöde Schnepfe neben ihm kicherte an seinem Ohr herum. Er starrte mich weiter unverwandt an, aber nicht mehr mit seinem grimmigen Koljablick, diesem tiefgründigen ernsten Blick, bei dem ich schon immer weiche Knie bekommen hatte, sondern er lächelte jetzt amüsiert sein spöttisches Koljalächeln. Er rieb mit dem Zeigefinger auf seiner Stirn zwischen den Augenbrauen herum und sah mich auffordernd an. War er verrückt geworden? Unwillkürlich fuhr auch mein Zeigefinger an die Stirn und ich spürte die Zornesfalte. Meine Augenbrauen waren zusammengezogen und über der Nase war ein Krater. Ich musste leise auflachen. Kolja lächelte jetzt stärker und wies mit dem Daumen nach oben. Ich sah, wie er aufstand. Kam er etwa hierher?

»Erzähl doch mal, wie war euer Tag!«, rief ich enthusiastisch meiner Mutter zu. Sie schloss den Mund und ich merkte, dass ich sie gerade unterbrochen hatte.

»Alia, ich erzähle dir gerade, wie unser Tag war.«

»Ja, weiter, nur zu, erzähl mir alles«, ermunterte ich sie und sah aus den Augenwinkeln, wie sich Kolja näherte. Fast hätte ich an meinen Fingernägeln geknabbert.

»Wie viel Bier hast du getrunken?«, fragte meine Mutter mit einem strengen Blick auf meinen fast geleerten Alsterkrug.

»Bier? Ach das. Das war alkoholfrei.«

Und dann stand Kolja an unserem Tisch.

»Hi.«

Hi? Ich starrte ihn an. Kolja. Seine schwarzen Haare waren wuschiger geworden, nicht so kurz geschnitten, sein Bart wie eh und je deutlich länger als ein Dreitagebart. Ich erinnerte mich, wie meine Wange an seinem Bart geruht hatte und wie weich er gewesen war. Der Bart. Die Augen. Die Lider verdeckten ein Drittel der Augen. Seine Wangenknochen, er war dünner geworden, die Wangenknochen standen mehr hervor, sein Mund, schmallippig, spöttisch. Ich wusste nicht, woran es lag, aber diese Augen mit diesem Blick hinter den halben Lidern machten mich irre.

»Hi!«, antwortete ich nach einer Ewigkeit. Weiter nichts. Wir sahen uns nur an.

Ich wollte ihn so vieles fragen. Warum er sich nicht gemeldet hatte. Wie es ihm ging.

Meine Mutter räusperte sich.

»Willst du mich vielleicht vorstellen?«

»Klar, das ist Kolja, ein ehemaliger Nachbar, Kolja, das ist meine Mutter.«

Meine Mutter nickte ihm freundlich zu und er erlaubte sich den Anflug eines Lächelns, als er sie begrüßte. Dann starrten wir uns wieder an.

»Na ja«, sagte er schließlich und schob seine Hände in die Jeanstaschen. »Ich will nicht stören.«

Es gab zweifelsohne Situationen, die angenehmer waren als diese. Im Moment schien es mir, als wäre jede Situation angenehmer als diese. Ich wusste nichts zu sagen, aber auch rein gar nichts; und wenn Katie nicht in diesem Augenblick an den Tisch zurückgekehrt wäre, wäre ich vermutlich gestorben. Gestorben an Schweigsamkeit. Erstickt an Worten. Zugrunde gegangen an peinlicher Situation. Aber Katie guckte Kolja nur an, von unten, und sagte:

»Was machst du hier?«

Kolja lachte. Und ich lachte. Kolja kniete sich hin, um mit Katie auf Augenhöhe zu sein, und sprach mit ihr. Ich verstand nicht jedes Wort, aber Katie lachte und Kolja auch. Als er aufstand, fragte er, ob wir Lust hätten auf eine kleine Bootsfahrt auf dem See.

»Sie sind natürlich ebenfalls eingeladen«, wandte er sich

zu meiner Mutter. Und Des streckte er gleich die Hand hin: »Ich bin Kolja, ein Freund Ihrer Tochter.«

Des ergriff die Hand. »She is my step-daughter«, sagte er. Ich erklärte die Familienverhältnisse. Des erklärte, dass wir auf ein Boot mehr als eine Stunde warten müssten, alle Ruderboote waren unterwegs und es gäbe eine kleine Warteliste, hatte er erfahren.

»Wir könnten sofort, wenn wir wollen«, meinte Kolja.

Wir sahen ihn interessiert an.

»Meine Kollegin hatte vor einer Stunde eins bestellt. Sie würde es an mich abtreten.« Er drehte sich um. Die hübsche junge Frau, mit der er vorhin getuschelt hatte, winkte zu uns herüber. Ich lächelte zurück.

»Wirklich?«, fragte ich.

»Ja, ja, ja«, schrie Katie bereits.

»Und Sie?«, fragte Kolja meine Mutter.

»Wir genießen die Sonne. Ein wenig Erholung schadet uns nicht. Geht ihr nur.«

Und wir gingen. Katie, Kolja und ich setzten uns auf die kleine Bank am Steg. Katie trug eine leuchtend orangefarbene Schwimmweste und war sehr hibbelig. Das nächste Boot würde unseres sein. Wir redeten nicht miteinander, aber dafür redete Katie ununterbrochen. Sie erzählte von Schiffen und Wasser und Enten und Schwänen und dass wir niemanden umfahren dürften und nicht untergluckern sollten und ob sie rudern dürfte und ihr Mund stand keine Sekunde still, wofür ich ihr ausgesprochen dankbar war.

Auf dem Boot saß Katie neben Kolja und half ihm beim Rudern. Ich saß ihnen gegenüber und spielte Steuermann. Katies kleines Gesichtchen glühte vor Stolz. Vom Uferrand winkten uns Mama und Des zu. Ich sah, wie meine Mutter ihren Fotoapparat rausholte und uns fotografierte. Ich lachte.

Schließlich bogen wir um die Ecke und vom Biergarten war nichts mehr zu sehen. Katie arbeitete hart mit dem Ruder und Kolja sah mich an. Er sah so gut aus.

»Gut siehst du aus«, sagte er.

»Danke. Du auch.«

Wir blickten beide verlegen zu Boden.

Ich hatte so viele Fragen. Aber wir schwiegen.

»Was machst du in Berlin?«, fragte er schließlich.

»Meine Mutter und Des besuchen uns gerade. Sie haben spontan beschlossen, nach Berlin zu fahren. Und mich eingeladen.«

»Ist kleiner Cowboy auch hier?«

Ich schüttelte den Kopf.

»Und Kim?«, fragte ich vorsichtig.

Koljas Kieferknochen pressten sich aufeinander.

»Wir sind nicht mehr zusammen«, sagte er kurz. »Sie ist wieder in den USA.«

»Oh.«

Was sollte ich sagen? Eine Überraschung war es nach meinem heutigen Gespräch mit dem Drehbuchautor nicht mehr.

»Das tut mir leid«, schob ich noch hinterher.

Kolja sah mich an. Wieder der alte Koljablick. Seine Augen waren in der Sonne ganz grün und mir wurde warm.

»Das letzte Mal, als wir uns sahen, warst du ungebunden und ich nicht. Jetzt ist es umgekehrt.«

Ich nickte. Und schluckte.

»Ja, lustig, alles verändert sich«, meinte ich lapidar. Was redete ich für einen Blödsinn. Alles verändert sich. Himmel.

»Manche Sachen verändern sich nicht«, insistierte Kolja und hypnotisierte mich mit seinen Augen.

»Katie, willst du mal zu mir kommen?«, fragte ich meine Tochter. Ablenkungsmanöver. Bevor mich die Hitzewallungen umbrachten.

Katie sah mich an, als hätte ich sie gefragt, ob sie gern ein paar rohe Regenwürmer essen möchte. Sie antwortete mir nicht einmal, sie schüttelte nur empört ihr kleines Köpfchen, dass die Haare ihr nur so ums Gesicht flogen. Kolja musste lachen. Ich guckte ihn wütend an. Er ließ das Ruder los, das Katie in der Hand hielt, und strich mit dem Zeigefinger über seine Stirn zwischen den Augenbrauen.

»Ich liebe es, wenn du so böse guckst«, sagte er.

»Vorsicht, Gegenverkehr«, rief ich. Kolja blickte sich um. Wir waren in einem sehr engen Arm des Gewässers und ein Boot mit lauter kreischenden Teenies steuerte direkt auf uns zu. Sie schafften es gerade noch, an uns vorbeizukommen. Kolja gab ihrem Boot mit dem Ruder noch einen sanften Stoß, wir hingegen waren fast am Ufer aufgelaufen. Katie rief schon, dass wir gefangen wären und gleich die Inselungeheuer kämen.

»Phantasie hat sie, die Kleine«, lobte Kolja anerkennend. »Von wem sie das wohl hat?« Er warf einen, wie ich fand, lüsternen Blick zu mir rüber.

»Kolja!«

Er grinste und befreite uns, bis wir wieder auf dem ruhigen Wasser waren. Katie und ich waren erleichtert. Ein Schwan kam uns noch entgegengeschwommen, er steuerte zielsicher auf unser kleines rotes Ruderboot zu und Katie flüchtete jetzt doch mit einem Schrei auf meinen Schoß. Der Schwan glitt majestätisch an uns vorbei. Ich hielt meine mutige Tochter im Arm und schloss die Augen. Wir ließen uns rudern. Ich hätte ewig hierbleiben können.

»Wir müssen das Boot zurückbringen.«

»Nein!«, rief Katie und zog einen Flunsch. Ich zog ebenfalls einen Flunsch.

Kolja band das Boot fest, stieg als Erster aus und half Katie. Dann hielt er mir die Hand hin. Ich griff zu und kam nur mit Müh und Not aus dem Boot, es wackelte und schwankte so sehr, dass ich dachte, gleich fall ich ins Wasser. Aber Koljas Griff war sicher und auch als ich festen Boden unter den Füßen hatte, ließ er mich nicht los. Ich bekam Herzklopfen.

»Hast du heute Abend Zeit?«, fragte er.

Ich schüttelte den Kopf. »Meine Mutter und Des gehen ins Theater.«

»Morgen?«

»Morgen Abend ist unser letzter Abend in Berlin. Wir wollten zusammen essen gehen.«

Katie lief vor, meine Mutter und Des warteten schon auf uns. Von Koljas Hand strömte eine Hitze aus, die mein Blut sieden ließ. Ich versuchte, meine Hand zu befreien, Kolja hielt sie nur noch fester.

»Morgen, bitte, Alia.«

»Warum? Du warst doch bislang nicht sonderlich scharf drauf, den Kontakt aufrechtzuerhalten.«

Jetzt hatte ich meine Hand wieder. Ich stolperte und Kolja fing mich am Ellbogen auf. Sein Gesicht war dicht vor mir. Er sah verletzt aus.

»Du hast dich doch nicht gemeldet.«

»Ha«, entfuhr es mir. Das konnte ich gut haben. Falsche Beschuldigungen. »Zigmal hab ich dich angerufen. Und heute stand ich sogar vor deiner Haustür!«

Ich riss mich los und stiefelte wütend meiner Mutter hinterher. Es dauerte eine Weile, aber dann hatte Kolja uns wieder eingeholt.

»Einen Moment, Alia, bitte.«

Meine Mutter hob die Augenbrauen.

»Geht vor, ich komm gleich«, rief ich ihr zu. Sie gingen.

»Einen Abend, bitte, Alia. Schenk mir deinen morgigen Abend.«

»Moment.«

Ich lief zu meiner Mutter und fragte, ob sie morgen Abend Katie nehmen könnte oder ob das ein Problem wäre und dass es für mich kein Problem wäre, wenn es ein Problem wäre. Sie unterbrach mich.

»Kein Problem, Schatz. Geh nur aus. Morgen haben wir nichts vor.«

»Aber wir wollten doch schön essen gehen zum Abschied.«

»Das holen wir nach.« Sie warf einen Blick zu Kolja und dann wieder zu mir. »Verabrede dich«, sagte sie lächelnd.

86
Kolja

Kolja ging mit mir in seine Lieblingspizzeria in Kreuzberg. Er hatte einen Tisch reserviert, drinnen. Obwohl es tagsüber mittlerweile meist sonnig und warm war, wurde es abends doch rasch kühl. Es war voll, überall waren Menschen, italienische Wortfetzen hingen in der Luft, Lachen, Musiker standen am Zaun, sangen und fidelten. Pizzen wurde serviert, die so groß wie Wagenräder waren und einen Duft verströmten, dass man dachte, man wäre in Bella Italia.

Ich war geschminkt. Dunkle Augen, rote Lippen, Jeans und Stiefel, schwarzes T-Shirt. Ich kam mir fast overdressed vor. Die Berliner sahen alle immer so lässig aus, die Hosen hingen ihnen sonst wo, sie schienen sich überhaupt nicht um ihr Aussehen zu kümmern, und das ganz bewusst. Ich bewunderte sie für ihre Lässigkeit und die Italienerinnen bewunderte ich für ihre Dünnheit und für ihr Geschick, die großen Teller über den Köpfen der Gäste zu balancieren und dabei trotzdem noch zu lachen.

»Kreuzberg gefällt mir«, sagte ich und seufzte beglückt auf.

»Ich wohne hier«, sagte Kolja.

Unter seinem Blick senkte ich den meinigen. Überhaupt mussten wir erst etwas zu essen auswählen und dankbar beschäftigte ich mich mit der Speisekarte. Ich entschied mich für eine Pizza mit Bresaola, scharfer Salami und frischem Parmesan. Kolja nahm die gleiche. Weißwein wurde serviert, in einer Karaffe, Kolja füllte die kleinen Zahnputzgläser randvoll.

»Auf unser Wiedersehen«, sagte er und hob das Glas. Er lächelte sein spöttisches Lächeln, die Lider halb gesenkt.

»Erzähl mir von Kim«, bat ich ihn.

Sein Gesicht verhärtete sich, die Backenknochen traten hervor.

»Muss ich?«

»Ich habe dir damals auch alles von kleiner Cowboy erzählt.«

Er lachte leise. »Wie geht es ihm?«

Ich zuckte die Schultern. »Wie geht es Kim?«

»Hoffentlich besser.«

»Das klingt nicht gut.«

»Es war nicht gut.«

Seine Augen waren plötzlich ganz dunkel. Ich berührte seinen Arm. Wollte trösten, aber seine Haut schien zu vibrieren, und ich zog rasch meine Hand zurück und trank einen Schluck Wein.

»Es war die Hölle«, sagte er.

»Warum?«

Seine Lippen waren schmal, die Mundwinkel nach unten gezogen. Ich unterdrückte mein Bedürfnis, ihn in den Arm zu nehmen.

»Sie hat sich die Pulsadern aufgeschnitten.«

Ich schlug mir die Hand vor den Mund.

»Und?«

»Sie hat sich nicht sehr geschickt dabei angestellt, es bestand keine Gefahr.« Er lächelte spöttisch, und ich atmete erleichtert auf. »Ihre Eltern kamen. Ihr beschissener Vater hat mich fertiggemacht. Dabei hat der jahrelang seine Familie tyrannisiert. Und ausgerechnet dahin geht sie zurück.«

»Das klingt – furchtbar. Erzähl weiter. Was war passiert?«

»Du weißt es doch. Wir mochten uns. Aber Liebe war das nicht. Ich wollte das nicht mehr. Und ich konnte es auch nicht mehr.«

Ich nickte.

»Sie gab mir immer das Gefühl, nicht ohne mich leben zu können. Alles musste ich für sie machen.«

Das überraschte mich. »Sie war doch so selbstbewusst und schön.«

Kolja lachte auf. »Selbstbewusstsein … von wegen. Selbstzweifel, Depressionen, Essstörungen, bei ihr kam alles zusammen.«

»Ach Mensch …«

Kim tat mir unendlich leid. Und Kolja auch.

»Ich konnte mich nicht von ihr trennen. Sie hat es einfach nicht zugelassen. Es war die Hölle.«

Jetzt trank er sein Gläschen in einem Zug leer. Ich schenkte uns nach.

»Warum hast du dich nicht gemeldet?«, fragte ich ihn leise. »Ich hätte dir gerne beigestanden. Wenn ich gewusst hätte …«

»Ach, Alia.« Kolja klang verärgert.

»Was ist denn?«

»Du weißt, dass ich keine Telefonnummer von dir habe. Kein Festnetz, kein Handy, keine E-Mail, gar nichts. Über die Auskunft bist du auch nicht zu erreichen. Nicht mal bei Facebook bist du.«

»Doch, aber unter einem anderen Namen.«

»Toll.«

»Aber du wusstest doch, wo ich wohne«, sagte ich leise.

Er lächelte sein spöttisches Koljalächeln.

»Du hast dich auf die Rose und auf meine neuen Nummern nicht gemeldet und da bin ich natürlich davon ausgegangen, dass du kein Interesse hast. An Kontakt.«

Ich starrte ihn an. »Rose?«

»Ich hab mich sogar geschämt. Peinliche Sache, dachte ich im Nachhinein.«

»Rose?«

»Kims Eltern haben mich bombardiert mit E-Mails. Sie riefen mich an auf dem Handy und dem Festnetz und drohten mir mit Klagen. Ich habe mir neue Nummern zulegen müssen.«

»Rose?«

»Ja, die hätte nicht sein müssen, kommt nicht wieder vor.« Kolja lachte. »Genug von mir. Erzähl vom Cowboy.«

»Was denn für eine Rose?«

Kolja verdrehte die Augen. »Okay, ich hab dir diese Rose geschickt. Ich hab es nicht so mit dem Schreiben. Ich dachte, wenn ich dir eine Rose schicke und dazu meine neue Anschrift und die neue Mailadresse und die Telefonnummern, dann sagt das mehr als ... als alles.«

Jetzt sah er mich an, direkt in die Augen. Und ich hatte keine Ahnung, wovon er sprach.

»Ich habe keine Rose bekommen. Keine Adressen und Nummern.«

»Alia ...« Kolja legte den Kopf schief. »Ich hab sogar bei dem Blumenversand nachgefragt, wann die ausgeliefert haben. Ich wollte so gern etwas von dir hören. Die konnten mir die genaue Uhrzeit nennen!«

»Ich habe keine Rose bekommen.«

Ich klang wie eine Platte mit Sprung.

Und plötzlich stieg ganz langsam ein Bild vor meinem Auge auf. Als ich nach Hause kam und vor der verschlossenen

Wohnungstür Leander gesehen hatte, der eine Rose in der Hand hielt. Eine wunderschöne langstielige rote Rose. Er war verlegen gewesen. Und ich blöde Kuh hatte ihm gar keine Chance gegeben, etwas zu sagen.

»Steck sie dir sonst wohin«, fiel mir ein.

Kolja schaute mich entgeistert an.

»Das hab ich zu Leander gesagt und ihm die Tür vor der Nase zugeknallt.« Ich schlug mir die Hand vor den Knopf. »Ich wär nie auf die Idee gekommen ...«

Halb gesenkte Lider. Schmale Lippen. Schiefes, spöttisches Grinsen. Grünes Funkeln und schwarze Pupillen so groß wie Weltkugeln.

Wir tranken Wein und es war unglaublich schön. Die Pizza brauchte ewig. Wir hatten schon längst die zweite Karaffe Wein bestellt. Ich fühlte mich gelöst und wir lachten und redeten, und wenn wir nicht redeten, sah Kolja mich an, bis ich den Blick senkte. Einmal griff er nach meiner Hand. Aber das war unerträglich. Stromstöße durchjagten mich bei seiner Berührung, heißes Lava im Innern des Vulkans. Rasch entzog ich ihm meine Hand, nervös und flatterig. Ein Rosenverkäufer kam herein und Kolja kaufte mit seinem spöttischen Koljagesicht eine Rose. Er beugte sich vor.

»Die kannst du dir sonst wohin stecken«, sagte er leise. Seine Augen waren so nah, die Pupillen so groß. Tod durch Einsaugung von Koljas Pupillen.

»Danke«, wisperte ich ebenso leise. »Ich finde schon eine Vase.«

In dem Augenblick wurde zum Glück unsere Pizza serviert.

Später gingen wir am nahe gelegenen Landwehrkanal spazieren. Er nahm wieder meine Hand. Und dieses Mal ließ ich es geschehen. Die Stromstöße verebbten und machten einem wohlig warmen Geysir Platz, Whirlpool im Innern, wir rückten dicht zusammen, unsere Arme schmiegten sich wie von allein aneinander. Unsere Schritte wurden langsamer und dann blieb Kolja stehen und stellte sich vor mich und küsste mich auf den Mund. Meine Lippen öffneten sich, als hätte ich schon die ganze Zeit darauf gewartet. Er stand breitbeinig vor mir und presste sich an mich und wenn ich vorhin an Vulkanismus gedacht hatte, so spürte ich jetzt das Magma, das sich in mir ausbreitete.

»Darf ich dir meine Wohnung zeigen?«, fragte Kolja meinen Hals.

Mein Hals schluckte. Ich atmete schwer und versuchte, zur Besinnung zu kommen. Es gelang mir halbwegs und ich schüttelte den Kopf.

»Nein«, sagte ich. Und dass ich es nicht könnte.

Er nahm meine Hand und zog mich zu dem schmalen Grasstreifen am Kanal. Viele Leute saßen dort, hatten Getränke dabei, Kerzen und Gitarren. Kolja breitete seine Jacke aus. Ich ließ mich darauf nieder, Kolja setzte sich neben mich. Ganz dicht. Er legte den Arm um mich. Wir schwiegen. Ich merkte, wie er mit meinem Haar spielte, sanft über meinen Nacken strich; alle meine Sinne waren offen. Kolja fuhr mit seinen Lippen über meinen Hals, ich streckte den Kopf nach hinten und er machte weiter. Wieder küssten wir uns, ich sank auf den Rücken, Kolja war über mir und dann gelang es mir gerade noch, mich wieder aufzurichten, um auf sein Angebot zurückzukommen. Ich musste doch seine Wohnung sehen, sofort, denn sonst würden wir in aller Öffentlichkeit miteinander schlafen.

87
Ja!

Leise zog ich mich an. Ich musste zurück ins Hotel. Als ich fertig war und meine Sachen zusammengesucht hatte, warf ich einen Blick auf Kolja. Er öffnete die Augen, wandte den Kopf, seine Augen fanden mich, er richtete sich auf, stützte sich mit den Ellbogen ab.

»Sehen wir uns wieder?«, fragte er.

Ich wusste nicht, wie es weitergehen würde. Ich wusste nicht, ob Leander und ich noch einmal zueinander finden würden, richtig zueinander finden würden. Ich wusste nicht, ob Majken ihr Baby zur Welt bringen würde. Ob es mit Bianca und Berti gut ging. Ich wusste nicht, wie lange Stef noch die Seitensprünge ihres Ehemannes ertragen konnte. Ich wusste nicht, ob meine chaotische Freundin Nina in Berlin blieb oder sich demnächst entschied, nach Barcelona zu ziehen.

Ich wusste überhaupt gar nichts.

Nur eine Sache, die wusste ich genau. Kolja sah mich an, die schmalen Lippen zusammengepresst, die Glieder angespannt, die Lider halb geschlossen, aber hellwach. Das schwarze Haar zerzaust.

»Ja!«, antwortete ich und lächelte.

Besonderer Dank geht an Leonie Schöbel.
Und an Kerstin Gleba und Mona Lang.

Ich danke meinen Freundinnen, philip, den königlichen Hühnern und meiner weltbesten Familie für die Unterstützung, das Lachen, das Weinen, den Füller und die vielen wunderbaren Erzählungen.